藤井礼子探偵小説選　目次

創作篇

随筆篇

凡　例

一、「仮名づかい」は、「現代仮名遣い」（昭和六一年七月一日内閣告示第一号）にあらためた。
一、漢字の表記については、原則として「常用漢字表」に従って底本の表記をあらため、表外漢字は、底本の表記を尊重した。ただし人名漢字については適宜慣例に従った。
一、難読漢字については、現代仮名遣いでルビを付した。
一、極端な当て字と思われるもの及び指示語、副詞、接続詞等は適宜仮名に改めた。
一、あきらかな誤植は訂正した。
一、今日の人権意識に照らして不当・不適切と思われる語句や表現がみられる箇所もあるが、時代的背景と作品の価値に鑑み、修正・削除はおこなわなかった。
一、作品標題は、底本の仮名づかいを尊重した。漢字については、常用漢字表にある漢字は同表に従って字体をあらためたが、それ以外の漢字は底本の字体のままとした。

創作篇

初釜

待合、腰掛、露地入

　定刻より大ぶ早く出掛けた積りだったが、待合にはすでに十徳姿の先客があった。もうかなりの年配らしく枯木のように痩せていたが、しゃんと腰を延して端然と坐っている姿には、老いを感じさせぬ逞しさがあった。這入ってきた相良を見ると、老人は尊厳な態度で黙礼した。相良もあわてて会釈を返したが、先客の顔を見るなり、おやと首をかしげた。自分等と同客として招待されるような立場の人ではなかったからである。今日の主人役である青厳堂の主は、殊にそういった事にうるさかった。

　旧華族であり土地の有力者として君臨していた細野老人は、七十を過ぎると一切の肩書を息子に譲り、この一二年青厳堂から茶の手ほどきを受けていた。いわば青厳堂にとっては弟子に当る訳だが、昔気質の彼は細野老人を御隠居様とか殿様等と呼んで、家来のように低頭していた。その青厳堂が一介の地方検事である相良と、この殿様とを同じ茶席に招待したのは意外だった。相良は遠慮勝ちにもう一度先客の顔色を窺ったが、老人はもはや相客には何の関心も示さず、床の掛物や部屋の様子をぼんやりと眺めていた。

　誰が云い出したものか、青厳堂は経済的にかなり切迫していて、今年の初釜は到底無理だろうとの噂もあったが、細野老人を招いた処をみると、どうやらそれも単なる中傷らしかった。

　そこへ他の相客達が這入ってきたので、相良は我に返って足袋をはき替え、袴を付けた。細野老人と今一人の、これも年輩の紳士を除いては皆相良とは顔馴染だった。招かれたのは皆で七人、細野老人を始めとして学者であり優れた茶人としても名の通った吉川氏、茶道具の目利にかけては定評のある古物商の暁徳堂、青厳堂の茶の友である岡部、藤尾の両氏、それから青厳堂の義弟に当る柳原、この男とは相良も殊の外親しくしていた。常は五人以上の客を招かぬ青厳堂にしては、七人の招待は異例の事であった。

「本日はお相伴、誠に光栄に存じます」

　暁徳堂は細野老人の前に進み出ると、物慣れた態度で叮重に挨拶した。人々もそれに習ったが、相良は老人と二人だけの折り、礼を逸した事で、何となくばつの悪い思いを残した。

「お腰掛までお移りを」

　客の揃った処で給仕の者が襖を開けて促した。客順は吉川氏と暁徳堂の采配で正客に細野老人、次客が吉川氏、続いて岡部、藤尾、柳原、相良、詰を暁徳堂と決った。本来ならば暁徳堂が正客をつとめ、柳原が詰を引受けるのだが、今年は二人の上客が加わったために、例年とは違った客順になった訳である。

　やがて主人が例年よりも緊張した面持で腰掛まで迎えに来た。彼は正客と黙礼を交わすと、そのまま、茶人特有の優雅な足取りで席へ帰って行った。それを見送った吉川氏が、急に気付いたように金縁の眼鏡をはずして懐に入れた。華美を嫌う茶席では、時計や指輪の類いも取りはずす事が常識になっていた。

　庭には色のよい枯松葉が軽く敷かれ、垣根や樋は青竹で新調されてあった。石の据様にも非の打ち所がなく、一流の庭師の手で模様替えされたらしい、例年よりも一層見事な庭は、相良の目を楽しませた。

「見事な庭じゃありませんか」

　突然正客の細野老人が次客を振り返って云った。吉川氏は深く頷いただけで答えなかった。一瞬他の客達は顔を見合せた。露地の景を高声で褒めるのは、主人にも相客にも無礼とされているのである。それを老人は心得ないのだろうか。相良の考えは当っていた。手水を遣う主客の手つきは怪しく、詰の客まで開けたままにしておかなければならぬ手水鉢《ちょうずばち》の蓋を、手水を済すと閉めてしまった。

　勝気な青巌堂があらぬ噂を弾ね返す手段として、知己朋友を相客に選ぶという儀礼を敢て無視して、細野老人と吉川氏を招いた気持が判らぬでもないが、世間体のために茶道の礼を殺した事は賢明とは思えなかった。水に浮いた油のような二人の客の存在は、目触りとは云えぬまでも、何かしっくりしないものを感じさせぬ訳にはゆかなかった。

席入、初座挨拶

一同が手水を終えると、細野老人は蹲石《つくばい》に上って茶室の戸を開いた。それから草履を揃えて扇子を出すと、席内に躙《にじ》り入った。続いて吉川氏、そして三客の岡部が床前に進んだ時である。意外にも「あっ」という不用意な声が室外まできこえてきた。声を上げたのは三客の岡部らしかった。びくっと相良の前で五客の柳原の肩が動いた。そして「何事だ」というように眉をひそめて相良の方を振り返った。だがそれなり茶室では何事も起らなかった。柳原に続いて室に這入った相良は、床の間の前に坐るなり、三客の岡部が声を立てた意味がのみ込めたのである。

床の間には無学宗衍の書が掛けられていたが、奇怪なのは床の間に高取焼の一輪差しが置かれ、鮮かな花弁の色を浮き上らせて、金盞花《きんせんか》が一輪活けられていたのである。元より床の間に花を飾るのは中立以後であり、初座には掛物だけを飾るのだが、その禁を破ったのみならず、活けられた花が茶花では唯一のタブーである金盞花なのである。吉川氏ほどには修養の積まぬ岡部が驚きの声を上げたのも、無理からぬ処だった。

元来金盞花は仏事用の花であるとして忌み嫌われるとする説と、利休宗匠が割腹の際にその部屋に活けられていた不吉の花だという説とがあるが、いずれにしても茶席には用いてならぬ花であった。それを知らぬ主人公でもなかろうに……相良には青厳堂の気持が計り兼ねた。隣の柳原がそっと相良の袖を引くと、心持蒼ざめた顔で床の間の方を示した。相良も無言で頷いてみせた。相客達も同じ思いらしく、この茶会は席入りから何かしら妙な雰囲気に包まれていたようであった。だが表面上は一応滞りなく席入りが終り、詰の暁徳堂は襖を閉めた。

一月の事とて炉を用いられていたが、桑の小卓の棚、尚幸作の釜はもとより灰の色にまで苦心の跡がしのばれ、茶道に暗い相良にも主人の心遣いが感じ取れた。

客一同が着座するのを待っていたように、茶道口の襖が音もなく開いて、袴に威儀を正した青厳堂が物静かに頭を下げた。

「どうぞ、お這入りを」

正客が云った。青厳堂は六十を過ぎた老人とは思えぬ身軽さで茶道口を躙り入ると、扇子を前に出して再び深く頭を下げた。

「皆様明けましておめでとうございます。この格別の寒さの中を私ごとき者の茶事にお集り願えました事、新年早々この上の喜びはございません。また、細野の殿様には」

彼は正客に向き直ってもう一度叮重に辞儀をした。

「このむさくるしい所へお運び頂きまして、何とお礼を申上げましたらよろしいやら、ただただ光栄に存じ上げます」

細野老人はそれに答えて主人の方へ一躙りした。

「お招き誠に有難う存じます」

品のよい簡潔な言葉で老人は云った。

「御承知の通り茶道には至って暗い者。無礼のほどお許し願いたい」

短い挨拶の言葉を終えると、老人は身に備った尊大さで頭を下げて復座した。次客から詰まで一渡りの挨拶が済むと、主客に代って吉川氏が茶室や露地の見事さ、手入れの心遣いを淡々とした口調で謝した。それから急に改った調子で主人に向い、

「誠に無躾なお尋ねではありますが、初座の席に金盞花を活けておられますのには、何か謂れでも？」

「は？」

青巌堂は不審気に問い返して、きっと床の間の方に顔を向けた。

「あっ！　これは！」

一目見るなり彼は叫んだ。大きく目を見開いたその顔はみるみる紅潮して、驚きよりも怒りの色が拡っていった。

「誰が一体こんな悪さを……」

云いながら彼はすり足で床の間へ進んだ。

「御免下さいまし」

小腰をかがめて貴人畳へ踏み込むと、花器から忌わしい花を抜き取り、怒りをこめて茎を折った。しんと静まり返った中で繊維の折れる鈍い音がきこえ、主人の手は興奮のためか憤りの故かぶるぶる震えていた。だが花器を下げて茶道口に戻った時は、すでに落着きを取り戻したのか怒りの色は消えていた。

「吉川様」

茶道口に両手をついて主人は云った。

「何の手違いかは存じませんが、このような無体を致しまして……何とお詫び申上げたらよろしいやら、心苦しゅうございます。何かの謂れ等と飛んでもございませ

ん」

　彼はこの寒さに額に汗を滲ませていた。

「吉川様がおっしゃるまでは私も気付かなかったものでございます。私が活けましたなんてめっそうな……皆様、何卒《なにとぞ》唯今の事お忘れ下さいまし」

　媚びるような微笑が皺の深い顔に浮んだ。

「御主人があのような事をなさるはずはないとは思いましたが」

　吉川氏は云った。

「あまり不思議なのでお尋ねした訳です。どうせ誰かが悪さをしたのでしょう。お気になさいますな」

　青厳堂は感謝の目差しで吉川氏を見ると、再び厳粛な顔に戻って一同に向った。

「では皆様、何の饗も出来ませんが、どうぞごゆるりとお過し下さいますよう……」

　骨張った手が襖を閉めた。

炭拝見

　その時はまだ相良は、今の金盞花の不吉をそれほど重要視してはいなかった。誰かが青厳堂の茶事に水をさそうとしての嫌がらせでであろうかと、ぼんやり考えただけだった。いかにも茶人らしい、陰険だが風流なやり口ではないか……確かに青厳堂には敵が少くなかった。

「お炭を直させて頂きます」

　襖が開いて炭斗、灰器を前に置いた主人が頭を深くさげていた。炉の中に僅かに残る種火をつぎ入れる炭に燃え移らせ、懐石の後の濃茶《こいちゃ》の頃に釜の湯が沸るようにするのである。炭斗の中には炭、火箸、鐶、香合、羽箒、釜敷の品々が這入っている。それらの置合せを終ると、青厳堂は鐶をかけた釜を釜敷の上にのせて、練れた姿勢で釜の据り具合を検討した。次に鐶をはずし、炉に向き直って羽箒を取り上げると、主客を始め一同が炉の前に躙り寄った。人々の目は鶴の羽根で炉縁を掃き清める主人公の手つきに集った。

　掃き終った羽箒が香合の右斜に置かれ、火箸で下火を向うへ移すと灰が蒔かれる。客人はしわぶき一つ立てず見事な炭手前にみとれていた。だが格式を重んじる青巌堂には花の一件はかなりのショックだったらしく、灰を蒔く手が小刻みに震えていた。その筋張った手は妙に老人臭く、痛々しいものに相良は眺めた。灰器を置くと主人は再び羽箒を取り、炉の周囲と五徳の爪とを掃いた。次に炭斗を寄せて炭をつぎ始める。炭つぎは簡単なようでいて仲々難しいものである。一番大きな胴炭、丸毬打、二つに割った割毬打、細長い管炭、白く塗って枝に分れた枝炭、短かい点炭、以上の順序でつぐ訳だが、そのつぎ具合にもやかましい規則があって、五徳鋏むな十文字、五端を切らすな釣合いを見よ、といわれているように、五徳を炭と炭とで鋏む事を嫌い、十文字を組む事を禁じ、炭で以て円形もしくは三角形を形作る際に間が切れる事を、戒めている。これ等を守った上で、つがれた炭が美的でなければならないのである。青巌堂のはさすがに非の打ち所がなかった。炭をつぎ終り羽箒を使った後、彼は香合を取って二個のねり香を火の中にくべた。やがて雅やかな香の匂いが四畳半の茶室に流れ、現実を遠く離れた室町の世に、一瞬人々をさかのぼらせた。

「お手数ながら香合の拝見を」

青巌堂が蓋をするのを見て吉川氏が所望した。主人は客向きにして香合を置くと、釜をかけ釜敷を炭斗に入れて鐶を火箸の柄にかけた。それから羽箒で釜の蓋を掃くと、これも炭斗にのせて退った。

黄瀬戸の香合は鼠を形取った物、香器の中にはねり香が一つ残されていた。客に見せ匂いをかがせるためである。相良も香合ごとそっと鼻に近付けた。

「誠に結構なお品を拝見致しました」

襖を開いて茶道口に手をつかえた主人に、吉川氏が云った。

「お作は？」

「丈八でございます」

主人は答えて香合を引くと、

「粗飯を差上げます。皆様には何卒お楽になさいますように」

給仕の者が座布団を持ってきた。この寒さの中に出席した、老人達に対する心遣いともみえた。

懐石

やがて膳部が運ばれた。正客は一膝前に出ると主人の捧げる折敷膳を受け取ったままで一礼して下に置き、復座して再礼すると膳を引き寄せた。一同に配膳を終ると主人は茶道口で、「どうぞ、お箸をお取り下さい」と一礼して襖を閉めた。

汁は白味噌仕立の牛蒡としのうど、向附けは鯉の刺身と蕪の甘酢、この時の飯はまだ充分に蒸れていない炊き立てのをよそうために、ほんの一口ほどにしかつがれていない。つつましやかながら共に食を摂る和やかさが一同の上に通い、客達は初座の不吉な花の事等すっかり忘れ去ったようにみえた。その中へ幾分晴々とした顔で、銘々盃を黒朱の盃台にのせ右手に徳利を持って青厳堂が現れた。そして主人の酌で客人が盃を干す頃には、常の初釜と変らぬ静かだが陽気な雰囲気が盛り上がっていた。

「どうぞ、お代りをお出し下さい」

銚子を正客へ預けて去る主人に吉川氏が云った。主人自らの手での給仕を恐縮して、給仕の者を使用してくれとの挨拶である。それに答えるように煮物を運んできたのは、体格のいい中年の女だった。暖かいのを尊ぶ煮物は鴨の蒸したものと筍にきのこ、味も申し分なく椀の中で温かそうな湯気を立てていた。今度は主人が黒手附の飯器を運んできた。

「こちらへお任せを」

正客が云った。主人は云われるままに客の前へ飯器を置くと、「お汁をお替え致します」と盆をささげた。正客の汁椀が蓋のまま出され、主人がそれを受取った。

一同の替汁が済むと、甘鯛のてり焼が青竹の箸を添えた平な手鉢に並べられ、香物と共に出された。続いて替の飯を盛った飯器と、酒にこのわたの強肴が来た。主人はこれ等を正客の前に置いてから茶道口に退り、

「何卒、ごゆるりと召上り下さいまし。暫く次の間にてお相伴致します」

「どうぞ、御持出しを」

吉川氏が云った。

「いえ、それには及びません故、次の間にてお相伴致します」

これらは全て定った儀礼の言葉である。いかにも日本古来の倫理を象徴したような作法であるが、飽くまでも

趣味であり昔をしのぶ高尚な娯楽である茶の道に、合理不合理は論ずべきものではないだろう。茶の湯を現代人にアッピールするように合理化しては、という説には相良は賛成出来なかった。

「勝手にてお相伴致しました処、不味なものばかりで誠に召し上がりにくうございましたでしょう」

暫しの後、襖を開けて青巌堂が云った。

「酒、飯は充分でございましたろうか」

正客の答礼を待って鉢類や徳利が引かれ、代って吸物椀が運ばれた。これは一名箸洗いとも呼ばれるもので、みは極く少量にとどめるのが常である。菜の花の三分ほどに開いたものと、銀杏のみが一つ浮んだ風雅なもの、八寸は鮭の切身と百合の根、和気あいあいの内に主人と客とが盃を交わす千鳥の盃となり、酒を嗜《たしな》まぬ青巌堂は僅かに頬をそめていた。

「最早充分頂戴致しましたので、何卒御納盃下さい」

主人は客の言葉と返酬を受けて酒を飲み終ると、八寸皿と銚子を持って退った。給仕人の手ですぐに湯次が運ばれ、椀や膳の汚れを拭き取ると皆一斉に箸を落した。これが食事の終った合図であり、主人はこの音で茶道口を開いて膳をさげるのである。主人、客ともに満足して懐石は終った。正客が不慣れな細野老人であったにも拘らず、万事スムースに運んだのは次客の吉川氏の采配もさる事ながら、詰の暁徳堂の茶席に慣れた働きのためであったものと思われる。

膳が残らず引かれると、季節にふさわしい寒牡丹を人数だけ入れた永楽焼の菓子器が、正客の前に置かれた。満腹した舌にも上品な菓子の甘味が快かった。

中立

菓子を食べ終ると客人達は席入りの時と同様に、掛物、炉等を拝見して茶室を出た。濃茶の手前が始まるまで一旦茶室を出て、腰掛で主人の合図を待つのである。露地に出てみると手水鉢の所に入れ替えたばかりとみえる、湯桶が出されていた。腰掛では人々が小声で話合っていたが、細野老人と吉川氏とは常の客でないだけに相客とは馴染が薄く、他の客達の方で遠慮している様子で、二人だけで話す事が多かった。

「こういった茶事に招かれたのは始めてでしてな」

次客に向って老人は卒直に云った。

「貴方にいろいろお世話を掛ける。時に貴方もここは始めてですか?」

「ええ」

吉川氏が低く答えた。

「御主人とは他の席でよくお会いしますがね。お招きを受けたのは始めてです」

「相良さん、ちょっと」

耳元で柳原が囁いた。青厳堂の義弟とは云っても腹違いの妹婿で、子供のない主が養子のように扱っている、相良とはあまり違わぬ年格好の男だった。青厳堂の云いなりになっている気の弱い彼は、妙に相良とは気が合った。

「え?」

相良も囁き返した。小声ながら皆それぞれに話し合っていたので、二人の会話に注意を向ける者もいなかった。

「私は心配です」

茶人とはみえぬ異国的な彫の深い大きな目が、おどおどと相良を見上げた。

「今までは何事もなく済みましたが、例の金盞花の事が気掛りで……」

「なあに、誰かのいたずらですよ」

事もなげに相良は云った。

「そうでしょうか。でもどうも私には不吉の前兆のような気がして……」

「青厳堂さんは権威ある茶人です」

相良は相手の握りしめた両手の上に、いたわるように手をのせて、

「嫉妬や反感を持つ誰かが、この会をぶち壊そうとしてやった事でしょう。だが敵は失敗しましたよ。青厳堂さんの見事な主人振りはあんな事があったのさえ、きれいに忘れさせたじゃありませんか」

柳原は不承不承に頷いた。そこへ主人が迎えにやって来たので、彼等の話は一時中断した。普段は直接主人が腰掛まで出迎える事なく、合図の鳴物を打って知らせるのだが、今日の主客を敬って特別に配慮したものとみえる。

後座入、濃茶

客人達は再び手水を遣った。間違いを糺す者の居ない正客は、初座の時と同様妙な手つきで手洗いを済すと、

またしても鉢の蓋を閉めた。

茶室の床には常席通りに切り立ての花が活けられてあった。勿論今度は主人の手になるものであろう。竹製の器の露の垂れそうなのに五分咲の寒山花が清楚なものに映った。掛物は初座と変らず無学。

「お茶を差上げます」

一同の着座を待って、紫の袱紗を付けた青厳堂が茶道口で一礼すると、家宝であるのんこうの茶盌《ちゃわん》を捧げてすり足で這入ってきた。人々の目は期せずしてその茶盌に集った。年に一度、初釜の時にのみ使用するという青厳堂の秘蔵の品である。彼はその茶盌と茶器との置合せを済すと、凝った形の建水をさげて現われ襖を閉めた。濃茶の手前に取りかかる青厳堂の顔には、さすがに緊張の色が張っていた。全く老人とは思えぬ見事な手前である。茶筅《ちゃせん》とおしは現代の宗匠になって簡素化されているが、彼はわざと旧来の大きく茶筅を廻す表独得の形を用いた。茶筅を心持廻しながら目の高さまで持ち上げる時にも、青厳堂の手にはいささかの震えもなかった。

茶をたてる時の彼は、あらゆる雑念を払って茶の湯の世界に溶け込んでいるようにみえた。茶に凝る余り、性格は弾力性に乏しく一部の者からの悪評もきくが、彼の手前に関してはさすがに誰も指一本触れ得なかった。

茶筅とおしを終り茶盌を拭くと、濃茶器から茶杓《ちゃしゃく》で抄《すく》う抹茶の深い緑が、渋い茶道具に快い調和で溶け込んでゆく。青厳堂の右手が器用に柄杓を扱い、茶盌に汲み入れた一の湯でゆっくりと練り、次に注ぎ入れた湯で点茶した。小粒のあわが茶の表面を残らず覆って、僅かに中ほどが盛り上がっていた。茶盌は懐中袱紗と共に道具畳の外に並べられる……。

「お服加減、いかがでございますか？」

正客が一口服した処で、主人はうやうやしく問うた。

「結構なお服で……」

細野老人は答えて次の二服の後、飲み口を懐紙で拭って次客の吉川氏へ渡した。

「結構なお服でありました」

吉川氏が一服した時、袱紗をつけて客向きに威儀を正して坐る主人に、老人は繰り返していった。

「お茶銘は？」

「雲の井でございます」

「お詰所は？」

「松鶴園にございます」

うつ向き加減に主人は答えた。通常茶を点ずる場合、一つの茶盌では五人分までとされているが、この青厳堂の初釜のように七人の客を同時に招く場合には、便宜上四人と三人に分けられる。最初の四人は主茶盌にて服し、残りの三人には替の茶盌が用いられるのである。従ってこの場合、四客の藤尾が服し終えると主茶盌は主客に返され、そこで主人の懐中袱紗とともに詰の客が終るまでそのままに置かれ、しかる後に拝見に廻される訳である。

やがて替の茶盌が五客の柳原の手で引き寄せられた。

「お先きに……」

柳原は自分と相良の間に茶盌を置くと低い声でいった。それから自分の前に置きかえて袱紗に受けた。義兄は鋭い目差しで、自分の跡を継ぐべき弟子の様子をちらと見た。

「お服加減、いかがでございます?」

主茶盌の時と同様、主人は問うた。

「結構な……」

いいかけた柳原は急にわなわな震える手で茶盌をおろすと、胃の辺りを押えて蹲《うずくま》った。喰いしばった歯の間から切なげな呻き声が洩れ、悪寒のように五体をがくがく震わせている。

「どうなさった?」

青厳堂が躙り寄りながら口早やに問うた。

「え? 黙っていては判らん、どうなさった?」

「胸の辺りが何か……」

「苦しいのですか?」

暫くは呆気に取られて傍観していた相良が、あわてて彼を支えた。他の客も茶事の最中である事も忘れて立ち上がった。

「何という事だ」

おろおろ声で青厳堂がいった。柳原は真っ蒼な油汗のにじんだ顔を上げた。

「すみません、皆様、あのお茶を一口のんだ処……」

「何をいいなさる!」

むっとしたように青厳堂が怒鳴りつけて、柳原の前の茶盌を指差した。

「この茶に毒でも這入っているとお云いか?」

「いいえ、決してそんな訳では……」

「わしは断じて毒など入れはせん」

柳原とは逆に、真っ赤な顔で青厳堂は茶盌を取り上げた。

「あっ! 何を遊ばすのです」

「この茶盌に害のない事をお見せする」

「およし下さい。そんな無謀な……」

弱々しい声で柳原がとどめた。

「何が無謀だ。青巌堂の点てる茶が露ほども怪しまれては堪らん。由また万一毒でも這入っていたら、わしが生きておられるとお思いか」

頑固な老人は義弟の手を振り払った。そうして客達がとめる暇も与えず、自分の点茶を飲み干してしまった。

「私は……御覧の通り何ともございません」

茶盌を畳の上に置くと主人はいった。

「皆様にも、安心してお茶を差し上げられます。お前さん、まだお痛みか？」

「はあ……」

柳原は苦し気に答えた。主人は幾分和んだ顔で、

「次へ下らして頂きなさるがいい。病人が茶席に連っていてはかえって御迷惑」

「そうなさい」

相良もいい添えた。柳原は頷いて、介抱しようとする相良を制すると、相客に中座を詫びながら退出した。

「何とも……飛んだ御無礼を致しました」

茶道口の所に退って青巌堂が詫びた。彼も顔色が優れず、唇の辺りが僅かに痙攣していた。


「いえ、だが義弟御さんは大丈夫ですか」

「有難うございます」

主人は重ねて辞儀をした。

「誠に御気分を害された事とは存じますが、主人役と致しましては、このまま続けさせて頂きとう存じます」

言葉は慇懃《いんぎん》だが、否やをいわせぬ強引な調子がこめられている。義弟の容体を気遣う様子はいささかも見せなかった。自分が飲み干した替茶盌をゆすぐ彼の手も、普段の調子と変らなかった。替茶盌の主客を失った相良は、点てられた茶を自分で引き寄せなければならなかった。

「お先きに」

詰の暁徳堂との間に置くと、一礼していった。何とはなしに、詰の客と相良の目が会った。暁徳堂の穏やかな顔も、ある種の疑問を蔵して複雑だった。自分の袱紗に受けて押し頂いた時、相良は一同の目が自分に集っているのを感じた。

「お服加減いかがでございますか？」

何事もなかったような平静な口調で、主人は義弟にいった言葉をもう一度繰り返した。

「結構なお服でございます」

答える相良の声は空虚だった。——柳原が急に苦しん

だのは何故だったろう。――三服すると暁徳堂との間に置いた。

「お袱紗を」

詰の客の声を別の世界のものにきいた。次客へ渡すべき袱紗を懐中していたのだ。

――柳原は大丈夫だろうか。今にもこの部屋の襖が開けられ、彼の死を告げる家人が現われるのではないか……茶には別条なかった事は青厳堂が自ら実証した。してみると柳原の苦しみは何のためだったろう。それにあの花……彼は神経質にあの花を気に掛けたが、例の不吉は今の変事を予告したのだろうか――

「お先きに」

四客の藤尾が囁いた。相良は無意識の裡に礼を返した。時代のついたのんこうの茶盌白山と、渋い金茶地に古風な花鳥をあしらった懐中袱紗が拝見に廻ってきた。時価五百万を超えると噂されている名物茶盌も、相良の目には古ぼけた茶盌以上のものには映らなかった。出し袱紗は千家十職の一人である友湖の仕立と思われる。

二品は暁徳堂に廻った。道具を好む風流人の習性を残らず身に着けた彼は、嬉ばし気に白山を自分の前に引き寄せると、まず畳に両の手をつかえて左右から据り具合を見た。次に両肘を畳におとすと、茶盌を畳すれすれに取り上げて愛しむように眺め入った。とその瞬間、彼の顔には疑惑の影が走った。何気なく暁徳堂を眺めていた相良にはそれが何かは判らなかったが、不審気に眉を寄せる通人の様子は、若い検事の心を動かした。しかしすぐに詰の客は何気ない普段の顔に返って、袱紗をつぶさに眺めると二品を正客の前へ運んだ。細野老人はざっと見返してから、主人公の前に揃えて返した。

主人は斜に向きを変え、返された主茶盌を慎重に右手で取り上げて左手をそえ、再び右手で自分の正面に置いた。それから優雅な手つきで湯が注がれ、主人の小さな手の中で白山が大きく廻わされた。途端に何を思ったか青厳堂の口から「あっ」という叫び声が洩れ、名高い茶人である彼が茶盌を取り落したのである。湯がこぼれて辺りの畳を濡らした。

「これは！　茶盌が変っております！」

顔色を変えて主人は叫んだ。

「白山が……偽せ物と取り替えられて！」

「え！」

茶盌を取り落したのは主人の失体かと思っていた客達は、意外な事の成行に呆然として総立になった。

「暁徳堂さん、貴方のお見立の時は？」

主人は振り返り様、気ぜわしく詰の客に問うた。暁徳堂の人のよさそうな顔に苦しげな色が浮んだ。

「実は……私も気付いておりました。だがまさか御主人が初釜の席に偽物を出されるはずはない、自分の見立違いかと思っておりましたのに、やっぱり……」

「御主人、ここにいる誰かが本物と偽物をすり替えたといいなさるのか」

細野老人が癇性らしく切り込んだ。

「貴方に招待された客の誰かが、不心得を起したとでも」

「お許し下さいまし。御隠居様」

青厳堂は畳に頭をすりつけた。

「皆様、どうぞ復座なさって下さい。そして御異存がなければこのまま続けさせて下さい。唯今の事はなかった事に致しましょう。皆様にも何卒御内分に……」

「放っておく訳にはゆきませんが、茶事はこのままお続け下さるがいいでしょう」

次客の吉川氏が寛容な慰め顔で云った。青厳堂は礼を述べて、もう一度湯漱ぎした偽の白山を下に置いた。

薄　茶

「誠に勝手ながら、お続けにお薄をお願い申します」

気を効かして吉川氏が言った。正式ではここで濃茶の道具一切を引いて後炭の拝見の後薄茶を点ずるものだが、時間の都合で客人から所望があれば続け薄茶にする事も出来る訳である。客の言葉で主人は建水を持ち去り、代って紫檀の煙草盆、薄茶菓子三種をたっぷり盛った菓子皿とを運んできた。

今日のために用意を整えられた心遣いの品々も、最悪の雰囲気を和らげる役には立たなかったようだ。客人は砂を噛む思いで機械的に名菓を口に運んだ。

――名物茶盌が盗まれた。しかも自分の目の前で――

口に入れかけたさざれ石が、そのまま懐紙の上に落ちた。

――時価五百万。捨て値で売っても三百万は下るまい。大金だ。だが茶道具に限って金だけを目的の盗難とは思えぬものがあった。類のない名物茶盌ともなれば、茶人の垂涎の的である。それを手に入れるためには気違いじみた手段に訴える者もあろう。だが、この中にそんな亡者がいるのか――

「お薄を差上げます」

僅かの間に見違えるほど憔悴した青厳堂が、薄茶盌を前にして手をつかねていた。

――あの不吉の花は無意味なものではなかった。あれが予告したものは白山の紛失だったに違いあるまい。それにしても茶盌がすり替えられたのはいつだったろう。青厳堂はこの茶席に運び入れる間際まで、充分検査していると思われる。従ってすり替がこの席で行われたのは疑いの余地のない処だ。だがその機会はいつか――

「お先きに」

萩焼の薄茶盌が相良の右に置かれた。

――主人公を入れて十六の目が光っている中で……ただ柳原が苦痛を訴えた時、僅かの間ではあったが一時注意が柳原に集った。主茶盌は正客の前に置かれたままで……この事は何を意味するのか――

吸い切りの音がして茶盌が相良の前に置かれた。盃の形に似た浅くて広い薄茶盌は萩焼の特徴として、足に三角の切り込みが這入っていた。

「お続けにいかがです?」

萩の茶盌と引きかえに点茶された瀬戸の薄茶盌を藤尾との間に置くと、相良は云った。そして先客の辞退の礼を受けると、詰の客人に挨拶する。

「お先きに」

「どうぞ」

暁徳堂は会釈した。

――柳原の油汗のにじんだ真っ蒼な顔。彼は本当に気分が悪くなったに違いない。だが茶の故ではなかった。

――

薄茶を服し終り吸い切りの音を立てると、相良は簡単に茶盌の拝見を済せ、詰の客の右隣に置いた。

――そこに、何らかの鍵が隠されているようだ。犯人は柳原の変事の折を利用したらしいのだが、あの急病は偶然に過ぎなかったのだろうか。犯人の作意が働きはしなかったか。それにちょっと見た位では判別のつかぬほど精巧な偽物を用意する事が、果して可能だろうか。特別に職人に焼かせたにしても、見本もなくてあれだけの物が出来たものだ。それにあの花が――

「お続けにいかがで?」

暁徳堂の低い声がして、相良の左に茶盌が置かれた。

「結構です」

相良は云って返礼した。暁徳堂は最後の薄茶を自分の前に引き寄せた。

「お手前、頂戴致します」

――あの金盞花を活けたのは犯人だったろうか。それとも他の、犯人の意図を窺い知った何者かが主人や客人に対して警告の意味を持たせてやった事なのだろうか――

「どうぞお終い下さいませ」

暁徳堂が返した茶盌の湯すすぎを終った主人に、吉川氏が云った。主人は茶盌を置くと僅かに客人の方へ首を向け、再進を問うたが客の辞退で、「一まずお終いに」と柄杓を握りに取った。そして水差から汲み取った水を、湯すすぎを済ましたばかりの茶盌に注いだ。茶筅とおしを終り水差の蓋をした処で、吉川氏がさすがに何事もなかったような平静な口調で、三器並びに薄茶器の拝見を乞うた。濃茶器、茶杓、袋、薄茶器の順で客向きに並べられ、主人は茶道具を引きにかかった。

――茶席に這入る時、手に持つ物は扇子が一つ、懐に懐紙と袱紗を入れるだけである。体の線を隠す和服を着用している者には、茶盌一つ隠す位訳はないと思われるかもしれないが、坐したままでいるとはいうものの、比較的動きの多い茶事の中で、濃茶盌を人知れず身につけて茶席に臨むのは容易な事ではないのである。袂の中では、幾度か躙り歩き、手を延ばす客人の作法を守っては到底隠しおおせるはずはなかった。復帯にでも隠せば隠せない事もあるまいが、それでは咄嗟の場合簡単に取り出してすり替える事は難しい。それに勿論本物をどこかに隠しているはずだが、一体どこなのか――

「お先きに」

四器の拝見の挨拶が、藤尾から相良へ送られた。

――犯人が今なお身につけているとは思えない。という事は、つまりこの茶室のどこかに隠されているとみるべきだろう。だが咄嗟に人知れず隠す場所が、この茶席にあろうとは思えなかった――

藤尾の白い手が、藤四郎の作とみえる癖のない肩衝の濃茶器を相良の右に置いた。黄楊《つげ》の茶杓は如心斎宗匠の作。友湖仕立の緞子のしふく、薄茶器は春慶塗の平棗。

――それにしても犯人は、すり替えがすぐには見破られないとでも思ったのだろうか。詰にひかえる暁徳堂が茶道具の鑑定の大家だという事は、のんこうの茶盌の値打が判るほどの者なら心得ているはずである。それに主人の青巌堂もすぐに見破ったではないか――

茶道口の襖が開かれた。

「結構なお道具でございました」

四器を前に客向きに正座した主人に、吉川氏は形通りの礼を述べ、主人の顔にも弱々しいが満足の色が浮んだ。

退出

「お席立ちを……」

暁徳堂が背中を軽く押した。先客の藤尾はすでに躙り口まで退っている。相良は再見する振りをして茶盌を隠せそうな場所を物色したが、目のとどく限りではそれらしい所もなかった。


「皆さん、暫くお待ち下さい」

退出した人々を前に相良は云った。

「怖れ入りますが、もう一度待合にでもお這入り頂けませんか?」

「貴方は?」

吉川氏が審し気に問うた。

「地方検事の相良です」

「検事ですと?」

妙に若々しい声で細野老人が云った。

「とんだ所で職業が役に立つ訳ですな」

「お役に立ちますか、どうか」

相良の語調は冷たかった。

「一応待合へ、皆さん参りましょう」

主人は蒼い顔で客を見、それから相良に目を移した。

「私は、災難と諦めます。相良さん、見逃して頂けませんか。こんな事が表面立っては、私は、二度と皆様を、お招き出来なくなります」

「いや、御主人」

吉川氏が口を出した。多忙な彼は茶事が終り次第、早急に帰宅する予定だったようだ。

「我々としてもこのまま帰宅する訳にはゆきません。相良さんがこの席にいらっしゃったのは幸いです。どうか厳重なおしらべを願いたい。当然の事ですよ」

「しかし……」

青巌堂は気の毒そうに客人の前で頭を垂れたが、人々は相良の言葉通り素直に待合に集った。

そこへ、まだ顔色の悪い柳原が姿を現わした。

「ああ、もうよろしいのですか」

ほっとして相良が問うのへ、

「ええ、大した事もなくて。御心配お掛けしてすみませんでした。でも何ですか、大変な事が起ったとか……」

云いながらも柳原は貧血したようで額にべっとり汗をかき、茶席で苦痛を訴えた時よりも一層具合が悪そうだった。

「まだすっかりよくはないようですね」

相良は案じ顔に云った。

「貴方におききしたい事を先に済せますからすぐにおやすみになったがいいでしょう。時に、あの時急に気分が悪くなられましたが、どんな具合だったか話して頂けますね」

「面目ない話ですが、実はあの時の事は自分でもよく覚えていないのです。ただ急に胸の辺りが苦しくなって……」

「持病でも？」

「いいえ」

柳原は少し強く否定した。相良は額に手をやると、

「だが……お茶の故ではありませんね。御主人がすぐ後、同じ茶盌でおのみになって、何ともなかったのですから」

柳原は弱々しく頷いて畳に両手をついた。苦痛が再び襲ってきたのか、肩が激しく息づいていた。それをみては相良も尋問をやめぬ訳にはゆかなかった。

「お大事に」

相良は心細いほどすんなりした後姿に犒《ねぎら》いの言葉を送った。命に別条ないらしいのがせめてもの救いだった。

「あの花はただの悪さではなかったのでしょうか」

出て行く義弟を目で追いながら、主人は云った。

「私はお席入りのほんの少し前、茶室を見た時にはあの花はなかったのです」

「そうでしょうね」

相良も難しい顔になった。

「だが客人方は貴方の茶席の見廻りをなさった後は皆ここに集っていたので、活ける暇はなかった訳です」

青巌堂も相客も共に頷いた。

「ところで御隠居様」

細野老人は返事の代りに顔を上げた。

「貴方は拝見の時、お茶盌をどう御覧になりました？」

「わしはそういった事に詳しくないので」

老人は正直に答えた。

「吉川先生は、いかがでした？」

「生憎とこれを」

と氏は金縁の眼鏡に軽く手を触れて、

「はずしていたので確かには……」

「失礼ですが先生はいつもその眼鏡をかけていらっしゃるのですか」

「ええ、他の眼鏡では具合が悪いものですからね」

「他の茶会の時にも？」

相良の目が鋭く光った。

「そうです。不自由ですが」

吉川氏の答えは相良を満足させた。三客四客も目利が効かず、吉川氏も眼鏡をはずしていれば結局正偽の判別のつく者は、暁徳堂、青厳堂、柳原の三人だけとなる訳である。

相良は客人を帰す前に、勿論、厳密な身体検査を行ったし、茶室は元より、待合、腰掛、露地に至るまで充分探索したのだが、時価五百万円と云われる白山は遂に見出し得なかった。

後礼

「私ごとき若輩未熟者が、茶道の権威者の方々の前でこんな事を申上げるのは無躾ではありますが、何卒おき流し下さい」

その翌朝、後礼のために青厳堂を訪れた相良は、これも後礼に立寄った細野老人を除く昨日の相客、及び主人を前にこう語った。

「元来茶の湯の心とはわびさびを旨とした質素なものであったはずです。今日茶道は盛んになったとは云うものの、茶人は貪欲に高価な珍品を買い漁り、巨万の富を費してわびさびの名を借りた凝った茶室を建て、女は衣装や持物にきらを飾る。利休宗匠が、この有様を見られたら、茶の湯の復活を喜ばれるでしょうか。この度の茶盌の紛失事件も結局そういった類いの、虚栄から起った事でしょう。私には犯人も判っておりますし、例の白山がどうなったかも存じております。だが名を揚げれば、その方は再び茶道にたずさわる事が出来なくなりましょう。私としてもそんな事は望みません。私がここで申上げなくても、御本人は深く心を痛めておられると思われます。茶の湯の心に深い皆さんの事ですから、犯人は誰かと穿鑿《せんさく》なさりはすまいと私は有難く思います。茶盌をすり替えた方も二度とあんな真似はなさらぬと信じて、私共は忘れて差上げようではありませんか」

それだけ云うと相良は狐につままれたような人々をそのままに、帰り仕度を始めた。それから思いついたように、

「ああ、これは御主人に、昨日の御礼のしるしに持参しました。御笑納下さい」

薄く細長い包みを青厳堂に手渡した。

「相良さん」

門を出て数歩も行かぬうちに、まだ疲れの残っているらしい柳原が追ってきた。昨日と同じように真っ蒼な顔に、大きな目を見開いて相良を見つめていた。

「貴方、本当に犯人がお判りになったのですか?」

「本当です」

相良は答えた。

「役所へ出る所ですが、少し歩きませんか」

相手は頷いて彼について来た。

「青厳堂さんがお手元が苦しいという噂は、失礼だが本当だったのですね」

柳原は歩みを止めて相良を凝視した。

「あの方は、格式を誇っておられた。茶人としてだけでなく、名物茶盌白山の所有者として。白山は三カ月前にお売りになった。それを借金の返済に当てられ、やっと、昨日の初釜も出来たのでしょう。本当は、無理だった……」

「でも何故お判りになったのです?」

「決定的な証拠を見つけたのは後の事ですがね」

相良は悲し気な笑いを浮べて云った。

「しかし茶会で起ったいろんな出来事は、全て青厳堂さんを指していました。床の間の金盞花、貴方の急病、普段は招かぬ二人の上客、金盞花の事は我々、少し大袈裟に考え過ぎましてね。青厳堂さんにしてみれば茶盌の紛失事件に重みを加えるための、芝居だったに過ぎなかったのでしょう。しかし考えても御覧なさい。盗みを働こうとする者が、わざわざ床の間に金盞花を活けて変事を予告するような真似をするでしょうか。犯人の不正を知った他の客が、主人に警告の意味で活けたものとしても、青厳堂さんが最後に茶室を見廻ってから席入の時ま

での間、客人は皆待合で待機していたのですから、こっそり一人だけ茶席に這入る事は不可能でした。それに貴方の急病も。青厳堂さんは茶盌のすり替えが客人に出来る機会が欲しかった。だが自分の点茶に異常があるとは思われたくなかった。だが現に貴方が一口のんで苦しみ出した茶を、主人役であり茶事を進行しなければならぬ身が不用意に飲んだのは、私に疑惑を植えつけた一つでした。

「私は反対だったのです」

苦し気に柳原が云った。

「判っています。芝居とは思えぬあの時の貴方の顔色。私も危く欺かれる処でしたよ。正直な貴方には重過ぎる大役だった。それに青厳堂さんほどの茶人が、茶盌がすり替えられたと云って茶事の最中に茶盌を取り落された。普段のあの方を知っている私は、そこにも芝居を感じたのです。それから白山の偽物を巧みに作らせた点、茶盌の持主にしか出来ない事ですね。だが最も深い疑惑は二人の客です。常は招かぬ客人を招いた。細野老人は茶道に暗く、吉川氏が金縁の眼鏡をかけている事は、他の茶席で青厳堂さんも御覧になり、常客の思惑を無視してまでも招かれた。その不自然がこの鍵でした。しかも客人を七人にして替茶盌を使用し、白山を正客の前に置いたままにして例の芝居を貴方に打たせる事も計算に入れておられたはず。云うまでもなく茶道具の目利の出来る暁徳堂さんを正客に坐らせず、貴方の後の詰に廻すよう取り計られた——二人の上客はそれに利用されたに過ぎなかったのです。私には判りません。暮しのために家宝を手離した事を、そんなにまでして隠さなければならぬ心が……私は以上の疑問をまとめると部下の連中に内密に調べさせました。その結果、玉秋園で三カ月前に買い取った事を突きとめたのです。店主は勿論固く口止めされていたようでしたが、訳を話して口外しない約束できき出しました。あれは物好きな外国人の観光客が買って行ったそうですよ」

「可哀そうな義兄」

柳原が呟いた。

「来年の初釜から白山を使用せぬ口実を作るだけのために……」

その頃、青厳堂は相良の土産物である利休宗匠の歌を記した短冊を、幾度も読み返しては老いの目に涙を浮べていた。

釜一つ持てば茶の湯はなるものを
よろずの道具好むはかなさ

二枚の納品書

大風に伴う豪雨が生々しい爪跡を残した三十二年八月、熊本県下では大河の氾濫で多くの人命が失われた。分けても惨事を極めたのは低地の上に山に面した崖っ淵に建てられたK市S町の人家である。豪雨に依る山崩れのあおりを喰って二軒の家が全壊し、十一人の家族がことごとく生埋めになった。発掘された死骸はいずれも虚空を摑んだ苦痛の形相も凄じく、腹は臨月の妊婦のようにふくれあがり、惨事を見慣れた人々も思わず目をそむけたほどであった。当の人家は危険地区に指定された場所だったため、災害以後は再建する者もなく打ち捨てられたままになっていた。惨状の物凄さと現場が淋しい場所であった処から幽霊が出るという噂も立って、暫くの間は誰も近寄らなかったが、二三年の後には恰好な子供の遊び場になった。降り続いた雨がやっとあがった三十×年十月十四日、学校帰りの子供達が四五人その空地へやって来ると、普段その場に見馴れない物が置かれているのを見付けた。かなりの嵩のある物で、布に包まれ、上から申し訳程度に枯草がかけてあった。

「ありゃ何だろか?」

好奇心にかられた子供達はこわごわ覆いを外しにかかった。しかし大した手間はかからず、上からかけただけの薄っぺらな布は、するっと外れたのである。

「出たあ!」子供達は悲鳴をあげるや、一目散に逃げ出した。覆いの下には俯伏せに仆れた女の死骸が横たわっていたのである。

東警部は死骸に目を据えたまま険しく眉根を寄せた。当市に赴任して最初の殺人事件である事を思い、被害者のけばけばしい身形《みなり》から水商売の女であるらしい事、めった切りにされた惨酷な手口から見て痴情もしくは行きずりの変質者の仕業らしい点が、難解なケースだとの感を深くして彼を憂鬱にしたのである。

被害者は三十前後と見える大柄な女で頭髪を紅く染め、長く延ばした爪には燻銀色のマニキュアをしていた。所持品と覚しきビニール製のハンドバッグが一つ口を空けて落ちている周囲には、中の小物が散乱していた。殺される際に女はかなり抵抗した様子である。察する処、被害者は何者かに誘い込まれるか力ずくで連れて来られるかして現場に来た上、羽掻い締めにされて背後からめった切りにされたようであった。兇器は太めのナイフと推定され、十数カ所の刺傷の内で致命傷となったのは右脇から心臓に達したものだが、その一刺しがなくてもほどなく出血多量で死に至ったであろうと思われた。

女が所持していた物が前述のハンドバッグ一つであったとすれば金品を奪われた形跡はなく、止金の外れた財布の中には五千円近くの現金が手つかずになっていた。この事実から推して物盗りが目的であったとは考えられず、痴情、怨恨、もしくは変質者の仕業との推測が強くなった。殺されたのは秋雨の続いた前夜以前と覚しく、屍や遺品が濡れていた。

検屍の結果、事件の起ったのは発見の前日、十月十三日の午後二時乃至三時と推定され、残酷な手口にも拘らず凌辱の跡は認められなかった。遺品は着衣とハンドバッグ及びその中身、皮製の財布と安物の煙草ケース、ヴァイオレットの印刷のあるバアのマッチ、ハンケチにちり紙というありきたりのもので、身元を証明するものは見当らなかったが、マッチ箱の印刷にあるバアは意外にも福岡のものであった。察するところ被害者はヴァイオレットなる福岡のバアの女であり、何かの理由でK市を訪れた時に惨劇にあったようである。

東警部は福岡へ女の身元を参照すると浜崎刑事を呼んだ。

「被害者がバアの女給だとすると、所持品の中に名刺が一枚もないのが可笑しいと思う。水商売の女はいつも名刺を持って歩くものじゃないか」

「加害者が持って行ったのかもしれませんね」

浜崎は云った。警部は頷いて、

「そうかもしれん。身元を隠すための小細工だ。それにバッグの中身の散らかり方は格闘のためだとは思えない。犯人が持物を物色したと考えてよかろう」

「市内での女の足取りを洗ってみましょう。何か判るかもしれません」

「頼む」

浜崎刑事が出て行くと入れ違いに安永刑事が這入って

来た。

「被害者の靴の中敷きの下から妙な物が出てきました。これです」

湿ってぐしょぐしょになった薄っぺらな二枚の紙片である。

「何だ。これは」受け取って透し見ると、

「納品書のようだな。靴の中にあったって?」

「そうです」

納品書は皮靴を透した雨水に濡れしおって文字もさだかでなくなっている。微かに見えるのは納入先の印形と、かなりはっきり残っている納入先の印刷文字であった。それに依ると二枚とも納入先は二耕電気工事KK、納入したのは大倉商事K出張所とある。しかもその二枚は同時に納品した続きものではなく、それぞれ別の時に納品したのを記したものらしく、二枚ともに空白を残した跡が認められた。元来納品書は控、写、本紙、検収書の四枚が一組とされ、この内納入先へ渡すのは本紙と検収書の二枚、出張所であれば写しは本社へ送り、控だけは一冊の納品書に残して納入先に厳重に保管される。靴の中から発見されたのはこの控えの部分であった。保管されていなければならぬはずの納品書の控えが勝手に破り取られて、何故こんな女の靴の中に這入っていたのかは不明だが、この残虐な殺人事件の解明に当って無視出来ぬ事柄のように思われた。

後に福岡の警察からの連絡に依ると、被害者は予測通りバア・ヴァイオレットの女給矢野良子、二十九才、十三日からヴァイオレットに姿を見せていない事が判明した。

東が報告書と不明瞭な納品書とを見比べている処へ、市内を廻わった浜崎が戻って来た。

「どうだ。何か判ったか」

紙片から目を離すと警部は云った。

「え、女は十三日の午頃《ひる》三方閣という旅館に部屋を取っています。日数はまだ判らんが二三日泊る事になるかもしれないと云っていたそうです。着いてから一時間ほどして出て行ったまま夜になっても戻らないので、旅館の者も変だと思っていたと云っていました」

「どこへ出かけるとも云わなかったのか」

「黙って出かけたそうで、道も尋ねなかったという事です。ところで身元は割れましたか」

「ああ、マッチにあったバアの女だ」と東は短く答え、「それに妙な事が出来た。これを見ろ。靴の中から出てきたものだ」

　浜崎刑事は納品書を受取ると警部がしたように目の高さに差しあげた。

「これは控えのようですね。大倉商事と二耕電気の社名が見えますが」

「良い塩梅だ。女の周辺を洗うには福岡へ誰かをやるとして、我々は一応この二社を当ってみよう」

　薄っぺらな紙片を摑むと東警部はすでに立ちあがっていた。

　大倉商事は表通りを少し這入った裏町にある元司法書記の跡を借りて事務所を構えていた。小規模な構えを意外に思いながら呼鈴を押すと、出てきたのはずんぐりした小男であった。赤黒い鈍重な顔をしている。

「大倉商事の方ですか」

　東の問いに男は不審気に頷いた。

「責任者の方に会いたいのですがね」

「私がそうです。吉次二郎と申します」

　鄭重に男は答えた。東は警察手帳を相手に示して、

「少しおききしたい事がありますが這入って構いませんか」

「どうぞ」

　動じる色もなく男は招じ入れた。まるで陽の射さぬ内部は、細長い土間を衝立で仕切った奥に、事務机が一脚置かれているだけだった。机の上には電話が一つと木製の書類入れが一つ、鉛筆やペンが雑多に這入った筆入れが文鎮代りに書きかけの書類の上に置いてあった。奥は一間かせいぜい二間で自宅になっているらしい。

「従業員は他にないのですか」

　あまりに簡素な内部に驚いて東は尋ねた。

「はあ、私が一人でやっとります。本社も人手不足なもんですから、私が何もかも一人でせんばなりません」

　男の言葉には佐賀訛があった。

「実はこの書類ですがね」と東は早速例の納品書を男の目の前に差し出した。「お宅が発行されたもののようですがいかがです」

　男は受取ると大仰に首を傾げた。

「ふーむ。可笑しかですね。確かに内の控えですが、こんな風に破った覚えはないです」云いながら急に気付いたように、「あ、これは前のもんですよ。今はナンバーが印刷になっとりますが、これはほら印刷の跡がありません。それでも一応調べてみましょうか」

　背後の深い引き出しから埃をかぶった書類を引き出す

と、男は幾冊かの納品書が束になったものを数個並べて見せた。

「五年以前のもんは処分しましたがこれは三十二年からです。もっとも二耕電気さんと取引きを始めたのは三十三年の夏頃からですし、三十五年にはこの通りナンバーが印刷に変りましたから、三十三年から三十四年までで良いでしょう」

云いながら彼は東の目の前で入念に一枚ずつ納品書を繰り始めた。小口の納品書で各社雑多に記されている中で、二耕電気の名がしばしば見られた。

「私がこちらへ来たのは」と機械的に節くれ立った指を動かしながら吉次は云った。「三十五年の八月でして、その前は松村という人が担当でした。ですからそっちに当ってみられた方が良くはないでしょうか」

「その人、今は?」

相変らず納品書のナンバーに鋭い目を注ぎながら警部は問うた。

「福岡の本社に居ます」

吉次は手際良く書類を繰り終った。ナンバーは書き入れたものだったが、東の見る限りではいずれにも欠損はなかった。とすれば手元にあるこの控えは一体何なのか。不明のまま東は該当する年月日に発行された二耕電気宛の納品内容を残らず書き写すと、男に命じて台帳を開かせた。印刷体のようにきれいな楷書が並んでいるのは、先代の松村の筆跡であろう。目くらめくような数字の羅列であった。月末の売上げ平均はざっと二百万という処、その内二耕電気への納入は十パーセントを上廻わっていた。東の目は無意識の裡に事件とは関連の薄い三十五年以後の数字に走った。三十五年八月から、がらりと書体が変り、読み辛い稚拙な字が並んでいた。

「失礼だが、ここの経費はどれ位かかっていますか」

台帳から目をあげると突然東が尋ねた。男は不意の質問に目を見張った。

「三万円貰っています。家賃や電話料にしても馬鹿になりませんので」

それから東は暫くの間吉次と話を交わしたが、相手の口は重く大した話もきき出せなかったようである。被害者の写真を示したのに対しても吉次は頭を振っただけであった。

「あれが出張所一切を取りし切っているんですかね」

大倉商事を辞すと浜崎刑事が話しかけた。「当然セールスもやるんでしょうが、あれじゃ蔵男という柄ですね」

「蔵男。古風な言葉を知っているな」若い刑事の言葉に東は微笑んだ。「全く君が云うようにあの男、外交は巧くないらしい。あの男の代になると台帳の売上げが目に見えて減っている。三分の一という処だ」

「二耕電気にまるで出ていませんね」

「うむ。それに可笑しい事がある」

「と云うと?」

「大倉商事は電線関係のメーカーの代理店だ。従って利潤は大方知れている。あれっぱかりの売上げで経費を三万円も使っては赤字かもしれん。本社は良く黙っているね」

「あれだけ販路を拡げた先代を本社へ呼び戻して、無能な男を寄越すなんてねえ」

「吉次の話だとここの出張所は一応基礎固めが出来たから、腕の良い松村を一応本社へ戻して新しい販路を開かせる意向らしい」

「それにしてもあれじゃ松村の業績が無駄になってるようですがね。第一赤字を出しては出張所を置く意味がないでしょう」

東は黙っていたが、同じ事を考えていた。


二耕電気は電気会社の下請工事を仕事とする従業員五十人未満の小会社である。二人が訪れた時は敷地いっぱいに材木が置かれ、建物の背後では姦しい槌音が響いて黄色い保安帽を被った男が右往左往していた。社内は薄暗く、荒木のままの板張りが緩んで、歩く度に耳触りな音を立てた。

受付けで用向を話して応接室に通ると、ほどなく目鏡をかけた五十年輩の男が姿を現わした。

「私、富永と申します」と妙なアクセントで云った。

「何ですか納品書の事でみえたとか」

「これです。町で見つかった死体の遺品の中にあったものですが、大倉商事発行のお宅宛になっています」

富永は差し出された納品書を手に取った。

「可笑しいな。こんなものをどうして女が……」

「何かお心当りは?」

「いいや」力強く富永は否定した。「これは御覧のように控えの部分です。御承知と思いますが私共が受取るのは本紙だけでして、これは納入元が保管してなければならんはずです。私共には、この部分に関しては責任はない訳で、大倉商事が負うべきですよ」

「調べましたが、あちらの納品書にも不審の点はありませんでした」

富永は答える代りに目を見張った。

「以前は大倉商事との取引きが盛んだったようですね」

「はあ」

「だが今は、まるでないようですが……」

「何しろこの処他の商社も出入りするようになりまして、入札にしているものですから大倉と値段の折合いがつかなくなったのです。納期も長いししますから自然と取引きも立消えになっている有様なんです」

「なるほど、で、この種の納品書を直接受取ったのは誰でした？」

「材料の者です。太田という男が担当でしたが、今日は休んでいます」

東はここでも納品書の提出を要求して検閲した処、大倉商事のそれとは印で押したように一致していた。こうしてみると何ら疑惑を差し挿む余地はなかった。とするとこの納品書の控は何を意味するのであろうか。せめて文字がはっきりしていたら何とか打つ手もあるのだが、納品書の存在だけでは具体的な新事実からの解明を待つしかないようであった。


東は念のため女の写真を富永に示したが、予想通り富永は頭を振った。

二人は富永に太田の住居を教わると、夕暮れ近く二耕電気を辞した。

富永に教わった太田のアパートはすぐに判った。粗末な木造建てで一間きり、便所も台所も共同というささやかなものだった。

東達が訪ねた時太田は六畳の間に布団を敷いてやすんでいた。病身らしく顔色がひどく悪かった。室内が非常に狭い感じがしたが、それは粗末な部屋に不似合いな電化製品に囲まれているせいだった。一人住いの男の倹約の成果としても些か豪華に過ぎるようである。

東が来意を告げると太田は慌てて起きあがった。客を迎えるために立ちあがった男は見上げるほど背が高く、逞しい骨格をしていた。

「大倉商事との取引きに直接当って居られたのは貴方ですね」

「そうです」

うつろな声で太田は答えた。

「こういう物をS町で殺された女が持っていたんです

がね」

太田は納品書を一瞥したが何も云わなかった。

「大倉商事からのものですね。これの本紙を受取られたのは貴方ではないでしょうか」

「これじゃまるっきり読めませんから何とも申せませんです」

気分が悪いのか早く帰ってもらいたそうである。無愛想な口調だった。大倉商事の松村に関しては、出入りの業者というつき合いに過ぎぬと多くを語ろうとせず、被害者の写真にも見覚えがないと答えた。


「大倉商事の納品書を検閲していて思ったんだが」翌朝、福岡へ向う汽車の中で東は云った。「二三年前のああいった書類は存外ずさんに扱われたようだ。何といってもナンバーの箇所を自由に書き入れられるという点、納品書を何冊使用したという穿鑿《せんさく》も今日ほど厳しくはなかったろう。もっとも出張所は本社から使用済みの都度取り寄せるらしいぜ、あの当時ときては、本社もどの程度白紙の納品書の管理をしていたか怪しいもんだ」

「納品書を盗み出した奴が偽造でもしたんでしょうか」

「真逆、そんな事をしたって何の得にもなるまい」断定的に東は云った。「私が云うのは大倉商事に保存されている納品書が無欠であったにも拘らず、今一枚出所不明の控が現われたという件をそれほど奇怪視する必要はなかろうという事だ。従ってこの一件に関する限り松村を厳重に追及すれば、納品書が破り取られた事情は判ると思う」

準急「かいもん」は油煙が舞い込まないので快的だった。二時間の汽車旅は充分に話を交わす間もなく過ぎて、博多駅に着いたのは正午を少し廻わった時刻であった。駅には先に派遣した安永刑事が同僚と共に出迎えていた。

「例の女の勤め先での話だとさして問題の多い女でもなかったようです」旅館に着くと彼は上司に報告した。ヴァイオレットに勤め出したのは一昨年の暮れからですが、水商売は初めての経験だったらしいとの事です。真面目な方で、客との私的な交渉もなかったようですが、三カ月ほど前から男が出来て金を入れあげていたといいます」

「どんな男だ?」

「F大を中退して麻雀クラブなんかにとぐろを巻いていたごろつきです。名前は白水誠。男の方が年下ですが、女はかなり参っていたらしく、自分のアパートに引き入れて生活の面倒を見てやっていた様子です」

「二人の間は巧く行っていたのか」

「何といってもまだ三月位ですし、争いをしたという噂もききません。それから男には犯行当日のアリバイが確かりしています。十三日は女が熊本へ発つとすぐに友達の下宿で麻雀をやって、その日は徹夜だったと友達や家主も証明しております」

「女が何故急に熊本へ行ったのか判らないのか」

「ええ、何も云わなかったそうです。もっともヴァイオレットのマダムには出発前に五千円借りており、二三日中に返すと云ったそうですが……」

「なるほど。旅費と宿泊料で精いっぱいという処だな。しかし返済の当てがあったのかな」

「熊本へ行ったのは金策じゃないですかな」と浜崎が云った。「金を借りてまでやって来た処を見ると、確かな当てがあったようだな」

「ふーむ」

「納品書から何か割れましたか」

安永刑事が尋ねた。東は経緯を説明し、

「いや、一向に要領を得ん。内容が判ればもう少し何とかなるんだが、破損が酷くてものにならんのだ」東はまたしても一件を取り出した。「見た処これは同時に納入した品目の二枚続きではなく、全然別個に納入したもののようだ。何故これが二枚あるのか、そこが私には何かしら引っかかるのだ。靴の中にあったのは偶然ではなく、被害者が入念に隠蔽したと考えてよかろう。従って事件の焦点はこの納品書の周辺である熊本に絞って差支えないと思うが、もう少し具体的な証拠を集めた上でなければ結論は下せん。安永、君達は今まで通り女の身辺を頼む。バアに勤める以前は何していたか。それから今も云った大倉商事の松村、この男とのつながりも突きとめてくれ。我々は一応この納品書一本に絞る事にする」

出張所の貧弱な事務所に比して、本社は会社らしい二階建てのコンクリート造りであった。中心部からやや外れた問屋街の一角に位置する、従業員三十人未満の会社というよりは商店の昇格したものである。

大倉は五十そこそこの肥った男でひどい訥弁だった。氏の話に依ると前出張所員の松村は氏の甥に当り、子供のない大倉家の一番近い血縁者であった。試金石として九年以前熊本に出張所を構えた時、二十五才の若さながら商才の片鱗を示した松村を派遣したのは、ゆくゆくは大倉商事の跡取りとなるべく商魂を磨くためと、どの程度に販路を開くか手腕を試みるためとであった。松村は叔父の期待に背かず七年の歳月をかけて見事に仕事をやり遂げた。そこで一応熊本に根を下した出張所を吉次と交代させて本社へ呼び戻し、しかるべきポストに付けたという事であった。彼の話は吉次の語った処と一致した。しかるに松村の七年の努力を灰燼に帰しつつある吉次の無能振りを何故見逃すのかとの東の問いに対して、出張所員をしばしば変える事は本社の信用にもかかわるのだと答え、他の社員の士気を鼓舞するため、甥に与えた七年間の猶予を吉次にも与える積りだと説明したが、東には弁解めいたものにきこえてならなかった。更に大倉は女についても例の納品書についてもまるで心当りがないと答えたが、東はここでも快く台帳を開かせる事が出来た。

だが何気なく数字を追っていた東の目が、時々異様に光るのを傍らに立つ大倉は気付かぬ様子であった。しかしながら大倉商事へ足を運んだ目的の松村は、京都へ出張中という事で明日帰福の予定だときいても一日のロスはかなりの痛手に感じられた。

「全く運の悪い話ですよ」表に出ると浜崎が舌打ちした。「社長の話もあり来りだし」

「いや」と東は軽く否定し、「一つだけ気になる事がある。君は気付かなかったか」

「台帳に何か……」

「そうだ」と東は満足気に頷いた。「三十五年以降に欠損、つまり貸倒れ金額がひどく増している。ざっと二十万から三十万だ」

「何でしょう」

しかし浜崎にも当の東にもその金額の意味する処は摑めなかった。摑めないのはそれだけではない。遠く離れた熊本の地で福岡の女給が惨殺された。女が隠し持っていた二枚の納品書は大倉商事発行の二耕電気工事宛の物である。それを発行した当時の所員松村が本社に呼び戻されたのは、果して大倉社長の言葉通りに受取ってよいのだろうか。松村に代って出張所を任された吉次には今の仕事が不適格と思われる。しかるに大倉社長は言を左右にして彼をおろそうとしない。松村の時代には頻繁に註文を出していた二耕電気が吉次に代ると同時に発註を停止したのは、富岡課長の述べた値段の点だけだったろうか。そうした事柄と納品書とがどう繋がるのだろうか。ともかく、明日松村の帰福を待って彼の口から納品書の謎を説明させなければならない。だが明日と考えた時、東の心に不快な予感が湧いた。が、それが何なのか、彼自身にも判らなかった。

宿に戻ると、すでに安永刑事達が待っていた。這入って来た東を見ると二人の顔には同じような晴れやかな表情が刻まれた。

「ちょっと面白い事になりました」待ち兼ねたように浜崎は口を切った。

「うん?」

「被害者はバアに勤める前はどこに居たと思います? 熊本ですよ」

「熊本?」

「ええ。しかも亭主持ちだったんです。その亭主というのが大倉商事の松村なのですよ」

「松村の女房だったのか!」

「そうです。それが三十五年の十月末に福岡で離婚して旧姓に戻ったんです」

「で、原因は?」

「性格の相違という事ですが、当てになりません」

「結婚したのはいつだ?」

「三十年の六月です。あまり良い家庭の娘じゃなかったようで大倉社長も渋ったらしいのですが、松村がきかなかったとか」

「よくやった」東は珍しく部下を労った。

「それをきけば被害者にも納品書を手にする機会があった訳だ。何故控を破り取ったのかは不明だが、松村を締めあげれば事情がはっきりするだろう。二人が離婚したのが三十五年の十月だとすると、松村が本社へ転勤になってから二ヵ月後だな。それで大体読めた」

「何かやったんですね、松村が」

「ああ。どうやら費い込みらしい。松村は永年一人であそこを切り廻わしていたから、帳簿に穴をあけたのも珍しいケースではない。それを本社から助手として派遣された吉次に見付かった。そうなると大倉としても松村を出張所へ置いとく訳には行かん。大倉社長にとって松村は息子同様の大事な跡取りだ。親族会社だから重要なポストは親類縁者で固めている。従って当然この一件が洩れずにはすまない。重役陣は大倉が因果を含める事で何とかなるとしても、厄介なのは吉次の口から他の従業員に洩れる事だ。大倉はかなりのワンマンらしいが、そうなると、さすがに不問に付す訳には行かないだろう。そこで吉次には口止料として赤字を承知で分不相応な今のポストを提供しているという処らしい。本社の帳簿に載っている欠損の件は松村の穴埋めに当てたものではないかと思う。もっともこれだけの事をしてやったからには当然松村に対して条件を出しただろう。安永の話に依ると被害者は下層階級の出だという事で、成り上り者の大倉には好ましくない嫁だった。金額は判らぬが少からぬ大金を費い込んだ一件を善処してやる代りに、女を離婚する事を持ち出した……、これで大体発行元のごちゃごちゃした点は辻褄が合うようだ。辻褄は合うとしてもこんなのは枝葉に過ぎん。問題は何故松村の女房だった女が殺されたかという事だ」

話し終って東は煙草を咥えた。

「なるほど」東の煙草に火をつけながら浜崎は云った。「すると納品書も松村が勝手に使用したものが一冊や二冊はあったかもしれませんね」

「それ位はやり兼ねまい。明日もう一度大倉商事に行って今の仮説の裏付をしなけりゃならん。そして松村にも……」

松村の帰福予定は本日の午前中のはずであったが、予定の時刻を過ぎても彼は大倉商事に姿を見せなかった。自宅にも戻っていないという事で出張先へ連絡をとると、彼は予定を一日繰りあげて一昨日の夕方に出発している事が判った。とすれば昨日の昼過ぎには停っていなければならぬはずである。身を隠したという疑いが東に起った。更に故意か偶然か大倉社長が急用で関西に発ったという。もっとも社員に託された東宛の走書きに依ると、決して捜査を嫌っての上の旅行ではなく、用事を済せ次第連絡するとあった。

「松村の留守中にですね」階下の社員達の間を歩いてきた浜崎が息を切らしながら云った。「一度私用の電話が掛ったそうです」

東は不機嫌な顔を置手紙から離した。

「どこからだ」

「二耕電気の富永です」

「何?」

「掛ってきたのは十三日の午後です。出張している旨を告げると、連絡が付くかどうか尋ねたそうです。私用ではあるし面倒なので無理だと答えると、重ねて帰福の予定を尋ね、十七日だときくとそのまま切ってしまったという事でした」

きいている東の頬に血の色がさした。

「これはのんびりと松村や大倉を待ってはいられなく

なった。こっちは一応安永達に任せるとして我々は熊本へ戻る事にする。汽車の時間を調べてくれ」

熊本へ戻った東警部はその足で再び二耕電気を訪れた。相変らず槌音が響き、黄色い保安帽が飛び廻わっていた。以前と同様、東と富永は応接室で向い合った。

「何か判りましたか」

愛想良く富永は云って煙草をすすめたが、東は無視して自分のを取り出した。

「大倉の本社へ行っていました」と彼は云って上目使いに富永を見た。「松村には会えませんでしたが、ちょっとした事が判りましたよ」

「ほう、松村君は居なかったのですか」

「御存知ではなかったんですか」

「え。何故?」

「電話されたはずだが」

「ああ、そうでした」笑顔を作ってはいたが妙にこわばっていた。「大した事でもないので忘れていました。関西に出張だったんですね」

「用件は?」

「なあにね、十一月場所の相撲の券が手に入らないかと思いまして……」

「大倉商事と急に取引きを中断したのはどうしてです?」

「それは先日申したように……」

「ききたいのは本当の事なんですがね」無愛想に東は云った。「松村は集金を誤魔化していたのではありませんか。お宅のもその中に這入っていた。それが貴方の耳にも這入ったんでしょう。それで取引きをやめたのでしょう。違いますか」

「そこまで御存知なら仕方がありません」富永は殊勝気に答えて額に手をやった。「まあ私としては松村君が結果的に当社に迷惑をかけたというではなし、前途のある男に傷を付けたくないという大倉の意向を汲んで、まあ貴方にも本当の事を云いそびれた訳です」

「なるほど。ところで十三日の午後貴方はどこに居られましたか」

「私ですか?」質問の意味に気付かぬ様子で富永は無心に云った。「昼食を食った後、一時頃から三時頃までここに居ましたが。それから社が引けるまで自分の席を離れなかったと思います」

「ここに二時間もいらっしゃったのですか。永い客人ですね」

「いや、実は社の者で太田という男と一緒だったのです」

「太田って材料の太田ですか」

「そうです」

「用件は何だったのですか」

切り込むように尋ねる東の声は訊問調になっていた。

「あの男の帳簿に不備な点がありましたので確かめたのですが、他の社員が居る処では都合が悪いと思ってここを使った訳です」

「不備な点とは？」

「納品の点で二三不審がありました」

「具体的に話してもらう訳には行きませんかね」

「せっかくですが、はっきりするまでは社員の人権にかかわる問題だけに、お答え出来ないのです。こう申し上げれば大方の見当はつくと思いますが、飽くまでも社内の問題ですからどうかそのお含みで」

東は頷いた。暫く沈黙が続くと東は目立たぬ動作で応接室の位置を調べた。その部屋は社内の一番奥に位置して扉は一つ、側面に窓があって、工事場の音が手に取るようにきこえた。やがて東は再び富永に向い、

「失礼ながら貴方がここに居られた二時間ほどの間に、太田の他に誰か貴方がここに居た事を証明出来る人が居りましょうか」

「居りますよ」当然の事のように、富永は答えた。「名前は忘れましたが会計係の者が一度ここへ来ました。会計でおききになって下されば判ると思いますが」

東は礼を述べて応接室を出ると富永の案内を断って、応接間を右に折れてすぐの処にある扉を押した。扉は外に通じ、新築工事の現場があった。

「危い！　来ちゃでけんて云いよるとが判らんかいた！」

いきなり頭の上から野太い怒声が降ってきた。見上げると黄色い保安帽を被った男が、場違いな服装で出てきた東を睨み付けていた。驚いて中に這入った東は狭苦しく机が並んでいる事務室の扉を押した。机に向って骨筆を動かしていた社員達が一斉にこちらを振り向いた。

「ちょっと君……」と東は女事務員ばかり四五人固まっている机の間に割り込んで声をかけた。「太田という男はいつ頃から会社を休んでいますか」

「十四日じゃなかったでしょうか」

年嵩らしい女が答えた。

「十三日の昼頃課長に呼ばれたはずですが、覚えていますか」

「蒼うなって帰って来なはった時やなかろうか」他の一人が同僚に云った。「応接間に、ほら、二人で這入って大ぶん長うかーんなはったばいた」

「そう、その時の事です。話してくれませんか。どんな具合だったのですか」

「何で課長さんが太田さんを呼び付けられたか知らないんですよ」仲間同士の話を打ち切って年嵩の女が答えた。「十三日の昼ちょっと過ぎ頃だったでしょうか太田さんが課長さんに呼ばれて、あの空いている席です、あそこで暫く話し合っていましたが、太田さんはすぐ自分の席に戻って帳簿を持って二人で応接間に這入りました」

「二人はどれ位あそこに居ましたか」

「さあ、二時間位じゃなかったでしょうか。何しろかなりの時間でした」

「用件は何だったと思いますか」

「さあ」と女は曖昧な笑いを作った。想像は付くが口に出す訳には行かぬという面持ちである。

「いや、結構です。貴方がたが見た事だけを話して頂きましょう。二時間の後に太田はどうしました？」

「はあ、ここへ這入ってきた時はとても蒼い顔をして何ですか、足元もおぼつかない様子でしたが、自分の席に戻ると机の上に顔を伏せてしまって、永い間じっとそうしていました。それから気分が悪いと云って車を呼ばせると退社時間前に帰りましたが、それ以来欠席です」

利口そうな女で、ハッキリとは云わなかったが、富永の語った処と考え合せると太田が帳簿を誤魔化して私腹を肥やしていた件が課長の富永に露見し、問い詰められたであろう事は確実と思われた。不正を行う癖に意志の薄弱な小心者と見えた太田は、一件が暴露すると失神せんばかりの動揺を示したのであろう。東は女子社員達に礼を述べて会計係りの席へ廻わった。

会計係りは数人に過ぎなかった。事件当日応接室で富永と話した男はすぐに判った。彼は東の問いに対して富永は当日の午後二時頃確かに応接室に居たと証明し、行った時彼は重要な用談中らしく扉の所まで出向いてきた。そして扉の内と外とで簡単に話を済ませてすぐに扉を閉めたと説明した。それで一応富永の容疑は晴れた訳である。背後に多勢の視線を感じながら再び狭い机の間をすり抜けていると、あちこちで事務員達が私語を始めた。

東の訪問に依って改めて太田の噂が蘇ったのであろう。

「あん時あの男可笑しか事ばしよったじゃにゃあか」

「どぎゃん事ばや?」

「帰ってきた時ネクタイばしとったど?」

東は足を止めた。話しているのは空席の隣に居る若い男だった。

「今ネクタイがどうとかいわれましたが」男の傍に近寄って東は云った。男はぎょっとしたように彼を見あげると不明瞭な返事をした。

「詳しく話してくれませんか」

「いや、大した事じゃないんですが」男の言葉が東に向うと標準語に変った。「太田は仕事をする時はネクタイを外して上衣のポケットに入れとく癖があるんですよ。あの日も課長に呼ばれた時はいつものように畳んでポケットに入れていたのですが、この席へ戻ってきた時はきちんと結んでいたのでちょっと気になったのを覚えていたんです。多分課長に云われたんでしょうがね」

東は難しい顔になった。彼には帳簿上の不正を発見した課長が部下の服装を注意するだけのゆとりを持っていたとは思えなかった。

果して再び彼の席を訪れてこの一件を尋ねた東に、課長は全然気付かなかったと答えた。しかし気のせいかその時、富永の顔が一瞬緊張したように東の目に映じた。

署に戻ると福岡に居る安永刑事からの連絡が届いていた。東の思惑通り新事実はあがっていなかった。松村の行方は依然として知れぬが、出張先へ問い合わせた処に依ると事件当日のアリバイは動かし難いとあった。また安永の連絡に依って急遽帰宅した大倉は当事件に関係のない限り内密に願うと前置きして、松村の費い込みに関する東の推論を認めた。被害者と松村の間は文字通り赤の他人となっている様子であり、この事件に関して二人の間に何らかの連絡があったとは考えられぬ処だと結んであった。東は一通り帳簿に目を通すと、素早く立ちあがってスプリングコートを取りあげた。

東の再度の訪問を受けた時、太田は座るのがやっとの状態であった。前の時より一層やつれがひどく、無精鬚が伸びた生気のない顔に、目だけが熱っぽく輝いていた。

「相変らず具合が悪いようですね」と東は隈の出来た目の周りを眺めて云った。「夜もよく眠れないのではありませんか」

太田は黙って頷いた。

「それはいかんですな。ところで殺された女の事なんですが、あれは大倉商事の松村の細君ですね。写真を見て判らなかったですか」

「いいや」力なく太田は答えた。「そう思って見れば判ったかもしれませんが……」

「ふむ。二、三年で女はそれほど面変りするものですかな。ときに気分の悪いのに気の毒ですが、富永課長と応接室で話されたとかききました十三日の事をおききしたいと思いましてね。何ですか、貴方には納品の事でおかしな点があったそうですが、それは本当ですか」

「嘘です！」と、病人にしては大きな声だった。「誰が云ったのですか。そんな事を」

「会社の人達がそんな噂をしていますよ」

「何ですって？」

太田は云って目を釣りあげた。東は太田が動揺するだろうとは思っていたが、相手の顔に浮んだのは憎悪であった。

「皆が噂をしているんですか。私が不正をしたと。でもそんな事、他の者が知るはずはありません。課長が云い触らしでもしたのですか」

「課長しか知らないはずならそうでしょう」

「そんな馬鹿な、そんな馬鹿な！」拳を固めて太田は絶叫した。「課長が云うなんて。皆が知れば私は首です。課長はそれを承知で私の事を皆に話したんでしょうか。呆れた人だ、全く呆れた人だ」

太田はよろよろと立ちあがると鴨居にかけたハンガーを引きおろした。

「どうする積りです？」

丹前を脱ぎかけた太田を押しとどめて東は云った。

「課長に会いに行きます。会って一言云いたい事があるのです」

錯乱気味の太田の様子に目を注いでいた東は、事件を覆っていた暗雲が残らず払われるのを感じた。忘れてはいない。女が持っていた納品書は二枚であった。

「課長に会う前に、ここで云ったらどうです？」穏かに東は云った。「貴方の剣幕を見てはこのまま課長の所へ行くのを見逃す訳には行きませんからね」

太田は機械のようにぴたりと動作をやめた。

「だがその元気なら私の質問にも答えられるでしょう。貴方が員数外の在庫品を誤魔化していたのはいつ頃からですか」

「……」

狭いアパートの一室にはテレビや冷蔵庫に安物ながらステレオまでが揃っていたが、テレビは非常に形の古いものであった。

「随分と金廻りが良さそうですな。ポケットマネーが這入るようになってから四、五年は経ってるのじゃないかな。それについては大倉商事の松村にも重々世話になったらしいですね。貴方だけじゃないが……」

畳の上に両の手をついて太田は顔を上げ得なかった。荒い呼吸が肩を波打たせている様は、立派な体格の男だけに一層哀れをさそった。

「ところで今日貴方の社で妙な事を耳にしたんですがね。多分貴方なら説明して下さるでしょう。十三日の昼頃、貴方が富永課長に呼ばれて応接室に這入る前には、いつもするようにネクタイをポケットに畳んで納っていた。それが出てきた時には胸元にきちんと結んでいたというんですが、どうした訳ですか」

わっと声をあげて太田は男泣きに泣き伏した。油気のない髪を掻きむしる手は頑丈で太かった。

「難しそうな事件だったが案外すらすらと行ったな」部下達を前にして東は云った。「大倉商事が妙な小細工をしたばかりに少々空廻わりさせられたがね」

「それにしても太田がやったとよく見抜かれましたね」安永刑事が上役を讃めた。「あれだけのアリバイを作っていたのに」

「決め手は一本のネクタイだ」苦笑混りに云って東は事件の全貌を説明した。

一人で切り廻わしているような出張所では、妻を迎えると夫の仕事を手伝わせるのが常だが、矢野良子も例外ではなかった。前述の如く、良子は良家の娘ではなかったので、松村としても手前を繕う事をせず商売の裏面も遠慮なく見せていた。

三十三年から二耕電気が新しい取引先となると、やがて二人の男が松村と特殊な関係を結ぶようになった。即ち富永経理課長と資材係りの太田である。

買入れる側の強味で彼等は松村にそれぞれ難題を持ち込んだ。富永は経理課長の地位を利用して納品の見積高を水増しさせては余剰の分を懐に納め、一方太田は資材係りの立場から余剰物品を大倉商事から買い入れた態にして、納品書を切らせるという悪どい事をやった。

このような申し出をきき入れねばならぬのも註文を増したい一心の小企業の弱さであった。松村は本社に内密で二通りの納品書を作製し、本社には他の納品書の写を送り、表向きはそれを納品書として扱い台帳にも記入したが、二耕へ納めた秘密の納品書は飽くまでも隠していた。ところが松村はこの頃までにも会社の金を費い込んでいたのであった。三十五年の八月、販路が拡がって松村夫妻だけでは手の廻わらなくなった出張所へ助手として吉次が派遣されると、彼は松村の費い込みを感付いたのである。

かくて先に東警部が推理した通り、大倉商事としては一切を秘密の裡に葬る処置を取った。だが吉次の不注意からこの事が二耕電気の耳に這入ったのである。一方費い込みが露見したと同時に二耕電気に便宜を計った例の納品書も大倉の目に触れた。大倉はこの件も表沙汰になれば松村が甘い汁を吸ったという疑いが起る事は避けられないと思った。そこで社長は出張所における秘密の納品書を生かし、表向きに発行された納品書を焼却する事にした。

こうする事に依って二耕電気と大倉商事の帳簿上の誤差は全くなくなった訳である。勿論現在と違って納品書にナンバーが印刷される以前の出来事だったので可能であった。こうして社費を横領した松村と見積金額を水増しした富永とは、お互いに秘密を守り合うという暗黙の約束が出来た上、取引きを停止した。幸い以上をやり遂げたのは税務署の監査前だったから一応何事もなく打ち過ぎた。ところがここに思いがけぬ伏兵が居たのである。松村の妻良子が焼却される寸前に秘かに納品書の控を破り取ったのは、その時から脅迫の種に用いる目的を抱いていたのかもしれない。

やがて夫とともに福岡へ行くと良子は大倉の策謀で松村と離婚し、特技もないままに水商売に身を沈めたのである。最初の間は問題もなかったのだが、三カ月ほど前に妙な男にかかり合ってしまった。働きのない男で遊び人ときては、金が幾らあっても足りなかった。

そこで彼女は以前破り取って保管していた納品書を金にする事を思いついたのである。納品書は二枚あった。富永と太田とをそれぞれに強請り、二人から金を貰う積りで旅費を借りると熊本へやって来たのが十三日の午後である。旅館に一服するとすぐさま公衆電話で富永、太田に来意を告げると待ち合せる場所を指定した。一方の富永は良子の脅迫に慌てて福岡の松村に電話をしたが、相憎相手は出張の上帰るのが女の切った期限に間に合わぬのを知った。聡い富永は以前から資材を誤魔化していたらしい太田も同様に脅迫を受けたに違いないと睨んだ。帳簿上の不審にかこつけて太田を呼んで探りを入れてみると、自分の予想が正しかった事を知ったのである。富永は太田に向って、不正を見逃し身の安泰を保証する事を条件に良子の殺害を依頼した。だが人目のある社の門をどうやって太田に抜け出させるか。その時富永は裏地で行われている新築工事を巧みに利用したのである。

二耕電気は工事会社の事で工員の服や保安帽のストックがあるのが幸いした。太田は応接間で工事現場の者のような服装に着換え、新築中の現場を廻って難なく外へ出る事に成功した。やがて待っていた女を伴ってS町の現場に着くと、背後から羽掻締めにした上刺し殺そうとしたが、一刺しに刺し殺す業等出来るはずがなく恐怖も手伝って発見された惨死体の有様となった訳であった。女の身元を隠すために名刺を持ち去ったのも彼なら、脅迫の材料を探そうとして財布の中まで調べたのも彼の仕業である事は言を待たぬが、さすがに靴の中に隠されていたとは考え及ばなかった。

かくて殺害を終えると再び工員を装って二耕電気の門をくぐり、人目のないのを見済して応接間へ戻った。帳簿の不備を指摘されていると思われていた応接室での二時間は、このように使われた訳である。ところがさすがの富永も当の太田も、ちょっとした手抜かりをやった。工員服から背広に着換える際に、服を着る時の習慣通りネクタイを結んでしまったのだ。

殺害という大仕事の計画者と実行者にそうした細かい点まで気を遣う平静さは残っていなかった。富永の方はまだしも、生れて始めて極悪な所業をした太田は自席に戻って何喰わぬ顔をしている事は出来なかった。当然の事にひどいショックを示したのが、同僚の目には、不正を指摘された傷手だと映じたのである。

枕頭の青春

ラジオは歌舞伎座からの中継で河内山宗俊を放送していた。朝から楽しみにしていた番組だったが、思い切りボリュームを絞っているので勘三郎の低目の声はラジオに耳をくっ付けるようにしなければ聴き取れなかった。それでも浄瑠璃が高声に語り出すと、三代は神経質に一層ボリュームを絞った。永年の間に植え付けられた習慣で、少しばかりの物音にも臆病なほど用心深くなっていた。

耳はラジオに付けたままで三代は上目使いに時計を見上げた。針は三時半を指している。玄関先の名台詞までには、たっぷり三十分はかかりそうだった。時計から目を外らすとそっと隣室を窺い、強いて無視するようにして再びラジオに神経を集中した。囁くばかりの声音と三味線が耳に達すると、遥か昔に父親に連れられて観た舞台の有様がまの辺りに展開されて、それだけで三代は満ち足りた気分を味合うのである。

だが舞台が進むにつれて三代が時計を見上げる度数が頻繁になった。時計の針は容赦なく動き、舞台は逆に遅々として進まないような気がした。彼女は落着きなく時計と隣室とラジオとに神経を分散した。もはや悠長に聴覚を楽しんでいる状態ではなかった。薄氷を踏む心地でそろそろ四時を廻ろうとする時計を横目に見ながら、ラジオの前に坐っているに過ぎなかった。早く早くと彼女は願った。玄関先の台詞だけでも聴けばいいのだ。ようやく一幕が終ると、ほっとした気分と玄関先の場の配役を告げる間の焦立しさとが綯交《ないま》ぜ合った。

隣室で寝返りを打つ音がした。三代は全神経を集めて隣室の気配に耳を澄した。ラジオの音声が彼女の耳を空しく素通りする。

「三代」

張りつめた神経に突き刺るように隣室から琴子の太い声が呼んだ。来た……と三代はぴくりと体を震わせた。

だが聴こえぬ振りをしてまた未練らしくラジオの前を動かなかった。こんな真似をしたって一分と持ちはしないのに。案の定、疳の立った高声で琴子は再び呼んだ。

「三代！　何をしているの？」

三代はしぶしぶスイッチを切って隣室の襖を開けた。

「なあに、母さん」

「なあにじゃないよ。何時になってるの？」

琴子は身を起して隣室の柱時計を仰いだ。

「もう四時じゃないか。晩の買物は済ませたんだろうね」

「ええあの……今から行く所よ」

母親に向うとおどおどした声になる。

「今から？　冗談じゃないよ。一体あんた今まで何していたの？　今から買物にのこのこ出かけるようだと食事になるのは六時過ぎるじゃないか」琴子は焦立ったように寝床の上に坐り直した。白髪混りのウェーブの延び切った髪が、化粧焼けした艶のない顔に垂れ下がっている。とげとげしい痩せた顔には老女の柔和さなど微塵もない。「あ、あ、あんたってどうしてこうなんだろうねえ。一から十まで私が指図しなきゃ動こうとしないんだから。情ない。ああ、情ない。具合が悪いっていうのにろくすっぽ寝てもいられないなんて」

相手の顔から目を外らして悪態をつくのが琴子の癖である。皮膚のたるんだ横顔を見せた琴子の顳顬《こめかみ》の辺りが疳性にぴくぴく動いているのを見ると、三代は幼児のように怯え切ってしまうのだ。せめて玄関先の台詞が終るまで待ってくれという勇気はとてもなかった。頼んでみた処で判ってくれる相手ではない。三十年に重々とする体験から、三代は実母に自分の意志を仄かす事を諦め切っていた。母の言葉に逆うとヒステリィを起されるからばかりではなく、母に盲従する事が習慣のようになっていたからだ。琴子は人間にとって娯楽は不必要なものだと決めてかかっていた。事実彼女自身何一つ趣味らしいものを持ってはいなかった。一日中仕事仕事とせっついて暮している。食事にしろ、掃除にしろ、買物にしろ、琴子にかかると楽しみの這入り込む透間はなかった。厳然たる義務であり、一刻も早く片付けなければ気の済まない性質らしかった。だから一日中早く早くと決り切った仕事を片付ける事にばかり神経を尖らせている。病いを得て床に就くようになってからは一層その傾向が酷くなった。終日何をするでもなく床に就いたきりでは、娘の仕事を監視するしか退屈を紛らす道がないのかもしれない。だからテレビを入れようと持ちかけたのだが琴子は一言のもとに弾ねつけた。病気に触るというのが口実だったが、金が惜しいのと今一つ三代がテレビに夢中になる余り、仕事がおろそかになると察したせいらしかった。

「早く行きなさい」と焦立った声で琴子は云った。「ぐずぐずしてると残り物になっちまうよ。魚は……いい。高いからね。春菊かほうれん草を一わと……それにこんにゃくを薄味に煮てもらおうかね。それと大根のなますの太いのが一本なら充分よ。今日はそれ位だね。砂糖や味噌があるかどうか確めてね。何度も八百屋へ走るのはいい年をしてみっともないよ」

返事をせずに三代は沈頭を離れた。肥り肉の体は鈍重な動きをした。それが琴子の目には横着に映るらしい。

三代は母の目をかすめて鏡の前に坐った。形式的に髪を撫で付け鏡の中の醜い顔を怖る怖る窺き込んだ。いい年をして……全くだ。鏡に向う度に老け込んで行くのが判る。日々の空しい肉体と神経の疲労が驚くべき速さで娘らしさを剝ぎ取って行くのだ。この疲れ切った顔、光のない目、誰が嫁入前の娘と思うだろう。不幸な女、と三代は小さく呟いた。

三代の不幸は父親が妻に愛想を尽かした時に始まったと云えよう。あるいは琴子が周三の許に嫁いだ時かもしれない。高級官吏の道が開けつつあった当時の周三が琴子の美貌に心を奪われて彼女を妻に迎えたのは、琴子が十八の時だったという。周囲に反対の声がなくもなかったがともかく二人は結婚した。それからほどなく台湾へ派遣され、三代が五つの時に内地へ戻った。二人の間には三代と一代の二人の娘だけで男の子がなかった。長女が三代で次女が一代と名前の上からは反対の印象を受ける。周三がそうした風変りな事を好んだせいかもしれない。

三代の記憶にある限りでは周三は常に良い父親であった。母との間に争いめいたものもあった記憶はない。少くとも大人になりかけの彼女が気付くような徴候は見出せなかった。両親ともに時間にはうるさかったせいか、理由の判らぬ外泊もしなかった。だから突然周三が家を飛び出して他の女と同棲した時には、非難するよりも驚きの方が先に立った。当の父親の口から事実を聞かされてもすぐには信じられなかったほどである。その時周三は一言詫びただけで理由を明かしてはくれなかったが、やがて彼に去られてみて、これまでの栗原家の平穏と幸せは父親の努力に依ってのみ保たれていた事を知ったのだ。

周三が居なくなると途端に二人の娘は母親の怖るべき性質に真っ向からぶっつかる処となった。若い時代に美貌だけを誇って生きてきた琴子は、美しさ故に許された我が儘を押える術を知らなかった。それは容色が衰えた後も変らなかった。若く美しい女が柳眉を逆立て、我が儘を押し通すのと同じ状態で、琴子はヒステリックに怒鳴り立てては老醜を晒け出した。それは嘔吐を催すような醜悪な場面であった。

周三が居る時には娘達と直接心が触れ合うのは彼であった。母親の酷い性質が娘達に及ぼす影響を案じてか、周三はいそがしい勤めの間をさいて娘達の相談役になり、苦情係りにもなってくれた。娘達に食事を与えたり洗濯をしてくれたのは母親でも、精神の成長を助けたのは父親の方だった。彼は娘達を母親の偏執狂的な性格から守る防波堤の役と、母親に欠けていた母性愛の願いを与える役とを兼ねていた訳である。言語に絶する努力を要したに違いない。周三だったからこそそれまで辛抱が出来たとも云えよう。彼は自らの行為に対して一言の弁解もしなかったが、彼が母親との間の垣根の役目を返上した事で娘達は父親の行為を正当視する気になったのだった。もっともそうなるまでには少しばかりの日数を要した。琴子の欠陥は認めるにしても、それだけに気違いとより評しようのない母親の手にいきなり無防備な娘達を残して去った彼を怨まずにはいられなかった。一代は思春期だっただけに一層その傾向が強かった。三代がやがては父ののっぴきならなくなった気持を理解し、心の拠を求めては母の目を盗んで新しい父の家に出這入りするようになったのに反して、遂に一代は父の葬儀の日まで一度も足を踏み入れなかった。姉の三代が醜く内気な女なのに対して、一代は母親似の美貌に恵まれ勝気で割り切った考えを持っていた。

周三は実質的には琴子とは赤の他人になってはいたが、持家を母子に譲った上に収入の大半を欠かさず送金してきた。夫とその情婦を罵りながらも琴子は金だけは意地を張らずに受取っていた。何に依らず自分で働いて食べて行ける女ではなかったからだ。年賀状さえ出さぬ彼女が、事ある毎に金をねだる手紙だけは筆まめに認《したた》めていた。このような周三からの支送りに依りかかった一家の生活は周三が死ぬまで続けられた。

その間、三代に二三の縁談がなかった訳ではない。

猛々しい気性の美しい一代よりも、醜く内気な三代の方を周三は愛した。醜さと内気故に運を開く術を知らぬ娘の行先を案じたのかもしれない。結婚話は全て周三の側から持ち込まれた。母親には内密で見合いまで進んだ事もある。だが母親の耳に入れなければ治まりが付かなくなる以前に壊れてしまった。断ってきたのは先方からである。口実は色々であったが、結局は三代が美人でなかったのが破談の理由だったらしい。周三としては親の欲目もあって気立の良さを売り込む積りで高望みしたのがいけなかったようである。話が壊れる度に落胆したのは娘よりはむしろ父親の方だった。彼は一代の事はあまり心配していなかった。母親の手元に残しておいても自分なりに切り抜けて行ける娘だったからだ。だが三代は一日も早く相手を見付けて母親の手から救ってやらなければ自分からは何も出来ない女なのだ。悪くすると生涯母親の分まで不幸を背負わされるかもしれない。娘の結婚を焦っていたのもそんな訳であった。

周三が死んだのは七年後の事である。脳溢血で楽な往生を遂げたという。新しい女との間に子供はなかった。残女から父の死が知らされたのは葬儀の前日だった。残らず手配を済してから初めて本宅へ報告した訳である。琴子と女との間に一騒動持ち上った揚句、当日は三人揃って父の葬儀のために妾宅へ出向いて行った。その時の琴子の様子では何か考えている処があるようだった。

借家住いの周三の家庭は質素な暮しだった様子だが、仏壇や供物は大した物が整えられていた。女は琴子を喪主の座に据えると自分は末席に肩を落してしょんぼりした姿を連ねた。不自然につんと胸をそらした四十過ぎの琴子より世帯窶れを感じさせる姿であった。三代は仏壇で微笑む父の写真を見、続いて女に目を移した。泣いている様子はなかった。ただひどく疲れているようであった。

こうした特殊な事情の元に取り行われる葬儀にも拘らず、列席者の間には好奇心や軽蔑を含んだ雰囲気はなかった。世間一般の葬儀と異った処のない深い悲しみに包まれた厳かなものであった。葬儀の間中三代は緊張していたせいか悲しいという感情は湧かなかった。涙が溢れてきたのは後の事であった。そして意外に早く父親を失った嘆きと不幸とは、生涯彼女の上に傷跡を残す結果になった。

読経は延々と続き、焼香の運びとなった時である。遺族の代表としてまず琴子が仏前に進み出た。痩せ型の体にきりりと着こなした喪服が蒼白な顔に映えて、四十半ばと思えぬほど美しく見えた。彼女はまず客人側に一礼すると仏前へにじり寄った。が、合掌するかと見えた両の手は痙攣したように打ち震えていきなり荒々しく顔を覆った。列席者の見守る中で突然、キーっというヒステリックな叫び声が起り、続いてそれは凄じい泣き声に変った。一瞬呆然とした人々の間で囁きが起った。読経中の僧侶達までが一様に喪主の取り乱した姿に驚きの目を見張ったほどである。琴子は他人の思惑も存在も忘れ果てたように背中を丸めて泣き叫んだ。死人を悼むといったようなものではなかった。これまで夫に受けた侮辱に対する憤りを一時に吐き出したと見える凄じい泣き方であった。三代は母親の号泣を魂の凍る思いで聞いた。

やがて琴子は突然機械のようにぴたりと泣きやむと恨みつらみを仏壇に向って語りかけた。自らの悲運を口を極めて嘆き立てた。最初の裡は聞き取れぬほどの声だったが次第に大きくなり、後には甲高いヒステリックな声で叫び出した。疲れ切った姿勢で座に連らなっていた女は袂で顔を覆いながら席を立ち、周三の同僚がいたわるように後に続いた。だが琴子を宥める者はなかった。驚きから覚めて彼女を眺める列席者の目は一様に冷たかった。

琴子はたっぷり十五分、夫の仏前に怒りをぶちまけると泣き腫らした顔を隠そうともせず、列席者の間をすり抜けて部屋を出て行った。不自然に胸を張っていたこれまでとは違い、その背中には敗北の色が深かった。

「母さん！」

と三代は始めて我に返って叫んだ。夢を見ているような気持だった。後を追おうと立ち上がるのへ、

「お止しなさいよ！」

と叩き付けるように云ったのは二十二になったばかりの一代であった。彼女の端麗な顔には誰にとも知れぬ怒りが漲っていた。

三代が母と妹に対して怖れを抱くようになったのはその時からである。母親にはそれまでにも漠然とした恐怖を覚えてはいたが、はっきりとそれを感じたのはその時が最初だった。母の狂態が突然起ったものではなく、初めから計画していたもののように思えたからだ。死人を恥しめるほど憎めるというのは、当人が怖ろしい女だからに他ならない。無意識の裡に三代はそう感じとっていた。そして一方、ただ怖れるばかりで何一つ出来なかった自分に比べて、冷やかに怒りを覚える事の出来た妹に

対しても畏怖めいたものを感じたのだ。

　周三が死ぬと残された家族は全く世間から隔絶したようになった。琴子は元々客人を好まなかったが、周三が別居に踏み切った後は病的なほど人嫌いになり、他人の来訪を露骨に拒む態度に出ていた。来客を嫌うのは身分違いの夫側の人々に劣等感を覚えるからで、加えて夫に捨てられたみじめさを他人が面白がって窺きに来るような錯覚に陥っていたせいらしかった。更に葬儀の日の醜態は、これまで幾分なりと琴子に同情を寄せていた者までが完全に見捨てた形になったようである。琴子の人嫌いを幸いに誰も寄り付かなくなってしまった。

　周三の死は家族構成に変化はなかったが、経済的に大きく響いた。これまでの支送りの代りに恩給の半額が支給されるに過ぎなくなったからだ。家計のやり繰りに頭を悩ませた事のない琴子は途端に困窮した。その時琴子のやった事といえば、死んだ夫とその愛人とを罵しり、目を釣り上げて自分の不幸を憤り、揚句の果てに二人の娘に当り散らすだけだった。もっとも彼女の癇癪は単に経済上の事ばかりが原因ではなかった。例に依って琴子は周三の家出を単なる浮気だと自己流に解釈していた。いずれは目が覚めて自分の元へ戻ってくる日を信じ、平身低頭する夫を誇らかに見下す状景を胸に描いて自らを慰めていた。その夢が無残にも打ち砕かれたのだ。夫は死んだ。情婦の懐で。妻としての面目を取り戻す日は永久に来ないのだ。その絶望が地獄の責苦となって日夜彼女を悩ました。新しい人生を開く才覚はなかった。そうした面では全く無気力な女なのだ。隠者のように家に籠り、終日鬱憤を娘達に振り向ける他に生き方を知らぬかのようだった。三代はその陰で身の置き所もないほどちぢこまっていた。

　当然の事のように一代が二人の愚かな女に代って一家の支柱になった。広過ぎる家を間貸し、これまで通っていた大学を中退して商事会社へ就職したのも彼女の独断でなされた事だった。二人の女は阿房のように一代の働きを傍観し、受け容れた。

　最初の間は巧く行った。二部屋を新婚の夫婦者に貸した家賃が滞りなく這入り、一代は給金の殆んどを家計に入れた。それは一代のような若い勝気な娘にとって堪え難い事だったに違いない。だが彼女はめったに愚痴もこぼさなかった。一日中母親と鼻を付き合わせている三代に比べれば、まだ自分の方がましだと知っていたからだ。

だがこの計画もまず間借人の問題で失敗した。琴子は誰に依らず自分の意のままに動かさなければ気が済まなかったのだ。若夫婦の弾んだ笑い声に癇を立て、夜が遅いといっては悪態をついた。

「母さんは他人と一緒に住めない人よ」三度目の同居人が出て行った後で一代は姉に云った。「世間の人皆が自分と同じに不幸になればいいと思ってるような人だもの。自分でも気付かない裡に身近にいる者を不幸にしようとするのよ。怖ろしい人だわ。私達にも怖ろしい親よ。私達、このままではいけないわ」

しんみりした口調ではあったが実母に対する憎しみが渦巻いていた。一代が母と顔を合わせるのは僅かの時間でしかなかったが、気の強い二人の女は顔さえ見れば事々にいがみ合った。広い家の隅々にまで響き渡るような大声で情愛のかけらもない二人の口喧嘩を聴きながら、三代はただ怖れ戦いていた。結局最後は、「私が死ねば文句はなかろう」と云う琴子の絶叫で治まるのが常だった。さすがの一代にも実母に向って死ねと云い切る勇気はなかったからだ。

一代との間が巧く行かなくなると、そのせいか琴子は以前から気配のあった不眠に悩み始めた。それは意外に執拗に彼女に付き纏って離れなかった。冴えない顔色でめっきり老け込んだ琴子の医者巡りが始まった。大抵の医師は不眠を気にかけ過ぎるせいだと云ったが、彼女はそれを不満として幾つもの病院を訪ね歩いた。そしてやっと神経衰弱の一徴候だとの病名を冠せられると満足したようにその医師の元へ通い出した。昼夜にこだわらず眠くなった時に横になるようになさると良いでしょうとその医師はすすめた。それ以来、琴子は昼夜を分たず床に就くようになった。家族の者は、（といっても平日は二人きりだったが）琴子の睡眠を主軸として行動する事を余儀なくせられた。朝であろうと真昼であろうと琴子が床に就けば、真夜中と同じように眠りを妨げる微かな物音も禁じられた。何かの拍子に不用意な物音でも立てれば即座に琴子の金切声が飛んできた。それから一くさり三代に向って罵詈讒謗を浴びせると、さかのぼって亡き夫とその情婦の許し難い旧悪を息もつかずに捲し立てるのが常だった。

医者通いをしている裡に琴子には低血圧の気味がある事が判った。これまでも体のけだるさや軽い頭痛を訴えていた彼女は、病名らしいものが付けられると、我が意を得たりとばかりに家事雑用一切を三代の手に押し付け、定期的に通院する他は終日寝て過すようになった。体を動かさなくなると、不眠の傾向はますます募った。

「三代」と夜中にしばしば姉娘を呼んだ。「母さん、どうしても眠れないのよ。少しの間、頭を冷やしてくれないかねえ」

三代は母親の云うままになった。呼ばれてもすぐに目を覚まさないと「豚のようにいぎたない横着者」と罵しる声が、夢を破る事になる。三代の眠りは浅くなった。眠っている時でも、「三代、三代」と呼ぶ母親の甲高い声が耳についた。

彼女が母親の一顰一笑に幼児のようにびくびくしている間に、琴子は彼女を完全に自分の支配下に治めてしまっていた。琴子の我が儘は日毎に酷くなりあらん限りの無理難題を娘に吹きかけた。三代は全く無抵抗に盲従している裡に、母親の手足さながらにまるで意志を現わせぬ娘になってしまっていた。

一代が勤め出して二年ほど経った。これまで勤めが終るとその足で帰宅していた彼女は、しばしば帰りが遅れるようになった。時には真夜中近くに帰宅する事もあった。期末だから仕方がないのよ、と不審がる母親に弁解していたが日頃と違って物柔らかな調子であった。いつもは家に帰っても何となく不機嫌だった彼女が、疲れているにも拘らず愛想良く母親に体具合を尋ねるようになった。母親との口論も小休止の形だった。やがて日曜日にも出勤だと称して家を出た。三代は変だと感じはしたが、むしろ母がそれに気付かなければいいがとその方の心配に心を砕いた。だが琴子も後には可笑しいと感じたのか、ある時三代に勤め先へ電話するように命じた。

案の定妹は居なかった。更に問い糺した処では残業も日曜出勤もなかったという事だった。一代に男が出来たのではないかと薄々感じていた不安は殆んど決定的なものになった。だが三代にはそれを母親に告げる勇気がなかった。一代が居なくなった我が家のやり切れなさを思わぬでもなかったが、二人が凄じい衝突をする目の前の心配が先に立ったからだ。問題が大きいだけに決定的な結果になる怖れもあった。三代は電話の結果を偽って報告した。

だがこの一件はほどなく琴子の知る処となった。直接の原因は一代に宛てた男からの手紙である。同じビルに勤める貿易商社の社員だった。かぜ気味で五日ほど勤めをやすんだ一代を案じて出したものだった。それが運悪く琴子の手に這入った。差出人の名が男だったので娘に無断で開封したのである。案の定二人の間に一波乱あった。その時の琴子の取り乱し方はかつて周三が家を出ると宣言した時よりも激しい位だった。気の強い母親の顔に初めて戦きの色が浮んだのを三代は見た。

「母さんに判って却ってほっとしたわ」と一代は勝ち誇ったように云った。「それだけ早くけりが付く訳だからね。この際はっきり云っとくわ。私はあの人と結婚する。ええ、結婚するのよ。この内を出て行くのよ」

「出来るものならしてみるがいい。塵っぱ一つだって持たせてやる事じゃないから」

全身をわなわな震わせて琴子は云い返した。

「ええ、結構よ。あの人はね、裸一貫で飛び出して来いとそう云ってくれたわ。それ位私の事を思ってくれてるわ」

「フン、欺されてるのも知らないで。捨てられて吠面かくがいい」

「お気の毒様。私は母さんとは違ってよ。私をこの地獄の底から引きあげてくれる大事な大事な旦那様、立派に守り通して見せるわよ」

云い捨てると男からの手紙を握り締めたまま、残忍な笑いを浮べて飛び出して行った。

「何て怖ろしい。思い知らせてやるよ！」

娘の後姿に向って琴子は金切声を浴びせた。周三が死んで以来、めっきり身形を構わなくなった琴子は髪を振り乱し鬼女のような形相でまじろぎもせず一代の行手を凝視していた。

琴子が自殺を計ったのはそれから一月ほど後の事であった。結婚の日取りを決めるために、一代が母親の手を振り切って男に会いに行った後である。

三代はその日はデパートに買物に出かけていた。どこへ行こうと三時までには帰宅するのが常だったし、三代は一度も時間に遅れた事がなかった。その日も三時少し前に帰ると、すぐに言葉をかけてくる母親の声がなかった。不審に思う間もなくガスの臭気が鼻を打った。琴子は自分の寝室にガス管を引張って元栓を開いていたのだ。その上に念入りにも睡眠薬を飲んでいた。睡眠薬には麻痺している琴子が熟睡するほどの量ではあったが、致死量にはほど遠かった。

何も知らずにその夜遅く戻って来た一代は、姉から一件をきくとみるみる顔色を変えた。だが彼女の顔に浮んだのは救いようのない憎悪であった。

「卑劣だわ。真逆これほどとは思わなかった！」と荒々しい口調で吐き出した。「何が自殺未遂よ。ちゃんちゃら可笑しいわ。人一倍命が惜しくてたまらない婆あに自殺なんか出来るもんか」

「一ちゃん、そんな酷い事を……」

「何が酷い事よ。酷いのは母さんの方よ。私が結婚を諦めるかと思って狂言自殺をやったんじゃないの。フン、ふざけるのもいい加減にしてもらいたいわ。私がそんな甘っちょろい手に乗るもんか。もしも本当に自殺するような事になったって私の知った事じゃないわ。今私が決心しなかったらどうなると思って。もう二十六よ。裸一貫の女を嫁に貰ってくれる相手がいつまた現われるか判らないし、これが最後かもしれないわ」

「一ちゃん」

「私、たった今ここから出て行くわ。姉さんの二の舞いは真平。私が今しゃべった事、残らず母さんに伝えといてね。もっとも姉さんにはとても云えやしないだろうけど」

貴女に行かれて私はどうなるの、と口まで出かかったが結局三代は涙ぐんで項垂れる事しか出来なかった。

それ以来、一代は一度も実家に足を踏み入れようとしない。収入の大半も断たれた。だが琴子は相変らず医者通いをやめようとしなかった。苦しい家計の皺寄せは食事にきた。無味乾燥な毎日。未来のない日々。生来きびきびした性質ではない三代の顔は、まったく空虚になった。

私も三十二……。三代は佗びしい思いを嚙みしめながらなおも鏡の中の自分に見入った。可哀そうな私。うっすらと涙がにじんだ。今までにない事だった。強いて自分の不幸から目をそむけてきたのに……。

「三代！」と背後で母親の尖った声がした。三代は弾かれたように飛び上がった。母親に対しては絶えず初年兵のようにぴりぴりしている娘である。

「何をしているの？　もうとっくに出かけたと思っていたのに。いつからそこに坐り込んでいるのよ。今更俏《やつ》してみた処で誰が見てくれるっていうのかねえ。いやらしい」

三代が母親の存在を呪うようになったのはその日からだった。これまでにも漠然と母が死に、自分一人の生活というものを考えないではなかったが、はっきりとその思いが形をなしたのはそれが最初だった。

母は体を大切にしている。それは異常なほどの生への執着の現われでもあるのだ。低血圧と神経衰弱との他にはこれといって致命的な病いはない。健康体と大差はないのだ。この様子ではいつまで生き続けるか判ったものではない。二十年は生きるとして……、三代は自分の年を考えてみた。五十だ。孫のある年なのだ。七十才と五十才の老婆が、世間から隠れるようにしてひっそりと生き続ける。何一つ楽しみもなく、隠者のような暮しの内部に様々な欲望を押し隠し凄じい精神の葛藤を続けながら地虫のように生きている。五十の老婆は七十の老婆の支配から開放されはしないのだ。思わず背筋に冷いものが走った。

そんな事は出来ない。三代は始めて断定的な答を下した。

母親の支配から逃れたいという願望は次第に三代の心に深く植え付けられ、瞬時も去らなくなった。一番手っ取り早いのは彼女自身家を出る事だったが、彼女の場合それは出来ない相談である。一代のように身一つでよいという相手でも現われれば三代は躊躇なく飛び込んで行っただろう。だがそんな男が降って湧いたように現われる訳がなかった。勿論彼女とて結婚に憧がれた時期もあった。しかしそれは単に自分を主張する事の出来る主婦の座を欲してである。愛だの恋だのという甘い感情は遂に彼女の胸の中に哺《はぐく》まれる事なく過ぎた。そして三十の声をきいた時から結婚はふっつりと諦めている。支度一つ出来ない不器量な三十女を、母親の元を飛び出して来いとまで誰が云ってくれよう。仮りにそんな縁があったとしても子沢山な貧乏世帯か、ひどくうるさい姑が居るとかまともな女が相手にしないような悪条件に決っている。わざわざ改めて苦労をしに行くようなものだ。といって身一つで飛び出してみた処で巧く働き口が見付かるとも思えなかった。特技もない無器量な三十女が一人で生きて行く道は大抵決っている。今の状態と大差ない、一日中他人にこき使われるような仕事なのだ。やはりここに居るしかない。結論はそこに落着いた。そして相変らず母親の顔色を窺いながら、擦り減った神経でひっそりと母親亡き後の自分の境遇を想像してみるのである。

一人きりの世界。疲れた時は誰に憚る事もなく横になり、好きな芝居や浄瑠璃を心ゆくまで聴ける世界。寝床に這込めば待つものは快い安眠ばかり。三代三代と呼ぶ戦慄すべき声のない世界。それは別天地のように三代をうっとりさせるのだ。映画へ行こうと食事へ行こうと妨げる者は居ないのだ。やりたい事はいくらもあった。不当に押えられた欲望は空想の中で次第にふくらみ今にも張り裂けようとしていたが、年相応に暮しの目算も立てた。

琴子が死ねば当然恩給は打ち切られる。家を売るとしても借地の建物では一生食うだけの金は得られそうになかった。だから三代は部屋を貸す事を考えていた。自分のためには一部屋でよい。七つの部屋を分散して貸せば一間三千円としても女一人が暮して行けるだけはあった。間借人は学生か独身の勤人がいい。夫婦者は台所を共有する事で何かとトラブルが起り兼ねないからだ。もっとも若い連中の集りでは騒々しいという不安がなくもないが、そんな時当然他の同居人から苦情が出る。三代が直接嫌な事を云わなくても、彼等同志で住み心地を良くするように計るはずだ。そんな事に関しては彼女は頭が働いた。しかしともかく少しばかり騒ぐからと云って苦にする必要があるだろうか。彼等は夜眠れないと云って家主を叩き起しはしない。昼間の疲れで熟睡している女を、すぐに起きないからといって豚のようにいぎたないと罵しりはしない。のどかな眠りがそこに待っているではないか。

その他に、三代には台湾時代に周三が安価に求めた骨董の類いが数点残されていた。敗戦直後の現金封鎖の折りに目ぼしい物は大方売り尽したが、好事家に当れば金になる物もまだ有った。琴子には夫が道楽で集めた品々もがらくた位にしか思えなかったから、押入れの隅で塵を浴びている骨董品等眼中にないようだった。まだ周三が生きていた頃、陶器製の女人の像を三万円で買いたいという者があると洩していた事があった。だがあれはお前にやるよ、母さんには内緒になと父は云った。あれを一つ売ればテレビが買えるかもしれない。三代はそう考えると愚鈍とも見える顔に微かな笑いが浮んだ。テレビのある生活。炬燵の中でみかんを食べながらテレビを見る生活。ぞくぞくするような楽しさだった。三代の心は暗い現実を離れて一足飛びに来るべき世界をさ迷った。

母が死ねばいいという願望は、次第に一日も早く母に死んでもらわなければならないというように変ってきた。現在の辛い暮しを続ける間中、三代は日一日と老年に近付いて行く自分を感じた。年老いて悦楽に自ずと背を向けるようになる前に母に死んでもらわなければならんのだ。最初は漠然とした願望だったのが、三代の頭の中で急速に形になってきていた。彼女が母を殺そうと決心したのは、様々な事情に依って当然と云えば云えたのである。

だがどうやって。それを思うと三代の決心は挫けた。どんな手段にしろ母が変死したとなると結局疑われるのは彼女自身なのだ。世間と隔絶した二人だけの世界であってみれば当然の事だ。せっかく母を亡きものにしても残る生涯を獄舎で送る事にでもなれば、こんな割りの合わない話はない。第一、三代自身いくら母の死を願っているからといって直接手を下す勇気のない事は自分でも判っていた。万一し損じた時の事を考えるとそれだけで怖ろしくなって何もかも諦めてしまいたくなるほどだ。だが一つだけ方法がある。自殺させるのだ。以前一度試みた狂言自殺を今一度決行させるのだ。三代は自分の企てに満足した。

水曜日は琴子の薬がなくなる日である。寒さに弱い琴子が十二月に這入ると病院通いをやめたため、三代が代りに薬を取りに行く事になっていた。薬を受取るとデパートに廻わり買物を済ませて三時までに帰宅する、そんな習慣が出来ていた。

デパートを出ると小雨が降っていた。用心に持って出た傘を開いて三代は妹の間借先を訪れた。結婚以来共稼ぎを続けてきたが妊ったのでそれを機会に勤めをやめたという便りを貰ってから一カ月経つ。妹は家に居た。

「元気そうじゃない？」

窶れ気味の妹の顔を眺めて三代は云った。

「ううん。前途を憂いて暗澹としている処よ」云って一代は微笑んだ。「今度こそ是非生んでくれってあの人も云うしやっと決心したものの、あの人の月給だけでやって行けるかしらって心配になるのよ」

器量自慢でおしゃれだった一代の化粧気のない顔に、パーマの延びかけた髪が乱れかかっていた。世帯じみた言動の端々にも角が取れて良い奥さんになったのが感じられる。

三時までには間があった。二人は暫く雑談を交わし、その間三代はそれが癖になったしばしば時計を窺き込む動作を繰り返した。雨は一向にやみそうもなかった。

「何だか地雨みたいになっちゃったわね」窓越しに外を見ながら一代は云った。「困ったわ。あの人傘を持ってってないのよ」

「行ってらっしゃいよ」

「でも……大家さんとこ留守なのよ」

「私が留守番してるわよ」

妹の心持を察したように三代は云った。

「悪いわね。タクシーででも帰ってこられると勿体ないから」

男物の蝙蝠《こうもり》を脇に狭んで出て行く一代の後姿を見送ると、三代は襖を締めた。六畳一間に詰め込まれた道具類で部屋は寝るのがやっとという状態だった。憧れのテレビも最近買い入れたらしいのが隅にあった。だが三代はスイッチを入れようともしなかった。日頃の彼女に似合わぬ機敏な動作で立ち上がると、簞笥や戸棚の小引出しを片端から物色した。そして飾棚の引出しからピンクのリボンで束ねた手紙の束を見付けると、素早くハンドバッグに納い込んだ。


手紙は婚約時代に夫から一代に宛てたものだった。封筒の所書を見ると殆んどが会社宛てになっている。出張の多い職場なのか出張先からのものもあれば、市内に居る時にもしばしば寄越したもののようである。毎日のように同じビルの中で顔を合わせていただろうに、こんなに沢山の手紙を……、三代は胸の中に熱いものを感じた。内容の殆んどが切々たる求愛の言葉で埋められていた。だが三代はその種の恋文を片脇へのけた。そして彼女の手元に残されたのは僅か三通の現実性を帯びた手紙だけになった。いずれも本気で結婚を望み、具体的に話を押し進めようとしている文面だった。母上の反対を押し切っても自分の胸に飛び込んで来て欲しいという意味が、力強く叱咤するような厳しさで記されていた。三代は幾年振りかでペンを取り、一代様との呼びかけを三代様と訂正して封筒は残りの手紙とともに焼き捨ててしまった。


その日を境いに三代は不自然にならぬ程度に態度を変えて行った。身形を構わなかったのが髪を撫で付け、火曜日の夜はピンカールして寝た。クリームも碌に付けなかった顔に薄化粧をはたき服装も派手になった。

その変化を琴子は見逃さなかった。最初の裡はそれとなく皮肉を云っていたが、次第に疑惑を抱き始めたようだった。探るような目を三代に向けて、娘の言動の端から変化の原因を捜し出そうとしているのが判った。もしやという心配と、真逆あの娘がと打ち消すものとが激しく渦巻いている様子だった。三代はひそかにほくそ笑んだ。

水曜日になった。三代は外出する前に永々と鏡に向って念入りに化粧し、仕上げに気恥しい思いを我慢して薔薇色の口紅を濃く塗った。白地に紅くカトレアを染め出した絹のスカーフを首に巻いていると、しどけない寝巻姿の琴子が眉間に皺を寄せた顔を現わした。

「まあ、何て恰好！」呆れたように彼女は叫んだ。「パン助じゃあるまいし、私が笑われるよ。年を考えなさい。年を」

三代は曖昧な笑いを作ると未練気にスカーフを外してグレイの外套を羽織った。

「随分冷えるようね。ストーブつけましょうか」と三代は機嫌を取るように云った。琴子はなおも不機嫌に娘を見上げていたが、「ああ」とそっ気なく答えて寝床に横になった。琴子の部屋には石油ストーブが置いてあった。ガスは高くつくからだ。三代はストーブに火をつけると足音をしのばせて自室へ這入り、肌身離さず持っていた偽造の恋文を一通だけ机の引出しに納った。

帰宅したのは三時だった。遠慮勝ちに玄関の扉を開けると、いつもなら「三代かい？」と呼びかける母親の声がなかった。

案の定、居間の障子を開くと蒼白な顔で坐っている琴子の鋭い目が無言で睨み付けた。

「三代」弱々しく目を伏せた彼女に母親は云った。手には例の手紙を握っている。「これは一体何なの？　訳を話してもらいたいね」

「あっ！　それは……」

全く自然に狼狽の声が洩れた。

「よくも母さんに隠れてこんな……」汚わしいというように琴子は手紙を投げ捨てた。「情けないったらありゃしない。さあ、話して御覧。この男の事だよ。残らずお話し」

三代はかすれた声で計画を立てた時から考えていた筋書を語った。その男とは病院で知り合った。苦学して大学を出、夜間高校の教師をしているが一度胸を患ってからは時々検診にやって来ている。四十年輩の男で一度結婚に破れたが、三代と知り合ってから人生を再出発する決心がついたと打明けてくれた……。

「それでお前、その男と結婚する気？」聞き終ると青筋を立てて琴子は畳みかけた。「ところでこの私は一体どうなるの？　お前、現在病気の親を捨てて行こうって云うの？」

「私は何もそんな……」

「そうだろう。そんな事が出来ないのは判っているね。それにお前は欺されているんだよ。誰が本気でお前に夢中になるものか。今日限り、その男とは縁を切るんだね。でなければ母さん、何をするか判らないから」

母さんは信じた。私の計画に引っ掛ったんだ。畳に額が触れるほど項垂れながら三代の胸は高鳴った。始めて味合う勝利の快感だった。


幾週かが過ぎ、すっかり用心深くなった琴子が自分で病院へ薬を取りに出かけた留守に、三代は二通目の手紙を母が当然探し出しそうな所に置いた。琴子はそれを見付け前と同じような騒動が繰り返された。琴子の不眠は一層激しくなり、故意にか食事も碌に摂らなくなった。

三月になった。寒さが柔らぎストーブを納う頃になると琴子は床から起き出して居間に頑張って過すようになった。一挙一動を見張られる神経戦に、三代は挫けそうになる気持と必死に闘った。だが参りそうになっているのは三代ばかりではなかった。琴子の顔にも憔悴の色が濃くなっていた。三代は最後の手紙を隠した。すぐに見付かったのは確かだった。だが琴子は何も云わなかった。一日中蒼い顔をして一言も口をきかなかった。いよいよ機が熟したと三代は思った。

翌日は朝から妙に底冷えがした。寒さに弱い琴子は意地を張る訳にもゆかず床についていた。

「母さん」と枕頭に坐ると三代は遠慮勝ちに声をかけた。満艦色の装いに一代が忘れて行った香水まで振りかけている。琴子は固く目を閉じて聴えぬ振りをした。

「私、今からちょっと出かけて来るわ」

「出かける？」その一言で琴子は仰天したように目を開いた。そしてけばけばしい身形で坐っている娘を見ると、みるみる険しい顔になった。「男の所へ行くのね。男の所へ」

三代は怯えたように頷いた。

「あれほど云っといたのに何て浅ましい。さかりのついた犬みたいに男に合いに行くだなんて。いけないよ。そんな事は許せないね」

「許して頂きたいの」三代は生れて始めて母に逆った。

「私には初めてで最後になるかもしれないたった一人の人なの。失いたくない。私だって女よ。母さん。私だって……」

「三代」と琴子は今度は弱々しく哀願してきた。「母さん、この二三日具合が悪いのを知ってるだろう。とても苦しいの。今日は内に居て。ね、居てくれるだろう」

三代は頭を振って立ち上がった。かつてない決意を見せて。見上げる琴子の目には驚愕と怖れの入り混った青白い光が宿った。

「そう？　お前こんな私を一人置いて男の所へ行くって云うの？　たった一人の母親より、素生も知れない男の方が大事だって云うの？　いいよ。お行き、お行きよ。もうとめない。その代り後でどんなに後悔したって知らないよ。それだけは云っとくからね」

「御免なさいね」と三代は優しく詫びた。ここへ坐るのもこれが最後かもしれない。「三時までには必らず戻るわ。三時までには。母さん」

琴子は答えなかった。三代は部屋を出ると静かに襖を締めた。背後にヒステリックなむせび泣きの声を聴きながら。

あの日も丁度こんな具合だった。母は一代の背中に向って叫んだ。後悔するよと。その後三代を買物に出し、三時に戻る事を計算に入れてガスの元栓を開いたのだ。間違いなく今度もガスを狂言に用いるだろう。以前にガスを使ったのは、知人の誰かに以前ガス自殺をした時の事を聞いて知っていたからだ。化学的な知識がまるでない彼女が、惜しい命を危険に晒すに未知な手段を弄するはずがなかった。睡眠薬を飲んだのは常用している事で致死量を弁えているからと、途中で怖くなってガスを止めるのではないかと自身で案じたせいとも思える。要は三時に帰宅した三代が発見して未然に防げれば良いのだ。そして結婚を諦めると泣き崩れれば。

後悔するよですって。と三代は冷く笑った。後悔するのは母さんの方よ。もっとも死人でも後悔するものならね。さようなら、母さん。

三月には肌寒い日だった。着飾った三代はデパートに這入った。幸せそうな人の波。美しい商品の数々。皆が三代に微笑みかけているようだった。前途を祝福してくれているようだった。不幸な女に新しい人生が開けるのだ。階段を降りながら三代は慈母のように微笑んだ。怖ろしい事が起りつつある時に心は不思議に穏かだった。

すでに万事巧く事が運んだような錯覚にさえ捉われた。生涯忘れないだろう。悪夢のような過去と、幸せな未来の分岐点となったこの日を……

デパートを出ると偶然目に付いた映画館に這入った。平日なので入場者は少かったが、三代は最初目がくらくらした。余り永い事遠ざかっていたので初めて見るもののようであった。ぐわん……という耳を聾せんばかりの音楽を聴くと思わず鼓動が早くなった。馬鹿な、と彼女は自分を嘲笑った。臆病な三代、ここは母さんの居ない場所ではないか。母さんの居ない……、でも今頃母さんは……

その時、三代の心にはこれまでまるで感じなかった不安が芽生えた。本当に母さんは今日狂言自殺を遂行するだろうか。誰かが見付けて助けないだろうか。そんな事にでもなれば二度と同じ手は使えまい。再びあの地獄へ逆戻りだ。考えても身の毛がよだつ。だが、と彼女はすぐにうち消した。母さんはやる。きっとやる。私を結婚させないために。永久に自分の手足のようにこき使うために。誰かが訪ねてくる等と思った私は何という馬鹿だろう。あの墓場のような家に今まで誰が訪ねてきた事がある。郵便配達人だって来た事はないではないか。邪魔等這入るはずがあるものか。だが自分にそう云いきかせればきかせるほど不安は倍加した。どこかに手違いはなかったか。何か忘れている大きな計算違いはないか。たかが老婆一人ガスの元栓を開くだけの事を何をそんなに大仰に怯えるのか、三代には自分でも判らなかった。

目はスクリーンに向けてはいたが筋立てはまるで判らなかった。今にも家へ飛んで帰りたい気分を三代は懸命に押えた。不安はますます激しくなった。理由の判らぬ不安だけに一層始末が悪かった。周囲の客席からどっと哄笑が湧いた。漠然と画面を見ているだけでは笑いの意味が判らない。筋立ての上からの笑いらしかった。三代は腕時計をすかして見た。闇に慣れた目は三時半を廻ろうとしている針を摑えた。高笑いは治まったがまだ周囲にはくすくす笑う声が残っていた。三代は立ちあがった。死んでいる。死んでいるとも。と彼女の胸の中で力強く囁く声があった。

逃げるように映画館を出ると、肌寒い初春の空気が肌に触れた。何故ともなくぞっとした。目の前をけたたましいサイレンを鳴らしながら消防車が突走って行った。嫌な予感がよぎった。田島方面で昼火事だと通行人が噂している。田島は三代の住所である。思わず顔から血の気が引いた。真逆。そんな馬鹿な事があっていいものか。田島が火事だと聞いて顔色を変える必要がどこにある。田島は広いのだ。折から来かかったタクシーに乗り込むと、何台かの消防車が車の前を馳け抜けて行った。混濁した意識の中でその紅の鮮かさが異様に視覚を刺戟する。三代は固く目を閉じ怖ろしい想像から逃れようと勤めた。

田島付近はひどい人混みだった。整理に当っていた巡査がこれから先は車で這入れないと命じた。車を乗り捨てた三代は足元も定まらぬように馳け出した。心臓が息苦しいばかりに高鳴り、顔は血の気を失って死人のようであった。群集の顔が刷硝子《すりガラス》を透して見るように不鮮明にぼやけていた。

「栗原さん」と誰かが叫んだ。八百屋の主人である。
「大事《おおごと》が出来ました！」

三代は馳けながら機械的に頷いた。驚いた様子はなかった。平べったい顔は無表情に近く、目だけが硝子玉のような異様な光り方をしていた。弥次馬は三代の姿を認めると何事か囁き合って道を開けた。押し出されるようにして家の見える辺りまで来ると、彼女の目は火焰に包まれた我が家を捕えた。四方から噴水のように水が注がれてはいたが、燃え尽きる寸前の建物はすでに崩壊を始めていた。バシッ、バシッという炸裂音と共に濃いオレンジ色の塊が周囲に乱れ飛んだ。壮観であった。暫くの間、三代は呆けたように目に映る紅や黄やオレンジ色の色彩に見入っていた。

突然「ぎゃあ」という獣じみた叫び声が半ば開いた唇から洩れた。混濁した頭の中で三代は不思議にも火災の原因を悟る余裕を持った。

琴子は三代が出かけた後、寒さを増した気温に堪え切れずに石油ストーブを寝室に持ち込んだのだ。ガスが充満すれば当然ストーブの火が燃え拡がるという危険を知らずに。そしてそのままで例の狂言自殺を遂行したのだ。最悪の手違いが起ったのだ……。

三代は憑かれたように猛火に包まれている家の方へ馳け出した。

「家が……骨董が……」とうわ言のように叫ぶ声はすぐに周囲の騒音に掻き消された。

二人の消防夫がなおも先へ進もうとする彼女の腕を捕えた。彼女はその手を振り切ろうともがきながら、血走った目で家の方を凝視して再び口走った。

「家が……骨董が……」

しかし消防夫には彼女の言葉が聞き取れなかったようである。彼等は口々に三代の耳元で怒鳴った。

「心配しないで。不幸中の幸いでした」

「家は駄目ですが、お母さんは無事救出しましたよ」

暁の討伐隊

漫然とスクリーンに目を注いだまま、吉弥の頭は別の事を考えていた。柄にもなく彼は活劇や戦争物は好きではない。同じ観るならぐっと濃厚なラヴロマンスにしたい処だが、子供のお伴とあっては文句も云えなかった。

小企業の悲しさで、日曜といっても毎週休む訳にも行かんのだ。たまの休日には家で楽寝をしたいのだが、家庭サービスという風潮が吉弥の家にも容赦なく流れ込んできて、休みには子供を連れ出すのが習慣のようになっていた。活劇物の二本立てに、彼は居眠りする積りで出向いて来た。一本はすでに終り、「暁の討伐隊」が始まっていた。画面では南方の植民地で蛮族を相手に、白人と土民兵とが協力して戦う場面が展開されている。関心を払って見ている訳ではないから、筋立ての方ははっきりしなかった。ただ断片的に目に映ずるというだけである。

それよりも、彼の頭に僅かに残っているのは、今朝方出しなに見せた不可解とも取れる妻の態度であった。

「何の映画?」と彼女は何気なく尋ねた。そして「暁の討伐隊」のリバイバルだときくと、僅かに顔色が変ったようであったが、その時まで吉弥は妻の動揺に気付かなかった。だが次の瞬間、子供達に向って、今日は父さんも疲れてるだろうからと、暗に映画へ行くのを止める態度に出たのを見て、ふと妻の心に翳るものを感じた。それを押して出かけたというほどの事はない。子供達が強引にねだったからだ。甘い父親である。

彼はぼんやりと画面を見ていた。思ったほど居眠りも出来なかった。画面は蛮族を怖れるあまり、土民兵の中に病人が続出する場面に変っていた。悪い所はないが、仮病という訳ではない、と軍医が説明していた。恐怖のあまり病人さながらの徴候が現われるのだと。そこの所に少しばかり興味を引かれた。どうしてだか自分でも判らない。彼は雑念を払って画面に注目し始めた。

やがてゲーリー・クーパー扮する軍人が一計を案ずる。蛮族の一人が捕虜になって土民の前に引き出された。激しい語調で極刑を宣告する軍人。泣き叫んで許しを乞う捕虜。恐怖から驚きへ、そして軽蔑と安心感へと変わる土民の表情……。病原体は断たれたのだ。

ぼんやりとしていた吉弥の目が異様な光を帯びた。今朝方の妻の不審な素振りは気のせいではなかったのだ。五年前のあの日、妻が見たのはこれだったのだ……

激しい震動音を立てるプレス盤の間を、吉弥の肥満した体がすり抜けて行った。プレスの前に足を止める必要はなかった。彼が姿を見せるだけで工場内の空気が引き締まるのだ。大声で私語していた連中は話をやめ、手を休めていた者はせわしなく動作を続ける。吉弥の童顔に満足気な色が浮んだ。この分では二耕電機に納めるトランスの外側は、納期に間に合いそうだった。

四十人余りの職工が整然と並んだ機械同様、一糸乱れず活動している様は壮観でさえあった。工員の出入りの激しい職種にあって、金安電機製作所は比較的顔触れが変らぬ方だった。工員の足を止めているのは、給金の基準とボーナスの額が原因である。でなければ辺り構わぬ大声で、やたらとはっぱばかりかける社長や専務の元に居付くはずがなかった。

彼はゆっくりした足取りで形式的にプレスからプレスへと体を運んで行った。彼が背後に近寄るとある種の反応を背中に表わすのは、一二年の新入りだ。三年以上の熟練工になると、社長が来ようが専務が来ようが一向に意に介さない。

出口の所で工場長に会った。創立当時からの従業員なので、相手が専務でも威儀を正すでもない。

「納期には間に合うな?」

と彼は念を押した。

「何とか行くだろう」と工場長はぞんざいな口をきいた。「二耕は納期に懸値をしないから、職工にもやかましく云ってある」

吉弥は意味もなく微笑んだ。その時慌しく年輩の男が駈け込んで来た。大高商事の会計である。緊張した面持で心持ち蒼ざめていた。

「吉弥さん、ちょっと来てもらえんですか」と彼は云い辛そうに言葉をかけた。

「何かあったか」

「ああ、ちょっと社長が奥さんと……」

口ごもって彼は上目使いに吉弥を見た。傍らで工場長も気の毒そうに吉弥の顔色を窺っている。

「俺が行った処で……」

と吉弥は不快そうに目を伏せた。

「しかし、貴方にでも来てもらわんことには、奥さんが泣き出した始末で……」

吉弥は無言で歩き出した。足取りは重かった。たった今まで工員達の仕事振りに満足した顔が不機嫌に歪んでいた。

大高商事は、工場の敷地内に形ばかりの事務所を構えている。合法的な脱税目的に作られた幽霊会社だが、帳簿付けの頭数だけは揃っていた。

彼が荒木のままの扉を開いた時は、すでに激怒の炎は下火になっていた。這入ってきた吉弥を兄の安助は底光りのする目で一瞥し、すぐに事務机の上につっ伏している貴美子へと執拗な視線を移した。顔が酔ったように紅く、額にはまだ青筋が残っている。

紺の事務服を着けた貴美子の肩がリズミカルに揺れていた。懸命に泣声を押えているようだった。机の上には乱雑に置かれた帳簿や、伝票と共に、映画雑誌が開いたままで載っていた。社長の激怒の原因に違いない。

他の社員達は怖れと好奇心の混り合った顔で、這入ってきた吉弥とその妻とを見比べていた。すぐにも妻の側へ駈け付けたい気分を押えて、吉弥は有り合う椅子に腰を下ろした。腕組みをして憮然たる面持ちである。

「俺も云い過ぎたかもしれん」と安助は云った。吉弥の存在を意識した声だった。「だがお前もあんまり不真面目過ぎるぞ。ここは美容院の待合室とは違うんだ。雑誌なぞ読みくさって。雑誌を読ませるために高給を払っているんじゃないんだぞ。いい年をして、それ位の事が判らんか」

貴美子の肩の動きが激しくなった。それにつれて微かながら高い声が洩れてくる。安助の薄れた頬に再び紅みがさした。

「泣きさえすれば済むかと思って――」

と彼の声が上ずった。吉弥は弾かれたように立ち上がると、妻の側へ寄った。

「貴美子、謝まれ」と彼は耳元で云った。「謝まるんだ」

途端にわあっと迸るような泣声が上がった。夫の声で堪えていた気分が崩れたものらしい。貴美子は姿勢を変えず、子供のように泣き叫んだ。

「お前という奴は！」と吉弥は声を荒らげた。「兄じょにどうして一言詫びが云えんのだ。仕事をさぼっていたのは、何と云ってもお前が悪い。さあ、謝まれ」

貴美子は激しく頭を振った。セットしたての髪がなまめかしく机上を這った。それは泣声につれての動きとも、夫の言葉に対する拒絶の意味とも取れる曖昧な動作だった。吉弥は、兄が大きく頭を振った有様を見たのではないかと胸が騒いだ。

「謝まらんのか、お前……」

安助の思惑を意識して思わず声が高くなる。貴美子はもう頭は振らなかった。左手を固く握り、そこだけが貧血したように、蒼くなっていた。

部屋の一隅では兄嫁の時子が、この場の騒ぎを黙殺して機械的にペンを運んでいた。頑丈な鉄ぶち目鏡をかけた角張った顔は、見るからに女丈夫らしい印象を与えた。

二耕電機の請負係長の接待を工場長に押し付けて、吉弥は早々に帰宅した。案の定、玄関の扉を開けても貴美子は出迎えなかった。大高商事の終業は工場よりも一時間早い。事務員の殆んどは、安助の縁故者の女房や妹に当っていた。一時間の早じまいは夕食の準備のためである。

「ただ今……」と彼は遠慮勝ちに声をかけたが、相変らず貴美子の出てくる気配はなかった。昼間の痛手が意外に深いのを感じて、吉弥は憂鬱になった。

部屋の中は薄暗かった。夕餉の仕度を整えている様子はない。台所には朝食時の食器が金盥《かなだらい》につけたままになっていた。子供達の姿も見えない。母親が呼びに来ないのを幸い、まだどこかで遊び呆けているのだろう。

「貴美子……」

と彼は再び遠慮勝ちに呼んだ。

「うっ、うっ」という嗚咽が返事の代りに寝室から洩れてきた。彼は救われたように襖を開いた。六畳の間には布団が敷かれ、貴美子は頭から掛布団をかぶって僅かに頭髪が覗いていた。リズミカルな嗚咽につれて、カヴァの取れかかった上布団が微かに上下した。いつまでも泣く奴があるかと、彼は初めて優しい声をかけた。

嗚咽が高くなった。

「兄じょがあんな奴だって事、お前だって知ってるじゃないか。一々本気になって腹を立ててどうなる？　さあ、起きろよ」

彼は物柔らかに布団をめくりにかかった。夫の手が上布団にかかると、貴美子はますます深く頭を埋め、下からしっかりと布団を押え付けた。常にない抵抗にあって、吉弥は少し鼻白んだ。

「いい年をして何だ」と彼は布団から手を離して笑いに紛らすように云った。「子供達が帰ってきたら変に思うじゃないか。それに何か食わせなきゃ、俺だってこの通り腹と背中とがくっ付きそうだぞ」

「知りません!」上ずった声が切れ切れに云った。布団をかぶっているので含み声にきこえる。「誰が貴方なんかのために食事の用意なんかしてやるもんですか。食べたいんなら兄さんの所で食べたらいいでしょう」

今まで泣きじゃくっていたとは思えない。むしゃくしゃして不貞寝をしていた処へ夫が帰ってきたので、急に泣声を立てて見せたものらしかった。鋭い言葉には淀みがなかった。「いい加減にせんか」と彼は少し強気に云った。「俺の所へ嫁に来て何年になるんだ? 兄じょに初めて癇癪を起された訳ではあるまい。何だ、少し位嫌味を云われたからって……」

「少し位ですって!」反復の言葉と共に布団が弾ねのけられた。化粧がむらにはげ落ちた顔が、真赤に泣き腫らした目のせいでむくんだように見えた。「貴方はあの時居なかったから、私がどんな事を云われたか知らないでしょう。大抵の事なら我慢もしますよ。でも淫売呼ばわりされたんじゃ、私だって我慢のしようがないじゃありませんか」

「淫売?」

「ええ、そうですよ。他の女達が居る前で、私を摑まえてお前は淫売か、亭主を抱いて寝りゃ、それで女房の勤めが済むと思うのかって……貴方、それでも平気なんですか」

「兄じょはあんな風だ」と吉弥は仕方なく繰り返した。「怒り出したら自分でも何を云ってるか判らなくなるような癇癪持だ。だからいつも云ってあるじゃないか。癇癪を起させる材料を作るなって」

「雑誌を読んでた事をおっしゃるのですか」

「そうさ。執務時間中に本を読むなんてのは何と云ってもお前の落度だ。普通の会社だってそんな事は許されん」

「ではお尋ねしますけどね」開き直って貴美子は布団の上に坐った。「私が兄さんに働かせてくれって頼んだ事がありました? 亭主の給金だけじゃやって行けないから、私を大高商事の事務員に雇ってくれって私から兄さんに頼んだとおっしゃるんですか」

いつも繰り返す言葉である。質問形で畳みかけてくるので余計尖ってきこえた。吉弥は仕方なく黙っていた。

「貴方は専務、高給取りです」と貴美子は幾分声を低めた。「内は貴方の月給だけで充分過ぎる位です。子供達だってみじめな思いはしないで済むし、現に私の小遣いだって不自由ない位貰えるんです。私は大高商事の月給なんか欲しい事はありません」

「それは判っている」

「いいえ、判ってなんかいない。判ろうともしないんです。貴方って人は、ただ兄さんの顔色を窺うばっかり。家庭の幸福なんかこれっぽちも考える余裕がないんでしょう。兄さんが怖くって、それだけで頭の中はいっぱい。そうでしょうが？」

吉弥は答えなかった。否定のしようもなかった。

「貴方が一人で怖がってる分には私、一向に構いません」夫が黙っているので貴美子はなおも高飛車に続けた。「何たって兄貴ですものね。小さい時から長男は跡取り、次男は余計者っていう風な家に育ったんでは無理もないでしょう。でも、それを私にまで要求されたんじゃ堪りませんわ。結婚する時、貴方は何とおっしゃいました？幸せにしてやる、不自由はさせないって……」

「欲しい物は買ってやってるじゃないか」

「そんな意味じゃないって云ってるのが判らないんですか」貴美子はヒステリックに云って、耳触りな音を立て、頭髪を掻いた。「私の今の暮しが幸せだとおっしゃるんですか。金は有っても使う暇もない。二人の子供の世話を満足にしてやる時間もない。私が働かなければ食べて行けないというんなら、我慢も出来ます。でも、これは命令なんですよ、兄さんの。私達の家庭が一体どこにあるんです？　働かない者は人間じゃないという妙な私見を弟の家庭にまでも押し付けるなんて、その暴虐を黙認しなきゃならないなんて……。それに……」貴美子の腫れ上がった目が妙な底光りを帯びて吉弥を見上げた。「そんな兄貴の横暴振りを何の抵抗もなく受け容れている貴方が堪らないんです。私が義姉さんや若い女達の前であれだけの恥をかかされているっていうのに、貴方は兄さんをたしなめようともなさらない。それどころか、兄さんが怖くって私に謝まれとおっしゃる。女心に恥の上塗りをさせてまで、兄貴の機嫌を取り結ぼうとするそんな男が自分の亭主だと思うと、私はもう……情なくて……」

終りの方は切れぎれな金切声に変って貴美子は両手で顔を覆った。吉弥は憮然として泣き叫ぶ妻を見下ろした。こんな情景は今日に始まった事ではない。それだけに、やり切れない思いも強かった。

安助と貴美子との諍いは、一週に一度位の割りで起っていた。諍いとは云っても、安助が一方的に貴美子を叱り飛ばすのだから、諍いと呼ぶのは当らないかもしれない。もっとも安助が怒鳴り付ける相手は、貴美子に限った事ではなかった。怒鳴られる回数からいえば、安助の妻の方が多い位である。だが時子の場合は安助の怒りが心頭に発する前に平謝りに謝まる事で、単なる叱責程度にとどまるのだ。永年連れ添った揚句の慣れであった。貴美子にはそれが出来ない。生来の勝気さが、すぐに仏頂面となって現われ、安助の怒りを誘導する結果になるのだ。いい出すと完膚なきまでに相手を叩きのめさなければおさまりのつかないのが、安助の欠点だった。どういえば一番相手が手痛い打撃を受けるかに腐心しているような怒鳴り方であった。我が儘とか、底意地が悪い等という言葉では片付けられぬ病的な陰がそこにはあった。普段は格別貴美子を嫌っている訳ではないので、癇癪を募らせた時には、その極端さが一層気違いじみたものに映るのだ。

吉弥には安助に逆らわないという習慣が子供の時から出来ていた。兄に対する時は別人のように寛大になり、我慢強くなった。子供の頃から培われてきた寛容さであり、辛棒でもあった。妻の時子は利口な女で、安助の気質をのみ込むのも早かったし、夫との摩擦を避けるために巧く立ちまわる小才も働いた。勢い安助の癇癪に依る最大の被害者は貴美子の役廻わりとなった。

貴美子は農家の出ではない。それが水呑百姓の伜から身を起した安助の女房族に関する考え方との断層を厚くしていた。安助の目には、町中の女房の家事や育児等は仕事の内には這入らぬらしかった。大高商事を作る際に女房族を縁故関係から寄せ集めたのは、遊んでいるのは勿体ないという私見からである。高給を支給うのは便宜を計ってやっていると証拠立てるためであろう。もっとも安助が口癖にいうほどの額でもなかったが、女達は喜んでこの仕事に飛び付いた。渋面を作ったのは貴美子だけだった。家事も巧いとはいえない娼婦型の女に帳簿付け等という仕事が楽しかろうはずがなかった。

時子がすぐに仕事を覚えたのに反して、彼女はいつまでも満足な帳簿付けが出来ないままだった。算術が不得手だとか、音程が狂って歌にならないというのと同じ性質のものだ、と貴美子は思い込んでいるようだった。だから、強いて覚えようともしない。主な仕事は時子の手に委ねられ、貴美子の存在は宙に浮いた形になった。それが仕事中に雑誌を開くような結果になるのだ。無理もない事だと思うが、吉弥には善処の仕方もなかった。子供の頃から安助に対して抱き続けてきた圧迫感が今更弾ね返せるものでもないし、吉弥が兄に抗わない習慣に拍車をかける物が他にもあったからだ。

安助は生れつき心臓が悪かった。それが近頃は永年の無理が祟ったのか急速に悪化していた。外観は別状ないのだが、医者からも極力刺戟を避けるようにと命じられているほどだ。工場を吉弥に任せて、自適の生活をするようにとすすめられもしたが、安助は一言の元に退けた。仕事を離れて隠居する位なら死んだ方がましだというのである。無一文から小規模ながら工場を建てた安助にしてみれば無理からぬ話である。

だが、死んだ方がましだというのは極端ないい方で、安助の本心ではなかった。彼は自分ではそれほど悪いとは思っていなかった。医者が直接本人に話すのを避けたためである。

代って真相をきいた吉弥は、兄の心臓が一定の限界を越えたショックに堪えられるかどうか、保証の出来ない処に来ているのを知った。本人に真実を打ち明けるかどうかは貴方に任せます、とその時医師はいった。吉弥は結局兄に対しては極力ショックを避けるべく忠告するにとどめ、時子にだけ真相を打ち明けた。貴美子に話さなかったのは別段他意があった訳ではない。理性の勝った兄嫁と違って感情的な女だから、当然口も軽かろうと案じたまでである。

こんな事態に出喰わすと、吉弥にとって妻よりは兄の安助に比重が傾くという徴候が現われた。妻を軽んずる訳ではないが、他の兄弟に比べて絆が固いという事はいえる。従って兄に抗らわぬという吉弥の信条は強《あなが》ち畏怖だけが原因ではなかったのだ。しかしながら兄弟の多い家庭に育った貴美子には、逆境を乗り越えてきた二人きりの兄弟というものが理解出来ないらしかった。

その日夫婦はある種の蟠《わだかま》りを残して口喧嘩を打ち切った。一緒に映画でも見ようと吉弥がいったが、貴美子は断って一人で出かけて行った。映画の好きな女であった。格別に趣味といって持ち合さぬ女には最も手っ取り早い気分転換の娯楽である。

　その夜、貴美子が戻って来たのは真夜中に近かった。吉弥は布団にもぐってはいたが、まだ眠らずにいた。何を観てきたと形式的に尋ねたのに対して「暁の討伐隊」とだけ答えた。まだ興奮の覚めやらぬ面持ちであった。いつもは要領を得ない筋等を話して閉口させるのに、その日に限って口数が少なかった。よほど感銘を受けたのか、それとも二枚目役者の男振りが瞼に残って、風采の上がらぬ亭主に改めて幻滅を感じてでもいるのか、と苦笑を禁じ得なかった。

　だがその日以来、貴美子の態度に微妙な変化が起った。表面立って奇妙な素振りをする訳ではない。ただどことなくこれまでとは人が変ったように吉弥には感じられたのである。本来は陽気に振舞う性質だが、時折見せる笑顔にも生気がなかった。食事時に菜を挟んだ箸を宙に浮かせたまま、ぼんやりしている事もあった。吉弥が話しかけるととんちんかんな受け答えをしたりした。何かしらある物に強く心を奪われているようであった。

　彼女の変化があの日の安助の暴言に依るものか、それとも映画へ行った夜に基因したものかは判らないが、いずれにせよ、あの日を境いに何かに心を奪われるようになったのは間違いないらしかった。だが、吉弥はさして気にも止めなかった。仕事の上で心を砕かなければならない事が山積していた。有るか無きかの妻の変化に神経を尖らせる暇はなかった。

　それから十日余り経った。時子の母親が危篤だとの報せがあって、兄嫁は取るものも取りあえぬ態で里へ帰った。安助夫婦には子供がなかった。

「兄さんの食事、放っておく訳にも行かないでしょうね」大高商事が退けた後、貴美子は工場へ出向いて来ていった。珍しい事だった。義兄との交渉は極力避けたがるのが常である。「私、子供達の御飯を用意してから兄さんの方へ行きますから、貴方も帰りにお寄りになるといいでしょう」

「兄じょの所で一緒に飯を食うのか」

　貴美子は頷いた。吉弥は意外に思ったが、悪い気分ではなかった。安助は弟夫婦が訪ねてくると機嫌が良かったからだ。誰に依らず客人を喜ぶ性質である。だが、貴美子が安助と交渉を持つのを嫌うので、近頃では連れ立って兄の家を訪ねる事は稀だった。会社の外でまで顔色を窺うのは真平だというのが貴美子の口癖であった。だが今夜は、自分から食事の世話をしようというのだ。

「兄じょを家へ食いに寄らせりゃいいじゃないか」と吉弥はいった。「その方がお前も二度手間が省けるだろうが」

「家へ来られるのは嫌です」厳しい口調であった。自分から兄の面倒を見ようといい出したのが不思議なほどである。「兄さんを呼ぶには大掃除からしなけりゃなりません。それよりはこっちから行く方が簡単ですもの」

吉弥の家は掃除が届いていない。それを口うるさい安助が指摘するのは判っていた。貴美子が義兄の来訪を煩しく思うのも当然である。それに食事の用意だけして早々に引き揚げてくるのと違い、二人して夕食を相伴するとなれば安助の機嫌を損じる事もなかろうと思った。

ただ子供達を一緒に連れて行こうと吉弥がいったのに対して、理由にもならぬ口実をもうけて反対した妻の態度が不審といえば不審であった。


仕事が終わると吉弥は、その足で兄の家へ向った。終戦直後安価に買い入れた閑静な住居である。住宅街なので隣家との間にかなりの距離があった。

彼が訪ねた時は、まだ貴美子は姿を見せていなかった。

留守番の老婆は安助の帰宅と入れ違いに帰っていたので、広い家には安助が一人ぽつねんとしていた。

「貴美子はまだ来んのか」と吉弥はいった。

「子供の世話で手間取っとるのだろう。一緒に連れてくりゃいいに」

と安助はいったが、あまり機嫌の良い顔ではなかった。昼間貴美子が夕食を作りに行くといった時に見せた上機嫌な表情が、義妹の到着が遅れるとともに消えて行くようであった。何に依らず周囲の者が彼本位に奉らなければ得心の行かぬ男なのだ。はらはらしながら待つ裡に、やっと貴美子が姿を見せたのは七時を過ぎていた。下拵えをしてきたのかと思っていたのに、籠の中の物は生の肉や野菜ばかりだった。

舌打ちしたい思いを堪えて吉弥は再び居間へ這入った。兄の安助は不機嫌に黙りこんでいる。間もなく台所で何かを刻む音がした。

「今頃から仕度をしている!」

と安助は吐き出すように呟いた。癇癪持ちらしく、待つという事が出来ないのだ。その気質を知りながら、わざわざ怒らせるような事を買って出た妻の気が知れなかった。吉弥はそっと兄の顔色を窺った。怒りを押し隠した黒々した表情である。機械的に煙草を喫う手が小刻みに顫えていた。

間もなく台所から美味しそうなカレーの香りが漂ってきた。だが、それに気付いた安助の眉間の皺は一層深くなった。彼はカレーが好きではなかった。それを知らぬ貴美子でもあるまいに。考える裡に得体の知れぬ不安が襲ってきた。

これまで妻はいつも彼の智識の中にすっぽりと納っていた。未知の部分は少しもなかった。だのに、あの日以来、妻は僅かではあるがある一部分だけ吉弥の智識からはみ出してしまったようであった。その結果が今日の訝しい振舞いとなって現われている……。無意識の裡に吉弥は、そんな漠然とした結論めいたものを抱いた。

食事の間中、三人の間には気まずい雰囲気が流れた。他に食べる物がないので安助も仕方なくカレーを口に運んではいたが、それが一層彼の不快感を刺戟しているようだった。

吉弥は無言で咎めるような目差しを妻に投げたが、反応はなかった。彼女の目は放心したように宙に注がれていた。夫もその兄の存在も忘れているようでさえあった。あの日以来の態度の変化が、今こうした極端な形で現われているようだった。

一方、あの日以来しこりを残したままの兄と妻とが和解するきっかけにもなろうかとの吉弥の期待を裏切って、安助の新たな憤懣は今にも爆発しようとしている。食事を終えた時、吉弥は健啖家の二人の皿が殆んど口を付けられていないのを見た。

皿を下げ終えると、貴美子は二人の男と共に食卓の前に坐り直した。そして安助の前の灰皿を手前に引き寄せ、おもむろに煙草を取り出して咥えた。あっと思わず吉弥の口から低い叫び声が洩れた。どういう積りなのか。安助がそんな真似を許さないのは判っているはずだ。案の定、安助の顔色が変わった。

「何だ、貴様！」押えていた怒りを爆発させて彼は絶叫した。

「女の癖にその態度は何だ。まるでパンパンじゃないか」

「何ですって」と貴美子はいい返した。上ずった声とは対照的に涼しい目元だった。「貴方は一体何様の積りでいるんです？　弟嫁が何をしようととやかくいう権利が貴方にあるんですか」

「何！　もう一度いってみろ！」

「ええ、いいますとも、何度でも。貴方は気違いです。自分を中心にして地球が廻っているとでも思ってるんですか、貴方なんぞ」

ぴしりと痛烈な音を立てて貴美子の頬が鳴った。安助の一撃を受けて、彼女の丸い頬がみるみる紅く腫れ上がった。

「やったわね」と彼女は囁くようにいった。右頬の紅さとは対照的に蒼白い顔面には無気味な薄笑いが浮んでいる。

「今日こそあんたに教えてやる。人間の忍耐にも限度があるって事を。その結果がどんなものかも……」

彼女はゆっくりと安助に近付いた。右手にはいつの間にか切出しナイフを握っている。「貴美子！」と吉弥は叫んだが、声にはならなかった。夢の中の出来事のようであった。こうなるまでの経緯があまりにも短かく、一足飛びにこの一大事が引き起ったように思えた。

安助は立ち上がっていた。顫えはなかった。顔は無表情で目はとろんとしている。だが次の瞬間、二つの目は、かっと見開かれた。その目は豹変した義妹を見、手に握る刃の冷たい輝きへと移った。

貴美子はゆっくりした速度で近寄ってきた。「はっ、はっ」と安助の唇から溜息とも悲鳴ともつかぬものが洩れた。目はなおもナイフを凝視しつつ、体がじわりと前のめりになった。凝固したような顔に一瞬激しい苦痛の色が走った。

「うむ……」

という唸り声……

「ああ、心臓……」と吉弥は叫んだ。

安助はゆっくりと膝を付いた。目は見開いたまま、すでにまたたきをやめていた……


「殺す積りではなかった」とその後幾度も貴美子は繰り返しいった。その言葉を信じたかった。安助の死後、暫くは虚脱したようになっていた妻の態度に、吉弥はせめてもの救いを感じた。だが、心の隅に残る疑惑を消失するには至らなかった。妻は激情にかられての行動だといった。しかしあの日の振舞いには明らかに安助の激怒を盛り上げるように計られた作為が感じ取れるではないか。妻に殺意がなかったと断言出来るものは何もないのだ。勿論貴美子に兄を刺し殺す意志があったとは思えない。しかし彼女が誰かの口から安助の持病をきいていたとしたら……。安助の心臓が刃の前に健在ではあり得ないと知っていたとしたら……。だがそれを妻に糺す勇気はなかった。一旦口に出せば取り返しのつかない事になりそうな気がしたからだ。たとえ永遠の疑惑を残そうとも、自分だけの胸に納めておかなければならない事なのだ。

だが今知った。妻に殺意はなかったのだ。彼女はただ兄の権威の前に怯え切っている夫に、恐怖にひき歪んだ専制君主の無様な姿を見せたかっただけだ。永年に渡る恐怖を取り除き、兄の暴虐から妻を守れる強い男に生まれ変ってもらいたかっただけなのだ。

吉弥の顔に泣き笑いに似た表情が漂った。

死の配達夫

鈍いそのくせ頭の芯に響くような不快な音で尾崎静子は目を覚ました。最初、彼女はそれが何の音だか判らなかった。いきなり叩き起こされたので、まだ意識が朦朧としていたようである。もう一度同じ音がした。それでやっと玄関のブザーが鳴ったのだと気付いた。

「はあい」

殊更永く引っ張った返事をして彼女はのろのろと起き上がった。こんな時の来客が一番困る。髪は乱れ放題だし、服を着るのも億劫だった。その上、家の中には火の気がないときている。寝床の暖かみを離れるのが堪らなく不愉快だった。

埃だらけの鏡台に向って獅子頭さながらの髪を撫で付けると、彼女は仏頂面で玄関の鍵を開けた。ベルを押したのは顔見知りの郵便屋だった。度の強い眼鏡の奥から細い目で薄汚い恰好の静子を値ぶみするように眺めている。いつ見ても冴えない女だと言っているようだった。

団地の若い主婦はテレビに出てくる人のように身ぎれいにしている。朝から顔も洗わずに惰眠を貪っているのは彼女位のものだった。

「書き留めですよ、尾崎さん」

無愛想に言って郵便屋はハトロンの封筒を差し出した。彼女は訝し気に封筒をのぞき込んだ。今時分、書き留めなど来る予定がなかったからだ。だが表書きは確かに尾崎静子となっている。

「印鑑」

焦立ったように配達夫が促した。彼女は急いで寝室にとって帰し、三文判を手渡した。家にある印鑑といえば実印とこの三文判の二つだけである。受け取りに印を押すと配達夫は再び小馬鹿にしたように彼女を一瞥して立ち去った。静子は以前からこの配達夫が虫が好かなかった。おそらく向うも同じ気持だろう。もっとも嫌いな相手は配達夫だけではなかった。集金人も八百屋も肉屋も、団地の住人達もことごとく嫌いだった。世間の全てが面憎く、見るものきくものに腹が立った。

団地の近くのマーケットに肉屋があり、彼女は週に一度か二度はここに寄った。ある時六十円の並肉を指差し、

「これを百……」

百という数字を彼女は明確に発音した。でないと店員にきき返されるからだ。たまたま彼女の横に同年輩の婦人が居た。時々顔を合わせる団地の主婦である。

「私もそれ……」と彼女は言った。「ワン公ちゃんのだから三百頂戴」

途端に静子は顔色を変えた。血管の中で血潮が逆流した。

「あら、これ犬の肉？」反射的に言葉が口を衝いて出た。「じゃあ私、買うの止すわ」

その時肉屋の亭主が人間の尊厳を傷つけた主婦の無礼を窘《たしな》めていたら、静子の人生観も多少は変ったかもしれない。だが肉屋は人間用に百グラムの肉を求める客より、犬用の肉を三百グラム買ってくれる客を大切にした。それ以来、子供のような小僧までが彼女を軽蔑と反感の目で見るようになった。世間とはそうしたものである。

彼女とても一応はちゃんとした勤め人の妻だった。夫は定職を持っている。しかも真面目で勤勉な男であった。彼女にしたって他人に後指を差されるような事は何一つやった覚えはない。彼等が他人の蔑視を浴びるとしたら、月給が安いというただそれだけの理由である。それも別段事情がある訳ではなかった。単に薄給というだけの話である。従って今までの間借り暮らしからこの団地に移った時は、給金の額が生活して行く上にこれほどの比重を占めようとは考えていなかった。ひたすら間借りの煩わしさから解放される事が嬉しかった。

ここは団地といっても一戸建ての分譲住宅である。彼等は知人の世話でここの家主が転勤した後に、管理人のような形でごく安価に借り受けていた。この団地は百軒ほどのブロックであり、大半は一流会社が社宅用に購入したものだった。従って半ば以上は社宅族で占められている。一戸建ての社宅に住まう位だからエリート社員であった。ただ同然の家賃で三ＤＫの一戸建住宅を確保している訳だ。知人の世話がなかったら、到底彼等に住まえる住宅ではなかった。

ここに移って一年と経たぬ間に、彼女は薄給故の暮らしにくさを痛感させられた。まず美容院である。団地の、殊に社宅の若妻が美容院に落とす金は彼女の想像を絶す

るほどだった。多くて三月に一度、それも最低料金でパーマネントをかける静子に対して、彼女等は殆んど毎週のようにセットに通う。パーマネントに使用する液も最高級品だ。片田舎に拘らず美容院はいつも繁盛していた。自然腕の良い店主は得意客にかかりきりになり、静子の頭は弟子の受け持ちになった。片田舎の美容院では人前に出せる程度のセットが出来るのは店主だけである。規定の料金を払っても彼女の頭は見るも無惨な仕上がりにしかならない。ひどい時には番狂わせをやられる。後から来た得意客を優先するのだ。文句を言っても御予約だと言われればそれまでである。御予約のお得意様はそうした彼女を、軽蔑と優越感の固まりみたいな顔で一瞥し、颯爽と鏡の前に座る。

　八百屋にしても雑貨屋にしても同じだった。千円札をひらひらさせて最高級品を購入する客が、十円玉を数えて財布の底をはたく彼女に優先する。混んでいる時には声をかけても返事をしない事もあった。彼女は元来が自尊心の強い女である。それに貧しい生れでもなかった。だから一層彼等の扱いには腹が立った。文字通り腹わたが煮え返る時がある。ここに移って以来、彼女はいつも険しい焦立ったような顔をしていた。元々優しい顔立ちではない。商人も彼女には笑顔を見せなかった。心にもないお世辞を並べるほどの客ではないからだ。彼女は次第に世間を疎んじるようになった。貧困を痛感させられて以来、彼女は卑屈になる代りに針鼠のように神経を尖らせ、自意識の固まりみたいな女になった。世間が彼女の無力を嘲けり、自尊心を保とうとする事をさえ罪悪視しているように思えてならなかった。

　彼女は夜が好きだった。アーリマンの支配下にある夜は優しく平等に全ての事物を闇黒に覆い隠す。貧しい女に安らぎの場を提供する。そこへ行くと昼は非情に人間の羞恥や虚栄を容赦なく日輪の元に晒け出さずにはおかないのだ。彼女には昼が堪え難かった。そこで彼女は手っ取り早く昼寝をする事にした。昼寝といっても三十分かそこらの仮眠を取るのではない。朝から雨戸を閉ざして眠りを貪るのだ。もっとも最初は燃料費を節約するのが目的だった。今年になって石油ストーブをやっとの思いで手に入れたものの、終日たきっ放しでは石油代も馬鹿にならない。寝床にもぐっていればただで暖かい思いが出来るというものだ。しかし近頃では惰性のように眠り続ける。起き上がって何かする意欲がなくなったというのが正直な話である。眠りを中断され、火の気のない玄関に引っ張り出すブザーの音が彼女には一番の苦手だった。大概が集金人か買える訳もない高級化粧品や文明の利器のセールスである。彼女が寝乱れた仏頂面を覗かすと、セールスマンは一言の拒絶で退散する。虚栄や優越感が通用しない相手だと一目で看破する訳だ。その後、彼女は意味もない罵りの言葉を吐いて再び寝床にもぐり込むのが常だった。

だが今日は違う。送ってきたのは書き留めであった。しかもはっきりと彼女の宛名が書かれている。眠気が吹き飛んだ。彼女は寒さに震えながら、もう一度封書の表書きを見た。

〝福岡市、昭代町十三丁目七十　尾崎静子様〟

差出人は大分の郵便局となっている。彼女には合点が行かなかった。もっとも七年ほど前までは夫とともに大分に居た事があった。その頃は夫の会社（小会社だが）も景気が良かった。大分は物価も安く暮らしも質素だったし、何よりも彼女自身まだ若かった。家を建てる計画で貯金を始めたのも大分だった。だが福岡に移る際に解約しているはずである。もっとも全ての手続きは夫にまかせていたので別口の預金が残っていたのかもしれない。それを今頃になって送ってきたのだろうか。そう解釈するより仕方がなかった。

ここの住居は普通住宅の号数が配達の目安になっている。彼女のナンバーは三一九号である。正規の住所は七十の十九番地だが、百軒の住宅から宛先を探し出すには号数でなければ厄介なのだ。そんな訳で正規の番地は無視され、大抵は号数を記す事になっていた。しかしこの場合は正規の番地七十を記し、後の十九は省略されたもののようである。

不審と期待を持って彼女は封を開いた。普通預金の通帳だった。一枚の紙を折ったものではなく、何枚かを綴った本のような形式になっている。表紙には間違いなく彼女の名前、尾崎静子と明記されていた。慌ただしく彼女は中を改めた。

〝大分市、長浜三丁目××番地……〟記憶のない住所だった。東京郵便局と最初に赤い文字の印判があり、三十九年以降の入金額が並んでいる。すでにその時、彼女は誤って配達されたものと悟った。三十九年には彼女はすでに福岡に居たのである。最初の頃は預金額はそれほど多くなかった。三千円から五千円、それが次第に七千円になり一万円になっている。支払いの項は空白に近かった。預け入れの一方通行だ。現在高を見るに及んで彼女は瞠目した。二十七万八千五百六十円……暫くの間、彼女はその数字から目を離し得なかった。飢えた者が美食に注ぐ目であった。誰かが彼女の境遇を哀れんでひそかに預金をしてくれたのではないか……一応そんな空想がよぎった。だが有り得ない事だった。三十九年以前に東京に住んでいた知り合いもなければ、そんな奇特な人間が居る訳はなおさらない。何故こんな手違いが起ったのだろうか。未練がましく通帳を放して、彼女はもう一度封筒の所書きを改めた。

〝福岡市昭代町十二丁目……〟

静子は息をのんだ。先刻眺めた時には十三丁目と読めたのだ。姓名も文字も番地までが同じだったので、当然自分宛てと錯覚しての見間違いだった訳である。何という事だ……。彼女は当惑し、後めたい気分になった。間違いとはいえ他人の封書を開封したのだ。しかも金の絡んだ封書である。

今までにも間違って配達された事は幾度かあった。同じ団地内の尾崎姓の物もあれば、十二丁目の尾崎友夫という宛名の物もあった。だが同姓同名の誤配は始めてである。もしかすると尾崎友夫の妻かもしれない。近所付き合いをしない割りには、彼女の元に来る手紙は多かった。まだ貧困を知らない以前、明るく社交的な女性だった頃の名残りである。彼女は手紙を貰うと筆まめに返事を送った。豊かに幸せに暮らしているといった内容だった。そこに自分の理想郷を形造っていたとも言える。この地域を担当している例の眼鏡の配達夫は、やがて彼女が尾崎静子だと知ったようである。少くとも昭代住宅三一九の住人が尾崎静子だと印象付けられたに違いない。彼は一見曖昧な宛先に留意せず、専ら三一九号の尾崎静子を目差したものだろう。十二と十三を見誤った配達夫の落度には違いないが、宛先をよく確かめもせずに受け取って開封した彼女の方にも責任がないとは言えないのだ。

だが開けてしまったものは仕方がない。思いがけない出来事の後では配達夫に腹を立てる気にもなれなかった。とにかく、先方に返さなければならない。彼女はまずそれを考えた。相手に疑惑も不快も与えないように、事情を説明する自信はあった。一見した所では静子は人触わりの良い女だった。整然とした話し振りは知的な印象さえ与えた。猫っ被りが巧い訳で、それは天性のものである。

彼女は十円玉を握って公衆電話のある団地内の遊園地

へ行った。辺りに人影はなく、電話ボックスが寒々とした姿を晒している。ボックスの中には電話帳が鎖で結び付けられていた。無断持出しを防ぐためだ。彼女は電話帳を繰った。これに載っていなければ面倒でも家を見付けて届けるよりない。幸いあった。尾崎友夫、昭代十二……。番地までは書いてないし、静子が彼の妻だという根拠はないが可能性はあった。彼女は受話器を取り上げた。十円玉を放り込もうとした刹那、その手が止った。これで全てが終るのだ……と何かが囁いたようだった。その時まで、具体的にどうしようという気持はなかった。ただ先方へ電話をする事を保留しただけである。電話帳を置くための台の上に、誰かが忘れて行った鉛筆があった。静子は電話帳の裏を破り取ると、尾崎友夫のナンバーをメモした。

　帰宅すると、再び彼女は火の気のない部屋で通帳に向った。二十七万八千……ゴム判で押された数字は炎のように彼女の目を焼いた。これだけあれば狂気に近い執念を持って蓄えてきた預金と合わせて分譲住宅が買える。目下彼女が一番欲しがっているのは安住の住家だった。家では散々苦労してきたからだ。大分では個人経営のアパートに住んでいた。当時としては法外な六千円の家賃だったが、その頃は何とか支払えた。夫は大分の出張所長だった。だが会社が左前になり、出張所の経営が立ち行かなくなって呼び戻されたのだ。それから五年近く間借り生活を続けてきた。今の快適な住居もいつ追い立てを食うか判らない。要求に応じて即刻明け渡すというのが借りる時の条件だった。六千円の家賃を払っている頃から、静子は住居確保の必要を痛感していた。家賃は死に金だ。借家住いが長ければそれだけ不必要な浪費をしているに等しい。現に二年前まで住んでいた六畳一間でさえ五千円支払ってきた。ここを追い出されたら少くとも七、八千円の家賃は出さなければなるまい。それを分譲住宅の分割金に繰り入れたら、それこそ生きた金使いというものだ。今彼女は五十万の貯金を持っている。三年前までは六十万だった。夢を喰らっている訳だ。分譲住宅の頭金は最低八十万は要る。三十万の札束を夢に描きながら、彼女は無気力な日々を送ってきた。

　今、目の前に三十万近くの金がある。これが自分の物だったら……彼女は一瞬恍惚となった。この金を自分の物にする事は可能だろうか。久し振りで彼女の頭は意欲的に働いた。まず無理である。第一印鑑がない。通帳に押された印は勿論別誂《あつらえ》である。もっとも印は紛失した事にして印鑑届けをすれば何とかなるが、その手続きを無事に終えるのは困難に違いない。だが一番問題なのは、当の尾崎静子が通帳を受け取っていない旨を局に連絡する事だ。局は調査を始めるだろう。彼女は書き留めに受領印を押している。配達夫も彼女が受け取ったのを覚えているに違いない。彼女が猫ばばした事がばれるのは、二と二を足して四になると同様確かだった。彼女は捕まり、実刑は受けないまでも今以上に世間の顰蹙《ひんしゅく》を買う事になる。夫も職場を失うだろう。そんな事は出来ない。結論を下して放り出そうとしたのと、要するに当の静子を葬ればいいのだという考えが浮かんだのと殆ど同時だった。当人が死ねば文字通り死人に口なしだ。通帳が当人の手に渡らない事が判るはずはない。

この通帳で見ると彼女は三十九年に東京から大分に移り、そして最近来福したようであった。夫の転勤について来たものだろう。大分での任期は三年位だ。もしかすると二年かもしれない。友夫が彼女の夫だと仮定すれば少くとも一年早く福岡に単身赴任し、後で妻子を呼び寄せたと見るべきだ。妻子と一緒に最近来福したのなら、電話帳に彼の名前が載っているはずがないからである。おそらく出世の早い切れ者だろう。何故妻子が後に残ったのか理由は判らない。あるいは子供の学校のせいではないだろうか。大分にも立派な高校がある。今更編入試験に煩わされるよりも一年母子で残って教課を終えたのではないか。もっともそれはあくまでも当て推量に過ぎなかったが、不思議な快感を持って彼女は空想の翼を拡げて行った。

もしかするとこの預金は妻のへそくりではないだろうか。預金は普通、戸主の名義でするものだ。その上、預け入れる一方で殆ど引き出していない。預金の額にしても次第に殖えているとはいえ、ほぼ一定の金額を記している。普通ならボーナス時に纏った金を預けるはずではないか。高校に通う子供がいるとすれば四十前後の年輩だろう。それにしては預金額が少な過ぎるように思われた。そう考えて行く裡にいよいよへそくりだとの確信が深まってきた。

尾崎静子は最近大分から出て来た。その際に利息計算を大分の郵便局に依頼して通帳を託《あず》けていた。それが間違って彼女の元に届けられたと考えるのが妥当であった。相手は今頃、通帳が届くのを待ちわびているに違いない。三十万近いへそくりを持つ女……。静子は嫉妬を覚えた。この金が女にとってどれだけの意味を持つというのか。どうせ訪問着か宝石に化けるだけではないか。だが自分の手に這入れば家が建つ。死人同然の女が命を得るのだ。これほど有効な使い道があるだろうか。それにしても何という偶然だろう。同じ町名に酷似した番地、同じ姓名、同じ文字……。静子には天啓のように思われた。二度とこんなチャンスに巡り会えるとは思えない。これまでにだって機会さえあれば他人の金を盗んだかもしれない。大金を拾えば躊躇なく私《わたくし》しただろう。落した者が自殺したとしても、良心の苛責にもだえる事もないような気がした。相手を殺して預金を奪う事と、拾った金を私して落し主を自殺に追いやる事とどれだけの違いがあるというのか。

預金通帳を封筒に納めた時、彼女の決心は決った。人間、一生の裡には命を賭けた大博打を打たなければならん事もあるものだ。

彼女はきちんと服を着て髪を整えた。何日振りかで万年床を引き払った、犯罪を決行するに当って彼女は条件を作った。静子が友夫の妻である場合、電話に依る連絡が可能だからだ。

○相手が自分の指示に従った場合。

○相手が現場に一人で来た場合。

○へそくりである事を確認した場合。

○相手が誤配の事実を他へ洩らさなかった事を確認した場合。

それ等を守ればまず危険はなかった。十二丁目の静子と十三丁目の静子との関連を示すものはなにもない。郵便の誤配に依る殺人を連想する者があるだろうか。

彼女は家を出た。昭代町は近頃開け始めた新興地である。公団住宅は田ん圃を埋め立てたものだった。団地が出来てから急速に開けたらしいが、まだ田舎の風景が残っている。十二丁目の見当は付いた。個人の持ち家は少く、アパートや社宅が建ち並んでいる殺風景な町であった。相手をどこへ誘《おび》き出したものか。まず苦心するのはそれだった。余り遠過ぎても困る。人目のある所では不可能だ。彼女はその周辺を足に任かせて歩き廻わった。

叢に続いて山があった。切り崩されたような禿山だ。周囲に人家はなかった。季候の良い時は子供の遊び場になっているが、この寒さでは誰も居ない。だがここへ誘い込むには自分の住所を偽らなければなるまい。公団住宅のある十三丁目から十二丁目に接近する道標としては不自然だからだ。しかしその方が却って好都合かもしれない。殺してしまう相手とはいえ、こちらの住所を正直に話す積りはないのだ。

現場を定めると彼女は一旦家に戻った。どうやって殺すか。もう一つ大きな課題が残っている。互角に争うような殺し方は意味がなかった。相手が体力的に勝っていたら、反対にこっちがやられてしまう。従って崖から突き落すとか首を絞めるというようのは馬鹿気ている。毒殺はどうだろう。これなら直接手を汚さずに済むし、第一女性的だ。だがこれも可能性が薄い。初対面の女が差し出す食物を、道の真中でむしゃむしゃやる訳はないのだ。残るはこちらが武器を持つ事だった。武器といえばまず刃物だが、家には歯こぼれのした肉切包丁が一丁あるだけだった。刃渡りが二十センチある。これをどこに隠し、咄嗟にどうやって取り出すか。考えてみればこれも問題だった。相手に気付かれないように隠す事は出来ても、すぐに取り出せなければ意味がない訳である。外套のポケットに納まる位のナイフを買うか？　それは危険だった。買った店から足が付く怖れがある。第一刃物を持った所で素人がいきなり相手の急所を刺せるだろうか。刺し損じたら相手は手向ってくるか、大声で助けを求めるに違いない。武器を用いるのも無理だろうか。

突然、いい知恵がひらめいた。杖だ。棍棒で一撃するのだ。相手が後ろを向いた隙に後頭部に打撃を与える。これなら有利だった。致命傷を与える事が出来ないまでも、一旦相手を倒してしまえば後は簡単だ。抵抗を失った相手を殺すのは訳はない。しかも杖ならば剝き出して持っていても怪しまれずに済むではないか。

静子は何日ぶりかで庭に面した雨戸を開いた。弱い冬の陽が常緑樹や枯木に注いでいる。四十坪の庭には大小様々な植木があった。ここを買った時に家主が植えたものである。静子達が借り受けてから全然手入れをしないので、延び放題に無恰好な枝を拡げている。もっとも庭の手入れを怠っているのは静子の所ばかりではなかった。社宅の連中にしても腰掛け同然の家屋の植木にまでは金をかけない。自分の持ち家と借家との区別は垣根の柴を見ただけで判るのだ。静子は貪婪《どんらん》な目差しで立木を物色した。庭の隅に枇杷の木が見えた。忘れられたようにたった一本勢いのない風情で立っている。丈は二、三メートルあるがいかにも弱々しく、この後何年経とうと実を付ける事はあるまいと思われる。彼女は庭に降りて幹を握ってみた。手頃な太さであった。

枇杷の木をそのままにして彼女は藤崎にある郵便局へ向った。そろそろ預金を下ろさなければならないし、昼間の裡に立木を切り倒すのは人目につく怖れがあった。一戸建ちとはいえ、団地内の目は多い。むしろ壁で仕切られたアパートよりも四方からの見通しがいいと言えた。口さがない人々が、家主に無断で植木を切った彼女の噂を流さないものでもない。連中はテレパシーを持つかと疑われるほど、他家の事情に精通しているものだ。

郵便局までは一キロ足らずの道のりだった。その付近には以前、刑務所があった。急速に開けてからはもっと辺ぴな場所へ移転したが、今でも周辺の風景は当時の名残りを止めていた。田舎とも場末とも付かぬ侘びしい反面、ごみごみした印象を与える。表ばかりがぴかぴかで裏に廻われば途端に食欲を失うような料理屋や、ちゃちな美容院や雑貨屋が狭いアスファルト道路を挟んで乱立している。

郵便局は電車通りに面していた。隣りに出来たばかりのクリーニング店のモダンな建物と、古びた局とが異様な対照を成した。

中は寒く、がらんとしていた。静子は五千円引き出した。

「ちょっとお尋ねしますが……」金を受け取ると彼女は言った。「他の県に引っ越した場合、通帳はどうなるでしょうか」

「そのままで構いませんよ」

いかついが立派な顔立ちの女の局員が答えた。

「このままと申しますと、別段手続きは要らない訳ですか」

「要りません。通帳は日本全国どこでも共通です」

「すると引き出す場合も、どこでもいい訳でしょうか」

「ええ、但し一カ月に十万円以内です。それでしたらどこでもすぐに引き出せます」事務的な口調で中年の局員は説明した。「もっとも今まで取り引きしていた以外の局ですと、本人であるという証拠を提出しなければなりませんがね」

「証拠と申しますと？」

「要するに通帳の持ち主だと判る物なら何でもいい訳ですよ。米穀通帳、健康保険、身分証明書、それに本人宛てに来た手紙を二三通とか……」局員は眼鏡越しに彼女を見詰めた。「面倒な手続きが要る訳ではありませんから、移転なさるにしても解約するより他の局でこのまま預金をお続けになる方が得ですよ」

釘を刺すように女は言った。相手に見詰められた時、一瞬静子はどきっとした。同じ局員はすぐに彼女から目を離し、書きかけの書類に取り組んだ。こんな類の質問には慣れ切っているようだった。確かにそうした質問をする相手は多いに違いない。局員の答は静子を満足させた。どこの局でも簡単に引き出せるからには、換金は安全なはずである。面倒な手続きを要するようであれば、この計画も根本から考え直さなければならぬ所だった。局員の説明は、いよいよ殺人計画を動かし難いものにした。

家に戻ると、静子は常備している便箋を取り出した。

〝前略ごめん下さい。

四五日か一週間後に、貴方の所へ私宛ての郵便が届く事と思います。別に手違いでも何でもありません。と申しますのは、大分前ですが地元の新聞に投稿した事があります。貴方も御存知でしょう。どの新聞にも設けられている婦人専門の投書欄です。投書の内容は日頃から我慢がならなかった近所の身勝手な主婦を批判したものでした。

でも御承知の通りここは団地でしょう。投書者の住所と氏名が掲載されますとそれが私だと一目で判りますし、批判された相手が誰かも見当が付く訳です。ですから真逆採用されるとは思っておりませんでしたが、万一を考えてお宅の御住所を貸して頂いたのです。勿論名前は私の物です。勝手な事をして本当にごめんなさいね。そんな訳で稿料がお宅へ届く事になると思います。どうせ大した金額ではないでしょうし、住所を貸して頂いたお礼に進呈するのが本当かもしれませんが、私としては始めて自分で稼いだお金ですから一旦は手にしたい気持なのです。お手数を煩わせて申し訳なく存じますが、お宅へ届いたら折り返し別の封筒に入れて御返送願えませんかしら。封筒のままで取っておきたいものですから。

一方的なお願いで失礼は承知の上です。二度とこんな御面倒はお願いしない積りですから、今度だけ御好意に甘えさせて下さいませ。またこれは他人から洩れきいた事ですが、投稿に関する共鳴や批判の手紙が読者から来る事があるそうです。もっともこれは必ず来るという訳ではありません。たまたま物好きな人が手紙を寄越す事があるという程度ですが、もしもそんな類いの手紙が参りました時は、御面倒でも封筒に入れて御送付下さい。

取りあえず封筒を二枚と切手を二枚同封致します。何分よろしくお願い申し上げます。

熊本市、京町一丁目××番地、田所千鶴様……〟

静子は持前の美しい書体で一気に書き上げた。彼女は容姿に以合わず綺麗な字を書く。習字は小学校の頃から得意だった。掛け軸に書かされて講堂に飾られた事もある。だがそれだけの事だった。今ではなまじ字が巧いという位では取り柄というにも当らないようである。

田所千鶴とは中学高校を通じて一緒だった。勝気で成績の良い静子に対して、千鶴は大抵びりの方に居た。静子と同じ県立高校に這入れたのが嘘のようだが、六三制のどさくさに紛れて合格したのである。だから在学時代は大して仲が良かった訳ではない。千鶴は試験の度に一課目は欠点を取り、数学の宿題が判らないと言ってはめそめそした。少しばかり頭の芯が緩んでいたのかもしれない。静子はその度に勉強をみてやった。

彼女の席は静子の隣りだった。別段成績の悪い学友に同情した訳でもなければ、優越感を誇示したい気もなかった。ただめそめそするのがうるさかったからに過ぎない。それに千鶴は同性の心を柔らげるタイプの美人で、おっとりした素直な娘だった。そんな彼女を庇ってやるのも悪くない気分であった。従って二人の間は友情というより主従に近い関係にあったが、お互いにそれで満足していた。殊に千鶴は静子を恩人と見ていたようである。卒業してからも時々手紙をくれた。夫の転勤で熊本へ移った報らせを受けたのは昨年だった。移転してから一年半も経った後である。そんな所に一本芯の緩んだ昔の面影があった。その時の手紙には家を建てたいが主人の転勤の事を考えるとそれも出来兼ねると書いていた。豊かな暮らしをしているようである。嘘や誇張が書けるような女ではなかった。自分の幸せをかつての恩人に喜んでもらいたい気持になるのだろう。彼女は静子が幸せを喜んでくれるはずだと無邪気に信じ込んでいるようだった。そうした便りを見るにつけ、静子は成績や頭脳がいかに人生において無意味であるかと痛感する。殊に女には。女にとって一番幸せなのは稼ぎの良い亭主を引き当てる事である。引き当てた亭主に依って一生の運が決まると言っても良い。静子の場合、運が悪かったというよりこの程度の男でも我慢するよりなかったのである。小会社の従業員では浮沈の憂いが最初からなかった訳ではない。だが二十五を過ぎた焦りがあった。一つには妹が二十そこそこで縁付いた故もある。母親は取り柄もないのに選り好みをするからだと罵った。子持ちの後妻にも行く気かい？　子持ちの後妻よりはま丶し丶だった。だが今では果してまし丶丶だったかどうか疑問に思えてくる。

ところで彼女が熊本市に居る千鶴を選んだのには理由

があった。まず彼女は換金を行うに、熊本を拠点にしようと考えた。距離的に見て適当だからだ。一番手っ取り早いのは十二丁目の静子が預金をしていた大分の郵便局で引き出す事だが、これには危険が付き纏う。三年にわたって毎月のように預金に通った相手の顔を、局員が記憶しない訳はあるまい。福岡へ移転するに際して利息の計算を依頼し、わざわざ新しい住所へ送らせた事も覚えているに違いない。そこへ被害者の預金帳を持って行くのは自首するようなものである。一方福岡の局を利用するのは、地元だけに同じ位危険だった。十二丁目の静子が殺された事件は三面記事のトップを飾るに違いない。局員だって新聞を読むだろうし、読めば尾崎静子の名前を記憶するだろう。彼女にとって大切なのは、郵便貯金と被害者との関連に気付かれないという事だった。その点、熊本ならばニュースヴァリューも地元ほどではあるまい。何と言っても他県である。しかも準急を利用すれば二時間で行ける。距離的に見ても恰好な場所であった。その上、熊本には愚昧と境を接する千鶴が居る。静子の頼みなら何でもきく千鶴が。

　手紙に封をすると、彼女は再び四畳半にふとんを敷いてもぐり込んだ。何もせずにぼんやりと時を過ごすより、この方が快適だった。今夜も夫の英幸は遅いだろう。まともな時間に帰宅する事はめったになかった。仕事が終ると事務所の側で同僚達と麻雀が始まる。小遣い銭をせしめるのが目的だ。お互いがそんな了見だから、けちな賭け事は果てしなく続く。静子は今まで帰宅の遅い夫に嫌味を言ったことはなかった。家に帰った所で面白い事もないだろうし、何よりも夫に関心をなくしている。

　やがて静子はまどろむような浅い眠りに就いた。不思議に静かな気分であった。怖ろしい夢に脅かされもせず、そのまま二時間位も眠り続けた。目覚めた時はすでに暗かった。彼女はのろのろと起き上がり、物置から鋸を持ち出した。

　雨戸を閉ざした各家の外灯が照らす光で、枇杷の木は容易に見分けられた。夜の遅い団地の台所から、換気扇が鈍い音を立てながら様々な匂いを撒き散らしていた。静子は幹に鋸を当てた。引き出すと驚くほど大きな音を立て始めた。近所にきこえるだろうか。音響効果は満点である。しかしそれだけに却ってどこの家がこの物音を立てているのか、正確に判らないかもしれない。一握りほどの幹は皮を残してすぐに倒れた。乱暴に皮を引き千切り家の中に持ち込む。葉を毟《むし》り手頃の長さに切るとどうやら杖らしくなった。

時計を見た。七時少し前である。英幸の帰宅は十二時を過ぎるはずだ。五時半に退ける会社から今以て戻らない所をみると、またどこかで腰を据えているに違いない。

作ったばかりの杖を丁寧に新聞紙にくるんだ。千鶴宛ての手紙をオーバーのポケットに突っ込むと、紙に包んだ杖と買物籠を下げて家を出た。彼女がマーケットの閉まる直前に馳け付けるのは珍しい事ではない。誰かに会っても怪しまれるはずはなかった。だが彼女はマーケットには行かず、例の禿山の方へ向った。昼間物色していた叢に着くと、紙包みをほどいて例の杖を隠した。


予想通り夫が戻ったのは夜中だった。珍しく静子は起きていた。夕方になってからの二時間の仮眠が祟ったようである。不思議に明日の決行に期しては実感が湧かなかった。夫の英幸は起きている静子を見ると、恐縮したような顔をした。彼の方が三つ年上だが、二人並べると静子の方が老けて見られる。夫が側に居る時、常にも増して彼女は自分が女である事を忘れるような気がした。この近年、頼もしいとか慕わしいといった感情で夫を眺めた事はない。夫に感じるのは不愍さだけだった。その時だけは自分の不幸を忘れて、ひたすら夫を憐れんだ。

「起きていたのかね?」と英幸は言った。「どうした風の吹き廻わし?」

この所、言動までが中性的になってきている。静子は苦笑しただけで答えなかった。何という善人だ。それだけにやり切れなかった。いっそ自堕落な生活でもしてくれた方が救われるかもしれないのに、夫は泥濘《ぬかるみ》のような善良さを遠慮会釈なく跳ねかける。

「ああ、君にやる物がある」

思い出したように英幸が言った。静子は空気のようにきき流した。何に依らず彼が喜ぶほどの物をくれる訳はなかった。夫に期待しないよう、自分で訓練したのである。

案の定、彼が取り出したのは手帳だった。濃いグリーンの表紙が付いた手帳は、英幸の大きな手の中に隠れそうに見えた。

「ちょっといいだろう」と彼はつまんで見せた。「××さんに貰ったのだ」

「いい色だわ」

静子は機械的に合槌を打った。

「こんなのがあると便利でいいだろう。僕は心覚えをメモして持っている。君もそうするといいよ」英幸はやり切れない優しさを執拗に押し付けた。「いろいろあるだろう。書き止めておく事が。友達の住所とか、電話番号とか……。君はよく手紙を貰うからね。一冊手元に持っておくといいよ」

静子は手帳を受け取った。本当は手帳等欲しくはなかったが、突き返すのは却ってみじめだった。夫に対してよりも自分の立場をみじめにするような気がした。そしてこんなちゃちな手帳一冊で妻の機嫌を取ろうとする夫が、堪らなく哀れだった。要らないと言ったら夫はどうするだろうか。腹立ち紛れに殴るのならそれでもよかった。だがおそらく夫はおどおどして、何が気に障ったのか探ろうとするだろう。そして自分の限界を思い知らされる。稼ぎの悪さを……。

静子は複雑な思いで夫を眺めた。機嫌を取るべく手帳を贈った妻が、現在殺意を抱いていると知ったら……。ぞっとする思いで静子は想像した。そしてもう少しで夫を不憫に思う余り、この計画を中止してもよいとさえ思った。だがその考えは閃光のように脳裏を掠めたに過ぎない。良心を抹殺した以上、中止する理由はないのである。安全に金を手に入れる可能性は多いのだ。後は意志の問題だった。一晩の裡にその意志が動かし難いものになるか、動揺を来たすかは明朝になってみなければ判らない。静子は翌朝に賭ける積りだった。

充分の眠りを貪った朝の目覚めは快適だった。こんな気分の良い朝は珍しかった。今までの弛緩し切った五体に緊張感が漲っているようだった。静子は機敏に寝床を脱け出し、一夜の眠りが心境にどんな変化を来したかを冷静に検討してみた。少しでも躊躇《ため》らう心があれば計画は破棄すべきである。躊躇らう心が危険を招くからだ。

彼女は昨日指摘した五つの条件を反芻した。それらが全て満たされた上で、なお躊躇らう心が湧くだろうか。彼女にも即答は下せなかった。計算の上に立った冷静な気分で人が殺せるとは信じられない。殺害の瞬間、相手に憎悪を燃やすといった一種の激情を要するように思われた。計画は立てた。後はその場の成り行きに任かすしかない。静子は相手の女が彼女の激情を燃え立たせるような、典型的な団地マダムタイプである事を願った。

午前十一時までを彼女は珍しくリビングキチンの固い木椅子に座って、漫然と過ごした。普段なら再び寝床にもぐり込む所だ。しかし寝床に這入れば習慣的に睡魔に襲われる。惰眠を貪ぼるのは却って気力や体力を殺《そ》ぐ怖れがあった。静子は何事もせずただ漫然と座っている事に苦痛を覚えた。電化生活で暇を持て余している主婦達は一体どうやって一日を過ごしているのだろう。

十一時になると静子は救われたように立ち上がった。丁寧に鏡の前に座る。手の折れたヘヤーブラシを出して、丁寧に髪をとき付ける。パーマネントをかけたのは四カ月前だった。殆どウェーブは残っていない。たっぷりした直毛に近い髪をひっつめると、知的で生真面目な女に見えた。その後、念入りに化粧を済ませ、取っておきのトップコートとスカートを着けた。薄汚い身成りでは相手に警戒されないものでもない。貯金帳が絡んでいるだけになおさらだ。

身仕度に二十分ほどかかった。家を出ようとして静子はもう一度手落ちはないかと考えてみた。そうだ。凶器の始末を忘れていた。あれを現場に残すのは危い。といって持って帰るのも人目にかかる怖れがあった。暫く彼女は途方にくれたが、やがて簡単に解決した。折ってしまえばいいのだ。彼女の家には薪割りがあった。間借り時代に使っていたものだった。隠し持ったり早急に取り出したりが出来ないので凶器としては、不向きだがそれの湮滅に利用する事は出来る。

外はいい塩梅《あんばい》に氷雨が降っていた。通帳が濡れないようにビニールで覆うとトッパーのポケットに入れ、薪割りを包んだ風呂敷包みを持って傘を開いた。

禿山へ行く途中に公衆電話があった。昨夜確かめておいたものだ。少しも早く禿山へ接近するには、公園よりもこちらを利用した方がいい。静子はボックスに這入り、水色の受話器を外した。相手の番号はすでにひかえている。ダイヤルを廻わす指が少しも震えていないのを、自分ながら頼もしく眺めた。条件の第一歩である。先方が出た。

「もしもし」澄んだ女の声だった。「尾崎でございます」

受話器を外しざま、名乗る家庭は意外に少い。きちんとした家庭だろうと静子は想像した。

「ちょっとお伺い申し上げますが……」

静子は物柔らかな口調で語りかけた。相手が低く「はあ……」と言う声がした。

「お宅様に尾崎静子様とおっしゃる方がいらっしゃいましょうか」

「私でございますが……」

相手が答えた。胸が高鳴る。

「実は申し訳ない事をしてしまいました」興奮を押し静めて静子は言った。相手が短く何か言う声がきこえたが、彼女は活発に言葉を継いだ。「後ほどおめにかかってゆっくりお詫びを申し上げる積りでおりますが、お宅様宛ての郵便が間違って私の所に参ったのです」

「はあ……」

「私、それを自分に来たものと思い込んで開封してしまいました。大分の郵便局から届いた貯金通帳でございます」

「まあ……」

「心当たりがないものですから、住所を改めまして、始めて誤配だと気付いたような始末でございます。本当にお詫びの申し上げようもございません」

「いいえ、そんなこと……」

相手は静子の丁重な言葉遣いと卒直な謝罪とに好感を持ったようだった。

「私、お宅様までお届けに参ろうと存じますがどんな風に参ったらよろしいでしょうか」

「お宅様はどちらでいらっしゃいます」

訛りのない快い響きを持っていた。静子は隣り町の名を言った。まだ行った事はない。

「まあ、そんな所へどうしてまた……」やや腹立し気に相手は呟いた。誤配の事を責めているのだ。「何でしたら郵送して頂いても……」

「いいえ」きっぱりと静子は打ち消した。「それはいけません。物が物だけに直接お渡ししなければ心配でございます」

「では私の方から頂きに……」

二三度儀礼的な押し問答が続いた。

「ではこう致しましょう」静子が遠慮勝ちに切り出した。「お互いに出向きまして途中で落ち合うようにしては？」

「それはもう……」

静子は例の山を指定した。

「でも今からですと、出ていらっしゃり難いのではございませんか」と彼女は労わりを見せて言った。「ちょうどお昼時にかかりますし……」

「いいえ」相手は怖ろしい意味を持つ言葉を無雑作に吐き出した。「今は誰も居りませんし、一向に構いません」

「ところで……」静子は口ごもるように、「誠に申し難いのですが、物が物だけに大事を取りたいと存じまして……」

「はあ?」

「奥様を信用しない訳ではございませんけれど、この場合私と致しましては御本人だという証拠になる物をお持ち頂く訳には参りませんかしら」

「それはそうですわね。でも何をお持ちしたら?」

「通帳に押してある印鑑はいかがでしょう。これでしたら一目瞭然ですし」

たしかに躊躇らう気配があった。

「失礼は承知の上でございます」魏然《ぎぜん》として静子は言い切った。「でもそこまで見届けるのが義務だと思うものですから……」

「判りました。おっしゃる通りに致しましょう」

悪意も疑惑も抱いた風ではなかった。札束の城壁で世間の荒い風から安全に守られている女には、金のために殺意を抱く者を身近かに想像する事さえ出来ないのだろう。

「では今から参りますから……」相手は言った。「よろしくお願い致します。私は和服を着て参ります。紫のコートを……」

「私は……」静子はちょっと言葉を切った。

「脚が不自由で杖をついております……」

「お……」

相手は感嘆詞めいたものを発した。反射的に出たものらしい。肢体が不自由だと言った事で、相手を一層信用させたようだ。何となくそんな気がした。静子は電話ボックスを出ると例の叢へ向った。

杖は昨夜の場所にあった。氷雨に濡れしおって、握ると不快な感触だった。杖を手にするとゆっくり足をひきずるように歩いてみた。果してこの程度のびっこで杖が必要かどうかは疑問だったが、相手がそんな事にまで留意するとは思えなかった。彼女はゆっくりと歩いた。ここまで来れば急ぐ事はない。要は顔見知りの者に杖をついた姿を見られず、相手の静子に杖を持たぬ姿を見られなければいいのだ。

禿山は目の前だった。しばらく待たなければなるまい。相手は彼女が隣町から来ると思って、幾分遅く家を出るに違いない。傘と一緒に重い包みを持った左手が辛かった。

彼女はしばらく指定の場所で待った。予想以上に早く相手は姿を現わした。電話の通り紫の半コートを着ている。柔らかそうな薄紫が、細っそりした白い顔を浮き立たせていた。彼女は風呂敷包みを木の陰に置いた。

始めて静子は殺すべき相手を目前にした。声から受けた印象がそのまま当てはまるような女だった。静子より二つ三つ上にしか見えないが、実際はもっと年輩かもしれない。痩せ型のなよなよとした肢体を持っていた。一見して都会的な美しさが感じられた。細面の整った顔立ちはむしろ平凡で、満ち足りた女の柔和さが漂っていた。夫の稼ぎに倚りかかって安逸を貪っている主婦の典型のようであった。静子は、一瞬、相手の優雅さに気をのまれ、そんな気持になった事に救いを感じた。

「初めまして……」相手は丁重に腰をかがめた。そして反射的に彼女の脚に視線を投じた。

「本当に御足労をおかけ致しました」

「こちらこそ」静子は大人しく応じた。「少し気を付ければ判る所でしたのに、不注意から飛んだ失礼をしてしまいました。実は私も尾崎静子と申します。字も同じなのです」

「まあ」相手は大仰に目を見張った。

「以前からこちらへいらっしゃいますの?」

「二年少し……」

「それでは配達人が間違えたのも無理もないかもしれませんわね。私は最近こちらへ参ったばかりですもの。主人は以前に参っておりましたけれど、私は事情で大分に残りましてね」

「その大分ですけれど……」静子は弁解がましく言った。「実は姉が居りまして時々便りがあるものですから、今度のもしかしたらへそくりを送ってくれたのかと最初思ったのでございます。そんな訳で……、間違う条件が揃っておりましたものですから、他人様の御大切な物を間違って開封してしまったのです。申し訳ございません」

「いいえ」相手は優しく遮った。何よりもまず脚の悪い正直な同性にいたく同情したようである。「こんな事はよくある事ですのよ。今、へそくりっておっしゃいましたけどね、実は私のもそうなんですの」

「まあ……」静子ははにかむように微笑んだ。

「では御主人様がいらっしゃらない時でようございましたね」

「本当にそうですわ」

「お留守の間は鍵をかけていらっしゃいましたか」

自然に静子は話を転じた。

「ええ」

「御近所の方にお留守をお頼みになりましたか」

「いいえ?」

相手は訝しい顔になった。

「では奥様がここへいらっしゃる事は誰方《どなた》も御存知ない訳でしょうか」

「そうですけど、何故?」

「この辺は物騒ですの。よく空き巣が這入りますのよ」

「まあ、それでは早く帰らなきゃ……」

静子はビニールにくるんだ通帳を取り出し、会釈して印鑑を押した箇所を拡げた。相手は臆せず印を差し出した。この預金のためにわざわざ彫らせたらしい。細い字面には大して磨滅がなかった。素人目にも同じ印だと判る。

「確かに……」静子は印鑑を返すと、通帳を畳んで差し出した。「お気を悪くなさいましたでしょうね。御大事な物を勝手に開けた上に、証拠を要求したりして……。でも何しろ大きな額でございましょう。責任持って相手の方にお返ししなければならないと、それればかり考えたものですから……」

「飛んでもございません。却って有難く思いますことよ。本当に、貴方のような方の手に渡ったのは運がようございましたわ。ではこれで……」

女は通帳を納めると今来た方向に歩き出した。細っそりした項《うなじ》を持った人形のような後姿を見た刹那、静子は、炎に包まれたような気がした。狂おしい激情が彼女を襲った。事実、彼女は正気を失った。憎悪も利害も憐愍も全ての感情が麻痺して、殺意だけが迸った。静子は傘を放り投げ、両手で杖を握り締めた。相手は気付かない。傘に当たる氷雨の響きが、傘を投げた音を消したようである。静子は相手の背後にしのび寄った。いい具合に彼女は傘を肩にかけず、頭上に垂直にかざしていた。渾心の力を絞って静子は杖で後頭部を殴った。相手の傘が飛んだ。彼女は一瞬後ろを振り返えるような動作を見せたが、鈍いうめき声を立てながらそのまま俯せに膝を付いた。静子には高速度カメラのような緩慢な動きに見えた。

相手は窮屈な姿勢で地面に仆れたまま、低い喘ぐようなうめき声を上げていた。優艶な背中が派手に上下している。気を失っているらしかった。うめき声は生理的に洩れているだけだろう。もう引き返せない、と静子は思った。この時になって初めて怖ろしい計画を遂行した事を認識した。彼女は杖を振り上げ、不様に動いている背中や後頭部を目がけて狂ったように打ち据えた。不思議に血は吹き出さず、ふとんでも叩いているように抵抗も覚えなかった。

十二丁目の尾崎静子は完全に縡《こと》切れていた。静子は当然、恐怖や戦慄に襲われる事を予期した。だが死骸となった恩も怨みもない同性を見下ろした時、彼女が感じたのは湧き上がるような感動だった。素早く死骸から通帳と印鑑を抜き取り、薪割りで杖を三つに割った。三つに折った凶器は難なく風呂敷に納まった。破片も余さず風呂敷に包み、傘を拾い上げると彼女は怯《おそ》る怯る周囲を見渡した。雨は小降りになっていた。人の姿はなく、けぶるような雨が景色を包んだ。

歩き出そうとして、始めて全身が瘧《おこり》のように震えているのに気付いた。踏み出す足に力が這入らず、急な坂道を降りる時のようにひょろひょろした。だが恐怖はなかった。彼女は絶対の自信を持った。

けたたましいサイレンの音を静子は寝床できいた。まだ十時にもなってはいない。彼女の予想では発見は明朝のはずだった。何となくそんな気がしたのだ。たまたま誰かがあの禿山付近を通りかかったものだろう。大したニュースになるだろうと彼女は思った。覚悟は出来ている。彼女なりにショックを受けてはいたが、少くとも良心の苛責が破滅の糸口になる気遣いはなかった。殺したのが一面識もない相手だったからかもしれないし、あるいはもっと根本的な素質の問題かもしれない。人を殺した直後に平気でビフテキを貪ぼり食ったという殺人狂の話を思い出した。

パトカーのサイレンは執拗に続いた。彼女は目を閉じた。通帳はこの部屋の畳の下に敷いている。印鑑は絶対に夫が見ない場所、ハンドバッグの中である。瞼を合わせると殺害の現場が浮かんだ。だがそれは遥か以前に傍観した出来事のように、朦朧としたものでしかなかった。相手の断末魔の顔を見ていたらこうは行かなかったに違いない。背後から襲ったのはその点から見ても良策だったようである。

到底眠れまいと度胸を据えていたためか、却って彼女は深淵に引き込まれるように眠りに陥ちた。夢一つ見なかった。目を覚ました時はまだ薄暗かった。夫は傍らで健康な寝息を立てていた。郵便受けにはすでに朝刊が差し込んであった。各戸に配達される牛乳瓶の触れ合う音。

全てがいつもの通りだった。彼女は一種の感慨を持ってきき慣れた物音に耳を澄ました。

凍り付くような玄関口に突っ立ったまま、彼女は朝刊を拡げた。でかでかと載っている。

〝主婦、戸外で惨殺される。

二十日の午後九時頃、会社員×××氏が自家用車で帰宅の途中、福岡市昭代町××丁目付近の山道で人が死んでいるのを発見、×署に届け出た。捜査の結果、被害者は同市昭代町十二丁目七十、会社員尾崎友夫さんの妻静子さん（三十八歳）と判明した。静子さんは木刀のような物でめった打ちにされた模様で、普段着姿の上、懐の財布には手を付けられていない所から怨恨の線も強いと見て捜査を進めている。犯行現場は殆ど人通りのない淋しい場所で、何のために静子さんがそこまで出向いたのか判っていない。昨夜来の雨で犯人の足跡も採取できない。

犯行は同日の昼頃と見られ、静子さんが外出している姿を見た者もある。

なお、静子さんは最近大分から出て来たばかりで福岡には知人もなく、怨みを受けるいわれもないと友夫さんは語っている〟

新聞を畳むと、静子は再び寝床にもぐり込んだ。残虐な殴打が怨恨の線を生んだようである。目下の所、誰も金銭上の繋がりには着目していないようだった。

午後になって二人連れの刑事が来た。覚悟の上である。彼等の尋問は形式的だった。地理的に近いため、この辺一帯を虱潰しにきき込んでいるのだと語った。

〝叫び声をきかなかったか〟

〝同日、挙動不審の者を見かけなかったか〟

〝この辺りに精神異常者は居ないか？〟

徒労を承知の顔付きだった。これからもまた二三度はやって来るかもしれないと彼女は思った。疲れ切った刑事の顔を見ている裡に、彼女は殺人犯が別に居るような錯覚に陥ちた。そのため、彼女は殆ど虚偽を意識せずに済んだ。

〝お便り拝見致しました。私でお役に立つ事でしたら何でもさせて頂きます。住所をお貸しする位、何でもありません。それにしても貴方の投書が新聞に載ったなんて、素晴らしいじゃありませんか？　私なんかとてもとても、本当におめでとうございます。相変らず御活躍の御様子、嬉しく思いました。新聞社から郵便が届きましたらすぐに御回送致しますから御安心下さいませ。

四月は転勤の月です。私は今の所に愛着を持っておりますし、まだ一二年は大丈夫だと思うのですが……。今からどこへやられるかしらと社宅の奥さん達と心配しております。お宅様はその点いいですね。

ではお体を御大切に、取りあえず御返事まで……千鶴〟

静子からの手紙を読んで即刻返事をしたためたものだろう。三日後にこの便りが届いた。

捜査は難行しているようだった。静子は完全に傍観者の立場に没入した。解決する訳はない。まるっきり見当違いの所を空転しているのだ。取り澄ました団地の女房族にしても、殺人犯は見も知らぬ怖ろし気な男のイメージしか持ってはいまい。誰が身近かに殺人犯の存在を想像するだろうか。

その間に着々と準備を進め、安全に金を手に入れるのだ。引き出しは来月から三月に分けて行う予定だった。まだるっこいが、それが一番危な気がなかった。

彼女はハトロン製の封筒に用心深く書体を変えて、千鶴の住所と自分の名前を書いた。封筒の中味は七百円の札束である、花便り、稿料七〇〇円と記した紙片も同封した。千鶴が中味を改める怖れはないが、万全を期さなければならない。千鶴如きに疑惑を植え付けるのは不手際の最たるものである。裏には個々別々に買ったゴム印で地方新聞社の社名を押した。

一カ月経った。もはや尾崎静子殺害事件は新聞紙上から姿を消した。時折り蒸し返すように人の集まる場所で噂に上る程度で、足繁く聞き込みに歩いた刑事の足も遠のいた。

静子は、今朝の新聞で、T団地が分譲住宅を募集している記事を見た。頭金は七十万で月々の返済額は七千円とある。五十坪の敷地に十六坪の家だった。交通の便も悪くない。それだけに相当の競争率が予想されるが、応募の資格を持っただけでも救いがある。今までは分譲住宅といえども高嶺の花だった。だがこれからは違う。静子は胸に暖かい息吹きを感じた。

夫を会社へ送り出すとすぐに駅へ向った。あの日のように雪混じりの雨が降っていた。三月の忘れ雪というのだろうか。馬鹿陽気が暫く続いた後だけに、余計寒さが身に沁みた。静子はオーバーの衿を立て、不景気な雨の中を飛ぶように歩いた。

博多駅のホームは人影はまばらだった。大学の受験があらかた終ったせいかもしれない。人が少い事が静子を不安にした。誰かに見張られているのではないかという危惧が彼女を襲ったが、元より杞憂に過ぎなかった。

すでに熊本行きの準急が這入っていた。客車の内部もがらんとしている。彼女は四人分の座席を一人で取れた。これで他人の視線を真っ向から浴びずに済む訳だ。

終点の一つ手前の上熊本で下車し、構内のタクシーで京町へ向かう。京町付近の地形は、千鶴の詳しい説明で大方のみ込んでいる。見知らぬ土地に来た物珍らしさから、彼女は周囲の風物、郵便局の所在まで手紙で知らせていたのだ。京町の坂を登りつめた所でタクシーを降りた。幸いこちらも雨だった。福岡よりも南だといっても気温は変らないようだった。万一、千鶴に出会ったとしても、傘に隠れてやり過ごす事が出来よう。

郵便局の赤いマークが下車した場所から見えた。続いて検察庁の白い建物を目にした時はさすがにたじろいだ。彼女はこれに似た風景に見覚えがあった。福岡の藤崎だ。そう言えば以前、この付近に刑務所があったときいている。郵便局の内部も藤崎のそれを彷彿とした。

「こちらへ移ったばかりですが……」彼女は妙に年寄りじみた表情の、目鼻立ちはまだ若い女の局員に言った。「預金を下ろしたいのです。大分の郵便局と取り引きがあったのですが、急に要り用になりましたので……」

局員は無表情な顔で通帳を受け取った。

「いくら御入用ですか」

抑揚のない声で訊ねる。

「十万ほど……」

局員は点検するように通帳を眺めた。

「御本人ですか」

「そうです」

「何か証明する物をお持ちですか」

「手紙があります。二通持って来ました」

「手紙ですか」

「米穀通帳は都合でまだ出来ておりませんし、保険証は今、主人が持って行っておりますので……」静子は弁解するように続けた。「伺った所では手紙でもいいという事でしたけど……」

局員は無言で手を延ばした。静子はバッグから自分に宛てた手紙を二通取り出した。一通は新聞社から、一通は見知らぬ読者が共鳴の意を表した手紙を送った事になっている。千鶴が破損のないようにとわざわざ大型の封筒に入れて返送してくれたものだった。

「先の物は引っ越しの時に処分してしまったものですから、新しい住所のしかありませんが……」

静子は再び弁解がましく付け加えた。言ってしまって余計な事を喋ったかもしれないと思った。だが局員は無愛想に手紙を返してくれた。

「よろしいでしょうか」

「ええ」

足が震えた。今まで冷静を保っていたのが嘘のようだった。丁度、あの犯罪を行った後のような怖ろしい感動が彼女を包んだ。

十万円の札束を受け取った時も、まだ実感が湧かなかった。郵便局を出るのが怖ろしかった。今にも後ろから呼び止められるのではないかという気がした。虎の尾を踏む心地……、彼女は繰り返し胸の裡に呟いた。その言葉に神経を集中する事で恐怖が薄らぐようだった。

彼女は誰にも呼び止められなかった。外はあの日のような氷雨が町を幻想的に彩っていた。

二度目からは遥かに気楽だった。最初の成功が彼女を大胆にした。それにあれから二カ月経っている。今頃になって新事実が揚がる気遣いはあるまい。

しかし静子は大事をとって京町郵便局を避ける事にした。二度続けて十万円を引き出せば局員の記憶に残るかもしれない。相手に印象を残す事が一番危険だった。

ところが次の局でもぎょっとさせられた事がある。手紙の関門は無事に通ったものの、中年の女の局員に、「京町にも郵便局があるでしょう」といわれたのである。静子は息が止まったかと思った。咄嗟に言うべき言葉が見付からなかった。しかし局員は別段、説明を求めた訳ではなかったのだ。

これ以上、熊本市内の局を廻わるのは危いと思った。同じ市内の郵便局を転々と変えては、当然変に思われる訳である。なまじ宛先が郵便局のある京町になっているだけに余計始末が悪かった。局員が手紙を検閲するのは形式的なもののようだった。宛先にこだわるより、言い訳を考えた方が早道かもしれない。それに千鶴に出会う危険も避けたかった。

ハンドバッグに札束を納める時、緑色の物が目に這入った。いつか夫に貰った手帳だった。いつの間にかこの中に放り込んだらしい。中には取り止めのない文句を書き散らしている。昔覚えた詩の断片や、何かで読んだ悪魔の名前等だった。夫が言ったような友人の住所や電話番号の類いはなかった。手帳を見た時、彼女はあの夜の夫とそれに繋がるみじめな気分を思い出した。家を買う計画を話したら夫は何と言うだろうか。金の出所をどの程度に追求するだろうか。そして結局は彼女に言いくるめられるのだ。

五月になった。晩春のうららかな日和りが気分を爽快にした。万年床はとっくに引き払われている。彼女の神経はいつも目覚め、生き生きした緊張感に溢れていた。

夫が出勤した後、彼女は最後の旅行に出た。戸外では団地の女房族が夫の出勤を見送って家の前に佇んでいた。平和と愛情を周囲に撒き散らしながら。朝だというのに薄化粧した若やいだ姿を春らしい薄色のドレスに包んでいる。世帯やつれを知らない満ち足りた女同志が、儀礼的な笑みを湛えて挨拶を交わした。これから少くとも三十分はあちこちで立ち話が続くだろう。静子を見ると女達は笑顔を引っ込め、形式的に会釈した。消費生活から締め出された同性に相応した挨拶だった。だが静子はもはや彼女等に腹を立てなかった。収入と支出の他は残らず脳味噌から締め出した女達。アクセサリーとテクニックを除けば何も残らない化物共。彼女等が一生かかっても到底成し得ない偉業を、僅かの間に遂行したのだ。即ち完全犯罪を。

鳥栖《とす》郵便局の藤井東彦は、伝票にサインをしている女に目を注いだ。彼が客に関心を持つ事は珍しかった。女は世間の標準からすれば美人とは言えなかった。身形《なり》も貧相だった。とげとげしく痩せていて生活の疲れといったものを感じさせた。彼を引き付けたのは主観的なものに過ぎなかった。

夜間の高校を五年がかりで出た彼は、文学等を齧っている。ここに勤め出して十年になるが、まだ青臭さから抜け切っていなかった。そのせいか彼は一つのタイプの女を夢想した。物質文明の中でゆだったように弛緩した女を見るとむかむかした。彼が夢想するのは思索する女であった。どんな思索かという段になると自分でも判らない。そこが夢想である。やや険しく引き締った顔をした目の前の女は、いかにも思索的に見えた。他に客のないのを幸い、彼は女を見詰めた。

彼女は今、狼狽気味にハンドバッグを掻き廻わしている。印鑑を探しているらしかった。そこへ顔見知りの客が預金に来たので、彼は女から目を離した。客は通帳を返してもらった後もその場を動かず、胴間声を張り上げて世間話を始めた。近くの地主である。大した預金をするので顔が効いていた。気が付くと女は伝票を持ったまま、所在無げに地主の背後に佇んでいた。印が見付かったらしい。藤井は手を延ばして女を促した。地主は身をずらせて、カウンター越しに奥の局長と大声で話し始めた。

住所を見ると熊本市になっている。女は無言で手紙を二通差し出した。

「熊本の方ですか」

藤井は言った。

「ええ……でも……」

女は口ごもった。何か事情がありそうだった。元より詮索すべき事でもない。だが金額を見ると残高が残らず記されている。七万八千五百六十円……。

「全額を下ろす事は出来ないんですよ」彼は物柔らかにいった。「全額下ろされるんでしたら一週間位かかりますが……」

「そうですか」意外そうに女は言った。預金の事には無知なようだった。「では七万八千円だけ下ろしましょう」

躊躇らいがちに彼女はいった。

「後は全払いになさいますか」

「そうすると、どうなりますか」

「一週間ほどして利息と一緒に残金を送ります」

「ではそう願います」

彼は頷いてちょっとの間女を見詰めた。女は当惑気に目を伏せた。見られる事に慣れていないらしかった。

女が帰った後、彼は再び通帳を開いてみた。三月から毎月十万円を下ろしている。それまでは預ける一方だったようだ。二月か三月に何か変事が起ったに違いない。それも悪い方のだ。確かに尾崎静子には翳のようなものがあった。大分市長浜三丁目××番地……。預金を始めたのはここだった。その前は東京に居たらしい。預金が出来る位だから少くとも三月前までは一応の暮らしをしていたのだろう。だが三月以降に金の要る事が出来た。しかも現在は他家に同居している様子である。夫に死なれたか、離別されたのかもしれない。一人の女の境遇の変化をこの通帳は物語っているようだった。

やがて彼は昼食のために席を立った。その時、書物机の下に緑色の手帳が落ちているのに気付いた。彼は拾い上げて頁《ページ》を繰った。ひどくきれいな書体で様々な事が書き散らしてある。

〝縛《いまし》められぬ自由の心の永遠の霊よ。自由よ、汝は牢獄の中で輝いている〟

彼も知っているバイロンの〝ション囚人〟の一節だった。あの女の物だと彼は直感した。印を探す時に落したのかもしれない。

〝一つ二つ珠の露、三つ四つ戸を閉めろ、五つ六つ棒を取れ、七つ八つちょっと待て……〟

数え歌らしいが彼には目新しいものだった。

〝私が間違っているのでなければ、世間が間違っているのだ〟

〝ルキフェル、ベールゼブブ、アスタロト、ルキフグス、サタナキア……〟

人の名らしいが彼の知識にはなかった。その他、不思議な文句が一見漫然と書き散らしてあった。彼も手帳を持っている。創作が頭に浮かんだ時に書き止めておくためだ。ある意味では金銭に替え難い貴重品と言えた。相手にとっても掛け替えのない物に違いない。彼はすぐにも郵送しようかと思ったが、なまじ相手に関心を持っただけに面映ゆい気もした。それよりも一週間経って利子計算が出来た後で金と一緒に送る方が自然に思えた。

一週間経ち、彼は予定通り現金と一緒に手帳を郵送した。あの女は自分の厚意を判ってくれるに違いない。逆境にある時だけに僅かの慰めになるだろうと、彼は大した善行を施した気になった。

ところが郵便は付箋を付けて戻ってきた。転居先が不明の個所に丸印が付いている。間借り先を追われたのだろうと彼は思った。喧嘩別れのような状態で行く先も告げずに飛び出したものだろう。現金が届かぬ事より、自分の厚意が相手に通じない事の方が気になった。客観的に見て彼女の移転先は探しようがなかった。しかしこのまま打ち捨てる気にはなれない。彼はふと先の住所を思い出した。大分市長浜町三丁目××番地……。覚え易い住所だった。無意識の裡に脳裏に焼き付いていたのかもしれない。もっともここへ送った所で結果は同じだろうが、出来るだけの事はしてやりたかった。重い気分で彼はペンを取った。

けたたましいブザーの音で、尾崎友夫は無気力な顔を上げた。妻が亡くなって以来、彼はめっきり老け込んだ。長男と二人きりの生活にはうるおいがなかった。家の中に女の居ない侘びしさはまず色彩に現われた。

「後十年も経てば、この家から赤い色は消えてしまいますわ」

まだピンクの茶羽織りが似合った妻は、娘に恵まれない不満をそんな風に言った事がある。

「お前がせいぜい若返りをしていつまでも赤い物を着るといい」

と彼はその時冗談めかして言った。せめて一人子が娘であったら、少しは侘びしさも薄らいだかもしれない。目下浪人中の息子と一対一で接する事が、一層彼をやり切れなくした。長男が大分の一流高校にパスしたため、卒業までの一年間を彼はこの福岡で一人で暮らさなければならなかった。一人子を他人に預けるのが不安だというのが妻の意志であり、彼も同意せざるを得なかった。そしてやっとこの二月に家族が一緒に暮らせるようになったのだ。その直後に妻は殺された。福岡に来てまだ日も浅く、怨みを受ける謂れはなかった。金目当ての殺しとも思えないと言う。行きずりの変質者の犯行としても、何故雨降りの中をあんな場所へ出向いたのか友夫にも判らなかった。

もしかしたら……。彼の心にはある種のこだわりがあった。妻に男があったのではないか。四十前のまだ容色が衰えてない女が一年間も夫の許を離れていれば、有り得ぬ事でもないのではなかろうか。しかしそれは口外しない事にしている。情痴の絡んだ殺人だとしたらこのまま迷宮入りになる方がましだった。浪人中の息子が受ける衝撃を憂い、現職のエリート社員としての立場を考えた上である。彼は半ば諦らめ、呆けたように日を送った。

ブザーの音で彼はのろのろと立ち上がり、玄関に出た。客は隣家の主婦だった。好奇心半分に何かとしゃしゃり出られるので日頃からうんざりしている。

「書留めが参りましたのでね」と彼女は言った。「お預かりしておきましたよ」

「いつもすみません」

書留めの表書きは長浜町の妻宛てになっている。死人宛ての手紙を見るのは奇怪なものだった。一旦は長浜町へ届いたのに、かつての家主が回送してくれたのである。彼は機械的な動作で封を切った。千円余りの金と一緒に濃い緑色の手帳が出てきた。金は鳥栖の郵便局から送られてきたものだった。どういう金なのか彼には見当が付かなかった。

彼は手帳を開いてみた。走り書きながら見事な書体が目に這入った。筆跡は元より書かれている文句から見て、明らかに妻の物ではなかった。妻の静子は常識的な女だった。だがこの手帳の内容には、はっきりとは判らぬながら何となく常軌を逸したものが感じられた。彼は、そのきれいな文字を眺めている裡に、文句の奇怪さを忘れた。こんな文字を書く女性はきっと美しい人に違いない、と彼は思った。何故これを女の手だと思い込んだのか自分でも判らないが、そう信じたい気がした。この手帳を見た刹那にだけ、彼は久し振りで感情を蘇らせたようだった。

最初、彼は手帳も金も他人の物が誤って配達されたのではないかと考えてみた。だがすぐにこれが付箋付きである事を思い出した。長浜町の住所は誤配される場所ではない。しかも静子は、三年間そこに住んでいたのである。

彼は技術畑の男だった。そのせいか幾分世事に疎い所もありはしたが、何よりも妻の変死で知覚が半ば麻痺したようになっていた。従って今頃になって全払いの残金が妻の許に送られてきた不合理を、追求しようという気にはならなかった。何かの手違いで送金が遅れたのだろうと軽く考えたに過ぎない。しかし何故こんな手帳が一緒に這入っていたのか、さすがに彼は首を傾げた。結局、誰かが鳥栖の郵便局に忘れて行ったものが、誤って同封されたと考える他はなかった。

彼が思考を巡らしたのはそこまでだった。妻の変死やそれに絡む人知れぬ疑惑の前には、一通の封書如きは微細な問題であった。彼は金だけ抜き取ると、手帳を入れたままで封筒を状差しに放り込んだ。

静子は市の供給に依る分譲住宅の公募要項から目を上げた。玄関の郵便受けに手紙が投げ込まれる音がしたからである。事件以来、郵便には神経質になっていた。あの配達夫の存在も嫌なものだった。彼女はパンフレットを置くと玄関に出た。葉書と封書とが一通ずつ来ている。葉書は千鶴からだった。

〝めっきり暖かく汗ばむほどになりましたが、お変りはございませんか。私共、この四月に大阪へ転勤致しました。まだ一年位は大丈夫だと思っておりましたのに急な事でした。九州でも暮らし良い事では定評のある熊本からいきなり大都会へ出て参りましたので、それこそ面喰らう事ばかりです。何よりも人と車の多い事、それに物価の高いのはほとほと弱っております。早くお報らせしようと思いながら、引っ越しの慌ただしさに紛れて遅くなりました。お許し下さいませ。こちらへお越しの節は何卒お立ち寄り下さいますよう、心からお待ち申し上げます〟

思わず静子は眉根を寄せた。熊本に来た時もこうだった。もっともあの時より早く報らせただけましだといえるが、居ない事が判っていれば残金の送付先を彼女の元にはしなかったのだ。

実の所、彼女は五百余円の残額を残したままで通帳を破棄した方がよかったと思っている。だが意味あり気に執拗な視線を浴びせる若い局員の言葉に逆いかねたのである。彼の凝視は計算外だった。全払いになさいますか？　と言われるは平静を失った。彼に見詰められて静子と検討する余裕を失って、思わずお願いしますと答えてしまった。これ以上、千鶴の住所を利用するのは面白くないと気付いたのは返事をした後だった。何故あの局員は見詰めたのだろう。通帳に不審を抱いたのだろうか。結局、彼女は何ら策を弄する術を失った。そして千鶴の事だから、またすぐに回送してくれるだろうと考え直した。しかしあの時、千鶴はすでに熊本には居なかったのだ。するとあれはどうなるだろう。考えられるのは千鶴の後に来た者が気を効かせて大阪に回送してくれるか、あるいは宛先不明で宙に迷うかだ。そしてやがては国庫に納まる運命だ。いずれにしても大した事ではない。この時になっても、まだ静子は手帳を失した事に気付いてはいなかった。彼女にとってはあってもなくても大差ない物だったからでもある。

葉書を放り出すと彼女は郵便に目を通した。〝福岡市、昭代町十二丁目七十、尾崎友夫様〟

思わずぎょっとした。あの事件以来、始めての誤配である。暫くの間、彼女は怖ろしい物を見るような目を封書に注いだ。全く嫌な気分である。最初、彼女はまだ団地内を廻わっているはずの配達夫に突き返そうかと思った。がそれをしなかったのは彼に誤配を指摘する勇気がなかったからである。彼と顔を合わせるのさえ怖ろしかった。まして誤配を口にするのは、自ら古傷に触れるような気がした。そこで彼女は紙片れに誤配の旨を記し、封筒の右肩に張ってポストに投げ込んだ。

会社から戻ったのは七時過ぎだった。玄関には鍵がかかったままである。まだ息子は帰っていないようだった。こんな時間まで何をしているのか。このような状態で非行に走るのではないだろうか。だが彼には息子の遅い帰宅を咎める事が出来ない気がした。

玄関を開けると扉に取り付けられた郵便受けに封書が這入っている。大分時代の部下からだった。封を切ろうとして、ふと右肩に貼られている付箋に気付いた。

〝間違って配達されましたので、正しい住所に再配達願います〟

達筆である。この近くに尾崎という姓の人が居るんだなと彼は思った。きっとここと紛らわしい住所に違いない。何気なく付箋の文字に見入っている裡に、彼は次第に訝しい顔になった。この字をどこかで見た記憶があった。気になり出すと思い出さずに済ますのは後味が悪かった。どこで見たのだったろう。彼はなおも記憶の糸を辿った。

「あっ」突然彼は低く叫んだ。常になく敏捷に立ちあがると、状差しから手帳を抜き取った。間違いなく同じだった。付箋を付けた相手がこの手紙の主である事は確実だった。相手はおそらくこの付近の尾崎という姓の者に違いない。しかも妻名義の残金が送られてきた。鳥栖の郵便局に行った事も疑いなかった。この事実は何を意味するのか。

始めて尾崎友夫の顔に、今までとは違った疑惑の色が浮かんだ。

破戒

――これは直接先生にお目にかかってお話しすべき事かもしれません。しかしながら私には、面と向って打ち明ける勇気がないのでございます。で、御迷惑とは存じましたが手紙に託す事に致しました。

これまでにも度々暖かいお便りを頂戴したり、いつぞやはわざわざ拙宅までお越し頂きましたにも拘らず、ミサを拒み続けました事を、あるいは御立腹になり、あるいは不審にお思いになった事と存じます。私もいずれはミサに列席して、これまでの無礼を詫び詳しい事情を御説明申し上げる積りでおりました。現在の不幸が過去のものになった時、私はそうする積りでございました。しかし今ではもはや、この不幸が回顧の形で語れるような未来を信じる事が出来なくなりました。私の苦しみはあまりに永うございました。この六年間にわたる苦痛や貧困の重い悩みが、未来を信じる気力を奪ったのかもしれません。

主人、塚田光の事は薄々お耳に入っていると存じます。主人を知りましたのは七年前、教会のバザーの会場でございました。何故クリスチャンでもない私が教会のバザーに参る気になったのか覚えてはおりませんが、ともかくもそこで主人と知り合った訳でございます。きく処に依りますと、主人は祖父の代からの信徒であり赤ん坊の頃に洗礼を受けたという事でした。神の懐で生い立ったという先入観がありましたせいか、主人の様子は信徒にふさわしく謙虚で物静かで気高くさえ見えました。

それから一年の後、私共は先生の司式で結婚したのでございました。私も亡くなった両親も仏教を奉じておりましたが、主人に従って仏を捨て唯一神の信仰に生きる決心を致しました。周囲の方にすすめられるままに洗礼も受け、新しい信徒として教会へ迎えられたのでございます。多くの方々に祝福されて結ばれた私共は誠に幸せなものに思えました。

　ところが教会へ通い、神の前にぬかずく主人の正体を知らされましたのは一月と経たぬ裡でございました。主人は浮気な上に大変な見栄っ張りでした。現に教会の中にも噂に上った女性が一人ならずあったとききます。他にもいろんな種類の女と交渉を持っていたようでございます。それだけならば過去の過ちとして許す事も出来ましょう。許せないのは今日の不幸の原因となった気の遠くなるような負債でした。私が嫁ぎました時には、すでに五十万に余る負債を背負っていたのでございます。こうした訳で私共の新婚生活は最初から貧困に付き纏われておりました。私は勿論愕然となりました。欺されたという気持を否定致しません。しかし、もはや仕方のない事と諦め一日も早く返済して人並みの生活を送れるように努力致しましたのも、一重に主人の良識を信じたからでございます。いやしくも神の懐で育った男が妻の犠牲と努力とを考えるだけの良心を持たぬとは思えなかったからでございます。だがその考えは間違っておりました。主人には良心のかけらもありは致しませんでした。

　彼の常軌を逸した見栄っ張りは、妻の私が満足な食事にもあり付けない有様を外に、友人知己の前で派手に札びらを切り身分不相応な饗応を致さずにはおきませんでした。それらの出費は新たな借金となって私の上にのしかかったのは申すまでもありません。でもそれを知りましたのは身籠った後でございます。それまではつましい生活と内職とで借金は殆んど返済したものと考えておりました処、返済はおろか借金の額が二倍近くもふくれ上がっていた事を知りまして、そのショックで流産してしまったほどでございました。その節は御丁重なお見舞い状を頂戴致しました。先生はひたすら子供を失った事を慰めて下さいましたが、こうした事情があったのでございます。

　当然の事に私は離婚を考えました。宗教の意図には反しますが、致し方のない事でございます。しかしながらそれを致しませんのはその後の経過が思わしくなく、私の体が労働に堪えられぬようになってしまったからでございます。半病人の状態で頼る者もなく、どうやって生きて参れましょう。こうして半ば惰性のように結婚生活を続けて参った次第でございます。

　ところで二カ月ほど前の事になります。主人の所へT生命保険の外交をしているかつての学友が勧誘に参ったそうでございます。勿論、私共の家計にそんな余裕のある訳はございませんが、主人は独断で加入してしまいました。例に依って自分の資力を見せたかったのでもございましょう。私は反対致しましたが、結婚前に見せた物静かな態度はどこへやら、暴力をふるう始末でございました。もっとも腕力をふるったのはその時が始めてではございません。私が家計の苦しい事を訴え、出費を慎しんでくれるように頼みます度に殴る蹴るの乱暴を働きました、それでも到底掛金が捻出できる訳もございません。結局主人の才覚、（全く彼には借金の才があるようでございます）に頼り新たな負債を背負う他はございますまい。しかしながら、そうそう借金をする事にも行き詰まりを来たしたように思えます。私共の破滅は目の前に迫って参りました。

近頃になりまして私は怖ろしい考えに取り付かれております。何故このような、以前の私なら想像しただけで身の毛のよだつ罪深い事を考える気になったのでございましょうか。永年の貧苦が私から良心を奪い、人殺しの考えさえも齎《もた》らすようになったのでございましょうか。唯今、私の胸には主人が死に、保険金が手に入る想像が巣喰っているのでございます。保険金は事故死を遂げた場合は二百万受け取れることになっております。夢のような大金でございます。最初は単に主人の死を願っただけでございました。だが今では自ら手を下す事さえ辞さない気が致します。しかも先生は驚かれましょう。私には人を殺す事に対する恐怖はありましても、主人の死を願い殺す事に対しては少しも良心の呵責を覚えないのでございます。主人にとってそれは当然の報いだという気が致します。彼の飽くなき欲望に依って蒙った手酷い犠牲に対しては、死を以て贖《つぐな》うのが当然とさえ思えてくるのです。私がせめて一時でも人並みの生活を味わえる手立ては、主人に死んでもらう他はございますまい。このような怖しい考えを抱く位なら、いっそ自殺した方が賢明だとお考えになるかもしれませんが、それでは私があまりにみじめ過ぎるのではございませんか。六年間の苦労の揚句が自殺では……。

しかしながら、これが単なる空想に過ぎない事を私は信じとうございます。空想のままで終わるよう、努力致す積りでおります。こんな状態の時にこそ、神に救いを求めるべきだと先生はおっしゃるでしょう。しかしそんなお説教をなさって下さいますな。今の私には無駄な事でございます。神は私にとって遠い存在になりました。七年前のバザーの日に教会へ足を踏み入れなかったら、塚田光を知る事はなかったでしょうし、従ってこんなみじめな結婚生活を致さずともすんだはずでございます。事実、神が齎すものなら、何故あのような人非人を私に引き合わせ給うたのでしょう。何故、懐に生い立ったあの人の曲った心を正し給わないのでございましょう。しかも主人はこんな生活を続けながら平気で教会へ詣で、聖饗に授っております。教会では善良な信徒のように振る舞っている由でございます。信仰とは実生活に即したものではございませんでしょうか。私にはこのような矛盾が合点出来ません。私が再々のおすすめにも拘らず礼拝を怠っておりましたのも、一つには主人を通して信仰そのものに疑問を抱いたからでもございました。

先生、自分でも存じがけないほど永い手紙になりました。これは怖ろしい自分の心を懺悔した積りでございます。懺悔は神への訴えであって、聖職者は単に仲介者に過ぎないと承わっております。従いましてこれが他人へ洩れる怖れは重々ないと信じます。勿論主人の光にも、私がこんな手紙を差し上げた事を悟られる怖れもないと信じます。どこかへ打ち明けなければ堪えられぬ気持を、懺悔としてペンに託した次第でございます。どうかこの気持をお汲み取り下さり、これまでの非礼をも併せてお許し下さいますよう、お願い申し上げます。――

兼重神父は読み終った手紙を握ったまま、呆然となった。こんな内容の手紙だとは予想だにしなかった。信子から二年振りの手紙を受け取った時、彼は和解と取った。別段、彼女と感情的な縺れがあった訳ではないので、和解と呼ぶのは当たらないかもしれないが、そう解釈しても不思議はなかった。

塚田信子が教会へ姿を見せなくなったのは、二年ほど前からだった。最初の頃、夫の光は、体の具合が思わしくなく、それでやむなく欠席しているのだと弁解したが、後には次第に妻の事をきかれると言葉を濁すようになった。だから兼重は他に事情があるらしく感じてはいたが、自分の方には思い当たるふしはなかった。彼が再三見舞い状やミサに列席するようにすすめる手紙を送ったにも拘らず、信子は返事も寄越さなかった。そのようにして無言の拒絶は二年続いた。あまりに頑くなな態度に、彼は信子が教会自体に悪意を持っているのではないかと思った。思い当たるふしはないが、自分でも気付かぬ裡に彼女に悪意を植え付けるような言動があったかもしれぬと考えたのである。

そこで彼は半年ほど前に一度信子を訪ねてみた。それほどまでにして彼女との繋がりを保とうと計ったのは、彼女が三代にわたる熱心な信徒の妻だったためかもしれない。塚田の家は彼の教会にあっては古参であり、宗派的な名門といってよかった。事実、優れた家系でもあった。光の父は敬虔なクリスチャンであり、大会社の部長を停年まで勤めた人である。母親も幼児の頃に洗礼を受けた良妻賢母の見本みたいな女性であった。二人とも光が成人した後で相次ぐように亡くなったが、一人子の彼も教会の信者として見る限りでは申し分なかった。両親は息子に大した遺産は残さなかったようだが、大学を出ると同時に父親と同じ会社に就職させ、一人立ちが出来たのを見届けて瞑目した。短命な血筋らしく、今では光だけが塚田一族に残された唯一の信徒であった。

正直なところ信子との結婚は兼重には意外だった。彼は当然の事のように光が信徒の中から伴侶を探すだろうと考えていたのである。信徒の中には中産階級の子女も多く、釣り合った同志が周囲のお膳立てとも互いの共鳴とも付かぬ恰好で結ばれ合う例がよくあるからだ。信子は俗にいう素姓の知れぬ女だった。両親が亡くなった後だったから大した支障も来たさなかったと言える。だからといって兼重には信子を異端視した覚えはなかった、信徒の間にも彼女を締め出すような雰囲気があったとも思えない。むしろ光の妻に相応した扱いをした積りだった。執拗なほど手紙を送って列席をすすめたのも、塚田の一員としての姿勢を要求したためでもある。

半年ほど前に彼が訪れたのは晩春であったが、彼女は部屋いっぱいに化繊の浴衣地を拡げてミシンを踏んでいた。

「早々と御準備ですか」

と兼重は言った。信子は布地を脇へ片寄せながら、内職だと答えて顔を紅らめた。内職をしなければならないほど困っているのかと、神父は不審に思った。家の中もひどく殺伐としていた。

「これ一枚で八十円です」と彼女はやや自嘲的に言った。「どんなに根《こん》をつめても一日二枚がやっとです。縫う所はミシンでも、絎《く》けるのは手でやらなければなりませんし」

尋ねもしないのに彼女は説明した。礼拝へ出ない言い訳とも取れた。

「夏を越せばウールになります。ウールだと百五十円貰えるのです。手間は大して変りませんからそれを待っています」

　話しながら彼女は浴衣地を取り上げて、針を動かし始めた。長居を迷惑がっているのかもしれない。光が会社を辞めた事はきいていた。彼の話では規格的な仕事に飽き足りなくなって、個人の手腕が発揮出来る小企業に移ったという事だった。だがこの有様ではどこまでが本当か判らなかった。勤務先で不義理をして居辛らくなったのかしれない。光に関する芳しくない噂は薄々彼の耳にも這入っていた。信子の様子から光の素行が治まっていないのを察しはしたが、その時は常識的な聖職者の態度で引き下がらざるを得なかった。少くとも光は教会の中では模範的な信徒であり、外界の私事にまで鼻を突っ込む事は、相手が塚田家の一員であるだけに一層はばかられたからである。従って兼重は単に教会へ顔を出すようにすすめるに止めた。その時、信子が何と答えたか記憶にない処をみると、おそらく耳に逆らわぬ受け答えをしたに違いない。それから半年経っての手紙である。彼は当然、これまでの非礼を詫びてきたものと考えていた。

　彼が信子と二人きりで話をした事は二三度しかない。異教徒が成人してから洗礼を受ける場合、事前に教理に関する講話をする建前になっている。信子は三カ月にわたって週二回の指導を受けたが、最初と最後の仕上げの他は執事の近藤が受け持った。多忙な司祭が一人のために時間を割く訳には行かないからだ。二三度会った限りでは、信子は何の変哲もない平凡な女としか映らなかったようである。それだけにこの常軌を逸した手紙は、彼を惑乱に追い込んだ。永い間、彼は手紙を握ったままでぼんやりと過ごした。

　書斎の扉が叩かれた。兼重は我れに返って慌てて手紙を机の引き出しに納った。

「先生……」

　妻の声だった。結婚前からの呼び方を今以て続けている。「よろしければ夕食に致しましょう」

　夕刻になったのを彼は知らなかった。思いがけない出来事で時間の経つのを忘れていたらしい。

　食卓には母親の茂子も顔を見せていた。仕事を持っている老女は、六十二才の年令より十は若く見える。

「今日は早かったのですね」

と兼重は言った。茂子は隣りの町で幼稚園を経営している。バプテスト系の大学で教授を勤めていた亡夫の遺産で始めたものだった。

　兼重が聖職者として始めて配属されたのが今の教会で

あった。当時年輩の司祭が居て、彼は助祭として老司祭を助けた。司祭は謙虚な人柄で一応信徒の信望を得ていたが、外交的な手腕に乏しく目立たぬ存在だった。むしろ二十代の執事であった兼重の方が、政治的には優れた資質を持っていた。彼の説教は司祭よりも巧みであり聴衆を魅了した。老司祭はひたすら祈りに明け暮れたが、彼は祈りよりは智識を求め、信徒との交わりを広めた。ここで数年執事を勤めた後、司祭に昇格して一旦は田舎の教会を任されたが、老司祭の隠退と同時に再びこの地へ招かれた。先の司祭の推薦もあったが、何よりも教区の人々が有能な彼を跡目に望んだからである。そんな訳もあって、兼重はこの教会や信者達に愛着を持った。息子が生涯をこの教会に捧げる決心をあかすと、茂子は以前からの夢だった幼稚園の創立に踏み切った。幼稚園ブームが拡がる前から、経営は巧く行っていた。信者の殆んどが幼児を送り込んだからである。今では小規模ながら質の良い園だといわれている。大して設備が良い訳ではない。兼重というバックがあったからだ。従って彼はいつの間にか園に関して発言権を持つようになった。司祭が副業を持つ事は禁じられているので、経営にタッチする事はなかったが、信徒の子弟が集う以上、知らぬ顔も出来ないという含みもあった。

「買収の事で……」と彼は母親に言った。「また何か言って来ましたか?」

「いいえ。あれから来ないようだねえ。諦めたのかもしれませんよ」

「そうだといいですがね」

兼重は曖昧に言った。別段気にかかっていた訳ではない。形式的に訊ねたまでだった。

かなり前から買収の話はあった。設立当時、幼稚園は辺鄙な場所だった。山に囲まれた盆地のような畑を安価で手に入れたものである。それが二三年後に土地ブームの波に乗り想像以上に開けた。やがてその周辺を観光会社が買い取り、ホテルを建てる計画だという噂が拡がった。兼重母子は大して気にも止めなかったが、噂は本当だったようである。更に悪い事には観光会社とは名ばかりで、ホテルというのも連れ込み宿の類いらしかった。買収の話が出た時も、当然茂子は息子の意見を求めた。彼は反対した。歓楽街の用地に幼稚園を売る訳には行かない。彼の意志というよりは、信徒や父兄が望んだ聖職者の姿勢といえる。正直な処、坪四万という価格は魅力だった。園の収益はそれほど多いわけではない。園児の数も少いし、彼が絡んでいる以上、べらぼうな寄付や入園金を取る訳にも行かんのだ。買収に応じても損はないと思った。だがそれも損得として考えただけである。信徒が暗黙裡に要求している聖職者の姿勢を乱す事は出来ない。それから後も観光会社側から申し入れがあったが、即座に応じなかった事でますます売りにくくなった。今頃になって買収に応じたなら値段を釣り上げるためにごねてみせたと思われても仕方ない。彼の処置は茂子を満足させた。彼女の場合は純粋な愛着からきていた。

「塚田さんの噂をきくかね？」

彼は今度は妻に向かって言った。

「信子さんですか」

言って彼女は童女のような顔を向けた。子供がないせいか、いつまでも若々しい。彼女が咄嗟に信子さんと言ったのは、女の信者ばかりで形成しているマリア会の長を勤めているからだった。

「来なくなって二年以上になるね」

「ええ。マリアの会の会合の度に御案内を差し上げているのですが……」

「返事も寄越さない？」

「ええ。先生は少し前にお訪ねになったのではありませんか」

「少しって、半年も前ですよ」

「何かあったのですか。何かおききになりましたか」

重ねて妻は訊ねた。

「別にそんな事もないんだが……」

兼重は言葉を濁した。彼が黙りこむと妻はそれ以上訊ねようとはしなかった。彼女は夫に対して崇拝に近い気持を抱いている。神父の座は妻にとっても不可侵の聖域だと納得しているようだった。彼はそれっきり信子の事は口にしなかった。

彼が信子を訪ねる気になったのは三日経ってからだった。二三日経つ裡に殺意という文字に寄せた無抵抗な怯えが薄れたためもある。彼女は単にやり場のない憤懣を極端な表現で吐き出したに過ぎなかったのかもしれない。他に打ち明ける相手のない彼女は、あんな手紙を送る事で神父の救いを仰いだのではなかったろうか。

光夫妻は老夫婦の屋敷の離れを借りていた。主家とは回廊で繋がっているが、実際には孤立した形である。裏木戸を這入ると十坪ばかりの庭があって一応住居としては恥かしくないものだった。

半年見ない間に信子は一層窶れたようだった。艶のない髪をひっつめているので、細い顔がとげとげしく見えた。七年前に好色な光を魅了した面影は見出し得なかった。彼女は神父の来訪を予期していたのか驚いた顔も見せず、無言で頭を下げた。その無気力な顔からは待ち兼ねた様子も迷惑気な素振りも読み取れなかった。兼重は素早く室内を見渡した。がらんとした八畳の間には、百五十円の工賃にあり付けると言ったウールの布端もなかった。彼は再び信子を見た。無表情な顔は生存能力以外のものをことごとく失っているようだった。彼はそんな顔を以前にも見た記憶があった。若い時分に伝道の途上で見た貧民のものだった。典雅な教区の人々に接している裡に、忘れていたものである。そして今、敬虔な塚田家の一員の上に、食うためならどんな事でもやってのける人種の顔を見出した。彼は手紙の内容と思い併せてぞっとした。彼は子羊を救うべくここを訪ねたが、待っていたのは飢えた野獣であった。

「一度お目にかかりたいと思っていました」

と彼女は言った。怖ろしい顔に似合わず言葉は叮重だった。

「もっと早くお訪ねする積りでしたが」

言って神父は濡縁に腰掛けた。信子は腰を浮かして座り直す動作をしたが、上がれとは言わなかった。

「随分と苦労なさったのですねえ」

感慨深げに神父は言った。

「それで申し上げようと思っておりました」待ち構えていたように信子は言った。

「あれの事は忘れて頂きたいのです」

「手紙の事？」

信子は頷いた。

「どうしてあんな手紙を差し上げる気になったのか、自分でも判りません。後悔しているのです」

「しかし貴方は懺悔だとはっきりお書きになっている。だからあれは私ではなく、神へ訴えられたのではありませんか。貴方の行為は信者として間違っていなかったと私は信じますよ」

信子は異様に光る目を神父に注いだ。

「卒直な気持を打ち明けて下さってよかったと思います」兼重は常套の言葉を続けた。「まだ貴方が信徒だという証しですから」

「忘れて下さい」乱暴に彼女は遮った。「身勝手を言うようですが、あんな物はお目に止らなかった事にして頂く訳には参りませんか」

　忘れてもらえると本気で信じるはずはない。殺意の件に触れられるのが怖いのだろう。

「しかし光さんがそんなだとは……」言いかけたままで彼は暫く絶句した。「ずっと巧く行かなかったのですか」

「巧く行く訳がありません」始めて信子の顔に赤味がさした。「とにかくひど過ぎます。あの人には良心がないんです。私も初めは努力もしました。でも何にもならないのです。底のない柄杓で水を掬うようなものです」

「前にお訪ねした時から経済的にお困りだとは察していましたが、それほどとは知りませんでした。家を売った金はどうなりました？　かなり纏って這入ったはずですが」

「そんなもの、私が来た時はすでにありませんでした。湯水のように使うんですから……」

「……」

「本当は私、どこか知らない土地に行きたいと思っています。誰も知った人の居ない所だったらあの人も、ここまで追い詰められた事ですし地道に働くかもしれないと思って……」

「光さんが反対なさるのですか」

「反対するも何も動けないのです」

「何故？」

「借金です」信子は鋭く言った。「七十万の金に縛られている訳です。せめて五十万あれば身軽になれるのですが、とても出来そうもありません」

　兼重には答える術がなかった。信子を救うのは説教ではなくて金である。ここで神の広大な愛を説いた処でどうなるというのか。摂理をききながら成人した光は、最愛の妻に何をしたというのか。

「光さんに私から話しましょうか」

　やがて彼は言った。神父としては妥当な言葉だった。だが信子は目を見張った。

「いけません」思いがけないほどの拒絶だった。「それだけは困ります。あの人に殺されます」

「まさか……」

「先生、あの人が面目を保っていられるのは教会だけです。最後の自尊心の場なのです。先生にこうした内情を知られたと判ったら、あの人はそれを失う事になります。私に危害を加えずにおくとお思いですか」

　彼女は一種の情熱をこめて捲し立てた。自分が受けるかもしれない制裁よりも、夫が教会から締め出される結果になる事を怖れているようだった。何故か兼重にはそんな風に思われた、確かに彼女の言う通りかもしれない。悪業を重ねながら一方では熱心にミサに通う光を二重人格者と見做すか、そこに唯一の救いを見出すかは見解の相違であろう。牧師として兼重は後者を取らざるを得ないのである。光から唯一の救いを奪う権利は誰にもないはずだ。そう信じ込む事で、嫌な役割を合理的に回避しているのではないかという考えが頭をかすめた。三代にわたる信者を失う事は、彼にとっても大きな損失だった。

「光さんもいつか目が覚めるでしょう」

彼は月並みな言葉を並べた。「貴方の献身が判らないはずはありませんよ。今まで辛棒なさったのですからね。もう暫く我慢して上げる気にはなれませんか」

彼女は弱々しく微笑《ほほえ》んだ。笑うと僅かにコケティッシュな昔の面影が蘇った。

「ええ、そうする以外に道はありませんわ。自分にも判っているのです。それなのに……先生にまで御心配をかけて申し訳ない事でした」

信子の答えは神父の立場に救いを齎らした。形式的にでも彼は義務を果したのである。

開け放たれた御堂の入口に遅参者が姿を現わす度に、神父は祈禱書から目を上げて不安と期待を込めた目差しを投げた。期待はその都度裏切られた。光が礼拝に顔を見せなくなって三週間になる。今朝もやって来ないとすれば続けて四度の欠席だ。これまでにない事だった。彼が熱心にミサに通ったのは、一つには子供の頃から習慣付けられたためでもある。厳格な両親が彼に植え付けた躾の名残りだった。兼重は不安にかられた。先週彼の欠席を知った時から不安はあったが、今度こそ決定的だという気がした。何が決定的なのか、兼重にはその実体を摑むのが怖かった。その、彼の不安は一層隠湿なものになった。

永年の習慣で淀みなく司式を行ないながら、その実何を喋ったのかまるで覚えていなかった。信徒がざわざわと立ちあがったのを見て、始めて早禱式が終ったのを知った有様である。

早々に白衣を脱ぐと兼重は廊下で雑談を交わしている信徒の間を抜けて近藤助祭の姿を求めた。助祭は青年会の連中と一緒に玄関先に居た。際立って背が高い。瘦身を白衣に包んだ執事は絵の中の聖者のように見えた。兼重は彼を手招き、人の居ない控え室に導いた。

「塚田さんがずっと欠席しておられるのを知っていますか」

と兼重は言った。

「はあ、ひと月になりますね」

無雑作に近藤は答えた。

「何かききませんか。病気とか出張とか」

「別に何もきいてはおりませんが……」

「ときに信子さんの事ですがね」と兼重は何気ない調子で言った。「前から気になっていたんだが、あの人の事を少し知りたいと思うのです。受洗前の講話では貴方の方が多く顔を合わせているし、私よりはあの人を知っているのじゃないかと思いますので」

「あの人が何か?」

意外そうに近藤は訊ねた。

「あの人にいたってはこの二年間、まるで音沙汰がありません」兼重は質問を封じるように続けた。「家内も時々便りを出すのだが返事も来ないようです。それに今度は光さんまでがミサを休み出した……」

「いつか先生、お訪ねになりましたね?」

「ええ。行きました。ミサに出る意志はなさそうでした。実の処、私はあの人をよく知りません。講話をしたのは二度位でしたしね。貴方は幾度もやっている」

近藤は頷いた。

「あの人をどう思いましたか」

「若労した人のようです」近藤は躊躇《ためら》わず答えた。「両親を早く亡くして親類の家に厄介になっていると話していました。それだけにしっかりしていましたね。しっかりし過ぎてる位に」

「宗教に関して偏見みたいなものを持っているようでしたか」

「そんな事はないでしょう。講話は素直にききましたし、疑問を持っているようには見えませんでした。ただ熱意という点では疑問があります。信仰に没入出来るタイプではないようでした。講話にしても水のようにきき流しているのじゃないかという気がしました。卒直な感想を申してよければ……」

神父は性急に頷いた。

「洗礼を受けるのも、光さんと結婚する以上は改宗した方が都合がいいといった気持からではないかと思います。あの人にとって、宗教はその程度のものではなかったでしょうか」

「ではミサに来なくなったのは、信仰に疑問を持ったからではないのかしら」

「疑問は最初から持っていたでしょう。でなければ疑問さえ持とうとしなかった……そんな人だと思いますが。無神論を振りかざして反駁してくるよりも、伝道者にとっては困難な相手だと……。究極の問題ですけどね。表面は素直でしたよ。反論するほどの関心もなかった。ですから躊躇なく受洗する気になったのでしょう」

「なるほど」

「しかし利口な人ですよ」近藤は続けた。「講話の後で少しばかり雑談をした事もありますが、何というか他の人にないものを感じました」

「何です?」

「非情です」近藤はきっぱりと言い切った。「もっともこれは主観に過ぎませんが、先生だから申し上げるのです」

「ほう?」兼重は助祭を凝視した。「ではどんな事でもやってのけるというような……」

「そうですね。女には少いタイプですが、計算高い冷静な性格だと思いました。しかし……先生、何かあったのですか」

急に近籐は興味を示した。

「いや、そうではありません。前からちょっと気になっていたまでです」神父は慌てて打ち消した。「その裡に光さんもいらっしゃるでしょう。どうも手間を取らせましたね」

助祭は意味もなく会釈した。

「妙な噂でも立つといけませんから、この事は私達の方から話題にしない方がいいでしょう」

兼重は一本釘を刺した。年の若い助祭は同年輩の信徒の間に融合している。式服を脱いだ時は完全に友人付き合いである。この場合、それが兼重に危惧を齎らした。懺悔と銘打っていなかったとしても、信子の一件を彼に打ち明ける気にはなれなかった。典雅な後姿を目で追いながら、神父は助祭と悩みを分ち得ない悲哀を感じた。

翌朝、兼重は光の勤務先へ電話した。寝具の代理店で光はセールスを受け持っている。案の定、彼は居なかった。電話に出た支部長の話では一カ月ほど前から無断で休んでいるという。このままでは解雇もやむを得ないと支部長は付け加えた。

「何か休む理由でも?」

と神父は訊ねた。

「さあ、こっちには思い当る事はないですなあ」

そっけなく相手は答えた。

「何か会社に不都合なことでもしてはいないでしょうか」

婉曲に神父は訊ねた。

「まあ、今の処そんな事実はないようです」質問の意図を察して支部長は言った。「しかしこんなずるずるべったりは困りますな。辞めるなら辞めるできちんとしてもらわんと」

親類の者とでも思ったのか、彼は厳しい口調で非難した。支部長の言葉通り、光は会社に金銭上の迷惑はかけていないようである。だから会社側でも放っておくのだろう。

受話器を置くとそのまま、兼重は牧師館を出た。妻に行先を告げずに外出したのは始めてである。

彼は再び塚田家の裏木戸をくぐった。縁側の硝子《ガラス》越しに部屋の中が見渡せた。信子がこちらへ背を向けて座っているのが見えるだけで、光の姿はなかった。信子は背中を丸め加減にして何をするでもなく、ただ黙念と座しているようだった。兼重は昨日助祭が話した彼女の人となりを思い起こした。目の前に年寄りじみた姿を晒す信子から、非情や計算高さを連想するのは困難だった。彼は驚かさないように低く声をかけた。

信子は飛び上がった。文字通りその小柄な体が一瞬宙に浮いたように見えた。次の瞬間、彼女は蒼白な顔で神父の前に突っ立っていた。

「まあ！　先生……」

きれぎれに彼女は口走った。激しく息を弾ませている。

「光さんがこの処、ずっとおいでにならないものですから」と彼は弁解するように言った。相手が思いがけない衝撃を示した事で、彼は意味もなく狼狽した。

「どうしていらっしゃるかと思ってお寄りしてみたのです」

信子はぎこちなくその場に膝を突いて、獣じみた目で神父を見上げた。

「御病気ですか」

「光は……」ちょっと躊躇《ため》らった。「居ないのです。ひと月ほど前から……ずっと」

「どこへ行かれたのです？」

信子は緩慢に頭《かぶり》を振った。

「行先は判らないのですか？」

「はあ……」

曖昧に彼女は答えた。

「探して御覧になりましたか」

「それは勿論……」

「それで？」

「そのままです。行きそうな所は残らず当ってみましたが、どこにも行っておりません。これ以上は探しようがないものですから……」

「放っていらしゃる？」

「はあ……」

「何故！」

「騒ぎを大きくしたくないからです」気乗りのしない様子であった。「あまり周りで騒ぎ立てると、あの人もいよいよ戻り辛くなるでしょう。こんな時にはそっとしておくのが一番いいと思います」

「こんな事が今までにもあったのですか」

「これほど永くはありませんが、飛び出した事は時々……。何日かすると戻りました」

「しかし一カ月ですよ」焦立って彼は言った。「心配じゃないのですか」

「心配しないはずがありませんでしょう。でもどうすればいいのです？　騒ぎ立てたからってあの人が戻るでしょうか」

「探す方法はあるでしょう。個人の手に負えなければ警察に届けるとか……」

「警察？」弾かれたように彼女は反問した。新たな動揺を神父は見た。陰鬱な顔が恐怖のために俄かに引き締まって見えた。

「そんな事をしたら内輪では済まなくなります」弾けるような早口になって彼女は続けた。「恥の上塗りです。これ以上あの人を追い詰めたらどうなるとお思いですか」

「事故にでも遭っていたら？」

「事故でもあれば知らせてきます」

「しかし……」

「何もしないで待っている他はありません」相変らず鋭い早口で彼女は捲し立てた。「帰る気になれば、あの人は放っておいても帰って来ます。あの人の事は私が一番よく知っています」

嵩《かさ》にかかった言い方だった。その豹変振りは神父を驚かせた。

「何かあったのですか」

兼重はたじたじとなって矛先を転じた。

「何かって?」

信子は険しく反問する。

「家を出られるような事がですよ」

「家を出る訳は充分あります」気負ったように信子は答えた。「借金の事は御存知でしょう。どうにもならない処まできてしまったのです。それで逃げ出したんです」

「だが借金は今に始まった事ではないでしょう。何も今更――」

「出て行ったのはひと月前ですが、ふた月前だろうがひと月後だろうが同じ事ですよ。いつかはこんな事になると判っていた……。たまたまひと月前に逃げ出したというだけの話です」

神父は助祭の言葉を反芻した。非情な女、神を怖れぬ女……

「では直接の原因になるような事はなかった訳ですか」

「負債のことが直接の原因でなくて何だとおっしゃるのです?」

彼女は飽くまでも反抗的だった。

「もっと具体的な事です。お二人の間で何かあったというような……」

彼女は頑強に頭を振った。

「原因はともかくとして……」と神父は語気を強めた。「このままずっと戻って来なかったらどうなさる積りです?」

「仕方がないでしょう。私は出来るだけの事をしている積りです。こんな目にあっても主人の名誉まで考えてやっています。何が起こったとしても、あの人に関しては何の負目もありはしません」

それなり二人は黙り込んだ。神父はその沈黙が怖ろしい内容を孕んでいるのを感じた。彼等の間に横たわるのは話題を失ったための沈黙ではなく、口に出せない核心を晒け合った暗黙の闘争に他ならなかった。

「私はこれで失礼しますが……」やがて神父は言った。暗黙の争いの結論だった。「何か他にお話しになる事はありませんか」

信子は激しく首を横に振った。話す事がないという意味か、これ以上話が及ぶのを拒絶する積りなのか判然としなかった。兼重は立ち上がった。

「神父様……」突然信子が云った。芝居じみた呼び方だった。「優秀な伝道者は、また忠実な神の僕《しもべ》だと信じてよろしいでしょうか」

神父は息をのんだ。相手の顔には妙に勝ち誇った狡猾な表情が漂った。

「お訊ねの意図がよく判りませんが」動揺を隠して神父は答えた。「忠実な神の僕でなければ伝道をする資格はないと私は思っております」

「それを伺って安心しました。申し上げたいのはそれだけです」

毅然《きぜん》として信子は言った。

兼重は一旦裏木戸を出た。信子の言動は不審な事ばかりだった。しかも別れ際に彼女は釘を刺すのを忘れなかった。あれが婉曲な脅迫でなくて何だろう。忠実な神の僕なら戒律を破る訳はない。それを暗示する事で神父に轡《くつわ》を嚙ました積りなのだ。兼重は不快よりは戦慄を覚えた。

一旦路地へ出た彼は廻わり道をして主家を訪ねた。昔風のだだっ広い家である。案内を乞うとこれも昔風に干からびた老婆が出てきた。

「突然お邪魔して恐縮ですが」と彼は言った。

「私は離れの塚田さんが通っておられる教会の牧師です」

老婆は何やら感嘆詞めいた声を出した。

「光さんが長い事おみえにならないものですから、今塚田さんのお宅を覗いた処です」

老婆の顔が曇った。

「奥さんは気が顚倒しておられるのか、どうも要領を得ませんでね。家を飛び出したというのは本当でしょうか」

「そうらしいですねえ」深刻な顔で家主は答えた。「私共、離れとはあまり交渉を持ちませんのでね、御主人がこの処ずっといらっしゃらないとは気付いておりますが、でも別に奥さんからは何もききませんよ」

「何も言わない?」

「はあ、何もおっしゃらないし、別に心配して探していらっしゃる様子もありませんよ」

「というと、あの人はこのひと月、ずっと家に籠っている訳ですか」

「籠るといっても買物位はいらっしゃるでしょうが、御主人の行方を探しておられる風ではありませんね」

「光さんが居なくなったのは、はっきりいっていつ頃からですか」

「今おっしゃったように一カ月にもなりますかねえ。

前の晩だと思いますが、夜中にお二人が喧嘩なすっていたようでした」

「喧嘩を?」

「はあ、物を投げる音がこちらまできこえましたからねえ。大分派手だったようですよ。止めに這入らなくていいかしらって主人と話した位ですよ。それで旦那様、怒って家を飛び出したんじゃありませんか」

喧嘩の事を信子は一言も言わなかった。

「家を出る処を御覧になりましたか」

言いながら兼重は自分の言葉に唇をふるわせた。

「別に見た訳じゃありませんけどね。何しろ夜中でしたもの。でもその翌朝からお顔を見ませんから、きっと喧嘩の後で出て行かれたんですよ。会社へ行かれる時はこっちの門からいらっしゃるのです。バス停に近いですからね。でもあの朝からお見かけしませんでしたよ」

「喧嘩の原因は何だったのでしょう」

「さあ、そこまでは……。怒鳴り合ってる声はきこえましたけど何と言ってるかまでは判りませんからね」

「これまでにも時々喧嘩を?」

「ええ、ちょいちょいね、でもあの時のように激しくはありませんでした。今までは奥さんの方が我慢してらっしゃったんでしょうけど。あの晩は確か夜中に旦那様が酔って帰りましてね、いつになく奥さんの大きな声が出ていたようでした」

「なるほど……」

「大分長い事争っておられるような気がしましたが、あれでもせいぜい二十分かそこらでしたでしょうか。最後にどすんという大きな音がしましてね、それっきり静かになりました。それで私共もまた眠ってしまったのですが……」

「その音、何かが仆れるような音でしたか」

「そうですね、仆れるか重い物を投げ付けたといいますか、どっちとも言えませんが」

兼重は暫くの間、黙って老婆の顔を見詰めた。懺悔文を読んだ直後と同じような惑乱が襲った。家主は訝《いぶか》し気に彼を見返している。

「暮らし向きがかなり苦しいようですが」やがて彼は言った。「こちらの家賃なんかはきちんと払ってるのでしょうか」

「申し難い事ですが、それはもうただみたいな金子しか頂いておりません。主人が以前、亡くなられた塚田さんにお世話になった事がありましてね、御恩返しの積りで離れを息子さんにお貸ししている訳です」

「そうでしたか」

「お父様が生きていらっしゃったら御子息もああはなられなかったでしょうにねえ。私共、あちらとは殆んど交渉を持っていないのですよ。薄情なようですけど、暮らし振りを見ていますとね、これ以上金子の迷惑までかけられては困りますからね。あの離れだってまともに貸せば六七千円にはなるのを、ただみたいな値段しか頂いてないんですもの」

「しかしこの一カ月信子さんはどうやって食べているのでしょう。貯えはないはずですが……」

「旦那様の衣類を売っておられるようですよ」

兼重は瞠目した。

「光さんのですか」

「ええ。売れる物といったらそれだけでしょうしね」

「じゃあ、光さんは着のみ着のままで飛び出したのですか」

「さあ、着のみ着のままかどうか……。持って行かれたとしても僅かの物だったんじゃないでしょうか。現にこのひと月、奥さんはそれを売って食い繋いでいらっしゃるんですから」

光は身ぎれいな男だった。それだけに衣類には女のような執着を持っていた。帰り辛くなるのを怖れて失踪届けさえ出さない妻が、お洒落な夫の衣類を無雑作に売り飛ばしている……。

「旦那様、女と逃げたんじゃありませんかね」

突然家主が言った。

「まさか……」反射的に神父は打ち消した。「今までもそんな事があったですか」

「そんな訳でもありませんが。でも奥さんの様子だとそうじゃないかと思いますね。あの人は御主人の行先を知ってるようですよ」

「何かそんな風に言ったのですか」

「いいえ」家主は性急に打ち消した。「御主人が居なくなった事については何も言いません。ですから私共も当たらず触らずにしているんですよ。自分の主人が他の女と逃げたなんて事、人に知られたくはないでしょうからね。今も言った通り、ひと月も行方が判らないにしては大して心配もしていないようですし、心当たりを探している風でもない……。それで、行先を知っていても連れ戻しに行けないのじゃないかと思ってる訳ですよ。女癖も悪かったようですし、あの辛抱強い奥さんがあんなに怒ったのは女の問題しかないでしょう。きっとその女と逃げたんですよ」

心得顔で家主は繰り返した。


家主が言った通り、表門から出るとバス停はすぐ傍だった。バスの標識の後に煙草屋があり、赤い公衆電話が目に付いた。彼はT生命の支部を呼び出し、塚田家を担当している集金人を尋ねてみた。相手は幸い支部に居た。はきはきとした女の声だった。彼が話したい旨を伝えると支部近くの喫茶店を指定した。

予想通り集金係りは若い女だった。兼重を見るとちょっと目を見張った。彼は黒いベレーを被っていると言っただけで、牧師だとは言っていなかった。

「塚田さんのお宅へ集金にいらっしゃっているのですね?」

と彼は念を押した。

「はい」

すぐに笑顔を作って女は頷いた。

「変な事をきくとお思いかもしれませんが、気を悪くしないで下さい」彼は用心深く前置きして運ばれたコーヒー茶碗に目を落した。「支払いの状態はどんなですか」

「今の処はきちんと頂いております」明確に彼女は答えた。「何しろまだ加入なさって二カ月ですから……」

「加入されたのは、御主人の友達にすすめられたからだとききましたが……」

「さあ、それは私共には判りません」

「保険金は二百万位ですか」

女は答えを躊躇った。微笑が消えて警戒するような厳しい顔になった。

「決して貴方に迷惑をかけるような事はありませんよ」物柔らかに神父は言った。「塚田さんはうちの信者でしてね、今、金に困っているようなのでお訊ねしている訳です」

自分でも巧い弁解とは思えなかった。嘘を並べるのは苦手である。だが相手は一応納得したようだった。僧形が若い女を安心させたのかもしれない。

「正確には二百四十万です」と彼女は言った。「事故死の場合に限りますが」

「満期で取れば?」

「六十万です。満期の額は問題でなく、まさかの時の保障に重きを置いたケースなんです。交通事故が頻繁に起っております時ですしね。事故で死んだ場合は四倍になる訳です」

「病死だと？」

「三倍です。法定伝染病では事故死と同じに取扱われます」

「加入に際して調査はなされたのでしょう」

「それは勿論です」

「最後にあちらへいらっしゃったのはいつでした？」

「二十五日でした」

「十日前……」

彼女は頷いた。

「集金が出来ましたか」

「はい。奥様に頂きました」

「御主人は居られなかったのですね？」

「伺ったのはお昼過ぎでしたから、お勤めに行かれたのでしょう」

「奥さんは保険の事で何かいいませんでしたか」

「はい。この前伺った時に……」

「ほう？　どんな事です？」

「ちょっと面白い……と言いますか、被保険者が行方不明になって生存の可能性がないと見做された時には、事故死の場合の総額が支給されるだろうかという事でした」

「おお！」

思わず神父は低く叫んだ。相手は気に止めず、

「知らない方が案外と多いようですが、被保険者が行方不明になった場合には死骸が見付からない限り、七年間は保険金が下りないのです。そう申しますとびっくりしたような顔をしておいででした」

「それで？」

「暫く黙っておられましたが、死骸が出なければ意味がないのですね……とおっしゃっていたようです」

「意味がない……」

「その通りだったかどうかは判りませんが、そんな風にきこえました」

「つまりあの人は行方不明になれば七年間、保険金が下りない事を知らなかった訳ですね？」

「そういう事ですね」

「いつもあの人はそんな風に、保険に関する話をしていたのですか」

「いいえ。前に二度伺った時には口を効かれた事もありません。無愛想な位、口数の少い方とお見受けしましたけど」

「いや、お手間を取らせて申し訳ありません」神父は話を打ち切るように言った。「私がいろいろとお訊ねした事は、誰にもおっしゃらないで下さい。塚田さんの耳にでも這入れば気を悪くなさるでしょうから」

「それはもう……でも何かあったのですか」

「いや、何も御心配になる事はありません」神父はぎこちなく微笑んだ。「先刻も言ったように極く個人的な事なのですから」

女はまだ釈然としない様子だった。だが念を押すまでもなく、彼女が他へ洩らす心配はなさそうだった。彼の事を仲間に喋れば自分が加入者の秘密を口外した事も知れる。相手が牧師だったとしても、口外を正当化する理由にはなるまい。

そのように事細かに頭が働いた癖に、どうやって牧師館へ帰り着いたのか記憶がなかった。月曜日の教会は休日のように静まり返っていた。牧師館の庭では修道女のように地味な身形《な》りの妻が、柔らかい秋の日射しを浴びて草花の手入れをしていた。兼重を見ると彼女は両手の土を払って立ち上がった。

「お帰りなさいませ。お昼は?」

「外で済ませました」食欲がないので彼は答えた。住み慣れた世界を皮膚に感じた。「どこからか電話はなかったかね」

「いいえ」

「そう。これから少し仕事があります。暫く書斎に来ないように……」

妻はつつましやかに頷いた。

書斎に這入った突端、彼は目まいに襲われた。今まで堪えていた動揺が一時に突き上げてきたようだった。始めて怖ろしい事実が実感となった。以前から不安がありはしたが、これほど具体的に裏付けされる事柄に遭遇するとは考えていなかった。彼は信子の言動と家主の話とを思い浮かべた。その間にはかなりの矛盾があった。

一カ月ほど前の夜中に光夫妻は激しい口論をしている。その夜を最後に光は姿を消したのだ。だが信子は失踪の原因は飽くまでも負債だと言い張り、喧嘩の事には一言も触れなかった。その上、失踪して一カ月にもなる夫の行方を探そうともしないでいる。

大きな物音がしてそれっきり静かになった……。神父は呟いた。かなりの重量の物を投げ下ろす音、あるいは何かが倒れる音……。そしてそれっきり静かになった。その後に来たるべき結論を怖れるように、兼重は女と逃げたと言った家主の見解を思い浮かべた。家主の立場では妥当な見解と言えるかもしれない。彼女は信子の殺意を知らないのである。兼重は始めて自分の疑惑が殺意に根ざしている事を意識した。殺意を拠点として見る時に、始めて彼女の不可解な言動がはっきりした方角を指し示すようであった。

もっともあの一通の手紙を殺意と呼べるかどうかは判らない。だが彼女は夫を憎んでいた。殺したいほど憎んでいた。これは確かである。それに彼女は金を欲しがっていた。人殺しも辞さぬ位に欲しがっていた。それほど欲しい金を手に入れる可能性は、夫の保険金以外にはない事を知っていた。これも確かである。保険屋に発した奇怪な質問は、この二つの明確な意志の結実ではなかったか。神父にはもはや光の生存を信じる事が出来なくなった。

事件の当夜、彼女は光を突き飛ばすか何かで殴り付けるかして死に至らしめた。はっきりした殺意があったのか、かっとなって殺したかあるいは過失だったかは判らない。ともかく、光はその夜死んだのである。信子はその夜の裡に夫の死骸をどこかに隠し、家を飛び出したように見せかけたのだ。そして下手に騒ぎ立てたり夫の失踪を吹聴する事もなく、諦め切ったようにひっそりと暮らしている。そうした彼女の冷静さが噂の拡がるのを防いでいるのかもしれない。たまたま失踪に気付いた者が居たにしても、例の家主のように都合の良い解釈をしてくれるのだ。後はただ静かに保険金が下りるのを待てばいいのだ。しかし彼女の計算にも狂いがあった。七年間は金が支払われないという保険屋の返事で彼女はそれを悟った。

ここまで考えた時、神父は奇妙な事に気付いた。信子は利口な女である。現に非情な計算高い女だと執事も評している。そんな女が保険会社の規定を知らなかったのだろうか。もっともそれだけなら利口な女にも盲点はあると考える事も出来るが、神父に対してすぐに判るような嘘をついたのは何故だろうか。殺意を知っている神父が光の失踪に関して曖昧な受け答えをする彼女に不審を抱き、主家を訪れるとは考えなかったのだろうか。家主の所へ行けば失踪の前夜に激しい争いをした事も判るし、夫の行方を探していない事も判るはずである。こんな場合、下手な隠し立ては一層疑惑を招くものだ。むしろ彼女が正直に当夜の争いを話していれば、兼重は納得したに違いない。家主の常識的な解釈通り、喧嘩をしたので飛び出した、他の女と馳け落ちでもしたのだろうという風な具体的な嘘を並べれば、兼重としても一応納得せざるを得ないのだ。だが彼女の態度はひどく曖昧だった。最も疑われ易い雰囲気を作っていたではないか。何故だろう。

突然兼重は彼女が別れ際に言った言葉を思い出した。

――優れた伝道者は、即ち忠実な神の僕であるか――

あの時、兼重は単なる脅迫と取った。優秀な伝道者とは兼重の手腕を指している。手腕必らずしも宗教の真髄とは一致しない。そこに彼女の不遜な嘲弄があった。優れた手腕家が忠実な聖職者である事実を、戒律を守る事に依って証しせよ。彼女がそう言ったのだと彼は思った。しかし今考えるとあれは脅迫というより挑戦だったのではないか。彼女はわざと不用意に夫殺しの暗示を与え、忠実な神の僕として戒律を守り通してみろと挑んだのではなかったか。あまりに突飛な解釈だが、不思議に彼はこの考えに固執する気になった。信子は光を憎み教会を恨んでいた。教会のバザーで彼女を光に引き合わせた神にさえ、呪いの言葉を吐いていた。彼女は教会や神やその枝たる司祭を呪って、あの怖ろしい懺悔文を書き送った。もっともその時にはまだ光を殺す意志があったとは思えない。単なる嫌がらせか純粋な懺悔に過ぎなかった。ところが一カ月の後、故意か偶然か彼女は本当に夫を殺してしまったのである。その時彼女の頭に浮かんだのは、まず懺悔文だったに違いない。信子が司祭に対して取った手段では、哀願ではなくて戒律を盾にした挑戦だった……。

神父は恐怖に苛《さいな》まれた。これほど彼が怯えたのは始めてだった。彼は十字架を仰ぎ、聖書を抱き締めながら少しも恐怖が薄らがないのを知った。

やがて彼は机の引き出しから懺悔文を取り出した。そこには重用な書類や聖なる物が這入っている。彼は暫くの間、呆けたように封書に目を注いだ。読み返す気力はなかった。彼の掌中に否応なしに押し付けられた唯一の物証である。汚らわしいという感じはなく、ひどく危険な爆発物でも眺めているような気がした。焼き捨てたい衝動にかられながら、彼は機械的に再びその場所に納い込んだ。信子の手紙に焼けとは書かれていない。だが隠滅する事自体を彼は怖れた。それが何故なのか自分でも判らなかった。

兼重は起き抜けに朝刊を拡げた。三面記事に目を通し、すぐに放り出す。ここ数日間の日課であった。落胆した顔で朝食の膳に向かい食前の祈りを唱えながら、彼は別の事を考えていた。

信子が死骸を隠したままでおくだろうか。二百四十万の死骸を。欲に釣られて出す可能性はあった。兼重はそれを望んでいる。死骸さえ出て来れば後は警察の領分だ。彼は単なる傍観者として妥当な解決を見守るだけである。信子の犯罪はすぐに発かれ罰を受ける。それで全てが終るのだ。彼の良心は全うされ、戒律は安全に守られる。

だが果して信子は危険を冒してまでも欲望を貫こうとするだろうか。光を殺して死骸を隠した時まで、彼女は保険金の支払いに死骸を要する事を知らなかったようである。従って夫殺しを暗示する行為を強いて隠そうとしなかった。自分でもそれに気付いているに違いない。死骸が発見されればまず疑われるのは彼女である。最悪の事態を避けるためには、このまま、夫の死骸を隠し通す他はない。兼重は自分が彼女の立場だったらそうするだろうと考えた。

時期を見て彼女は夫の失踪届けを出すだろう。だが死人の居場所を突き止める事は出来ない。光は蒸発したのである。動機もあれば可能性もある。借金、女癖、無責任なこれまでの行動。それで充分だ。彼は卑劣漢の汚名を着せられやがては忘れられる。一方信子は同情を集めて安全に生きるに違いない。そして七年後には保険金を受け取るかもしれないのだ。そんな事が許されていいのか。

光の死骸が見付からぬ以上、兼重は事件の渦中を逃れる事が出来ないと思った。

信子の殺意を物語る証拠は、彼以外の誰の目にも触れる事はない。このまま、沈黙を守るのは容易であった。それは戒律に従うものである。聖職者として正当な姿勢でもあれば意志でもあった。だがその正当な意志が、結果的に犯罪の隠蔽を手伝っているとは言えないだろうか。嬰児洗礼者の光殺しを……

だが少くともその頃まで、彼は戒律を破る事は考えていなかった。その気持を揺るがせたのは信子自身だったと言える。

以前、兼重は新天街の書店にキリシタンの殉教に関する本を註文していた。たまたまその本が書店になかったため、出版社へ註文してくれたのである。入荷の通知を受け取ったのは大分前だった。その間に光の事件があり、忘れるともなくそのままになっていた。その本は近く洗礼を受ける病身の信徒が読みたがっていたものである。当人の顔を見て兼重は永く放っておいたのに気付いた。

彼が思いがけなく信子に会ったのは書店の帰りだった。彼は他にも二、三本を買って小脇に抱えていた。近くにあるデパートが休みだったせいか月曜日の商店街にも人出が少なかった。そこでどちらから呼び止めたという訳でもなく顔を合わせたのである。彼女は人目に立つほどみすぼらしい形《な》りをしていた。およそ商店街をぶらつく人種には見えなかったが、それだけでなく兼重には何故か彼女に会ったのが偶然でないように思えてならなかった。

「お変りはありませんか」

とまず彼は尋ねた。信子は意味もなく会釈した。

「一度お訪ねしたいと思っていましたが、なかなか暇が出来ませんでね」彼は言った。このまま別れる訳にはいかないような気になった。「そこらでお茶でも御一緒にいかがですか」

彼が信徒をお茶に誘うのは異例だった。

「こんな様子をしていますから、この中でなくもう少し汚ない店でないと……」

言って彼女は恥じらうように微笑んだ。彼女が笑顔を見せた事も、一緒にお茶を飲む気になったのも兼重には意外だった。

商店街を出はずれた所に、信子の言うような薄汚ない喫茶店があった。店内には他に客はなく、ウエイトレスが所在なげに爪の手入れをしていた。落ち着いて話すにはこの方がいいかもしれないと兼重は思ったが、何をどんな風に話してよいものやら彼自身考えていなかった。

無愛想なウエイトレスが註文をききに来ると、信子は臆せずアイスクリームを頼んだ。お茶に誘われてから信子はひどく従順だった。

「その後、光さんの消息は判りましたか」本を重ねてテーブルの上に置くと、神父は用心深く切り出した。

「いいえ。まだ……」

沈んだ声で信子は答えた。

「貴方が望んでおられぬ様子ですからまだ光さんの事は誰にも話してありませんが、そろそろ教会でも噂に上っているようです」と兼重は言った。「ミサには殆んど欠かさず出て来られた方が、あまり永い事顔をお見せにならないものですからね」

信子は目を伏せた。

「他人は無責任な噂を立てるものです。いかがわしい女と逃げた等と言っている人も居るようです。光さんに限ってそんな事はないと、私はその都度打ち消していますがね」

「そんな……」

信子はやっとききとれる声で言った。彼女の従順さが兼重を大胆にした。

「いっその事、正式に失踪届を出されてはいかがですか。貴方はもう充分にお待ちになった」

「光の事はもう諦めています」運ばれてきたアイスクリーム匙を弄びながら信子は言った。以前とは打って変った物静かな様子である。「今度こそあの人は戻って来ないのじゃないでしょうか。そんな気がするんです。あの人にしてみれば自分が姿を隠し通せば借金が棒引きされるとでも考えているのかもしれません」

「しかし債権者はそんなに甘くはないでしょう。お宅には押しかけて来ませんか」

「今の所はまだ何も気付いていないようです。それに私、あそこを出ようかと思っているんです」

「今の家をですか」

「ええ。あれは光の知人の物でしてね。あの人が居なくなると何となく居辛らいのです」

「しかしあそこを出てどこへ行かれるのですか」

「そこまではまだ考えていませんけど」

話が跡切れた。右手に匙を持ったまま、信子は左手をコップに延しかけた。次の瞬間、何故そうなったのか神父は見ていなかった。テーブルの隅に置いた書籍が音を立て、床に落ちたのである。信子が低く何事か叫んだ。兼重は本を拾うべく素早く床にかがみ込んだ。

「すみません、先生」

信子の声が頭上でした。それでやっと彼は、コップに延ばしかけた彼女の左手が本を払い落したのだと気付いた。

「いやいや」

本を拾うと兼重は椅子に座り直し、相手がひどく蒼ざめているのに気付いた。

「痛んではいないようです」

労わるように彼は付け加えた。だが信子は依然として固い表情を変えなかった。気詰りな沈黙が襲った。何故信子は急に不機嫌になったのだろう。過失を犯したのは彼女の方ではないか。

兼重は信子から目を外らし、所在ないままにコーヒー茶碗を口に運んだ。その時、突然のように彼は奇妙な空気を感じ取った。それが信子の凝視だと気付いたのは視線が合ってからだった。異様に光る目が食い入るように彼の口元に注がれている。らんらんと輝く目の他は何の表情もなかった。それが何なのかを悟る前に、彼は本能的に茶碗を置いた。相手の顔が険しくなった。なおも彼を見詰めたままで信子は一言も喋らなかった。

本を落したのは過失だったのだろうか。しかも彼女は自分で落しておきながら拾おうとしなかった。本が落ちた突端に兼重はテーブルの下にかがみ込んだ。だが自分で落したのなら当然彼女も一緒に拾うべきではないか。信子のやった事といえば、頭の上で一言詫びただけである。その間、兼重は床に信子はテーブルの前に居た。極く僅かの間だが信子の行動は兼重の死角にあった訳である。その短かい時間に彼女は神父のコーヒー茶碗に何かしたのではなかったか。それを見た者は居ないのだ。

貧血の前触れのように頬が冷たくなった。信子が犯したらしい夫殺しの証拠を握っているのは自分だけである。自分を除けば彼女の犯行を知る者は居ないのだ。彼は自分の存在をそのような形で認識せざるを得なかった。

一つの殺人を行なったとしたら……兼重は目の廻わるような素早やさで胸に呟いた。二つ目の殺人を行なうのはもっとも容易ではないか。一人殺すも二人殺すも……。それっきり彼の思考はやんだ。恐怖が思考を奪ったのである。

二人はなおも睨み合った。もはや彼等は神父と信徒でも、犯罪者と捜索者でもなかった。野獣と餌食であり、殺人者と犠牲者だった。怖ろしい沈黙に気が遠くなりそうな中で、神父はひたすら胸の裡で言葉にならぬ質問を繰り返した。

——貴方は光さんを殺したのですか——

どんな風にして信子と別れたのか覚えていない。気が付いたのは教会の門が見えてからだった。何故信子は彼が商店街に居る事を知ったのだろうか。もしかすると月曜日に外出する習慣を知っていて後をつけたのかもしれない。兼重がお茶に誘ったのは偶然だった。しかし信子はそれを待っていたのだ。毒薬を用意して。

彼は二度と信子に近寄るまいと決心した。あの女は気違いだ。手紙を書いた時から可笑しかったのかもしれない。正気の者が夫を殺して保険金を取ろうと考えるだろうか。しかもその怖ろしい考えを懺悔とはいえ他人に書き送るに至っては、まさに狂気の沙汰ではないか。兼重は今まで無防備で気違いの前に身を晒していた事を考えると背筋が寒くなった。この上命まで狙われるいわれがどこにあるのか。光は可愛い信徒だった。だが彼にはまだ二百人に余る信徒がある。守らなければならない教会がある。信子の事は忘れなければならない。命を全うするためにもそうする他はないのである。

この事件から手を引く決心をしてから幾分気が軽くなった。命の危機に晒された事は迷いを払うに充分だった。神父は本来の自分に立ち返った。しかしながら彼は信子に意志がある事を忘れていた。自分では事件から離れ抜いた積りだったが、果して相手がそうさせておくだろうかと疑ってみる事をしなかった。

喫茶店での事があってから五日経った。彼は前から気にかけていた重症の老女を見舞いに出向いた。彼女もまた古くからの信者である。自宅で養生していたのがいよいよいけなくなって入院したという知らせを、大分前に受けていた。光の事がなければもっと早く馳け付けている処だった。入院しているという郊外の病院までの道のりは遠かった。この分では帰りは暗くなるかもしれない。バスの窓から次第に田園風に変って行く景色を眺めながら、午前中に出かけなかったのが悔まれた。昼過ぎには出かける積りだったのが、予定外の来客があって遅くなったのだ。

しかし彼の来訪を子供のように喜ぶ老女の顔を見ると、時間の事など気にならなくなった。病人の様子ではあまり永くもなさそうだった。瀕死の病人に接する機会の多い彼は、顔色を見ただけで大体病状の進退が判った。だが老女はかすれた声で回復した後の事ばかり語った。彼女は腸癌であった。枕頭には花と可憐な聖画とがやたらと並べてあった。病人は骨と皮ばかりの手で聖画を指差しながら、一つ一つ、贈り主の名を告げた。神父が帰ってしまうのを怖れるように、彼女は矢継ぎ早やに取り止めのない事を喋り続けた。

「御全快の祝いには、隠し芸大会でも致しましょう」

別れ際に神父は言った。病人は弱々しく微笑んだ。彼女は歌舞伎役者の声色が得意だった。

「何年先のことになりますか……」

言いながらも彼女は嬉しそうだった。

案の定、帰りは日暮れになった。バスを降りると爪先上がりの道を教会の方へ歩いて行く。そろそろ夜気が肌寒く感じられた。教会の前庭には人気がなく、牧師館の灯りもここまでは届かなかった。彼は生存の極限まで痩せさらばえた老婆と、彼女が語った回復後の希望とを思い浮かべた。人間の業を象徴するような怖ろしい対照だった。

「神父様」

突然後ろから押し殺した声が呼んだ。彼は水を浴びたようにぞっとした。相手の顔を見るより早く、それが信子だと悟った。

「あれを返して下さい」

前触れもなく彼女は言った。殆んど表情のない顔が月明りに蒼白く照らし出されている。幽鬼のようであった。

「あれ？」

神父は反射的に問い返したが、何を指しているのかきかなくても判っていた。

「手紙です。懺悔の」

「とにかく」兼重は震え声で言った。「家に這入りましょう。こんな所では話も出来ません」

信子は激しく首を横に振った。

「貴方が良ければ教会でも構いません。落ち着いて話し合いましょう」

「お話なんてありませんわ」突き離すように言った。

「ただあれを返して下されればいいのです。ここで待ちますから、すぐ取ってきて下さい」

「しかし……」

「私、教会にもお宅にも行きたくありません。人に会うのが嫌なんです」

兼重はすぐにも手紙を返したかった。それですっぱりと縁が切れるものなら躊躇なくそうしただろう。だが返した後は？　手紙を返しても読んだ彼の記憶は残る。その彼を無事におく保証があるのか？　兼重を毒殺する事に失敗した信子は、後になって懺悔文が彼の手元に残されている事実を考えたに違いない。彼を抹殺しても手紙が残れば同じ事だ。むしろ危険は大きいかもしれない。手紙を残したままで彼を抹殺すれば、二つの殺人が同時に発《あば》かれる怖れがある。信子はそれに気付いたのだ。

辺りの静けさが兼重を不安にした。何かが起ったとして、大声を上げたら牧師館まできこえるだろうか。

「あれを返して下さい」再び信子が言った。「持っていらっしゃるんでしょう。どこかに隠していらっしゃるんでしょう？」

「確かに持っています。でも……どこに納ったのか思い出せないのです」

「嘘！」

「嘘ではありません。探すには永い事かかります。今そんな事をしたら母や家内が変に思うでしょう」

「そんな事をおっしゃって。本当は返したくないんでしょう」

確かに信子の言う通りだ。今ではあれは兼重にとって大切な護符である。信子はゆっくりと詰め寄って来た。兼重は身動きも出来ない有様で、体力の差を考えてみた。彼は男の並み以上の背丈があった。一方信子は女でも小柄な方である。だが究極において問題なのは体力ではなく意志である。凍り付いた頭で彼はそれを悟った。信子は急に立ち止った。

「私はこのままでは引き下がりませんからね」凄い声で言った。「貴方にだってそれ位の事はお判りでしょう」言い捨てると彼女は風のように立ち去った。危機は去った。獣じみた息遣いが耳朶を打った。自分の呼吸だった。

それから後も彼はしばしば信子の姿を見た。彼一人の時もあれば他人と一緒の時もあった。別段彼女は何もした訳ではない。ただ蒼ざめた無表情な顔で食い入るように見詰めるだけである。だが神父は次第に神経の均衡を失って行った。傍に誰かが居たからといって、彼には何の助けにもならなかった。神経が極限に達した時、神父が救いを求めたのは神ではなくて警察だった。懺悔の手紙を持参した上で、彼は逐一を報告した。光が姿を消してから二カ月経った頃である。

信子の身辺に捜査の手が延びた。神父が予期した通り、彼女の容疑は濃くなった。死骸がない点を除けば彼女が夫を殺したらしい事実は動かし難いと思われた。

取り調べに当って、最初信子は兼重に語ったのと大体同じような事を述べた。後で激しく争ったという家主の証言を指摘されると前言を翻えし、失踪の原因は当夜の争いにあり夫は怒って家を飛び出したのだと言い直した。大きな物音がしたのは夫が茶袱台を放り投げたものだとも言った。保険金の事を訊ねたのは別段意味はない。このまま夫の行方が判らなかったら、保険金はどうなるのか確かめてみただけである。夫が居なくなって収入の道が断たれたので、仕方なく衣類を売って食い繋いだ。他に売る物がなかったからだ。

このように、彼女の証言は曖昧を極めた。しかも取り調べを受ける態度は傲慢だった。絶対の自信を持っているように見えた。そのため、却って彼女は無実ではないかと見る者も出たほどだった。しかし業を煮やした刑事が例の手紙を突き付けた途端、彼女の頑くなな態度が急変した。気違いのように狼狽し、泣きわめいた揚句きくに堪えない呪いの言葉を口走った。警察側でも懺悔文を示せば彼女が動揺するだろうとは考えていたが、その豹変振りは常軌を逸していた。彼女は神父に挑戦を試みながらも手紙が人目に触れる事はないと確信していたようである。錯乱状態が治まると、彼女はそれっきり口をつぐんでしまった。

本格的な死体捜査が始まった。離れの前庭から主家、付近の路地に到るまで綿密に捜索されたが死体は出なかった。女一人の力でそれほど遠くへ運べるはずはない。共犯者が居たのではないかという話も出た。

信子の容疑が懺悔文に原因している事は世間に洩れぬはずだった。神父が希望し警察側も了承したからである。だがいつか新聞社が嗅ぎ付けた。最初にすっぱ抜いたのは観光ニュースと称する地元の三流紙である。死骸なき殺人という刺激的な見出しと共に、告発者は懺悔をきいた神父となっていた、戒律と市民としての責務との板狭みになって悩んだ揚句、結局市民の義務に従ったのだという彼の談話まで載っている。勿論彼はそんな事を喋った覚えはなかった。警察に訴えた際、彼は命の危険を感じた事は話していなかった。憔悴していたにも拘らず、差恥と世間態を考慮する理性は残っていた。聖職者の姿勢を維持しようとする本能みたいなものであった。従って架空の談話は真実よりも真実らしかった。

新聞を見ると彼は顔色を変えた。まず頭に浮かんだのは信徒への影響だった。次の日曜日まで彼は何事も手につかず、終日書斎に閉じ籠った。取り返しのつかない事をしてしまったような気になった。戒律を破った事よりも、新聞に載せられた事の方が彼にはショックだった。

日曜が来た。彼は始めて司式を取り行なう者のように、堪え難い緊張に襲われた。新聞に発表されて以来、殆んど眠っていなかったので病み上がりのような姿を御堂に現わした。御堂の椅子は満員だった。座り切れぬ信徒が後ろの方にひしめいている。全く見知らぬ顔もあった。彼はこの異例のラッシュをどう解釈していいのか判らなかった。はっきりしているのは、彼等が神父の説明を求めているという事だった。兼重は恐怖に近い不安を感じた。冗談を言い合った信徒までが、彼には審判官のように見えた。

形式通りのミサを行なった後彼は、予定を変えて説教にこの度の事件を取り上げる事にした。これは講話としてではなく、私個人の弁明としてきいて頂きたいと彼は前置きした。信徒は緊張した面持で彼に見入った。説得には自信があった。彼は経緯を詳しく述べてから、聖職者と市民との矛盾にいたく悩んだ事を語った。計らずも新聞に載った彼の談話を繰り返す結果になった訳である。信徒は熱心に耳を傾けた。彼は壇上で珍しく平静を欠き、自らの熱弁に酔った。無言の共鳴を彼は感じ取った。憔悴した顔と熱っぽい彼の雄弁は信徒を感動させた。彼等は神父と一緒に悩み、同情と讃辞を送った。

ミサは終った。非常に充実したミサであった。信徒はなかなか立ち去らずあちこちにひしめいている。彼等の間は塚田家の噂で持ち切りだった。元々信子は彼等の間では異端者だった。塚田家に嫁ぎながら二年間もミサを休み無断で婦人会を脱会している。それに彼女自身もあまり感じの良い女ではなかった。彼等は光を悼《いた》むよりは信子を憎悪し、その反動のように神父に共鳴した。兼重神父は一種の英雄だった。だが彼が感じたのは会堂に充満している無責任な好奇心と悪意であった。多くの味方に囲まれながら、彼の心を占めているのは信子だけだった。彼の手で洗礼を授けた彼女は、どれほどの悪業を積もうとクリスチャン以外のものではなかった。始めて彼はそう思った。

翌朝彼は信子を訪ねた。彼女は帰宅を許されている。死骸が見付からない以上は犯人と断定する訳にも行かないらしかった。

離れは雨戸が締められていた。兼重は縁先に立って声をかけた。予期したような躊躇《ため》らいもなく、すぐに雨戸が開かれた。信子が死人のような顔を現わし、立ったまま彼を見下ろした。

「先生は私に法的な贖罪を要求なさるのですか」意外にしっかりした声で彼女は言った。何かの話の続きのように自然にきこえた。「でも私はもう充分過ぎる報いを受けていますよ」

神父は黙って彼女を見上げた。先夜の気違いじみた言動が嘘のように正常な様子だった。「罰せられるのが行動でなく、感情としての話です」

彼は目を剝いた。彼女の言葉を違った意味に解釈したようである。彼は贖罪の形式を言っているのかと思ったのだ。

「いつか先生に聖書のお話を承わった事がありました。姦淫は大罪だというが、伴侶以外の異性に対して情欲を起す事自体が姦淫の罪に問われるべきものだと……。私は確かに心の中で殺人をしてました。主人が死んで保険金が手に這入ればいいと考えました。今、罰せられているのは殺意です」

「濡衣だとおっしゃる?」

神父は叫んだ。

「本当に私があんな事をしたとお考えになったのですか」

神父は言葉が出なかった。

「もしもそうお考えになったのなら、何故私に直接糺《ただ》して下さらなかったのですか」

「しかし……」神父は惑乱した。「貴方は私を殺そうとしたではありませんか」

「私が先生を?」

「私はあれを警察に持ち込む気はなかった。貴方がそう仕向けたのです。二度の大罪を防ぐにはああするより仕方がなかった」

「判るようにおっしゃって下さいませんか」

主客が顚倒した。信子の弁明をきいた途端に何故か彼はこれが真実なのだと確信した。彼は自分が被告として信子の前に引き据えられたような気がした。

「喫茶店で……」と彼は喘ぐように言った。「貴方はわざと本を落して私が拾っている間に私のコーヒー茶碗に毒を――」

「馬鹿な事をおっしゃっては困ります」冷やかに彼女は遮った。「考えても御覧下さい。私が先生を殺す理由がないじゃありませんか。それも喫茶店で毒殺するなんて……。あの時、先生と一緒に居たのは私だけでした。ウエイトレスも見てはいますし、他にも誰か私達があの店に這入るのを見ていたかもしれません。殺したのが私だって事がすぐに判るじゃありませんか」

「……」

「それとも私が毒を入れるのを御覧になったのですか」

耳鳴りがした。次第に大きく……。

「でも……急に手紙を返せと言い出したでしょう。光さんを殺した証拠になるのを怖れたからじゃありませんか」

「後悔したからです」信子の声が遠く近くゆらめくように響いた。「先生が母屋を訪ねられた事を知りました。光が居なくなったので私が殺したとでもお考えになったのではないかと……気が付いたのは後の事でした。だからあれを取り返したかったのです。あれが妙ないたずらを始めたのが判ったからです」

「だが貴方は嘘をついた。光さんが居なくなった前の晩に喧嘩をしていながら、貴方はそれを隠していた。それだけじゃありません。心当たりを探していると言いながら、その実心配もせずに放っておいたそうじゃありませんか」

「それを話して何になります？　確かに私は嘘を言いました。光の行方を探してはおりません。でもそれは探しても仕方がないからです。あちこち出歩くにはお金が要ります。行方が判った処で光に戻る意志がなければ何にもなりません」信子はちょっと言葉を切った。疲れたようだった。「お引き取り下さい。疲れているんです。この二、三日殆んど何も食べていないのですから……」

だが神父はすぐには立ち去りかねた。暫くの間、二人は意味もなく憔悴した顔を見合せた。弛緩した雰囲気を神父は感じた。何故かしら彼は信子が自分を許してくれているような気さえした。気怠《けだる》いような平安が暫く続いた。神父は不思議な陶酔を以て平安の中に没入した。

裏木戸の開く音で神父は我れに返った。彼はその方を振り返り、凍り付いたようになった。一瞬自分の目が信じられなかった。背後で、信子の悲鳴が起った。その声に呼び覚まされたように彼は絶叫した。

「光さん！」

爆弾が投げ込まれた。その出現は大変な騒動を捲き起した。信子に夫殺しの嫌疑がかけられた時よりも、遥かに大きなニュースになった。

最初、人々の非難は光に向けられた。彼は負債に悩み、たまたま妻と争ったのをきっかけに家を飛び出したと語っている。自殺を企てたが死に切れなかった。そんな状態でおよそ二カ月を他県のドヤ街で暮らした。従って妻に夫殺しの嫌疑がかかっている事を最近まで知らなかった。言うまでもなく自分の失踪がこんな結果になるとは考えなかったからである。偶然新聞を手に入れてそれを知り、仰天して舞い戻ったのだ……。こんな風に彼は話した。確かに光の行為は非難に値した。どこをおしても同情の余地はなかった。

しかし日が経つにつれて次第に世間の風向きが妙な方向に変わり出した。ミサの度に会堂を埋めていた信徒の足が遠のき始めた。やがて非難の声が直接神父の耳に届くようになった。光に向けられていた非難の矛先が、この大き過ぎる間違いを引き起す発端を作った神父へ飛び火したのだ。それは一揆のようなものだった。最初の石は誰が投げたのか群集にも判らなかった。それでも飛び火の裡はまだよかったが、逐には群集は光の存在を忘れ、非難の対象を神父一人に絞るようになった。彼の処置に共鳴した信徒達までが戒律を犯した冒瀆者と罵しり出した。一時、彼が英雄に祭り上げられた事が非難に拍車をかけた。罪もない信子を不当に罵倒した後ろめたさを、神父に叩き付けているようだった。

光が本当に殺されていたら、神父の座は安泰だったに違いない。だが、彼は誤った。余りに大きな過ちだった。人々の非難は戒律を犯した罪ではなく、彼の過失に対するものであった。

神父は母や妻とともに田舎に引っ込んだ。幼稚園の敷地は観光会社の手に渡った。足元を見て不当に安く買い叩かれたが、力を失った兼重にはどうにも出来なかった。彼はその中から七十万を信子に贈った。それだけあれば再出発が出来ると彼女が語った額である。しかしそれで罪滅ぼしが出来たとは考えていなかった。残った金で家とささやかな農地とを買った。

今、彼は一里ほど離れたカトリック糸の中学に毎朝スクーターで通っている。聖書の課目を担当しているのだ。この仕事にしても友人の厚意に縋って得たものだった。

年月が経つ裡に、彼に寄せられた赤裸々な非難が影をひそめた。信徒達は有能な伝道者であった彼を思い起した。結果的に彼を失脚させた信徒達は、いずれは彼が生来の手腕で宗教界に返り咲く事を予想した。だが兼重にその意志はない。

彼は、未だに羞恥と罪から立ち直っていなかった。過ちを犯したためではなく戒律を破った罪に対してである。戒律を破ったのも元はと言えば信子に対する狭量な先入観からだった。それを思うと彼は消え入るような羞恥を覚えた。神の懐に生い立ったはずの光よりも、彼女は遥かに神の恩寵を受ける資格を持っていたのだ。だが彼女の心は完全に神から離脱したに違いない。そのように仕向けたのは神の僕たる自分であった。現在の逆境は妥当な報いだと考えている。逆境に甘んじる事で罪の贖いをする積りだった。二十年の聖職を通じて、これほど謙虚な気持で信仰に没入した事はなかった。

しかし彼は光の債権者の中に観光会社の重役が居た事

も、光夫妻が観光会社から礼金を受け取った事も知らない。冷静にこの事件を検討してみる気になっていたら、彼は幾多の矛盾に気付いただろう。そして信子に関する近藤助祭の観察が正しかった事を知るに違いない。

彼は後日、光夫妻が故郷を後にしたという噂をきいた。あの金が役立ったと思うと彼の心は僅かに慰められた。信子は二度と夫を殺したいとは思わないだろう。光も妻への義務と愛情は目覚めたに違いない。

だが彼は、二人の絆を固めるものがあるとしたら、それが信子の犠牲的な寛容ではなく、金のために神父をペテンにかけた共犯者意識である事を知らなかった。永久に知らない方が彼にとって幸せかもしれないが……。

姑殺し

アパートの前を二人の女が歩いて行く。一方は細っそりした小柄な若い女で、今一人は対照的に福々しく太った老婆である。若い女は老婆の足に合わせて殊更緩慢に歩を運びながら、労わるような仕草を見せた。細かい手仕事に疲れた目を窓外に向けて、桑野千代子は見るともなく眼下の二人を眺めた。若い方には見覚えがあった。最近隣りへ越してきたばかりの首藤安子である。してみると連れの老女は彼女の母親に違いない。二、三度垣間見た体付きも似ているようだった。千代子はすぐに興味を失って縫い物に目を落した。

暫くして何気なく窓外へ視線を戻すと、先刻の二人がプラタナスの巨木の下に佇んで話しているのが見えた。この寒さの中で、わざわざ戸外へ出て何を話し合う事があるのか。千代子の居るアパートの二階からは大分距離があったが遮る物がないので、二人の仕草は見て取れた。老婆が熱心に話しかけるのを、安子は幾度も頷きながらきいているようだった。相当深刻な話らしかった。やがて老婆はハンカチで目を拭い始めた。安子も泣いているようである。だが涙の立ち話はすぐに終り、二人は他人行儀な会釈を交わした。千代子は僅かに目を見張った。深々と頭を下げると、老女は安子をその場に残してバス通りの方へ去って行ったのである。相手の姿が消えるか消えない裡に、安子は足早やに戻ってきた。老女を彼女の母親だと思ったのは間違いで、同年輩の客人を送って出たもののようであった。別段目を見張るほどの事もないのだが、咄嗟に母子連れだと思い込んでいたために何となく意外な気がしたのかもしれない。ここは個人経営のアパートにしては壁が厚く、プライバシーが保てる具合に出来ている。だから隣りに来客があった事も気付かなければ、母親が留守で安子だけで応待したものか母親も一緒だったのかも知らなかった。もっとも隣りの動静に一々きき耳を立てる趣味も持ち合わせてはいない。彼女は意味もなく頭を振って針を進めた。女が泣くのはここではさして珍しい眺めではなかった。見て見ぬ振りをするのが常識である。

このアパートはいかがわしい女の集まりのように世間から見られている。いかがわしいと言っても単に水商売の女が多いというに過ぎないのだが、誰かが無責任な噂を立てたものだろう。水商売の女ばかりが住まっている事にも格別の理由はなかった。最初千代子はそれを知らずに借りたのだが、噂を耳にした時も逃げ出す気は起こらなかった。どうという事もありはしない。むしろ他人の身辺を詮索する者も居ないこのアパートは、彼女にとって居心地が良いと言えた。

彼女がここへ移ったのは半年前だった。それまでは夫と共に社宅に居た。結婚したのは僅か二年前である。夫は所謂梲《うだつ》の上がらぬ社員だった。元より男としての魅力もなかった。三十五歳のオールド・ミスに相応した相手であった。それを承知で飛び込んだのだ。半分は自棄も手伝っていたようである。目をつむって結婚しさえすれば何とかなると考えたのだが、結局どうにもならなかった。結婚に夢を託した訳ではなかったが、それにしてもあまりにみじめだった。結婚した直後から、彼女は別れる事ばかり考えてきたような気がする。直接の原因になったのは、人吉《ひとよし》の山奥への転勤だった。名目上は所長への栄転だったが、その実、態《てい》の良い島流しである。山奥での生活を考えると身震いがしたが、それ以上に島流しの夫にくっ付いて行くのが堪えられなかった。子供の学校の問題がある訳ではないし、一応所長の立場上身軽な妻が同行するのは常識だった。その時夫が引きずってでも連れて行く態度に出ていればこうはならなかったかもしれない。だが最初から諦め切ったような夫の気弱さが、一層彼女の意志を強固にした。目下別居の状態にあるが、離婚は時間の問題だと双方共に感じている。その離婚にしても夫の方から切り出す事はまずないだろう。その証拠に彼は毎月きちんと送金してくる。千代子に未練があるからではなく、そうせずにはいられない善良さのためである。彼女はその金にはなるべく手を付けないようにして、自信のある和裁を始めた。和服が復活したのに比べて和裁の出来る女が少ないせいか、一応仕事は切れ目なくあった。それに場所柄、頼み手には事欠かない。こうして千代子は一年半の結婚生活の記憶を至極自然に抹消し、一人暮らしの気易さに安住した。

隣りに首藤母子が越してきたのは二十日ほど前である。どこから来たのか、何者なのかそんな事は誰も知らなければ詮索する者も居ない。素姓の知れないのはお互い様である。越してきた夜に安子が一人で形通りの挨拶に来た。一見二十四、五に見えたが、実際はもっと年取っているかもしれない。小柄な美人なので若々しく見えた。地味な身形《なり》で化粧気もなかったが、彼女は充分に美しかった。少し着飾れば目を見張るような美人になるだろうと思われた。流行遅れの野暮ったい服装にも拘らず、不思議に垢抜けして見えた。水商売の上がりかもしれない。それを隠すためにわざと野暮ったい形《な》りをしているのではないかと思えるほどだった。

「母と二人暮らしですので……」

と安子は内気らしく語った。夫の事は話に出なかったが、どことなく結婚の経験がありそうな円熟した女を感じさせた。もしかしたら誰かの隠し女ではないか。千代子はそんな風に想像した。母親の生活まで面倒をみてもらっているのかもしれない。娘に娼婦同然の真似をさせて左団扇《うちわ》で暮している母親も世間には居るようだ。相手が物静かで折目正しい女だけに、千代子は幾分母親に嫌悪を抱いた。しかしこの二十日間、一度もそれらしい男が訪ねてきた様子もない。文字通りひっそりと身を寄せ合って暮らしている感じだった。彼女が気付いた限りでは、あの老婆が始めての客ではないだろうか。それっきり千代子は隣りの事を忘れてしまった。

その夜、言い争う声を千代子はきいた。最初はどこかの部屋で痴話喧嘩でも始まったのかと別段気にも止めなかったが、どうやら隣りのようである。珍しい事があるものだ。千代子は常になくきき耳を立てた。誰か、来ている様子はない。母子で言い争っているらしかった。何と言っているのかは判らないが、伝わってくる声音は鋭かった。こんな事は始めてである。千代子は壁の方へにじり寄って、話の内容をきき取ろうとした。なぜ隣りの事がそれほど気になるのか、自分でも判らなかった。だが争う声はすぐに治まり、ぼそぼそした話し声に変った。近隣を憚って声を低めたに違いない。

千代子はふと昼間の事を思い出した。プラタナスの下で泣いていた年輩の女の事である。もしかしたらあの老女が口争いの原因ではなかろうか。別段根拠があった訳ではない。単に始めての来客と始めての口論を関連付けたに過ぎなかった。なぜあの老婆が争いの種にならなければならないのか、推察するすべもなかった。勝手な想像を働かせたまでである。静かになった隣りの気配を窺いながら、いつか彼女は眠りに陥ちた。

どれ位経ったろうか。再び彼女は異様な物音で夢を破られた。それが先刻と同じ隣りの怒声だと気付くまでには暫く間があった。熟睡している処をいきなり起こされたので、暫くは意識が霞んでいたようである。彼女は手探りで枕元のスタンドをつけた。それではっきりと目覚めた。

「それはあんまりですわ。お母様！」

今度は明瞭に安子の声がきこえた。涙を含んだ声だった。

「何があんまりだよ。俊夫に捨てられて可哀そうだと思うから、大目に見てれば付け上がって……」始めてきく母親の声である。体格に似合わぬ神経質な金切声だった。「ちょっと目を離すともうこれだ。怠ける事ばかり考えて、私が足を棒にして俊夫を探している間、大方昼寝でもしていたんだろう」

「飛んでもない、私は一生懸命に……」

「何が一生懸命だ」押し被せるように母親は遮った。

「私が言い付けた仕事は半分も片付けていないじゃないか。昔が昔だから仕様がないと言ってしまえばそれまでだけど、こんな女でも首藤家の嫁なんだからね。仕様がないでは済まないよ。俊夫が居なくたって私の目の黒い裡は、怠け癖は付けさせないからね」

「すみません……」

「しおらしい顔をして、まあ、どうだろう。全く俊夫も飛んだ女に引っかかったもんだ。あんたが女房じゃあ、誰だって逃げ出したくもなろうじゃないか。世間じゃどう思ってるか知らないけど、私はあれが女と逃げたについては残らず責任はあんたにあると思っているよ。私が四六時中目を光らせていたってあんな風だったからね。私が入院していた間はおよその察しは付くさ。可哀そうに、私さえ傍に居てやったらあれだってこんな真似はせずに済んだんだと思うと、私はもう口惜しいやら情ないやら……」

歯を嚙み合わせるように、母親は鋭く言葉を切った。

きいている裡に、千代子は二人の関係を間違って解釈していた事に気付いた。最初挨拶に来た時、安子ははゝと二人暮らしだと語った。従って千代子は当然のように同居の老婆を実母だと思い込んだのである。だが安子の言うはゝとは姑の意味だったようだ。してみると喧嘩の内容を云々する余地はなさそうだった。単なる姑の嫁いびりに過ぎないのだ。昼間の客の事が話題に上らない処をみると、あれが原因という訳でもないようである。何が原因でいきなりこんな騒ぎになったものか、彼等の話だけでは判然としない。

「今度の事だって……」再び姑はヒステリックに叫び立てた。「もっともらしい口実を作って私には何も知らせなかったじゃないか。それもあろう事か、入院中の年寄りを放り出して自分一人で上京するなんて、呆れて物も言えないよ。一体この私を何だと思っているのかね」

安子の返事はなく、すすり泣く声が響いた。

「私はあのまま死んだ方が良かったよ。あんたの思う壺だろうし……。ああ、永生きするもんじゃない。息子は家出する、嫁には厄介者にされる。これじゃ何のために苦労してあれを育てたのか判りゃしない」

すすり泣きの声が高くなった。絞り上げるような泣き声だった。あちこちの部屋で人が起き出す気配がした。露骨な咳払いもきこえる。千代子と同じく老婆の大声で目を覚ましたものだろう。それで喧嘩は一応治まったようである。千代子は枕頭の目覚まし時計を見た。二時になろうとしている。丑三つ時だ。やがて周囲は静かになった。彼女もスタンドを消して蒲団にもぐり込んだものの、一旦叩き起こされた神経は容易に休まらなかった。一時ぐっすりと眠り込んでいたために、頭がはっきりして眠りを寄せ付けないようだった。眠れない焦躁から彼女は次第に腹立たしくなった。一体何の積りなのか。壁越しにきこえた話から推しても、こんな時刻に怒鳴り散らさねばならぬ理由はなさそうである。それを山中の一軒家でもある事が、傍《はた》迷惑に騒ぎ立てるとはどういう神経なのか。千代子は後姿を垣間見ただけの隣家の姑に憎悪を抱いた。

その日を境いに首藤家の葛藤が始まった。葛藤といっても一方的に姑（ふさという名だと後に知ったが）が安子を虐待しているようである。原因は極くつまらない事だった。障子の桟にごみが溜っていたとか、綻《ほころ》びを繕っていないとか些細な問題でしかない。それがふさの口にかかれば極悪非道の振る舞いにきこえるのである。

「私があんた位の年には」決まってふさはがなり立てる。「朝は四時に起きて薪割りからやったもんだ。姑さんがわざと薪を夜露に晒らしておくのさ。くすぶって火が付く事じゃない。それをやり方が悪いからだと毒付かれる。そこへ行くと今は結構なもんだ。マッチ一本で簡単に火が付くんだから……、お姫様の仕事だよ」

　時には平手打ちの音さえ伴った。それほどの仕打ちを受けながら、安子が反駁する様子はなかった。泣きながら、「すみません」と繰り返すだけである。千代子にとってふさの仕打ちよりもむしろ安子の忍耐振りが驚異であった。今時まだこんな嫁が居たのだろうか。若く並外れて美しい彼女に、これほどの忍耐を強いるのは何なのか。千代子は新しい興味を持って彼女を見るようになった。

　この処、安子は急に窶れたようだった。洩れきいたふさの話では彼女は夫に捨てられたらしい。二重の苦悩を背負っている訳だ。窶れたために却って凄艶な美しさを目立たせる容貌や、心細いほど小さな体はそのまま悲劇のヒロインが命を得たように見える。不思議なもので同じ不幸な目にあっても、美人と醜女とでは同情の度合いが違うのだ。美人が悲歎にくれる様は見る人の心を締め付ける。羞らうように目を伏せ、叮重に頭を下げて行き過ぎる安子を見る度に、千代子は心底から不愍をそそられた。

　ふさの嫁いびりはすでにアパート中の評判になっている。他人事に嘴《くちばし》を突っ込まないはずの住人が、没交渉の習慣を破って二人の噂を始めたのだ。男女間の痴話喧嘩や本妻の殴り込みには慣れっこになっている人々も、鬼のような姑には瞠目せざるを得ないようであった。嫁姑という間柄もここでは異質である。それがお互いに差し障わりのない話題という訳で、拡がっているのかもしれない。

　その日も同じアパートの殿村令子が、仕立物を頼みに来たついでに一しきり悪態を並べて行った。彼女の歯に衣を着せぬ言葉をきくと妙に爽快な気分になる。

「私、我慢出来なくて言ってやったのよ。あんな鬼婆の言いなりになってる事はない。叩かれたら倍にして叩き返しなさいって」激しい気性を剝き出しにして令子は言った。「そしたら呆れたような顔をしてさ。親に向かって手を振り上げるなんて、まさかそんな事……ってこうなのよ」

「あの人の言いそうな事だわ」

「何だか知らないけどさ。自分が至らないから叱られるのも無理はないみたいな言い方なのよ。ああなれば美談なんてもんじゃない。馬鹿よ。私、代りにあの鬼婆をぶん殴ってやりたくてうずうずすることがあるわ」

「それにしても……」千代子は苦笑混りに言った。「今時やっぱりあんな人も居るのね」

「田舎の人らしいけどね。あの器量だったら一人で立派に暮らして行けるわよ。バアにでも勤めればいいのに」

「あの人には無理じゃないかしら」

千代子は言った。最初見た時は水商売の上がりのような印象を受けたが、今ではむしろ素朴な田舎者といいたい感じさえする。

「そう?」殿村令子は嘲けるような薄笑いを浮かべた。「私はあの人、水商売の経験ありと睨んでいるわ。どことなく判るのよ。いくら素人っぽく拵えていても」

千代子は反駁しなかったが、相手の言葉が不満だった。安子が穢されたようで不快な気がしたのである。なぜそんな気になったのかは自分でも判らない。

令子が帰って暫くすると、遠慮勝ちなノックの音がした。

「あら」扉を開くなり千代子は思わず頓狂な声を上げた。思いがけなく当の安子が羞んだ顔で立っていたのである。千代子は慌てて笑顔を作った。自分が悪口を喋った訳でもないのに、何となくばつの悪い思いがした。


「どうぞ、お上がり下さい」

殊更親し気に彼女は言った。安子は言われるままに玄関を上がった。風呂敷包みを大事そうに持っている。

「いつも御迷惑をおかけして申し訳ないと思っております」部屋へ通るなり、彼女は行儀よく畳に両手を突いた。「姑があんな風で随分おうるさい事でしょう。お詫び申し上げなければと思いながら、つい申しそびれて……」

懸命に羞恥を押えているようだった。自分の口から内輪の争いに触れるのは、若い女にとって堪え難い事に違いない。

「うるさいのはお互い様ですよ」千代子は気軽に応じた。「こんなアパート住いでは、お互いに我慢し合いませんとね」

安子は弱々しく微笑んで風呂敷包みをほどいた。

「お宅様ではお仕立をして頂けると伺いましたので」

彼女は地味なウールの和服地を取り出した。「御迷惑でなければこれをお願いしたいと思いまして……」

渋い濃紺の絣だった。ウールとしては上物である。年寄りの物としては幾分柄が大き過ぎる嫌いがないでもない。

「お姑様のですか」

拡げてみながら千代はたずねた。

「はあ、派手過ぎましょうか」

「ウールですからね、これ位の方が……」

千代子は答えたが、ふさの顔立ちをはっきり覚えている訳ではなかった。安子と違って彼女は滅多に人前に顔を出さないし、たまに出合っても挨拶もせず顔を背向けて通り過ぎるからである。

「良い柄ですね」と千代子は付け加えた。「仕上がるとずっと映えますよ」

「有難うございます。お願い出来ましょうか」

「ええ。お急ぎでなければ……」

安子は自分と近付きになりたいためにこれを頼みに来たのではないか。何となくそんな気がした。

「お姑様、今日は？」

ふと気付いて彼女は訊ねた。

「この処、毎日のように出かけております。主人を探しているものですから……」

「それはまあ……」

思いがけない返事に千代子は訳もなく狼狽した。

「もう御承知だと思いますが、主人は大分前に家を出ております」相手の戸惑いを封じるように安子は卒直に語った。「東京のこの辺りに居るらしいという噂をききましたものですから、それで私共こちらへ出て来たのですが、何しろ雲を摑むような話で……」

「それで？　全然手懸りもない訳ですの」

「はあ、女と一緒だという事は判っておりますので、どこかで世帯を持っているとは思いますが……」

「まあ……」

答える言葉もなく千代子は呟いた。内情が筒抜けの隣人に、今更隠し立てをした処で仕方がないと思ったのか、あるいは千代子を信頼して打ち明ける気になったのかもしれない。

「その女の事は前から薄々気付いておりました」沈んだ声で安子は続けた。このまま腰を据えるのが自然のように感じられた。「でもこれほど深い仲だとは思いませんでした。初めの頃に何とかしていたら、こうまでならずに済んだかもしれませんが……。出て行きましたのが丁度母が入院している留守でした。怖い者が居ない隙にかたを付ける気になったのかもしれません」

千代子は頷いて、先を促す気に相手を見詰めた。

「子宮癌という事で」安子は言って眉をひそめた。「それも年が年なので手術は難しい。いずれ永くはないだろうというような診断でした。勿論本人には知らせませんでしたが、そんな訳で主人が馳け落ちした事を、出来れば姑に隠しておこうと思いましてね。先の短い病人に心配をかけたくなかったものですから」

「判りますわ」

「恥をお話しするようですが、主人には以前にも何度かこんな事がありました。大抵は一週間かそこらで戻って来ましたので、世間に洩れずに済んだのですが。ですから今度もすぐに戻ってくれるだろうと……。そうすれば姑には何事もなかった事にしておけると思ったのです。でも今度は今までと事情が違いましてね。後で判った事ですが郷里の農地を売ったお金を……、姑があの人に預けていたお金なんです。それを残らず持ち出しているのです。永くなる裡に姑は主人が顔を見せないのを変に思い始めまして、私としても言い繕ろうのが辛くなりました。それで一度主人に会って頼んでみる積りでした。今の場合、私共夫婦の問題よりも死期が迫っている姑の立場を考えてやらなければならないと……。心配の種を除いてあげて、心おきなく良い処へ行ってもらいたい、私としてはそんな気持だったのです。それほど好きな相手なら一緒にしてあげてもいいのです。でもせめて姑が生きている間は形だけでも夫婦の体面を保ってもらって、亡くなった後でならその人と正式に結婚してもいいんだから……。そんな相談をする積りで、たまたま東京に居るらしいという噂をきいたものですから、入院中に姑には内緒で上京した訳でした」彼女は微かな吐息とともに言葉を切った。話している裡に興奮したものか、窶れた頰に血の気がさしていた。隣家に得難い理解者を見出して、一気に思いのたけを吐き出しているようでもあった。

「考えてみれば私も軽はずみだったと思います」すぐに平静を取り戻して安子は言葉を継いだ。「はっきりした根拠もないのに一人で上京したりして……、その時は何と申しますか、もう藁にも縋りたい思いだったものですから。ところが私が上京した留守に姑が退院したのです」

「まあ、御病気の方は?」

「それがコバルト療法で一応直ったらしいのです。はっきりした事はまだ判りませんけれど」

「それはよございましたねえ」

「はあ、おかげ様で……。でも私は真逆退院出来るとは思わなかったものですから、上京する事は姑には内緒にしておりました。近所の方には一通り事情を話して、主人を探しに行くと申しましたのですが……。そんな訳で姑としては訳が判らず、すっかり慌ててしまったらしいのです。何しろ私共の他には身寄りのない人でしてね。それだけにどんなに心細かったろうと思いますと、可哀そうなやら申し訳ないやらで……。私、偶然新聞の広告で姑が退院して私を探している事を知りました。姑は私の帰郷を待ちきれずに自分も上京して参りましてね。そこで始めて詳しい事情を知ったのです」

「さぞびっくりなすった事でしょうね」

千代子は言った。想像していた以上に内情は複雑だったようである。

「ええ、それはもう……。勿論驚きもしましたが、何よりも私がそれを隠していた事に腹を立てましてね。以前から厳しい人でしたが、それ以来私を許そうとしないのです」

「でも、貴方がそうなさったのも、お姑様に心配をかけないためだったという事情をお話しなさったのでしょう?」

幾分性急に千代子は訊ねた。

「それは何度も話しました。でもそんな事は理由にならないと申します。一人息子が行方を晦らましたのを知らされずにいた母親の身にもなってみると……。確かに姑の言う通りです。女の浅知恵と言うのでしょうか、今考えますと物の道理を踏み違えたのではないかと……そんな気がするのです」

「でもそれは貴方が悪い訳ではありませんよ」千代子は叱咤するように打ち消した。赤の他人に内情を打ち明けずにはいられなかった相手の心境が痛ましく胸を打った。「普通でしたら、そこまでお姑様の事を案じてあげはしないでしょうに。むしろお姑様、感謝なすっていいと思いますわ」

「そうおっしゃって頂きますと、私も恥をお話しした甲斐がございます」

安子は言って感動したような目を隣人に注いだ。千代子にしても彼女のやり方が常軌を逸していたと思わないでもなかったが、話をきく裡に彼女の気持が無理なく納得出来た。この場合、常識外れの行動さえも、純情な人柄を証《あか》ししているように感じられた。彼女は一層安子に好感を持った。一つには自分を選んで全てを包まず打ち明けてくれた事で、優越感をくすぐられたせいかもしれない。

「それで、捜索願いみたいな物はお出しになりましたの？」

砕けた口調になって千代子は訊ねた。病気上がりの老婆と善良な若い娘とで、この広い都会の中をどうやって一人の蒸発人間を探し出せると言うのか。

「それは勿論」安子は当然だというように、「上京するよりずっと前に出しました。でもこんな時勢ではどの程度本気で捜索してもらえるものか……。捜索願いを出しに行きましてきいたのですが、行方不明の人が驚くほど多いそうでございますね。前から話にはきいておりましたが、真逆主人がこんな……」

言葉半ばで安子は顔を伏せ、暫くは声をつまらせた。堪え難い沈黙が続いた。

「御郷里はどちらですの？」

やがて千代子は殊更明るい調子で訊ねた。安子は羞じ入るような顔を上げた。

「姑は熊本ですが、私が主人と知り合いました時は福岡に居りました」安子は答えた。「私も九州です。父に早く死なれましてね。それからほどなく母は私を親戚に預けて、と言うより押し付けて男と逃げてしまいました」

自嘲的な笑いが頰をかすめた。だが淡々とした話し振りに乱れはなかった。殺伐な話が不思議に快く耳に響く、全く感じの良い女である。単に気立てが良いというだけでなく、天性の魅力を備えた女なのかもしれない。俊夫とやらにこれほどの妻を捨てさせた相手とはどんな女なのか。千代子は急にそんな事を考えた。

「中学を出ますと早々にその家を出まして、源鶴という処で旅館の女中をしておりました。鵜飼いが見られる処でしてね。たまたまそこへ主人が会社の慰安旅行で参りまして、それで知り合った訳で……」問わず語りに彼女は続けた。「私には過ぎた縁で周囲の者は喜んでくれましたが、姑はひどく反対致しましてね、それはもう、誰が考えましても反対されるのが当り前ではございますが……」

「でもお人柄が判ってみれば、お姑様だって喜んで下さったでしょう」

「そんな……」安子は羞恥《はにか》むように口ごもった。「女手一つで福岡の大学まで出した大事な息子ですもの。ちゃんとしたお宅から立派なお嫁さんを迎える積りだったのでしょう。それを私のような素姓も知れない女と……。取り柄といえばうるさい係累が一人も居ないという位でしてね」

「随分と御苦労なさったのですねえ」

溜息混りに千代子は言った。自分の過去がひどく幼稚なものに思われた。十以上も年下の安子だが、人間的には遥かに大人ではないか。彼女の魅力も苦労の結実かもしれない。

「姑も最初はこんなではなかったのです」やがて安子は弁解するように言った。「最初は反対しても受け容れてくれましたしねえ。それは厳しい人で私も幾度か涙の出るような思いも致しましたが、それというのも息子の嫁として羞かしくない女に躾けるためだったと思います。私、今も申しましたように、両親と早くに別れて躾らしいものもしてもらった事がなかったものですから、やる事なす事姑の気に障る事ばかりでした。でも姑のおかげだと思っております。どうにか他人様の笑い物にならずに済んだのは……。今は姑も気が転倒しているんでございますよ。掛け替えのない一人息子がこんな事になって、それに病後でもありますし、すっかり人が変ってしまいましてねえ」

「それで」千代子は無躾な質問をする気になった。「もしも御主人がこのまま見付からなかったら、どうなさるお積りですの？　今まで通りずっとお姑様と御一緒にお暮らしになりますの？」

相手の顔が苦痛にゆがんだ。肉体的な苦痛を感じているような、生々しい表情だった。

「姑が心配しているのはそれなのです」訴えるように彼女は言った。「俊夫の事を案じているのは勿論ですが、私に見捨てられるのも怖いのです。口に出しては申しませんが、私にはよく判ります」

「だったら、もう少し謙虚な態度で、貴方に接するのが本当じゃないでしょうか」

「はあ、他人様がそうお思いになるのも無理はございません。でも相手は気が転倒したような老人ですし、俊夫が家を飛び出したのも私が至らないからだと考えている位ですから、とてもそこまで考えるゆとりはないのでしょう。考えようによってはあんなに我が儘を通すのも、つまりは私を嫁と思っているからで、むしろ有難く思わなければいけないのではないかと……。そう判ってはおりましてもね、やはり堪えられない時もありましてね」

「そうでしょうとも。それに貴方はまだお若いのですから、御自分の幸せをお考えにならなきゃいけませんよ。お姑様の事にしましてもね、貴方が生涯背負い込まなければならないものでもないと思うのですよ。法律の事はよく知りませんけれど、そうした義務を逃れる道があるんじゃありませんかしら」

穏当を欠いた意見だった。余りに古風な安子の献身を叱咤する気になったのである。余計な差し出口だと気付いたのは、言い終った後だった。慎重な彼女にとっては失言だったと言える。その時になって始めて、千代子は知り合ったばかりの相手である事、口を効いたのもこれで二度目でしかない事を思い出した。筒抜けに聞こえてきたふさの叱責や罵倒の声が度重っていたために、永年の知己のように錯覚していたようである。円熟した常識人である安子が、初対面も同然の女の立ち入った意見をどう受け取ったろうかと憂慮した。だが安子は別段驚いた風もなかった。感情を表に現わさない修練を積んでいるせいかもしれない。

「有難うございます」

彼女は言った。無難な応答であった。

「いろいろとお聞き苦しい愚痴を並べましてお羞かしい事でございました。でも私、おかげ様で随分気が楽になりました」

心持ち首を傾げて、安子は可憐とも言える笑顔を見せた。

それから二、三日後に、千代子は仕立て上がった着物を持って隣りを訪ねた。他に先口があったのだが、安子の分を優先する気になったのである。

始めて見る隣家の内部は、がらんとして家具らしい物は殆んどなかった。仮り住居とはいえ、何とも侘びしい限りである。こんな状態でいつまで粘る積りなのか。俊夫を見付けるまでは、ふさが帰郷する事を承知しないかもしれない。

「こんなに早く仕上げて頂いて……」安子は恐縮したように言った。「姑は例によって出かけております。俊夫の事を考えると居ても立ってもいられないらしくて……当てもなく歩き廻わった処で体に触わるだけだと申すのですが、きいてくれません」言いながら急に気付いたように安子は微笑んだ。「まあ、こんな処に立たせたままで……ちょっとお上がりになって下さいませんか。どうぞ……」

やや強引に彼女は促した。乞うような口調だった。

「それではちょっとだけ……」

あまり気は進まなかったが、相手のすすめをむげに断わるのも悪いような気がして千代子はサンダルを脱いだ。玄関から眺めた通り、部屋の中はひどく殺伐だった。ただ鴨居に釣るされている紅い着物が、妙になまめいた雰囲気を醸《かも》していた。艶冶な和服と並んで、およそ不似合いに奇怪な物が壁に立てかけてあるのに千代子は気付いた。薪割りの刃の部分を巨大にしたような、一種の鈍器である。

「あれは?」何気なく千代子は訊ねた。「何ですの?」

「ああ……」安子はちょっと口ごもった。困惑したように見え立た。「ドンチと申します」

「ドンキ?」

「いえ、ドンチです。熊本の言葉なのです。薪割りに使いますもので……」

「近頃珍しい物をお持ちですのね」

千代子は手に取ってみた。重厚な手応えだった。いかにも田舎の物にふさわしく強靱な野性味を感じさせる。

「姑の物なのです」腹を決めたように安子は説明した。

「こちらへ来てからどこかの古道具屋で見付けて、買ってきたのです。福岡に居ります時にも同じようなのがありました」

「何でまたこんな物を?」

「記念の品なんでございますよ」妙に年寄りじみた口調で安子は答えた。「熊本の農家に嫁入りました時に、毎朝それで薪を割らされましたそうで。都会の方にはお判りになりますまいけれど、田舎の朝は早うございましてね、嫁は遅くとも四時には起きたものだそうで……。御飯を炊くにも薪割りからしなければならなかった、それで前の日に翌朝の分まで割っておきましてもね、お姑さんが隠してしまうのだそうですよ。意地の悪い人だったようで。姑はそんな事を覚えていて、こうしてドンチを手近かに置いておくのです」

安子は日常の挨拶のように淡々と物語った。千代子は改めてドンチを眺めた。若い時分の苦労を象徴するドンチをわざわざ買い求めて、部屋の中にれいれいしく飾っておくふさの神経は明らかに異常であった。自分の苦役を誇示する事で嫁の文化生活を皮肉っているのだ。露骨で陰険な嫁いびりでなくて何だろう。だが当の安子はそれほど異常な事とは感じていないようである。それが地方人の感覚なのだろうか。

「お姑様は御自分だけで旦那様を探しにいらっしゃって、貴方には一緒に探せとはおっしゃらないのですか」

ドンチから目を離して千代子は訊ねた。いつまでも陰湿な物体に懸り合いたくない気持だった。

「はあ」安子は即答した。「潔癖な性《たち》でございましてね。どんな時でも家の中をきちんとしておかなければ気が済まないのです」言って彼女はぼんやりと部屋の中を見渡した。がらんとした室内は塵一つ止めぬまでに磨き上げられている。それが却って殺風景な部屋を、一層寒々と見せた。「本当は私だって、こんな事をしてはいられない気持なのです。姑のように一日中でもあの人を探したいのです。でもそうしますと家の中の事が出来ませんのでね。姑に言わせますと、俊夫を探す口実で外へ出るのは怠けるのに都合が良い等と……。自分ほどには真剣に探し歩くはずがない、そう思い込んでいるのです。それに姑はもともと野良仕事をしてきた人ですから、自分が家の中の事をするよりも出歩く方が性に合っているんですよ」

話しながら安子は時折り自分の言葉に頷いた。その仕草が年に似合わず、朴訥な感じを与えた。彼女の話は一応筋が通らないでもなかったが、ふさの心境は到底千代子には理解出来なかった。居ても立ってもいられないほど息子の行方を案じながら、一方では仮住居の整頓に気を廻わす神経はどういうものなのか。むしろ家の事は放っておいても、嫁にも一緒に探すように要求すべきではないだろうか。あるいはそうした矛盾が田舎者の気質なのかもしれない。千代子は言うべき言葉を失った。暫く沈黙が続いた。妙に気詰りな雰囲気だった。

「ところで……」千代子は沈黙を破った。突然心に浮かんだ事である。「貴方、こちらにお知り合いの方がいらっしゃいますの？」

「はあ？」

安子は訝し気に問い返した。

「いえね、いつでしたかしら、貴方がここの前をお客様と御一緒に歩いていらっしゃったようでしたから……」

「お客様？」

安子はちょっと目を見張った。

「ええ、丁度お姑様位の年輩の方でした」

安子は暫くの間、黙って彼女を見詰めた。真顔になったせいか強い感じの顔に変った。

「憶えがありませんが……」口ごもるように彼女は答えた。「失礼ですが見間違いではありませんかしら」

見間違いではない積りだった。一カ月と前ではない。しかも二人して泣いていたではないか。

「とにかく私……」珍しく断定的に安子は言った。「こちらにそんな知り合いはございませんよ」

見間違いだと断言する前に、なぜ彼女は詳しく訊ねようとしないのだろう。いつの事か、どんな客人か……。それが自然な態度ではないのか。だが安子はひたすら否定する事だけを考えているようだった。

「そうですか。それじゃあきっと見間違えたのでしょう」

幾分ぎごちなく千代子は応じた。相手の感情を害してまでも固執するほどの事ではなかった。このまま言い募《つの》れば気まずい事になりそうな気がしたのである。

「この前、貴方におっしゃって頂きました事をよく考えてみました」安子は極めて自然に話題を転じた。鋭い真顔が消えて愛想の良い微笑が蘇った。「自分の幸せを考えなければならないとおっしゃった事を……」

千代子はぎくりとした。差し出がましい意見だと反省した事を、相手は真剣に受け取ったようである。

「これだけ見付けても探し出せないのですから、主人の事はいい加減で諦めなければならないのではないかと……」安子は憂いを含んだ笑顔で続けた。「そう信じ込むのは怖ろしい事ですけど、到底あの人には私の処に戻ってくる意志はないので、それは自分でも認めなければならないと思っております」

「お金をお持ちだと伺いましたが、いかほどでしたの？」

「姑のお金ですからはっきりは存じませんが、二、三百万という処ではないでしょうか。都会で遊んで暮らしていては、そんなに永くはもたないでしょう」第三者的な諦観の口調で安子は答えた。「それから先の事はどうなりますか……女だってそのお金が目当てだったかもしれませんしね。あの人にしても使い果たした揚句、女に捨てられたからといって真逆《まさか》無一文でのめのめと戻っては来られますまい。いずれにしても、二度と会えないと思わなければなりませんねえ」

相手の目を覗き込むようにして彼女は言った。千代子は曖昧に頷く他はなかった。

「それでという訳ではありませんが、私、これまで忍従と申しますか、ただもう自分を殺す事ばかり考えて参りました。それも正直な処、貴方におっしゃって頂いて、始めて気付いたような訳で……。それで私も考えましてね、いつまでもこんな状態でいられるものでもないし、いずれは一人になりたいと思うようになりました。姑には気の毒ですが、このままでは暮らしの目途も付き兼ねますしね。姑が入院の際にいくらか手元に置いておりましたものですから、それだけは持ち出されずに済みましたのですが、それだって僅かのものでしょうから……、姑の身の振り方を付けてから、私一人で生きて行こうと思います」

千代子は頷いた。安子の言う事はもっともだった。それは自分がすすめた事であった。おそらくは今まで彼女に自分の幸せを考えよと言った相手は一人も居なかったに違いない。それほど不幸な生い立ちだったのだ。貧しい家に生まれたのは、彼女のせいではない。だが安子が生まれた時、すでに不幸が始まっていたのだ。彼女の美貌も魅力的な人柄も、結局は運を開くに至らなかった。不幸な女が美貌故に幸運を摑むというのはおとぎ話に過ぎないのだ。少しばかり美しく生まれても、貧民の子は貧民の子である。どこまでも不幸が付き纏ってくる……。

「姑と別れる決心をしたからといって……」安子は媚るように相手を見詰めた。窶れた顔が一瞬艶やかに婀《なま》めいた。「私をひどい女だとはお思いにならないでしょうね？」

「誰が思うもんですか」言いながら、千代子は妙に気重になった。先刻彼女の言葉にぎくりとした、あの気鬱さが蘇ったようだった。「でもよほど上手に説得なさらなければ……」彼女は急いで付け加えた。「御自分の手に負えないとお考えなら、家庭裁判所ででも御相談になってはいかがかしら。専門家なら後腐れのないように善処してくれるでしょうから」

「はあ……」安子は呟くように言った。「難しいとは思いますが、やはり自分で話してみます。姑と二人だけで。同じ別れるにしても、道で出会ってお互いに顔を背向けるような別れ方はしたくありませんものね」

健気な女だ。こんな女がなぜひどい目に合わなければならんのか。千代子は義憤を感じさえした。

それから幾日かは何事もなかった。ふさの叱言は相変わらず続いたが、安子は完全に黙殺しているようだった。別居を切り出せば一悶着起きないはずはない。まだ決心を切り出せないでいるのだ。ふさはこの処、昼間は殆んど家に居ないようである。朝早くに家を出て、戻って来るのは夜が更けてからだった。以前からそんな風だったが、近頃それがひどくなったようにみえる。従って隣りに居ながら、千代子はふさの顔を見る事がなかった。考えてみると、ふさと顔を合わせたのは何度位だったろうか。声だけは否応なしにきかされているので、実際よりはずっと身近かに感じているのかもしれない。

安子にとって、昼間だけでも姑と鼻を突き合わせずに済むのは気楽かもしれないが、大事な用件を話し合う機会に恵まれないのも確かである。もしかすると彼女の事だから、このままずるずると現状を維持する事になり兼ねない。それが千代子には焦立たしかった。他人事だと割り切れない、微妙な絆を彼女は感じた。

その日は朝からひどく底冷えがした。千代子は部屋を閉め切ってストーブを焚いた。モアッとした熱気が不自然な暖かみを拡げて、狭い部屋はみるみる気温が上がった。鏝《こて》や焼篦《べら》を使うために欠かせぬ火鉢を片脇に、千代子は近頃また流行《はや》り始めた道行コートを拡げた。特殊の技術を要するコートはいい金になる。年のせいかめっきり寒さに弱くなった体に、部屋の中で出来る賃仕事は快適だった。しゃっきりしたお召しの上を、顔に似合わぬ白魚のような手が器用に針を運ぶ。頼み手の年を考えると気羞かしくなるような色柄だが、縫っている裡にこれを着るのがうら若い美人であるような錯覚に陥ちて、彼女は虚心に針を進めた。

突然、鋭い叫び声が上がった。悲鳴なのか憤りの絶叫なのか、咄嗟には判別がつかなかった。常軌を逸した叫び声だった。前触れもなくいきなり大きな音声をきいたので、千代子は思わず仕立物を取り落した。

「今更そんな戯《ふざ》けた事を……」

きれぎれに叫ぶ声が続いて耳に届いた。金属的な女の声である。それで始めて隣家のふさだと判った。どちらが上げた悲鳴にしても、いきなりあんな叫び声を出すはずはない。扉を閉め切っているので、原因となった普通の話し声がきこえなかったのだろう。千代子は仕立物を拾う事も忘れて、反射的に腰を浮かせた。きき慣れているとは言え、今の叫びは普通ではなかった。

「ですから、ゆっくり話し合おうと……」

続いて安子の上ずった声がした。二人とも異常に興奮しているように思われた。これまでになく緊迫した雰囲気が感じられた。午前中に隣りで争いが起こったのも始めてである。平日とはいえ、ここでは早朝に均しい。夜の遅い女達はまだ眠っている時刻だ。

「畜生！　売女《ばいた》！」ふさの声である。その怖るべき言葉にも千代子は驚かなかった。だが胸は破れるように激しい動悸を伝える。決定的な事態が起こったような気がした。それから信じられぬ沈黙が暫く続いた。それが却って無気味であった。彼女は戸口へにじり寄って、耳をそば立てた。それなり声はきこえず、荒々しい足音が伝わった、と同時に再び肝を潰す悲鳴が上がった。

「お姑《かあ》様！」安子が叫んだ。今の悲鳴も彼女だったようである。「何を……何をなさるのです！　やめて！　やめて！」

慌ただしい物音が伴った。千代子は立ち上がった。走り出そうとしながら、他人事だという躊躇が辛じて彼女の足を止めた。次の瞬間、「桑野さあん！」安子の絶叫が耳朶《じだ》を打った。

「助けてえ！　桑野さあん！」

千代子は夢中で部屋を飛び出した。どのようにして隣家に飛び込んだのか記憶がなかった。飛び込んだ瞬間、彼女が見たのは荒れ狂うドンチだった。それは髪を振り乱したふさの手に握られていた。ふさは兇器の重みに体をふらつかせながら、逃げまどう安子を目がけて振り下ろそうとしていた。千代子は一瞬、その場に棒立ちになった。怪奇物語の舞台でも見ているような、不思議な距離感があった。

「助けて！」安子が再び叫んだ。千代子の姿に気付いたのか、夢中で助けを呼び続けているのかは判らない。その声で千代子は我れに返った。彼女が畳に上がると、二、三の人が後に続いた。ふさは侵入者に気付いても、まだドンチを振り廻すのをやめなかった。完全な錯乱状態である。怪我人が出ないのが不思議なほどだった。誰かが彼女の腕にむしゃぶり付いた。

「何をするんだよ、この鬼婆！」

別の誰かが罵しった。やがてふさは鞴《ふいご》のような息を吐きながら兇器を離した。それから崩れるようにその場にしゃがみ込むと、袂で顔を覆った。五体に似合わぬ華奢な手が小刻みに震えている。

「呆れた鬼婆だよ、全く」

最初にむしゃぶり付いた女が、憎さげにふさの背中を蹴った。

「警察へ突き出してやるわ」

ふさに目を据えたままで彼女は言った。

「いけません」

鋭い声がした。皆は始めてふさから目を離してその方を見た。安子は部屋の隅に蹲《うずくま》り、ヒステリックに頭を振っていた。蒼白な顔に頬と目の囲りだけが異様に紅く、妙になまめかしく見えた。

「どうか、そんな事は……」

言いながら彼女は立ち上がろうとしたが、再びくねくねと座り込んだ。俗に言う腰が抜けた状態らしい。彼女は無様に這い寄ってきた。

「突き出しなさいよ」

女が言った。

「どうかそれだけはお許し下さい」

安子は懸命に懇願した。自分が加害者でもあるような卑屈な色があった。

「へえ？　あんた、こんな目にあってもまだこの鬼婆を庇う積りなの？」

安子は答えず土下座するように頭を下げた。

「私達が居なかったら、殺されたかもしれないのよ」

「殺すなんて……」安子は呟いた。薄い肩が派手に上下している。「そんな気はなかったのです。かっとなる性《たち》だもんで……」

「そりゃ、当人のあんたがそう言うんなら、私達がどうこうする筋合いはないけどさ。でもあんまりよねえ」

女は同意を求めるように周囲を見渡した。思いがけないほど、大勢の見物人が押しかけていた。人々は口々にふさを罵った。

「私が悪かったのです」相変らず上ずった声で安子は続けた。「頼る者もない年寄りを見捨てようとしたものですから……姑はそれで怒って……」

その時になって、千代子は始めて自分の差し出口がこの一件を引き起こした事を悟った。別れる事を持ち出せば一騒動起こるだろうと予想はしたが、想像以上の事態を引き起こしたようである。

「申し訳ない事で……」安子は言いながら小刻みに頭を下げた。「皆様に飛んだ御迷惑をかけてしまいました。今後決してこんな御迷惑はかけませんから……見逃して下さい」

やがて人々は釈然としない様子で立ち去った。彼女等にしても、あまり警察は好きでないようである。千代子は最後に部屋を出ながら、戸口の所で振り返った。ふさは相変らず顔を覆い、一方の安子は焦点の定らぬ目をあらぬ方へ向けていた。人々に一応筋道立った謝罪をしたのが、嘘のようにぼんやりした顔だった。

自分の部屋に帰ったが、まだ興奮が醒めなかった。こんな有様では再び仕事をする気にもなれない。数日前、安子の決心をきいた時の胸騒ぎが実体となって迫った。自分の意見がこの騒動を生んだとすれば、責任の一半は免れない気がする。幾分興奮が醒めると彼女は次第に沈鬱な気分になった。自分でも気付かぬ裡に結果的に、深入りしたのではなかったか。

扉が閉まる音がした。隣りのようだ。コンクリートの階段に靴音を響かせて、誰かが降りて行った。千代子はカーテンを押し分けて前の道を覗いた。出てきたのは安子だった。あれで決着を付ける気になったのだろうか。ふさにしても衆目の中で兇行に及んだ後では、新たな行動も出来ないに違いない。しかし千代子は、彼女がこの寒空にオーバーも着ず荷物一つ持っていないのに気付いた。たった今、深入りしたと考えた事も忘れて、彼女は後を追う気になった。放っておけばどういう事になるか具体的に考えてみた訳ではない。不吉な予感に駆られたまでである。

戸外はかなり強い風が吹いていた。安子の細い体がたゆとうように見えた。首をすくめてもいない。寒さも感じないほど、思い詰めているらしかった。彼女はアパートを通り抜け、商店街を行き過ぎた。この寒さの中をどこへ行こうというのか。

ごみごみした下町を通り過ぎて、うら淋しい無人踏切に出た。そこで安子は足を止めた。周囲に人影はなかった。暫く経つと妙にのんびりした警鐘が鳴って遮断機が下りた。彼方から汽笛が響いた。そして貨物列車が黒い姿を見せ始めた。安子は遮断機を潜った。

「あっ」思わず千代子は叫んだ。列車は、はっきりとその姿を現わした。自分でも気付かぬ裡に、千代子もまた遮断機を潜っていた。安子を羽交い締めにして信じられぬ力で引き戻したのと、列車が轟音と共に通り過ぎたのと殆んど同時であった。

暫くの間、二人は茫然として列車を見送っていた。安子が列車に飛び込もうとした事、それを自分が救った事をはっきりと意識したのは、列車が視野から消えた後であった。千代子は今更のようにぞっとした。

「何て馬鹿な事を！」千代子はヒステリックに叫んだ。安子の行動はあまりに突飛だった。「貴方が自殺する訳はないじゃありませんか」

まだ胴震いを禁じ得ずに彼女は言った。安子はぼんやりと目を見開いたまま、身じろぎもせずに突っ立っていた。千代子の言葉が耳に這入らないようだった。自分が助けられた事も、なぜ助けられたのかも意識にないらしかった。やがて彼女は緩慢に救い手の方へ顔を向けた。

「貴方が出て行くのに気付いて、心配になって跡を付けたんですよ」幾分落着きを取り戻して千代子は説明した。「死ぬなんて馬鹿気ているとは思わないのですか」

「すみません……」

機械的に安子は呟いた。

「お姑様が自殺するというんなら判るけど、何も貴方がこんな事……」

安子は意味もなく頷いた。そして始めてしっかりと千代子に目を注いだ。

「また御迷惑をかけてしまいました。なぜこんな事をしたのか自分でも判りません。何もかも嫌になったのです」

「例の話を切り出されたのですね?」

「はあ、そしたらろくに話もきかずに、いきなりあれを振り廻わしたのです」

「あの人が言ったように、いっそ警察へ持ち込んだ方が良かったんじゃありませんか。このままでは貴方の身に間違いでも――」

「貴方までがそんな事をおっしゃる!」珍しく強い語調で安子は遮った。「そんな事をする位なら死んだ方がましです」

「なぜ?」

「なぜって……」安子は瞠目した。白痴のような目の色だった。「親を警察へ突き出すなんて人間のする事ではありませんもの」

今度は千代子の方が瞠目した。自分が今相手にしているのは、言葉の通じない昔人なのだ。女大学だ。

「でも、これからどうなさる積りですの?」

呆然として千代子は訊ねた。

「落着いてよく考えてみます。遠からず福岡へ帰る事になるでしょう。それからの事です」

平静を取り戻して安子は答えた。

「それがよろしいですね。でも、あのドンチは捨てておしまいなさい。あんな危い物を家の中に置いとくものじゃありませんよ」

安子は素直に頷いた。


安子がドンチで姑を殺したのは、それから三日後である。

平日の午後六時といえば、このアパートは殆んど空《から》になる。住人達が夜の稼業に出て行くからだ。千代子は例に依って一人で侘びしい夕食の膳に向かっていた。あれ以来、ふさの嫁いびりは小休止の状態になっているようだった。実の処、千代子は一日も早く首藤親子にどこかへ移ってもらいたかった。安子を疎んずる気持はないが、同情も程度問題である。四十に近い年齢にとって、殺しや自殺は刺戟が強過ぎた。彼女のように比較的淡白な性質の女には、善良な同性が徹底的に苦しみ抜くのを見聞きするのも堪え難かった。福岡へ帰ると洩らした事で、彼女は内心ほっとした。この上は一日も早い事が望ましい訳だ。

　簡単な食事を終えると汚れた食器を洗う気にもなれず、物憂気にテレビのスイッチを入れた。けたたましいジャズの調べが流れ、若い歌手の映像が写し出された。階段を誰かが登って来る足音がきこえた。一人のようでもあれば二人連れのようでもある。だが千代子は別段注意を払わなかった。

　やがて思いがけなく扉が叩かれた。突然だったせいか、千代子はなぜともなくぎょっとした。出てみると安子がひどく蒼ざめた顔で立っている。

「誠に申し兼ねますが……」いきなり彼女は口早やに言った。「角の本屋で、週刊Nを買って来て頂けませんでしょうか」

「は?」

「厚かましいお願いをして申し訳ございません。実は今朝ほど、姑に頼まれていたのを忘れたものですから。ちょっと用事で外へ出ていて、今そこで偶然姑と一緒になったのです。それにまだ食事の仕度もしておりませんし……」

　足音の主は彼女とふさだったらしい。後はきかなくても判っている。本を買いに行くと夕食の準備が遅れるのだ。本を忘れた事も、食事を遅らす事もふさは許さないだろう。安子が厚かましい頼み事をする位だからよくよくの事だ。

「構いませんとも」千代子は気軽るに答えた。「本は郵便受けに放り込んでおきますからね」

　一戸毎に戸口に郵便受けが付いている。本屋まではちょっとした道のりだった。N誌は蒸発人間を特集していた。ふさはそれが読みたいのだろう。辺りはすでに暗かった。

　アパートの階段を上がると異様な物音が耳に這入った。それが首藤家だと判ったのは戸口に立った時である。罵しり合う声が扉越しにきこえてきた。安子がN誌を買い忘れた事が原因に違いない。千代子は慌てて雑誌を郵便受けに放り込んだ。郵便受けといっても底はない。雑誌は音を立てて玄関の三和土《たたき》に落ちた。彼女はそれなり逃げるように自室へ飛び込んだ。

争う声は次第に高くなった。金属的なふいさの怒声とともに、やがてこの前と同じような馳け廻わる足音が伴った。

「またそんな！　やめて！　お姑様《かあ》！」

安子が叫んだ。どれ位、その騒ぎが続いたのか、千代子は覚えていない。時間の観念はまるでなかった。飛び出そうとして思い止まったのは、この前の時ほど凄まじくなかったからである。それにこの前と違って助けを呼んだ訳でもない。

突然何か重いものが倒れるような音がした。それっきり辺りは静かになった。それが何を意味するのか千代子には判らなかった。文字通り浮足立った風情で、阿呆のように隣家の物音をきき取っていただけである。

静寂を破って乱暴に扉を閉める音がした。慌しく階段を馳け降りる足音……。

千代子は隣家の戸口に出た。扉には鍵が掛っているらしく、押しても開かなかった。彼女は足音のした方へ降りて行った。前の道を黒い影が走った。一瞬外灯に照らし出されたのは小柄な姿だった。それはすぐに視界から消えた。

千代子は咄嗟にどうすべきか迷った。何かが起こったのは確かである。首藤家へ取って返すか、管理人を呼ぶか。だが次の瞬間、脳裡を掠めたのは三日前の無人踏切だった。千代子は夢中でその方へ走った。判断を下す間もなく、行動が先に立った形だった。

踏切には紅い終夜灯がついていた。遮断機は下りていず、車の影もなかった。千代子は一応立ち止まり、注意深く周囲を見廻わした。遮断機に倚りかかるようにして女の姿があった。化石したような後姿を見ると、千代子は安堵の余り足が震えた。

「首藤さん？」

興奮したかすれ声で彼女は呼んだ。女は振り返った。安子は一瞬、きょとんとした顔で相手を眺めた。その妙に間延びのした表情が、精神状態の危惧を暗示した。突然、安子は唸るような奇声を上げて、その場にしゃがみ込んだ。「えっ、えっ」という奇怪な声が洩れた。それが泣き声だと気付いたのは、側に寄ってからである。

「どうなさったんですか」

千代子は訊ねた。相手は鮮かに両手を放して立ちあがった。涙の跡はなく、顔だけがべそをかいている。

「姑を殺しました……」

「え？」

反射的に千代子は問い返した。がその実、相手の言葉ははっきりとききとり取っていた。

「姑を殺しました」

再び明確に安子は答えた。千代子は暫く、茫然と突っ立ったままで相手を見据えていた。不思議に驚きはしなかった。何となく、その言葉をきくためにここまで追って来たような気さえした。

「殺す積りはなかったのです」しゃくり上げながら安子は言った。「姑はまず本を忘れた事で怒り出しました。そして夕食がまだ出来てないのに気付くと、どこかへ行ったのかときくのです。それからだんだんおかしくなって、逃げる気なんだと言い出して……またドンチを……止めようとしたのです。アパートの人に知れたら、今度こそ警察沙汰になると……。どんな風にしてあれをもぎ取ったのかも覚えておりません。気が付いてみると、あれで姑の顔を……」

再び両手で顔を覆うと堰を切ったように泣き出した。千代子は言葉もなく泣き叫ぶ彼女を見守った。やがて安子は機械のようにぴたりと泣きやんで千代子を凝視した。巍然《ぎぜん》とした顔だった。

「お願いです。何も御存知ない事にしてこのままお帰り下さい。私を可哀そうだと思って下さるんでしたら……」

千代子は無言で激しく頭を振った。みすみす自殺すると判っているものを見殺しには出来ない。

「どうせ生きてはいられないのです。あの時、私は死ぬべきでした。親殺しです」

千代子は殺害の現場を見た訳ではなかった。だが少くとも物音はきいている。三日前と同じような物音だった。安子が姑の兇行を止める言葉もはっきりと耳にした。それに対するふさの罵声もだ。この前の時より騒ぎが少いように感じたのは、安子が助けを呼ぶのをさし控えたからに違いない。それら何かが倒れる音がして物音はやんだのだ。だが果して人間はそれほど簡単に死ぬものだろうか。

「貴方、早合点なさったのじゃありませんか」落着きを取り戻して千代子は言った。殺したと思い込んでいたのが、単に浅手を負わせただけだった……という風な小説を読んだ記憶があった。「案外今頃、お姑様は息を吹き返していらっしゃるかもしれませんよ」

だが安子は子供が駄々をこねるように、続けざまに首を横に振った。

「殺しました。本当です」

「万一、本当に殺してしまったとしても」と千代子は叱咤するように言った。「貴方の場合は正当防衛ですよ。殺さなければ反対に殺されたかもしれないんですもの。皆も知っていますわ。とにかく、一度帰りましょう。ね？　貴方の部屋を覗いてみてそれからの事は皆で考えましょう」

　安子は案外素直に同意した。


　現場を見るまでは、千代子は殺人の意味を完全に理解してはいなかったようである。安子に代って鍵を開け、中に一歩踏み込んだ途端、彼女は卒倒しそうになった。我れ知らず上げた悲鳴が物凄く耳朶を打った。たった今まで安子の身の上を案じたり、したり顔で意見を下したりした事が単なる空論に過ぎなかったのを悟った。

　彼女はふさを詳さに見る勇気はなかった。生理的に不可能だった。彼女が見たのは血の海の中に漂うような死骸だった。顔面を真っ向から打ち割られたとは、後できいた事である。それを見た途端に彼女の意識は朦朧となった。だが一瞬間の不可思議な視覚の働きに依って、ふさがいつかのウールの単衣を着ていた事だけが目に焼き付いた。

　彼女は戸口に馳け寄って無様に嘔吐し始めた。耳元で獣じみた絶叫をきいた。彼女は無意識にその方へ倒れかかった。管理人だった。彼は訳の判らぬ言葉を断片的に口走りながら、形式的に千代子を支えた。

　その間、安子がどうしていたか、まるで記憶がなかった。ただ自身の生理的な苦痛だけが意識にあった。


　安子の姑殺しは正当防衛との見方が強かった。目撃者こそなかったが、過去の実績と周囲の状況がそれを暗示した。アパートの住人は口を揃えて正当防衛を支持している。当夜の唯一の証人と見られる千代子は、加害者の驚くべき忍耐と、ふさの狂乱の様を刻明に述べた。安子が彼女に語った夫に関する打ち明け話の内容も、捜査の結果とほぼ完全な一致をみた。俊夫の失踪には明らかに女の連れがあるようだった。福岡で彼が失踪したと思われる時期に、行きつけの飲み屋の女が姿を消している。二人が一緒だと見做すのは極めて自然であった。それにしてもこれだけの騒ぎが起っているにも拘らず、今以て俊夫は姿を見せなかった。それが不審と言えば言えたが、病気の母親の金を持ち逃げするほどの男なら、あり得ぬ事ではない。

裁判で安子が無罪になる公算は大きいと見られた。だが千代子にはそれを虚心に喜べないものがあった。安子のために極力弁護しながら、一方では彼女に寄せる嫌悪を押え兼ねていた。別段、彼女に疑惑を抱いた訳ではない。あの凄惨な現場を目撃したせいである。地獄絵さながらの状景が、彼女の気持を攪乱したようであった。あのような行動を起こした相手が、たとい安子であろうと承認出来ない何かがあった。理屈や倫理とは無関係な生理上の嫌悪に根ざしていた。それが安子から気持を遠ざけた理由のように思われた。あの惨事に対して安子が罰を受くべきだと考えた訳ではない。惨事を引き起こした彼女に対して、現場で受けたと同じような嫌悪を抱いたのである。それは千代子の人生観を覆すほどの威力を持った。

嫌悪と衝激の中で、彼女は梲《うだつ》の上がらぬ夫を想った。エリートコースに背を向けた貧相な夫の周囲に血の臭いはなかった。生存競争で鎬《しのぎ》を削らずに済むという事ほど、確かな保障はないような気がした。夫とこのまま円満に離婚すれば、終生保護もなくこの怖ろしい世間に置き去りにされるのだ。それを思うと、彼女は俄かに孤独の恐怖を感じた。

裁判を待たずに、彼女は人吉へ発った。

山奥の暮らしは彼女の想像を絶した。自然の猛威というものに生れて始めて直面した感じだった。だが次第に彼女は何も感じなくなった。都会の生活を恋しいとも思わなければ、現在の暮らしが幸せとも思わなかった。

土着の農家で彼女はドンチを見た。彼等はそれを有利な道具として用いていた。易々と薪を割る頑丈な手を見ながら、自然の猛威に身を晒している農民と、文明生活にゆだった都会人との断層を感じた。

この頃、彼女の元に予想外の来客がなかったならば、おそらくそれ以上に考えを押し進めようとはしなかったに違いない。客は男で、しかも三人連れだった。その中の一人は歯切れの良い標準語を話した。警察手帳を見せられる前から、千代子は彼等が刑事だと悟った。直感のようなものだった。

「随分……また田舎へ引っ込まれたものですね」東京弁の刑事が辺りを見渡し、実感をこめて言った。その顔に見憶えがあった。「東京からいきなりここでは、何かと不便でしょう」

「それはもう……」

「今日来ましたのは、もう一度事件当日の話を詳しくききたいと思いましてね」

「いよいよ裁判が始まりますの？」

千代子は訊ねた。

「いや、もう一度捜査をし直すのです」

「は？」

咄嗟には相手の言う意味を解し兼ねた。

「あの事件にはいろいろと不審な点があって」穏和な表情が消えて、典型的な捜査官の顔になった。「それでもう一度始めから調べ直している訳です」

「と申しますと？」

刑事はそれには答えず、内ポケットから写真を取り出した。初老の女の顔写真だった。この辺でいくらでも見かけるような、平凡な農婦の顔である。元より彼女の記憶にはなかった。

「首藤安子を虐待していたという、ふさというのはこの人でしたか」

写真を見詰めながら、刑事の鋭い視線を感じた。千代子はふさの顔をはっきりとは覚えていない。はっきりと見た事がないという方が正しいかもしれない。だがこの際、顔を見たとか見なかったとかいう事は微細な問題に過ぎぬように思われた。連日のように金属的な罵声を浴びせ、ドンチを振り廻わしたあの女が果してふさであったかという疑問自体が決定的な課題ではないのか？

胸の中に熱の固まりに似た物が突き上げてきた。なぜあの日、安子は週刊誌を買いに書店まで走らせたのか。なぜ三日前と同じように助けを呼ばなかったのか。なぜ三日前と同じ踏み切りに走ったのか。それよりもまず、なぜふさは急に嫁いびりを始めたのか、なぜアパートの住人と顔を合わせぬようにしていたのか。幾多の疑問が目まぐるしく脳裡を駆けまわった。

「どうですか？」

刑事の促す声が空虚《うつろ》に響いた。

「私……あの人の顔をよく見た事がなかったものですから……」

「皆もそう言っていますがね、しかし犯行の三日前ですか、ふさが兇器を振りまわしたので安子が助けを呼んだ。それで皆が止めたという事でしたが、少くともその時はふさの顔を見た訳でしょう」

「ええ。あの時は……」千代子はぼんやりと答えた。

「でもあの時は形相が変ってしまって……それにすぐ顔を隠してしまって……」

突然何かが閃めいた。千代子はその実体を捕えようと躍起になった。刑事が何か言いた気に身動きした。彼女は思考を乱す相手の発言を封じるように手で制した。

あの時ふさは袂で顔を隠していた。だが自分は確かに見たのである。頑丈そうな体に似合わぬ華奢な手を。あれが毎朝ドンチを振い、土をいじってきた農民の手であったろうか。

「でもあの人……ひどくきれいな手をしていましたわ」

その意味を検討するより早く、彼女は言った。刑事は目を剝いた。

「ふさの手がですか」

「ええ。袂で顔を隠した時、私見たんです」

「きれいな手というと」刑事は鋭く言った。「つまり百姓の手ではなかったという事ですか」

千代子は頷いた。刑事は暫くの間、まじまじと彼女を見詰めた。一種のショックを感じたようであった。

「ときに」やがて彼は言った。「安子がこんな風の婆さんと一緒に居る所を見た事はありませんか」

「あっ！」

反射的に千代子は小さく叫んだ。

ここの朝刊は昼頃に配達される。首藤安子とその実母に依る計画的な首藤ふさ殺人事件の記事を、千代子は丹念に読んだ。だが新聞よりも詳細を極めた報告は、かつての隣人である殿村令子に依って齎《もた》らされた。以下はその手紙の内容である。

〝首藤安子と彼女の実母が、ふさ殺しの容疑者として逮捕された事はすでに御存知と思います。その結果、肝っ玉が引っ繰り返るような事実が判明しました。首藤安子は名目上は行方不明の母親と計って、夫の俊夫を殺していたのです。今度の呆れ果てた尊族殺しの源となっているのがこれなのです。

安子はふさの入院中に俊夫と口論した揚句、実母と二人して絞め殺したと述べております。理由はまだはっきりしません。安子が全部自供している訳ではないからです。目下、はっきりしているのはふさが農地を売った金（金額もまだ判りませんが、かなり纏って持っていたのは確かです）が絡らんでいる事、行方不明と言いふらしている実母と行き来した上、その金を自由にしていたのが俊夫に見付かったらしいという事です。あるいは他に男が居るのではないかとも考えられておりますが、まだその存否は明らかではありません。

俊夫を殺した後、彼女は実母と計って近頃流行りの蒸発に見せかけようとしたのです。そのために行き付けの飲み屋の女まで殺したというのですから、呆れた話です。従って俊夫の失踪が駈け落ちだと推測されたのも無理はありません。そんな噂を拡げておいて、俊夫を探しに行くという口実で大金（俊夫が持ち逃げした事になっている）を持って上京、そのまま行方を晦ます魂胆だったようです。

ところが思いがけない誤算が生じました。入院中のふさが退院したのです。ふさは子宮癌の宣告を受けていたそうですね。それも高齢なので手術は出来ないと言われていた。ですから安子にしてみれば、退院する時は棺に這入ってるに違いないと踏んだのでしょう。とにかく、人を二人も殺している以上、ふさが死ぬまで待っている事は出来ないという焦りがあったのか、時期を見て二人は上京したと言います。

一方、ふさ（ふささんと呼ぶべきですが）が息子の失踪や嫁の上京を知ったのがいつだったかはっきりした事は判りませんが、安子が吹聴していた退院後よりは早かったようです。果して安子が言うようにコバルトで治癒したかどうか、この点は医者にも断言出来ないそうです。一応治癒したように見られた処へ、ふさが息子の失踪を打ち明けて退院を望んだというのが医師の話です。ですからあるいは気の毒な被害者は遠からず死ぬ運命にあったかもしれません。退院したふさは安子に宛てて、居場所を知らせよという新聞広告を出した由、それがふさの命取りになった訳でした。

安子にとって一番危険なのは姑のふさが動き出す事でした。このまま、行方を知らせなければ、公けの機関に訴えても捜査するかもしれない。そうなればおそらく俊夫の失踪も刻明に調査されるのではないか。ふさが新聞広告を利用した事が、そうした危惧を呼んだと自供しております。そこで二人が考えたのはふさの抹殺でした。安子は姑に手紙を送り、上京を促しました。そしてふさもまた上京する旨の返事を受け取ると、まず二人はこのアパートへ住居を移したのです。ここを選んだ理由は申すまでもありますまい。私達は他人の私事に興味を持たないものです。没交渉という条件にこのアパートが叶った訳ですね。もっともこちらへ引っ越した時は、まだ具体的な抹殺法を考え付いた訳ではなかったようです。単に善後策を練るという程度ではなかったんでしょうか。

一方、上京したふさには巧い事言い繕って別の場所に宿を取るようにさせました。しかも宿を転々と変えさせ、宿の者に彼女の印象を残さないように仕向けたとか。従ってふさが殺された後も、彼女が居なくなった事に気付いた者は居なかったと申します。何しろ安子という女は、中学を出たすぐから水商売に飛び込んだ海千山千のしたたか者です。田舎者のふさを丸め込むのは赤子の手をひねるようなものだったに違いありません。

ふさへの連絡係は実母が勤めた由ですが、一つにはアパートを外にして我々と顔を合わせないため、一つには安子が本物のふさと一緒の所を人に見られるのを防ぐためだったようです。ところがある時、ふさは禁を破ってアパートを訪ねて来たそうです。理由は安子にも判らないようですが、ともかく、これは危険な事でした。その夜は母子はその事で口論したと申します。ふさを抹殺するに合法的な手段に訴えようという大胆な計画を立てたのは、その日が始めてだったとか。どちらが先に考え出した事かはまだ判然としません。目下、お互いになすり合っている由ですから、母子と言え浅ましい限りです。

確かその夜だと思いますが、私も姑に化けた実母が安子を罵しる声をきいた記憶があります。何しろ真夜中の事でしたし、それまでは実の親子だと思い込んでいたのが嫁姑の間柄だったときかされたので、私もよく覚えております。このようなお膳立ての上で、実母は鬼のような姑を、安子は従順な嫁の役を演じる事になりました。しかも姑役の実母は、我々に顔を見せない声優のようなものでした。にも拘らずふさの顔面をドンチで砕いたのですから、よくよく用心したものでしょう。

いよいよ事件の核心に近付きました。犯行の三日前の事を、貴方もお忘れではありますまい。あれは午前十時頃でしたろうか。まだ私は寝床に這入っておりました。安子が貴方に向って助けを呼ぶ声で目が覚めたのでした。姑のふさがドンチを振り廻わし、安子が逃げ廻わっていたのをはっきりこの目で目撃しております。勿論貴方もです。アパートの人々皆が、あの時ふさを警察へ突き出すとまで息巻いた状景がまだ鮮明に脳裡に焼き付いています。ふさがドンチを振り廻わした理由というのが（貴方には悪いのですが）、安子が貴方にすすめられるままに別れ話を切り出したからだと言うのですから、随分ふざけた話ではありませんか。もっとも理由等はどうでもよかったのでしょうがね。ともかく、安子は姑にドンチで殺されかかったという実績を作れば事足りたのですから。

　いよいよあの兇行の日の事をお話ししましょう。まず安子は我々が勤めに出た後の空《から》同然のアパートへ、本物のふさを連れ込みました。貴方には姑と一緒に帰って来たのだと語ったそうですがね。言ってみればそれは真実であった訳です。しかし我々の知る偽のふさは最初からあの部屋に居たのです。二人して本物のふさの自由を奪ったのが、貴方を訪ねて週刊誌を買いに走らせる前なのか、後なのか当の安子も覚えていないと言っています。しかし私の考えでは貴方を追い出した後ではなかったでしょうか。病気上がりの老人とはいえ、少し位は抵抗もしたでしょうし叫びもしましょう。隣室の貴方にそれをきかれるようなへまはやらないと思いますから。まあ、そんな事は些細な問題ですが、要は物音をきかれる怖れがある貴方を本屋まで走らせた事、その間に自由を奪った上猿轡《さるぐつわ》を噛ませたふさをドンチで殺した事、これが真相なのです。本当の殺人は貴方の留守に起っていた訳ですよ。

　ふさの断末魔の声は元より、ドンチの音にも管理人は気付かなかったと言っております。そうやってふさを殺した後で、二人は狂言の喧嘩を始めています。郵便受けに雑誌が投げ込まれたのを合図に、今度は格闘の真似事……。しかし三日前のように助けを呼ぶ訳にはゆかなかった。中には死骸を入れて二人の老婆が居たのですからね。この前のように他人に覗かれては困るのです。そうしていい加減の時期に安子は戸外へ走り出ます。行く先は無人踏切り。自殺を止めるべく追って来る貴方を誘導するために。そしてその隙に偽のふさが姿を晦ますために。これが正当防衛を装った姑殺しの真相です。

　しかしながら所詮は女の浅智恵だったようですね。一旦疑惑を持って徹底的に調べられたら、一たまりもありませんでしたよ。疑惑の第一はまず常軌を逸したふさの鬼婆振りでした。ふさの昔を知る人は信じられないと証言しています。安子は病気で人が変ったのだと弁解していたようですが、それにしてもある夜から突然鬼婆に変ったというのは頷けないという訳で、たまたまその日に安子が老婆と連れ立って歩いていたのを見た人がおりましてね、それが何者かを追求されたのが発覚の発端だったそうです。それに今一つ、偽のふさはひたすら顔を隠す事に気を使って、労働を知らないきれいな手を隠す事を忘れていた、という決定的な証拠も後ほど現われています。疑惑の第二は安子の、これまたあまりに従順な善女振りが過去を洗って行く裡に不自然に思われた事。第三はこれだけの騒動が起ったにも拘らず、俊夫が出頭してこない事、考えればおかしな事ばかりです。

つまりはこれだけの大芝居を打つには、日本は些か舞台が狭過ぎたという事でしょうか。俊夫と例の不運な女の死骸が発見されるのも時間の問題でしょう。しかしながらこんな事が判ってみますと、私も貴方のように人里離れた所へ逃げ込みたくなりました。人は見かけに寄らないと申しますが、今度という今度はつくづくそれを痛感しました〟

千代子が夫並びに姑殺しの公判に関する召喚状を受け取ったのは、それからひと月の後である。だがその時になっても千代子にはまだ信じられなかった。あの可憐で婦徳の見本のような安子が、怖るべき殺人鬼であったとは……。

誤殺

1

会場の椅子は半数以上埋まっていた。説明会の開始まで十五分ほど時間がある。入居して三カ月、D団地の居住者にとって最後の説明会である。すでに顔馴染みになった者もあるらしく、そこかしこで親し気に話が交わされている。和やかな雰囲気であった。これまでに幾度か味合った抽選会の空気とは明らかに異っていた。説明が終った後で正規の権利書が支給され、名実共に自分の持家になる訳だ。満ち足りた雰囲気が溢れているのも無理はなかった。

開始を待つ間にも、人々は絶え間なく詰めかけた。今野三郎は浮き立った気分で、見るともなく集い来る隣人の群れに目を向けた。圧倒的に女が多い。予想したよりも平均年令は若いようである。天神からバスで四五十分という辺鄙の地が、高齢者に敬遠されたのかもしれない。よくまあ、こんな狐の出そうな所に……。新居を訪ねた母親が呆れたように呟いた言葉を思い出した。しかし今野にとって、マッチ箱さながらの分譲住宅はまさに一城に価した。僻地であろうと問題ではない。結婚三年目にして自分の家を手に入れた事自体、彼には夢のようだった。何よりもまず家賃の重圧から解放されたのだ。今の時代に庭付きの家を持てるなんて、並みの人間に出来る事ではない。彼の心に蟠《わだかま》るものは何もなかった。劣等感に苛まれ、世間に対する疎外感に打ちひしがれた過去は悪夢のような別世界でしかない。今は妻や子や、そして自分の持家に至るまで何から何まで揃っている。真っ当に暮らして行きさえすれば、現在の至福が乱される怖れはなかった。

頻繁だった人の足が跡絶えた。大方が着座したらしい。彼は意味もなく会場を見渡し、機械的に入口へも目をやった。また一人這入って来る。女だった。髪をアップに結い上げ、小ぎれいな和服を着ていた。裾が乱れて赤い蹴出しがほの見えた。間際になってあたふたと馳け付けた風情であった。女はちょっと足を止めて空席を物色するように周囲を見廻した。三十か、出てもせいぜい一つか二つ、まだ半ばには達していまい。丸顔で目が大きく少々おでこである。そのせいか愛嬌あり気に見えた。女の視線が一瞬そちらを向いた今野の上に止まった。偶然目が合ったに過ぎない。女はすぐに目を外らし、有り合う椅子に腰を沈めた。

今野は息を呑んだ。即座には何も感じなかった。恐怖に見舞われる前の空白状態が暫く続いた。戦慄が襲ったのは、女が視野から消えた後だった。

あの顔だ。見間違いではない。この五年間というもの、幾度あの顔を記憶の中で反芻してきた事だろう。あの残影が実体となって目の前に現われたのだ。おでこの愛嬌のある丸顔は、嫌応なく唯一の汚点となった暗い過去を引きずり出した。一瞬の間に悪夢の別世界は同じ次元に引き戻されたのである。

五年前、彼は人を殺した。恩も恨みもない赤の他人をである。その事件は今もって解明されていない。だからこそこうして白昼堂々と人中を歩けるのだ。

当時、今野は就職したばかりで不安定な心境にあった。何かしら決定的なミスをやらかすのではないかという不安が常に付き纏っていた。その矢先に、致命的というほどではないが失策を犯したのである。課長にかかってきた電話を受けたのが彼であった。課長が席を外していたため、こちらから電話をすると断って切った。こんな場合にはそうすべきだときかされていたからだ。ところが彼は肝心の相手の名前をきくのを忘れてしまった。新入社員にありがちなミスであった。自分から名乗らなかった相手にも非がないとは言えないが、応待した彼の責任には違いなかった。幸い取り引きに支障を来たす相手ではなかったものの、失策は失策である。当然の事に課長は叱責した。苛酷な叱り方だった。虫の居所が悪かったのかもしれない。他の社員であっても同じように罵しったに違いない。たまたまそれが今野だったというだけの事である。だが彼はミスをしたのが自分だったから不当に責められたのだと解釈した。対人関係には人一倍臆病な男だっただけに、一層そんな気がしたのである。その時、同僚の誰かが慰めの言葉をかけてくれていたら、幾分彼も救われたかもしれないが、人々はそんな些細な問題を気にも止めなかった。誰しも一度は通らねばならぬ関門である。それに課長は元々感情的な男だった。部下を怒鳴り散らすのは珍しい事ではなかった。彼等は空気のようにきき流したに過ぎない。ところが今野は同僚の無関心を無慈悲と取った。皆が課長に味方して自分を責めているように思われた。自分以外の才走った魅力のある男だったら課長もああいう叱り方はしなかっただろうし、叱責されたとしても誰かが労わってくれたに違いない。これまで彼を苛み続けた疎外感が、ここまでも付き纏っているのを感じた。今に始まった事ではない。小学校に入学した当初から、疎外感が彼に付き纏ってきたのである。小学校から大学を通じて、彼には友人が出来なかった。皆が彼を一段低く見ていた。少くとも彼はそう信じていた。彼と二人きりの時には親し気な口を効いても、別の誰かが加われば彼は無視された。彼でなければならぬという安定した席を提供してくれる者は居なかった。甚しきは彼と対等に話し合っている所を他人に見られるのを、羞じる素振りさえあった。たまたま彼を対等に引き立ててくれる者があったとしたら、金を借りるとか講義のノートを写させてもらうとか、何かしら利用する目的に限られていた。こうした半端物的な存在は十六年の学生生活を通じて一貫した。悪口を言われる事はなかったが、それだけの価値もないからだった。皆が彼を無視した。でなければからかう楽しみのために取っておいた。

見た所、彼が他人に馬鹿にされる理由は判らない。容姿も人並みなら頭も悪くはなかった。現に彼は県下でも一流の大学を出ている。それもストレートでパスしたのだから、成績は上の部だったと言える。従って学友の仲間入りをしようと思えば出来たはずである。事実、近付きになろうとした者も居たが永続きしなかった。彼がそう仕向けた訳ではなく、相手の方から離れて行ってしまうのだ。彼にとって話しかけてくれる友達は貴重だった。だから彼なりに友情を哺《はぐく》もうと努めはしたが、彼が努めれば努めるほど相手から敬遠される結果になった。そうした彼の執拗振りを、学友の一人は悪女の深情けと呼んだ。どことなくそうした隠湿な雰囲気があったようである。人並み以上の成績を上げながら交友関係に関しては幼児並みのレベルしかない、一種片輪な成長を遂げていたと言える。新しい友人が彼の胸襟を窺っては去る度に、今野は自信を失い劣等感を蓄積した。彼がトップクラスの成績を上げるか、何かしら傑出した才を備えていたらこうした疎外感を昇華させる事も可能だったかもしれない。だがある程度の席次を確保したというだけの平凡人にとって、共同生活の中の孤独は堪え難かった。単に友達がなくて淋しいというより、誰にも相手にされない事が打撃だった。

こんなふうになった原因ははっきりしている。最初の出だしが悪かったのだ。小学校に入学した時から彼は友達の中に這入って行けなかった。それが今に至るも尾を引いているのである。原因は両親の、分けても母親の過保護にあった。彼は男ばかりの三人兄弟の末で、すぐ上の兄とは十二歳離れていた。十三年目にひょっこり生れた訳だ。暇を持て余した母親はやたらと彼を溺愛した。暇に任かせていじくり廻わしたという方が当っている。その影響は小学校に這入って現われた。母親は連日のように授業を参観し、休み時間にまで息子に付き纏った。授業中も机の傍にへばり付いて、鉛筆の持ち方から発表の仕方にまで嘴を入れた。雨合羽をかける場所がないのを知ると、釘と金槌を持ち込んで息子専用のかけ場所を作った。そうした親の仕打ちが悪童達の軽蔑を買ったのは当然である。彼が母親の干渉に抵抗を感じるだけの根性があったら、もっと早い裡に善処出来たかもしれないが、彼はむしろ母親の付き添いを喜んだ。たまに母親の姿が見えないと、不安のあまり何事も手に付かなかった。過保護は習性になり、親子共に脱皮する機会を失った。彼を友人から引き離し、孤独に追いやったのは母親だったと言える。もっともこんな子供は例のない事ではない。だが大抵は何かのきっかけで脱皮するものだ。その揚句、小学生当時のお前は泣き虫だったが……と笑い話を交わす友人に恵まれるのである。ただ彼にはそのきっかけが摑めず、ずるずると最初の半端物的な存在が持続されたに過ぎない。不幸な事に、彼自身それに気付かなかった。中学高校と進むにつれて、彼は自分がよく人に嫌われ馬鹿にされるように生れついているのだと信じ込むようになった。それが不当に卑屈な態度となって学友の蔑視を浴びるという悪循環を繰り返したようである。

その日は一日中気が晴れなかった。差恥と屈辱とで身の置き所もない思いだった。課長に怒鳴られた時、傍目に最も無様な態度で接した事を思うと、改めて憤りと自己嫌悪に苛まれた。これで会社における自分の立場は決ったようなものである。小学校の入学式で母親から離れるのを嫌がって泣きわめいたのと同じだった。課長に罵しられた事と、その時取った無様な態度とが招いた衆目の蔑視は、ここに居る間中付いて廻わるのだ。自分がミスを犯した事や課長の激怒を買った事よりも、同僚の蔑視を浴びた事の方が彼には応えた。

ところで彼の人生を狂わした出来事は退社後に起った。電話のミスと同様、若干の非は彼の方にあった。会社から家まではさほど遠くない。通勤は電車だったが歩いて帰れない距離ではなかった。自然の成り行きのように彼は歩いた。家に帰り着くまでに気分を整理しなければならないと考えたからだ。屈託あり気な顔を母親が見逃すはずはない。執拗にきき糺されるのは判り切っている。考えただけでもやり切れなかった。一つには元々乗り物を利用するのが嫌いなせいもあった。電車やバスでは誰でも赤の他人と顔を突き合わせなければならない。それが彼には苦痛だった。

朝から曇っていたのが、帰りには小雨がぱらつき出した。不景気な雨が一層気を滅入らせる。母親が強引に押し付けた傘を開くと、彼は線路伝いに歩いた。夕暮れ時に電車道を歩いているのは彼だけだった。わざと帰宅時間を延ばした事が却って心痛を深刻にした。課長の叱責に対して媚るように微笑んだ無様な顔を反芻した。媚るような笑いを浮かべるのが彼の癖だった。折檻を予期した子供が腕を前に出して反射的に身構えるのと同じように、都合の悪い事があるといつも彼は弱々しく微笑む。女の腐ったような振る舞いだ。しかも彼の笑顔が容赦を招いた事はなかった。それだけ一層無様な仕草に見えた。彼は舌打ちし、口の中で自分を馬鹿にした課長と馬鹿にされるがままになっていた自分を罵しった。

決定的な事件はその直後に起こった。前触れもなく、彼は右手に激しいショックを感じた。異様な轟音と共に持っていた傘が飛んだ。すれすれに通った電車が傘をかすったのだと気付くより早く、彼は反射的に叫び声を上げた。恐怖感はなく、生理的に悲鳴が洩れたに過ぎない。線路の際を歩いていた事に気付いたのはその直後だった。怪我をした訳ではなかったし、彼自身それほど危険な立場にあったとは思わなかった。傘を拾うと再び彼は何事もなかったように歩き出した。

ところが二三十メートル走って電車が停った。彼が不用意に発した叫び声で急停車したのかもしれない。その事自体彼には思いがけなかった。更に思いがけない事に、わざわざ車掌が降りて来た。三十年輩のひょろ長い顔の男だった。胃腸病みのように青黄色い不健康な顔色をしている。元々そんな顔色なのか、今の一件で蒼ざめているのか判然としない。今野は相手がすぐに立ち止まり、

「大丈夫ですか……？」と声をかけるのを予期した。しかし車掌は立ち止らなかった。彼は不自然なほど緩慢な歩みを続け、無気味な沈黙を守って今野に近付いた。色褪せた紺の制帽の下から、無表情な目が凝固したように今野を睨んでいる。彼は恐怖にかられた。危険な立場を認識したからではなく、X鉄道の従業員の典型といった相手に対してである。彼のすぐ前で車掌は立ち止まった。その妙に落ち着き払った物腰が、一層彼を怯えさせた。

「すみません……」と彼は言った。

車掌は黙って彼を睨んだ。今野の顔に例の媚るような微笑が浮かんだ。

「ちょっと考え事をしていたものですから……」

「考え事はあんたの勝手だ」言葉尻を摑んだ事で怒りが爆発したらしい。相手は威丈高に怒鳴った。「お客さんが怪我でもしたらどうする積りだ？」

「怪我をなさったのですか？」

「怪我をしたらどうするかと言ってるんだ。一体お前は線路を何と思ってる？　線路に這入り込んできて、お前が死んでも自業自得だろうが、俺達はどうなる？　あ？　どうなると思ってるのか？」

今野の五体が小刻みに震え始めた。悪事が露顕した者のようだった。どうしたらいいのか……。彼は言葉もなく怯え切った目を相手に注いだ。そうした彼の無抵抗が車掌の嗜虐をそそったようである。

「お客さんに……」と彼は断定的に言った。「謝まってきなさい」

その一言が今野に取るべき道を開いた。車掌の命令が唯一の解決策であるような気がした。暗示にかかったように彼は停っている電車の方へ走った。戸口から窓から、乗客の顔が鈴なりになってこっちを見ていた。

「どうも御迷惑をかけて……」彼は叫んだ。「お客さん……申し訳ありません」

彼は戸口に居る二、三の乗客の顔をまともに見て言った。はっきりと自分の言葉をききながら、それを他人が喋っているような気がした。乗客の顔が綻《ほころ》びた。続いてくすくす笑う声が拡がった。運転席の下に降りていた運転手の顔にも、半ば和やいだ微笑が浮かんだ。車掌はふん切りが付いたように彼の横を通り過ぎ、捨て台詞と共に乗車した。すぐに発車の合図があり、みるみる電車は遠去かった。彼は暫くの間、呆けたようにその場に佇んでいた。全てが夢の中の出来事のように朦朧とした。

我れに返った時、彼は五体ががくがく震えているのを感じた。顔面には感覚がなく、痛烈なびんたを喰らった後のようだった。やがて呆けた脳髄にゆっくりと感情が蘇った。心臓が激しく波打ち、暫くは息苦しさに堪え難いほどだった。彼は未だかつてこれほど激しい感情に支配された事はなかった。全身が炎に包まれたようだった。これを単なる憤りと呼んでいいのか、彼自身にも判らなかった。燃えるような激情の中で彼は自問した。

「なぜ、奴の言うままに乗客に謝罪したのか？　なぜあんな奴に許しを乞うべく笑ってみせたのか？」

あの時の心境は自分でも謎であった。はっきりしているのは、もしも他の男だったら車掌もあれほど高飛車な態度は取らなかったに違いない、という事だけだった。最前までのみじめな気分は影をひそめた。課長や同僚の存在は遠く稀薄なものになった。今度は乗客の前に頭を下げた自分のみじめさを反芻するゆとりはなかった。熱の塊りが彼を包み、発狂しそうな昂ぶりを自分でも持て余していた。

彼がどれほどのショックを受けたかは、その日に原因不明の発熱をした事でも知れる。人相が変っていると母親は言った。しかしその時、咄嗟にあの車掌をどうにかしようという気が起った訳ではない。彼自身、憎悪や憤りを意識したのは翌日になってからだった。それまでは苦痛はむしろ肉体的なものに止まっていた。

これ以上許しておく訳にはいかん。断固として彼は決意した。彼にとって車掌は単に一度の侮辱を加えただけの、行きずりの男ではなかった。訳もなく自分を疎外し嘲笑してきた世間の奴の具象であった。しかも車掌は彼に対して致命的な失敗をやった。彼を罵しるに、お客さんを引き合いに出した事である。彼の言ったお客さんは、世間の庇護と好意を受けている良い子達に他ならない。今野を刺激するのにこれほど効果的な引き合いはなかった。彼は無性にあの車掌が憎かった。一矢報いてやらずには治まらない気持だった。彼はこれまで他人に報復を試みた事はない。撲られたら撲り返せ。いつも泣かされて帰る度に、勝気な中の兄が歯ぎしりして言ったものである。あの車掌は彼の人間性を剝奪した。だから今度はこっちが奴の人間性を剝奪してやるのだ。どこに不合理があろう。彼は漠然とした報復を胸に抱いた。

2

彼と同じ営業課に居る藤井春彦は、計らずも他の乗客と同様一件を目撃した。勿論今野が車掌に叱責された揚句、乗客に謝まる姿も見ていた。車掌の処置が苛酷であり、乗客にまで謝まらせるのは筋違いだと思った。だが乗客の立場として、彼の受け取り方は今野とは多少違っていた。今野の傘が車両に触れ悲鳴が上がった時、彼は車掌の顔が見える位置に居た。今野が触れたのは後方の車両であった。その瞬間、彼は車掌が狼狽のあまり顔面蒼白になったのを見た。事故が起った以上、責任は免かれない。従業員としては当然の危惧だった。彼が不当な処置を取ったのもつまりは仰天させられた揚句の癇癪だったに違いない。彼は傍観するよりなかった。しかし今野がわざわざ謝罪に来たのは意外だった。自分だったらおそらく卒直には謝るまい。もしかしたら理詰めで車掌に逆ねじを喰わせたかもしれない。今野が大声で謝罪した事で、乗客の間には和やかな空気が流れた。乗客は笑ったがそれは好意からだった。青年の卒直な謝罪は見ていて感じの悪いものではなかった。その時、彼は今野という新入社員を見直す気になった。

彼は翌日今野に会った。ひどく顔色が悪い上に、顔付きまでが変って見えた。昨日の電話の件にまだこだわっているのかもしれない。入社したての頃にはあり勝ちな事である。彼が今野に言葉をかけようという気になったのは、昨日の電車の事があったからだ。あれがなければ大して関心も持たなかったに違いない。

昼休みになると、今野は自席で弁当を拡げた。近くの席の者は外食に出て、彼だけがぽつんと残されている感じだった。彼は菜を挟んだ箸を浮かせて、ぼんやりとあらぬ方を眺めている。何かしらある物に心を奪われているといった感じさえした。課長に責められた事がそんなに応えているのかと思うと、少々不愍でもあった。乗客に笑顔で謝まったような無邪気な男だけに、一層不愍をそそられたのかもしれない。彼は出前の焼飯を早々に片付けると、新入りの横に座った。

「いいかね?」

彼は断わるように椅子を目で示した。

「は?」今野は弾かれたように顔を向けた。

「はあ……どうぞ」

意外そうな顔だった。話しかけられる事に慣れていないようである。

「昨日は危い所だったね」

藤井は言った。電話の事には触れない積りだった。今更痛い所を突かれるのは彼だって嫌に違いない。今野は訝し気に目を見張った。

「電車に弾ねられそうになったろう?」彼は言い添えた。「俺はあの電車に乗っていたんだよ」

瞠目したまま、今野は瞬きもしなかった。色白の顔からゆっくりと血の気が引いていった。

「乗っていた……」

彼は呟くように言った。

「全くX鉄の奴等ときたら――」藤井には相手の態度が解せなかったし、気に止めもしなかった。「横柄なのが多いからね。あの場合、乗客にまで謝まる事はなかったんだが、結果的には賢明だった。あんな奴はこじらせれば何をするか判らないからな。俺だったら到底あんな素直な態度は取れなかったろう」

彼はふと今野の肩先が小刻みに震えているのに気付いた。色白の顔には血の気がなく、透き通るようだった。

「素直ですって?」脳天から絞り出すような奇妙な声だった。「あの時は気が転倒して自分のしている事が判らなかったのですよ。考えただけでも胸糞が悪い。誰があんな奴の言うなりに……。気分さえしゃんとしていたらあんな奴なんか撲り倒していますよ」

藤井は毒気を抜かれて、異様に取り乱した相手を眺めた。なぜこんな風に興奮したのか合点が行かなかったのだ。今野は蒼白な顔を彼に向けた。仮面のように無表情でどこか幽鬼を見るようだった。藤井はなぜともなくぞっとした。

「覚えておいて下さい」今度は囁くように相手は言った。いつの間に取り出したのかハンカチを握りしめた手が、瘧《おこり》のように震えていた。「このままでは済ませませんよ。済ませる理由はないじゃないですか。あいつに思い知らせてやる。ええ、絶対に思い知らせてやりますよ」

藤井春彦は気味悪気な顔を隠し得ず、じわじわとその場を離れた。彼がまともな人間でないのは確かである。元々少しおかしいのか、入社したてでノイローゼ気味なのかは判らないが、容易に近寄れる相手ではなさそうだった。K大出だという事だが奇妙な男も居るものだ。彼は柄になく仏ごころを起こして今野に話しかけた事を後悔した。

藤井春彦に向かって口走った言葉が報復を具体化し義務付けた。今の今まで、あれを知人に見られたとは想像もしなかった。人もあろうに社内の者に見られたのだ。今野は差恥よりも恐怖を覚えた。あれを社内の者に見られた以上、敗北は決定的だった。藤井春彦は辣腕家だという評判である。課長でさえも一目置いているようだった。友人知己も多く、社内に確固たる安泰の場を確保している。それは世間での安泰の場の確保を意味した。その男が負け犬の屈辱を目撃したというのだ。彼はその快感を押え兼ねて嘲弄しに来たのだ。でなければあれほどの男が話しかけてくるはずはない。この次は仲間だ。取り巻き達を相手に酒の肴にでもするに違いない。社員達の哄笑がきこえるようだった。昨日、乗客が無礼千万な車掌に味方して自分を笑ったように……。

全く今考えると正気の沙汰とは思えない。だがあの時は狂ったように殺意を固めたのである。翌日から彼は車掌を血眼で探し求めた。例の事件が起った場所はＪ線の区域であった。彼が利用している線である。毎日Ｊ線の電車に乗っていればいつかは顔を合わせる訳だ。事実、一週間と経たぬ裡に彼は同じ電車に乗り合わせた。名札には中尾保と記されている。相変らず黄色い弾力のない皮膚をしていて、ひょろ長い野卑な顔もあの日のままだった。間延びのした馬鹿面から、あの時の高飛車な態度を連想するのが不自然なほどである。今野は腹わたが煮え返る思いで黄色い馬面を盗み見た。ただ殺すのが物足りぬ気さえした。

執拗な追跡が始まった。気違いじみた執念であった。中尾の住居を突き止めるまでに、半年近くを要した。勤務時間に拘束されたためでもある。

彼の住居はＴ町にあった。柄の悪いので知られている町だ。薄汚い二階屋の一室を借りていて、食事は近くの大衆食堂で済ましている様子である。勿論妻子はない。半年にわたる殺害計画は、ますます彼の決意を動かし難いものにした。もはや今野は藤井に与えた言葉質を考慮しなかった。彼の思惑に引きずられたのは最初の裡だけである。次第に彼は中尾に制裁を加える事自体に、異様な情熱を燃やし始めた。二十余年の人生でこれほどの情熱を持って事に当った記憶はなかった。始めて彼は自我が形成されたのを感じた。反省もなく打算もなかった。中尾を殺す事が人生の全てであり、究極の目標であるような気さえした。

　決行までに更に半年を費やした。定期的に変る相手の帰宅時間を把握するためである。深夜の帰宅の途中を狙う積りだった。最初彼は営業所から中尾を尾行し、中途で彼を殺す事を考えたが始終相手に付き纏うのが危険なのに気付いたのだ。却ってT町の住居近くで待ち伏せする方が安全に思われる。待ち伏せには恰好な場所を見付けておいた。持主のない古倉庫だ。取り壊わす手間を惜しんだものか、打ち果てるに任せていた。周囲は空地である。値上がりを見越した地主がそのままにしているのでもあろうか。空地を曲がると午前五時には店を開くというスラムじみたマーケットを挟んだ路地に出る。その奥が中尾の下宿をはじめ、ごみごみとした家並である。

　中尾が終電車の乗務に当った日に母親が家を空けなかったら、今野の決行はいつになったか判らない。何といっても母親が一番の難物だったからだ。父が亡くなり長男の嫁と折り合わずに別居して以来、母親は気が弱く愚痴っぽくなった。それはともかくとしても、末子の彼に縋り付くように愛情を求めるのには辟易する。かつて自分が彼を庇護したように、老齢の自分が息子に庇護されてしかるべきだと信じているのだ。今野がこの一年ほど、まともな時間に戻って来ないのを愚痴たらたらに非難する。一人ぼっちにされる自分の身をいとおしむあまりに、息子の心境の変化には気付かないのだ。だが人殺しの痕跡を見逃がすところまで耄碌《もうろく》しているとは思えない。最初に発見するとすれば母親である。そうした意味でも怖るべき存在だった。たまたま鹿児島の伯父が病死した。母には義理の兄に当たる。わざわざ出向く事もなかったが、行きしぶる母親を強引に追い出したのだ。彼は少々迷信深い男でもあったから、これを天啓と解した。

　倉庫の中は湿っぽく、何もないのに腐敗したようなにおいがした。半ば壊れかかった倉庫の壁から天井から、弱々しい月光が差し込んだ。彼の計算に狂いがなければ間もなく中尾は姿を現わすはずであった。殺意を哺《はぐく》みながら、今野は単に中尾を呼び止め、過日の無礼を責めるだけの目的でここにひそんでいるような気がした。それほど冷静であり、恐怖もなかった。

　だが弱々しい光度の中に中尾のひょろ長い姿を認めた時、彼は一足飛びに次元を乗り越えた。あの時と同じような昏迷した情熱が湧き上がった。相手を殺すのが果して憎悪のせいか、情熱的な殺意に引きずられているのかも判然としなかった。今野は反射的に古コートのポケットに手を入れた。汗ばんだ掌がナイフを探り当てる。鹿の角に施した彫刻が、実際以上にでこぼこした感触を伝えた。高校の修学旅行の際に奈良で買ったものだった。

中尾と覚しき人影は、倉庫の前をゆっくりと通り過ぎた。頽廃的な容貌にふさわしいだらだらした歩き方だった。湧き立つ心を押えて今野は相手をやり過ごした。路地に通じる曲り角には外灯がある。それで中尾を確認する積りである。それから追いかけても無人のマーケットの中で追い付くはずだ。

やがて中尾は外灯の光の中に這入った。間違いはなかった。X鉄道の制服のままである。彼は倉庫から飛び出した。その時、思いがけない邪魔が這入った。

路地の方から誰かが出てきたのだ。怪し気な足取りで外灯の下まで来ると、ゆうゆうと放尿を始めた。労務者風の男である。今時分までどこかで酒を飲んでいたのだろう。酔っているといっても正体を失うほどではなさそうだった。その証拠に、歩き方が少々おかしいだけでわめき散らしたりはしなかった。今野は再び倉庫に引っ込んだ。その間に中尾の姿は曲り角に消えている。

今野は落胆するよりも腹が立った。集結した激情が発露を失って彼の内部に煮えたぎった。彼は憤慨のあまり、計画を狂わせた酔いどれを殺してやりたい気さえした。だが救い主は用を足し終るとのんびりと身繕いをして、ゆるゆると空地を横切った。

もう駄目だ。中尾はすでにマーケットを通り過ぎたに違いない。それでも今野は未練たらしく路地の所まで駆け付けた。このまま帰ったのでは治まりが付かない思いだった。

ふと前方を凝視した彼は自分の目を疑った。すぐ前に男の姿があるではないか。真逆そんな事が……。奴はすでにこの踏地を通り抜けている頃ではなかったか。だが見間違いではなかった。ひょろりとした後姿はあの男であった。もしかすると酔っ払いと同じ事をやっていたのかもしれない。今野は飛ぶように相手に接近した。そのひょろりとしたシルエットが体力的な危惧を柔らげた。

男を羽搔絞めにすると、彼は夢中でナイフを突き立てた。案じたほどの悲鳴はなく、鈍い呻吟が洩れただけである。今野は何も意識しなかった。視覚に訴えるものは相手の背中だけだった。二度三度と彼はその背中に向かってナイフを動かした。

突然男は信じられぬ力で殺人者の腕を逃れると、路地の奥へ向かって走り出した。今野は夢中で後を追った。

彼が恐怖にかられたのはこれが最初であった。中尾の行動は意表を突いていた。恐怖が彼に追跡を命じたのだ。しかし驚くべき中尾の体力も、マーケットの外れで尽きた。彼は仕出し屋らしい店の格子に摑まると、よろめくようにして倒れた。

中尾保は縮こまって倒れていた。ちょっとの間痙攣が襲い、すぐに身じろぎもしなくなった。今野は死骸を眺め、膝をついて脈搏を改めた。完全だ。死んでいる。冷静な気分で彼は確認した。人を殺した実感はなく、夢を見ているようだった。自分の行為を今一人の自分が傍観しているといった感じである。

突然周囲が明るくなった。その光はどこから来たのか？　疑うより早く目の前の扉が開いた。夜間は空屋だとばかり思っていた店の一つだ。一瞬、彼は虚心にその方を見た。凍り付いたような目が彼の視線を捉えた。彼は何秒間か膝まずいたままの姿勢で相手を見詰めた。丸顔の女だった。目鼻立ちがはっきりして額が出ばっている。女は虚ろに目を見開き、いやいやをするように緩慢に頭を振った。相手が攻撃をかけるのを阻止する仕草だった。彼女の動きで今野は我れに返った。彼は立ち上がった。女はくねくねとその場に尻もちをついた。目は依然として彼を見詰め、惰性的に頭を振る動作を繰り返していた。

今野が駆け出したのと背後で悲鳴が上がったのと殆んど同時だった。泣き叫ぶようなヒステリックな悲鳴であった。彼は凄いスピードで走った。家の前まで走り続けたような気がする。その間の事は何も覚えていなかった。家に帰り着くと、彼はショックよりも疲労から意識が混濁した。

〝町の高利貸し殺さる〟

〝十四日の午前一時頃、福岡市T町、やよい食堂の前で男が殺されているのを、同食堂の棚町加津子さん（二十五歳）が発見しX署に届け出た。被害者は市内裏T町××番地に住む吉原晴起さん（三十五歳）と判明した。関係者の話によると吉原さんは前夜十一時頃T町二丁目×番地の××さん宅を訪れており、帰宅の途中で殺されたものと見られている。吉原さんは刃物様の物で背中をめった切りにされていたが、凶行現場はやよい食堂から五十メートルほど離れた同町の路地と推定される。吉原さんはそこで刺され、助けを求めてやよい食堂前まで逃れた処を追ってきた犯人にとどめを刺された模様である。

物音をききつけた棚町さんが玄関を開けた時、吉原さんの死骸の側にかがみ込んでいた犯人らしい男を見たと語っている。棚町さんの話に依ると、二十四五歳の中背の男で、吉原さんを刺殺した直後、棚町さんに現場を見られた事を知って危害を加えそうな素振りを見せたが、結局そのまま逃走した。

なお、吉原さんは日頃高利で金を貸し、取り立てに際してはかなりあくどい手段を弄しており、そのもつれから計画的に殺害されたのではないかと見られている……〃

新聞を摑んだまま、今野は呆然となった。何という事だ。自分が殺したのは中尾ではなかったのか？　取り逃したものと思っていた相手がまだ手の届く所に居たというのは、考えてみれば可笑しな話であった。偶然に姿を現わした酔いどれに気を取られている間に、やはり中尾は安全圏内に立ち去っていたのだ。そして代りに吉原という高利貸しが別の道から路地へ這入ったものだろう。そうとしか考えようはなかった。更に悪い事には吉原と中尾とは背恰好が似ていたようである。取りのぼせている今野が僅かな月明りで見間違えたのも無理はなかったと言える。あるいは網膜に焼き付いていた中尾の残像が、不運な被害者とダブったのかもしれない。

ともかくもこの誤殺が彼を救った。しかも誤殺の被害者には動機が充満していた。誤殺は被害者には不運であり、今野には幸運であった。彼が計画通り当の中尾を殺していたら、おそらく彼は容疑者の一人にあげられただろう。彼は今更のように、全く無防備な殺人計画を練っていた事に気付いた。母親の留守を狙った事等は考えてみれば児戯に均しかった。何よりも一年前、藤井春彦に向かって中尾を殺す意志をほのめかしているではないか。僅か一年前の事である。彼が忘れるはずはない。あるいはすぐにも取り巻き連に言いふらしたかもしれないのだ。そしてあの時、電車に乗り合わせていた者の中で他にも今野を見知っている者がいたとしたら……。彼の殺意を知る者が何人に殖えたか判らない。中尾殺害の記事が新聞に載れば、藤井は顔写真とX鉄道の従業員という事実から今野を連想したはずである。彼に捜査の手が延びるのは必定だ。その揚句、棚町加津子というあの女に、面通しをされれば一目瞭然ではなかったか。

始めて彼は魂の凍るような恐怖に見舞われた。暗闇で何気なく撫でた犬を、後で獅子だったときかされたようなものだった。不思議に恩も恨みもない赤の他人を誤って殺した事に対する良心の苛責はなかった。元より改めて当の中尾を狙う気も起こらなかった。それどころかなぜあれほどの情熱で人殺しを思い詰めたのか、それさえ不可解だった。憑き物が落ちたという感じである。

目撃者がありながら、彼は容疑者の端にも数えられなかった。誤殺を疑ってみる者もない。吉原の周囲には殺意が渦巻いていたからである。彼は背後からめった切りにされ、虫の息で他人の家の前まで逃れたところを更に止めを刺された事になっている。残忍な殺し方だった。血迷った怨恨が暗示された。その結果、今日まで未解決のままで終っている。

3

あれから五年経った。今の彼には二度と憎悪から人を殺《あや》める危惧はない。他人を破壊する危険な要素は一掃されたのだ。人一人を殺した体験は、彼の人生観にある意味を齎《もた》らしたようである。彼には後々までも当の中尾を殺したのだという奇妙な固執があった。良心が痛まないのもそのせいかもしれない。ある意味でそれは当っていた。たまたま殺す相手を間違えたというだけで、少くとも中尾へ対する殺意は遂行されたからである。

それから二年後に彼は今の妻を娶った。兄の世話に依る平凡な見合い結婚だった。妻の久美子は人目を引く女でもなければ利潑ともいえなかったが、それだけに安泰な夫の座を約束した。彼女の方から出した条件は、母親と別居して欲しいという事だけだった。彼はそれを口実に母親と別居した。

久美子は自分の夫がK大を出ている事を、何かに付けては吹聴して廻わるような女だった。それで自分が玉の輿に乗った気になるのかもしれない。だが実際は住居の点で散々苦労したのである。会社には独身寮はあるが妻帯者のための社宅はない。公営の住宅には籤運が悪くて度々落選した。子供が生れてからは一万二千円の家賃で一戸建てを借りていた。五万そこそこの月給ではかなりの負担である。妻は家賃を払う度に身の皮を剝がれるようだと愚痴った。こんな状態では一生自分の家は持てないとも言った。

D団地分譲住宅の公募は、彼等にとって逃せない餌だった。八十五万の頭金を準備するに際して、久美子は痛ましいまでの努力をした。子供を実家に託けてパートタイムの女工をし、帰ってくれば洋裁の内職をした。手先の器用な女である。当選の確率は半々だった。今度も駄目かもしれない。幾度も抽選に洩れた実績から久美子は悲観的になっていた。だから抽選の会場で彼等の番号が引き当てられた時の、彼女の喜びようといったらなかった。番号が読み上げられた途端、久美子は狂喜して夫に抱き付いた。周囲の人目を気にしながら、今野はやんわりと妻を宥めたものである。「Dに移ったら私、絶対に引っ越さないわ」と一年以上も先の事なのに彼女は言った。「お隣りに殺人狂が住んでいたって引っ越すもんですか」

「当り前さ。引っ越さなきゃならん事でもあったら、それこそ一大事じゃないか」

今野は優しく答えた。それにDは実家から遠い。高齢の母が今までのようにちょいちょい覗きに来る事もあるまい。お互いに口にこそ出さなかったが、同じ思いで辺鄙の地に満足した。

それが何という事だ。五年もの間、ただの一度も顔を合わせずに済んだあの女と、こんな所で遭遇するなんて。単に行きずりに出喰わしたのとは訳が違う。ここで出会ったのは、末長く同じ町内に住む事を意味するのだ。

D団地の二百軒からなる分譲住宅は、ＯＰＱＲの四地区に分類されている。説明会は二度に分たれ、午前中にはＯＰ地区が、午後からはＱＲの二地区が集まる事になっていた。従ってこの時間に集まっているのはＱＲの住人に限られている訳だ。当然の話だがＱとＲの両地区は接近している。永い年月には嫌でも顔を合わせない訳には行かんのだ。悪くすればあの女は自分と同じＱ地区かもしれない。運良くＲ地区であったとしても結果は大差ないのである。道で会ってもどこの誰だか判らないのは、せいぜいここ一年位であろう。二年三年と経つ裡には亭主がどこへ勤めているか、夫婦仲が良いか悪いか、細君が晩の菜にいくら位の買物をするかまで熟知してしまうのだ。あの女がＱかＲに定着している事は確かだった。今日の説明会は本人の集合を要求している。実印を持参の上権利書を渡すのだから、代理の者では済まないのだ。再度の遭遇を避けるためには早急に団地を出る他はない……。

何という事だ。選りにも選って……。今野は女々しい繰り言を胸に呟いた。団地を出る？　やっと落ち着いたばかりの？　彼はいち早く家に応じた家具を買い込み、洋間の壁に合わせて絨緞まで敷き詰めた久美子の張り切りようを思い浮かべた。カーテンにしてもレースと厚地のと二種類誂えたのだ。この住家が決まるまでは仮住居にかける金を惜しんで、玄関マット一つ買わなかった女である。家を出るときいた時の、彼女の取り乱し方が見えるようだった。しかも家の増改築や売買は五年経たなければ出来ない契約になっている。

説明会の内容がどんなだったか、彼は殆んど覚えていない。周囲が立ち上がるのを見て、始めて会が終ったのを知った有様だった。彼は慌てて出口へ馳け付けた。あの女よりも先にここを出なければならない。権利書と分割金払い込みの用紙を受け取ると、彼は早々に会場を出た。百人からの群集が場外へ流れ出ると、その中から彼女を見付けるのは困難だった。男達は勤務先へ、女達は団地へ戻る。バス停はみるみる人で埋まった。彼は建物を出ると繁華街の薬屋でマスクを買った。来かかった空車を止めて、彼は団地へ向かう。

D団地ときくと途端に運転手は愛想よく何かと話しかけてくる。五百円の距離なのだ。彼はうるさ気に生返事を返し、マスクをかけて頭を抱え込んだ。団地の入口で車を降りると、彼は見取り図を記した掲示板の前に停んだ。相手がバスで帰って来るとすれば、かなり待たなければなるまい。掲示板の所から、続々と家が建ち始める分譲宅地の状景が望まれた。分譲宅地に家が建ち揃えば、彼の居る分譲住宅と合わせて千軒の大世帯になるはずである。さすがに分譲宅地の方は豪勢な家が見立った。中にはこれほどの資力がありながら、何でまたこんな辺鄙な土地を買ったのだろうと疑いたくなるような家もある。だが何といってもD団地は未完の状態であった。道路は悪く雨の日はぬかるむし、徒歩で十五分のバス停から団地の入口まで、外灯はただの一本もない。完成した住宅の隣りに棟上げを終えたばかりの木骨が建ち、庭造りを済ました家の向いではブロック塀を積み上げている。建築材料やブロックを満載したトラックが、セールスマンの運転するライトバンと離合した。三百メートルほどの坂を下れば、周囲は一面の田圃である。坂の両側は鬱蒼たる茂みに覆われた山で、母親が狐が出そうだと称したのはここの事だろう。田園と文化住宅とが三百メートルの山道を隔て、不可思議に対比している。

どれほど経ったろうか。やがて一団の女達が三々五々坂を登って来るのが見えた。二、三十人は居るだろう。女達が近付くより早く、今野は掲示板の前を離れた。他家を探している者のように、時折り表札や号数を覗き込む。

　分譲住宅の区域に這入ると彼はQ地区の一角に身を寄せて、ブロック塀の工事に見入る振りをした。ほどなく赤い和服が目に映った。彼は何気ない風情でその方を見た。間違いなくあの女である。連れはなかった。彼は再びブロック塀に顔を向け、女をやり過ごしてからゆっくりと後を付けた。ちょこまかとした足取りだがそれほど足は早くない。和服姿で胸をそらせ加減にしているのが、何となく素人離れして見えた。細っそりしたいい姿である。撫で肩で項《うなじ》が長い。たっぷりした髪を高々と結い上げているので一層細い項が目立った。

　彼女が這入ったのはR地区だった。Qとは道一つ隔てた反対の方角である。今野は曲り角に立ち止まって女の姿を目で追った。彼の見守る中で女は一軒の家に這入った。木造の平家だった。それを見定めると彼は再び緩慢に歩を進めた。女の家はすでに塀が出来ていた。ブロックを積める。女の家はすでに塀が出来ていた。ブロックを積んだ上を灰色のフェンスが囲んでいる。R―42、白い石の門にはペンキでそう書かれていた。表札には棚町保とあった。確か五年前もあの女は棚町姓を名乗っていた。してみるとあの時すでに人妻だったのだろう。彼はそのままR地区の頂上まで登り詰めると、惰性的に周囲を散策した。彼がその時棚町加津子を尾行したのに具体的な意味はなかった。何となく相手の住居を知っておく必要があるように思っただけである。

　足に任せて歩き廻わる裡に何とか感情の整理が付いた。Q地区の彼の家にはまだ塀がない。中味に金をかけ過ぎたせいである。外目には裸の家が殺伐としていた。塀を作るのに二十万は要る。久美子は遠からず才覚すると言っているが……

　意外に早い夫の帰宅を久美子は別段怪しむ風はなかった。

「真っ直ぐに帰ってきたのね？」満足気に彼女は言った。「どうでした？　権利書は貰えて？」

「当り前だよ」

　彼は投げ出すように書類の袋を置いた。久美子の存在が煩わしかった。

「どうかなさったの？　顔色が悪いわ」

「気分が悪い。寒気がする。だから真っ直ぐに帰ってきたんだ」自分では気付かなかったが、やはり蒼い顔をしていたらしい。「ふとんを敷いてくれ。流感かもしれない」

「お医者を呼びましょうか」

「来るもんか、こんな所まで」

「じゃあ、こっちから行ったら?」

「いや、それよりも寝ていた方がいい」

ふとんにもぐり込むと今野は固く目を閉じた。寸分の隙間もないブロック建築が圧迫感を誘った。雨戸を閉ざして襖を閉め切ると、部屋の中は真っ暗になった。闇黒が幾分焦立しい気分を柔らげる。暫くは取り止めもない事柄が脳裡を去来した。身じろぎもせず彼は思考を整えにかかった。

ここを立ち退くとすれば早い裡でなければならない。いつまたあの女と出喰わすか判らないからだ。もしかすると……会場での女の顔を反芻して彼は慄然とした。あの女はすでに感付いているかもしれない。現に一瞬ではあるが目線が合ったではないか。もっともあの時すぐに気付いたとは思えないが、だからといってこのまま思い出さずにいる保証はないのだ。あるいは今頃思い出しているのかもしれない。そして誰かに喋ったとしたら……。逃げ出す事は却って危険に繋がりはしないか。県外へ転勤したというのならともかく、入居早々に転居でもすれば特殊なケースとして注目を呼ぶ危惧は充分にあった。

そこへ女が五年前の殺人犯を見かけたという噂を振り撒く。自ら犯行を認めるも同じ事だ。妻に因果を含めて立ち退くという最後の逃げ道も断たれた。

彼にとって僅かに有利な点は、相手がまだこっちの号数や姓名を知らぬ事である。それに今一つは即座に警察へ訴えはしないだろうという点だ。あの女にしても一瞬間の目撃で記憶が確信出来るとは思えなかった。警察が乗り出せば事は大きくなる。万一見間違いだったら単なる失策では済まないのだ。警察は許しても世間の目は容赦しない。少くとも当の相手とは生涯のしこりを残すのは明白だ。一旦永住の場所と定めた以上、近隣にまともに顔を合わせられぬ相手を作るのは、居心持の良いものではない。あの女にもそれ位の分別はあるだろう。警察へ通報するとすれば、今一度確かめた上での事だ。彼の思考は目まぐるしく働いた。何とかするならあの女が行動を起こす前でなければならない。

何とかする?　どうするのだ?　幾度も空転しながら、その実解答は下されていた。抹殺するのだ。五年前に当然やっておかねばならなかった事を、これからやるまでだ。そうする以外に手立てはない。彼は憂鬱な気分で殺意を決した。五年前のほとばしるような情熱はなかった。

気鬱だが冷静だった。あの女を抹殺しなければならない。素早く、しかも安全に……。

翌日、彼は会社の帰りに眼鏡を買った。度のない伊達眼鏡である。直接犯行に用いる訳ではないから、これから足が付く怖れはなかった。眼鏡をかけるとかなり人相が変って見える。ためしに会社へかけて行ったが、顔が引き締って男振りが良くなったと言われた。日頃顔を見知っている者は眼鏡位では誤魔化せないが、あの女なら真逆彼とは気付くまい。更に用心深く鼻口をマスクで覆うと、彼の人相は完全に隠された。そうしておいて、彼は可能な限り女の動静を探った。見た限りでは彼女が殺人犯の存在を察知したような素振りはなかった。だからといって油断は出来ない。やがて彼は加津子が定期的に外出するのを知った。それも決って土曜日である。午後の二時頃から出かけて、戻って来るのは夜だった。たまたま土曜日だったから彼の網にかかったと言える。最初それに気付いたのは偶然だったが、意識的に見張っている裡に確認したのである。帰宅時間は九時前後だった。後で判った事だが、彼女は毎土曜日に下町のやよい食堂を手伝いに行ったのだ。そこが彼女の実家であった。夫の勤務時間に合わせているのかもしれない。特殊な勤め人であろうか。そういえば今野は彼女の夫を見た事がなかった。あるいは道で出会っても、棚町保の顔を知らないだけなのかもしれない。勤務時間の拘束もあり、一つにはあまり彼女の家の前をうろつくのが危いせいもあった。

4

茂みの中に身を隠していても、肌を刺す寒風は容赦なく吹き付ける。さすがに山間地帯だ。風の吹き方からして街中とは違う。僅かばかりの雪が夜目にも白く、花のように風に舞った。足先が冷たさを通り越して切れるように痛んだ。

今夜で三日、彼はDから一キロほど離れたJ団地前の茂みにひそんで、獲物が網にかかるのを待っている。一人歩きの女でさえあれば誰でもいいのだ。夜分に帰宅する女は予想以上に多かった。共働きの主婦が多いせいだろう。それにしてもこんな淋しい場所を夜分に歩いて帰るとは、大した神経である。一つには田舎の方から来た者が多いためかもしれない。現にDに移って便利になったと言う人さえ居ると、久美子が呆れたように話したのを思い出した。だが今のところは一人っきりで歩いて来る女に出喰わしてはいない。バスの時間が限られているので、連れという訳ではなく自然と幾人かに固まって歩く事になるのだ。

微かに粉雪がちらつく木枯らしの夜は、大雪に見舞われるよりも堪え難かった。身に泌む寒気が彼を焦燥にかり立てた。彼は計画の遂行より、むしろこの寒さから逃れたいために獲物の到来を待ちのぞんだ。勿論今日の獲物は棚町加津子ではない。

彼女の定期的な外出は抹殺の機会を容易にしたが、問題は別の所にあった。何よりも身の安全を確保しなければならない。彼女が殺されれば必然的に動機に着目される。万一彼女が会場での一件を他に洩らしていたら、犯人がD団地内に居る事は明白である。陰口が人相にまで及んでいれば致命的だ。そうした危険を避けるためには、動機を他へ転ずるしかない。偽の動機をでっち上げるか、それとも動機を曖昧にぼかすかだ……。

怖ろしい着想が浮かんだ。それが仄光のように脳裡をよぎった時、彼は自身の着想に戦慄した。「ＡＢＣ殺人事件……」彼は小さく呟いた。着想から小説の題名を連想したのか、潜在していた小説の記憶が着想を呼び起こしたのか判然としなかった。殺人の真の目的を隠蔽するために、ＡＢＣの頭文字を持つ男を次々に殺して行くのだ。そして犯行を誇大妄想狂の男の仕業に見せかける。Ｃを抹殺するために無縁のＡ、Ｂを血祭りに上げるのだ。いわばＡ、Ｂを煙幕とする訳である。卑劣だが大胆不敵な犯人の智恵であった。

今ここで個々の関連性のない連続殺人事件が起こったとしたら、行きずりの変質者の犯行と見做されるのではなかろうか。女ばかりを狙う殺人狂……。新興地にはあり得る事だった。その中に偶然、棚町加津子が含まれる訳だ。煙幕のための獲物はうようよしている。ＡＢＣ事件と違って名前に依る束縛などがある訳ではない。老婆を除く女でさえあればいいのである。

彼は良心の麻痺を認識した。一度人を殺したという実績は、再度のそれを容易にするのかもしれない。一度自殺を計った者が、二度三度と繰り返すのと同じように。沈着に彼は計画を押し進めた。

最初の犠牲者が棚町加津子であってはならない。最初の殺人事件では動機が被害者の身辺に絞られるからだ。棚町加津子は目立たぬ順位に置くべきだった。最初でも最後でもない真ん中に。

　彼は最初、第一の犠牲者もDから選ぶ積りだった。だがそれでは加津子を含めたD団地の女達を用心させる結果になる。僅か一キロの距離とはいえ、現場がJとDでは住人の心理は違ってくる。縮み上がるのは現場に近い方だ。彼がDを避けたのはそのためだった。そして二度目の殺人がDで起こる。殺人鬼の行動範囲が一キロにわたったとしても不思議はないのだ。最初はJで、二度目はDで女が殺られた……同じ犯人の仕業だと思われるのは自然であった。それから最後のだめ押しとなる。それで完璧だ。ABCを真似た訳ではないが、彼は生贄の数を三人に決めた。それが限度である。煙幕を張る上での最少限度であり、危険に身を晒らす最大限度である。

　坂下の方に人影が現われた。彼は目を凝らした。Dと違って三年前に出来たJ団地には間遠ではあるが外灯が付いている。登り口にあるのもそれだった。人影は光線の中に這入ってきた。むずがゆいようなうずきが胸に突き上げた。女だ。しかも一人である。後に続く人影はなかった。バスではなく汽車ででも帰ってきたのかもしれない。それとも途中まで誰かの車に便乗したか……そんな事はどうでもいい。目は女の姿を追い、機械的にタオルを取り出す。ありふれた白無地だ。何年も前に貰って納い込んでいたものである。一方のポケットにはナイフが這入っている。万一のための用心だが、出来れば使わずに済ます積りだった。タオルの端を両手で持って入念に捩る。見る見る女の姿は近付いて来た。彼の胸には、かつて中尾保を狙った時のような情熱が湧き起こった……。

　翌日の朝刊で、彼は始めて女の顔と身元を知った。J団地の主婦だった。親類の家からの帰り道を襲われたとあった。彼が予期したように動機の線には着目されず、変質者の仕業らしいと記されていた。元々この周辺には痴漢が出没していたのだ。団地が完成して一応鳴りをひそめていたところへ、また現われたのではないかと見られている。彼は満足気に新聞から目を離した。

　元より昨夜の彼にはアリバイはない。だがそれが何だというのか。アリバイの工作をしなければならぬようでは、これほど大がかりな計画を立てた意味がないのだ。久美子にはここ当分、残業で遅くなると言っている。それで充分だった。昨夜の犯人は俺だよ、と言ったところで久美子は笑うだけだろう。唯一の危惧は、この事件で加津子が夜の一人歩きをやめるのではないかという事だった。そうなれば長期戦を覚悟しなければなるまい。

次の土曜日に今野は八時頃からバス停近くで相手を待った。今夜に限って山道で待ち伏せる訳には行かない。Jよりも暗いD坂では、人違いをしないという確信がないからだ。彼女が一人で帰って来る可能性は半分もなかった。元より徒労は承知の上である。

バスが停った。乗っているとすればこのバスであろう。四五人の者が降りてきた。一人一人を確認しながら、今野は信じられぬように瞠目した。棚町加津子だ。半コートの上から巾広い肩掛けをストールのように肩からずらして羽織り、片手で前を押えている。人々は期せずして同じ方角へ向かった。勤め人風の男が三人に、女は加津子を入れて二人である。連中をやり過ごしてから彼は後に続いた。

Dの坂へ来た頃には二人に減っていた。他は別の道へ折れたのだ。一人は男だった。加津子の連れではなかったようで、和装の彼女を追い抜いてぐんぐん先へ歩いて行く。利己的な団地族の典型を見るようだった。今野は足を早めた。彼の靴音をききつけて加津子は振り返った。それからすぐに安心したように歩き出した。彼の姿を認めて連れが出来たような気易さを覚えたらしい。今一人の男の姿は視野から消えていた。今野が傍へ近付いても、加津子は警戒する素振りも見せなかった……。


この処、団地内ではJとDとで続けざまに起こった絞殺事件で湧き立っている。Jの時にはまだ対岸の火事といったゆとりもあったが、今度は同じ団地内から被害者が出たのだ。全く他人事ではない。気違い相手ではいつ自分の妻や娘が被害に遭うか判ったものではなかった。分譲住宅が出来たので、これで痴漢も出なくなったと安心していたのに……。早くから住みついている分譲宅地の人々は自分の事のように慨嘆した。今度は殺人鬼が横行するなんて……、本当に何という……。誰も加津子自身に殺害の動機があるとは考えなかった。新聞で見た限りでも、Jの女を襲ったと同じ変質者の仕業と考えられているようだった。

だが今野は依然として最初の計画を変える気はなかった。加津子を連続殺人の真ん中に置かない事には安心出来ないという、奇妙な固執が彼にはあった。これが最後だ。そして永遠に悪業と訣別するのである。彼の安全は全うされ、事件は闇に葬られる。連続殺人犯が逮捕されるのは、逮捕されるまで殺しをやめないからだ。狂気の哀しさである。

二月の末になると、九州一円は例年にない豪雪に見舞われた。これほどの大雪を今野は始めて見たような気がする。交通機関は麻痺して、人々はしばしば足を奪われた。そのせいか殺人事件の噂も小休止の状態になった。第一この大雪では殺人鬼も跳梁する訳に行くまい。

加津子殺しから十日経った。目に痛いほどの銀世界に、覆い被さるように雪が降り積る。大粒のぼたん雪だ。何と静かに物音一つ立てずに降るものだろう。周囲の物音まで吸収してしまうのだろうか。鬼気迫るような静寂だ。

今野は会社が退けると早々に、バスに乗り込んだ。遅くなって不通にでもなればえらい事になる。Dの坂下に着いた時はすでに暗かった。最後の場所は一応加津子殺しの近くに決めた。決定というほどではなく、一応候補地として選んだまでである。彼にとって第三の現場はJでもDでも構わないのだ。本命の抹殺を終えた後では気分的にもゆとりが出来ていたようである。獲物を待ちながら、彼はこれまでのような情熱が湧いてこないのに気付いた。緊張を欠いたというより、神経の弛緩さえ感じる。血に疲れたのかもしれない。だが彼は殺意の弛緩を危険に結び付けるには至らなかった。

どれ位の間、茂みの中で粘っていたのか判らない。半ば惰性で立ち去り兼ねたのだ。倦み疲れた殺人を、一日も早く終らせたい気持からだった。

突然、彼は異様な気配を感じた。それが何かを悟る前に、彼は本能的に背後を振り返った。

「こんな所で何をしている！」

叱咤するような声が闇黒の中に響いた。低いが殺気立った凄い声だった。続いてゆらめくようにシルエットが目の前に浮かんだ。男だ。それも馬鹿でかい……。彼は水を浴びたようにぞっとした。唐突に声をきき、姿を見たからである。それが危険に繋がるのに気付いたのは後の事だった。

「貴様だな？」気違いじみた声で男は言った。「貴様が殺したんだな？」

彼は息を呑んだ。始めて相手の立場が理解された。警察の張り込みなのか？

「一緒に来い。さあ、来るんだ！」

男の手が衿首を捕えた。今野は一瞬頭の中が空になり、やがて生々しい恐怖が蘇った。危機感と恐怖とが彼を盲目にした。男に衿首を掴まれたまま、彼は二三歩惰性のように歩いた。そうする事で相手を油断させる無意識の作意だった。右手がゆっくりとポケットに差し込まれた。革の手袋を通して柄の感触が伝わってくる。男は今野の無抵抗を諦めと解したらしく、引きずるようにして後に続いた。恐怖に凍りついた五体の中で、血管が素早い速度で逆流した。かつての危険な情熱がふつふつと燃えたぎった。

「あなたは思い違いをしている」

沈んだ声で彼は言った。相手の唸るような呟きがきこえた。激怒が言葉を奪ったようだ。

「詳しく説明するから手を離してくれ。何なら警察へ行ってもいい」

躊躇《ため》らう気配があった。警察という言葉が動揺を呼んだようである。

「恥を掻く事になっても知らんよ」

今野は畳みかけた。痛いほど締め付けていた手が緩んだ。だが相手は油断なく彼の背後に立ちはだかり、獣のように荒い息を弾ませている。振り返りざま、今野は体ごとナイフを突き立てた。沈滞した空気を震わす、絶叫が洩れた。その叫び声が今野の殺意をかり立てた。彼は素早く体を離すと、緩慢に横転した相手の体に所嫌わずナイフを突き立てた。五年前と同じヒステリックな衝激の他は、何の感覚も覚えなかった。

〝棚町加津子さんの夫、刺殺さる〟

二十三日の午前一時頃、市内大字D団地の会社員××××さんが帰宅の途中、D坂付近で男が死んでいるのを発見、×派出所に届け出た。調査の結果、被害者は同D団地のR—42のX鉄道従業員棚町保さん三十六歳と判明した。棚町さんはナイフ様の物でめった切りにされていたが、金品を奪われた形跡はない。残酷な手口から推して棚町さんに怨みを持った者の仕業ではないかともみられているが、一方今月の十日、十三日と続けて起こったJ、D町の連続殺人と同一人との見方もある。というのが棚町さんは十三日、同じくD坂で絞殺された加津子さん（三十歳）の夫であり、自分の手で犯人を捕えてみせると同僚に口走っていたところから、あるいは犯人を見付けたために殺されたのではないかと考えられる訳である。ただし前の二件は絞殺であり、手口が違っているために前述の棚町さん個人に対する恨みの線も捨て難い。犯行は前日の十時から十二時頃と見られているが、当夜は大雪のために通行人もなく、現場が団地からかなり離れているために犯行に気付いた者もない様子である……」

新聞を握り締めたまま、今野三郎は化石したように動かなかった。激しい戦慄に襲われる前の虚脱状態が彼を痴呆のようにした。

先夜の殺人は計算外だった。それだけに事後の狼狽は大きかった。追われるように家へ走り込んで暫くの間、玄関口に突っ伏してしまった。そのまま気を失うのではないかと思ったほどである。幸い寝入りばなの久美子は夫が戻ったのに気付かなかった。子供が生れてから、夫を待たずに先へ寝てしまう習慣が付いていたからだ。彼はまず血だらけの外套を押し入れに突っ込み、呼吸が整うのを待ってから寝床に這入った。それから先の事は何も覚えていない。眠ったのか失神したのか自分にも判らなかった。ただ夢うつつにあの外套を始末しなければならないと焦っただけである。

前触れもなく生理的な悪感が襲ってきた。身の危険よりも、怪談じみた怯えが彼を恐怖の深淵に突き落した。不鮮明な顔写真が実体よりも鮮かに記憶を蘇らせた。ひょろ長い顔にたるんだ目元……。中尾保ではないか。それが棚町加津子の夫？

意識がしゃんとする前に、彼は全てを理解した。中尾保はやよい食堂の近くに住んでいた。だからこそ棚町加津子が目撃者になり得たのだ。あの事件以後に彼は棚町加津子と結ばれて養子に行ったのだ。加津子の住居に棚町姓の表札がかかっていたのはそのためだった。なぜあの時自分は保という名に留意しなかったのだろう。結婚しても男の姓が変らぬという原則が頭にあったからだ。

彼は怖ろしい偶然を認識した。彼が怯えたのはむしろ因縁めいた偶然であった。人智の及ばぬ制裁の手を感じた。

そのせいか、彼は自分が危険な立場に陥ったとは考えなかった。現に新聞でも連続殺人犯の仕業かもしれぬと報じているではないか。もしくは保個人の怨恨関係か。少くとも加津子殺しが事件の鍵だと気付かれてはいないのだ。保と彼との関連は六年の年月に埋もれている。誰が六年の昔にさかのぼって怨恨の種を捜索するだろうか。目の前に一瞬、藤井春彦の面影がちらついたが、すぐに勢いよく追い払った。覚えているはずはない。万一覚えていたにしてもこの事件に結びつける訳はない。今自分が心配しなければならんのは外套の始末だけである。久美子は外套を失くした事に気付くだろうが、言いくるめるのは造作なかった。

「今日は休むよ」彼は妻に言った。到底会社へ出る気力はない。「またかぜがぶり返したらしい。会社に電話で断わってくれ」

「それはいいけど……ねえ、またD坂で人が殺されたわね。あの人の旦那さんだって」

彼は黙って寝室へ引っ込んだ。気分が悪いのは本当だった。

「ついでに私、D坂を見てくるわ」

「人様の不幸を何だ。早く行かないか」

尖った声で彼は咎めた。久美子が出かけるのを待って彼は外套を天井裏に隠した。

後は機会を見付けて安全に処置するだけだ。刑事がきき込みに廻わって来たら、前と同じように答える積りである。戻ってきたのは十時少し前だった。その時には死骸はなかった……。それで終りだ。

そして殺人鬼は無害な市民に戻るのだ。

5

仕事が一段落着いたところで、藤井春彦は新聞を拡げた。滅多にない事だが出勤時間ぎりぎりまで寝ていたので、新聞も読まずに飛び出したのだ。

X鉄道従業員の殺人事件が紙面を賑わしている。彼の目はまず被害者の顔写真を捕えた。X鉄道の制帽を被っている男の写真だった。普段なら一瞥しただけですぐに記事へ目を移すところであった。常になく写真に目を止めたのは、その顔に見覚えがあったからだ。現在の係長の椅子を獲得するまでの長い期間、彼は外廻わりをやらされてきた。その間、専ら腐心したのは対人関係である。それが他人の顔を忘れないという修練を積んだ。一度会っただけの相手であっても、〝どなた様でしたかしら?〟とときき返すようではセールスマンは勤まらない。

彼は自分の記憶力には絶対の自信を持っていた。

長い間延びのした顔と虚ろな目元には確かに見覚えがあった。しかもX鉄道の制帽が記憶を更に確実にした。名前は知らないがあの男に間違いはない。入社したての今野三郎を怒鳴りつけた車掌である。もっとも六年前に一度見たきりだったら、いくら彼でもこれほどはっきりとは覚えていまい。あの些細な事柄を目撃した後でも、彼は幾度か同じ乗務員の電車に乗り合わせた。運転手の時もあれば車掌の時もあった。その都度、彼に対する記憶を新たにしたのである。

連鎖的に彼は翌日の今野の言動を思い出した。彼の異様な言動は、問題の一件よりも遥かに強い印象を与えた。今野が異常な興奮を見せた事で、あの乗務員の存在を意識したと言える。計らずも二つの記憶を蘇らせた上で、彼は記事に目を通した。

凶行現場は被害者の妻が殺されたと同じＤ坂とある。今野三郎がＤ団地に家を買って引っ越した事は、四カ月前から知っていた。今野は現在では直属の部下である。可も不可もない無難な存在と言えた。案じていたような偏執的な傾向は見えなかった。にも拘らず彼を敬遠したい気分は今も変らない。六年も前の言動に拘泥する訳ではないが、親しく交わろうという気にはなれなかった。

新聞を畳むと彼は今野の席を見、空席になっているのを知ってかぜで休むという言伝てがあったのを思い出した。欠勤しているのは彼一人ではない。大雪のせいだ。今野が本当に病欠だとしても、雪で交通機関の利用が困難なための口実だとしても、取り立てるほどの事ではなかった。

だが今の藤井にとって、今日の欠勤が今野の要素の一つである点は否めない気がした。少くとも彼は棚町保という乗務員に対する今野の殺意をきかされている。

六年も前の事だが、彼が棚町保に怨恨を抱いたのは確かであった。藤井はその事を誰にも話さなかった。新入社員の陰口を叩くなんぞは、女共のする事だと心得ていたからだ。だからこの事実を知っているのは、おそらく自分一人だろうと考えた。

大雪のせいで仕事は半ば休みだった。邪魔が這入らぬのを幸い、彼は今野に思考を集中した。

今野は一月の半ばにＤ団地に関する説明会に出席する許可を貰いに来た事があった。二時間位で終るはずだと言い置いて行ったが、結局その日は出て行ったままだった。翌日出勤した時に、気分が悪くなってそのまま帰宅したのだと謝罪した。だが説明会が終るとその足で帰宅した事実は事実である。それから他には？　眼鏡だ。似合うとか似合わぬとか同僚と喋り合っているのを見たのも、確か説明会のすぐ後ではなかったか。そしてあの日を境いに、何かと口実を設けては得意先の接待を断わり始めた。それがここ一カ月以上も続いているのだ。あの日に何があったのか。

説明会に集まる人々は、D団地の入居者に限られていた。

その中に棚町保が混じっていたと考えるのは不自然だろうか。そして今野が偶然彼と顔を合わせたと考えるのも……。

彼は群集の中に棚町保を見た。そして六年前の憤激が蘇った。あの日会社に戻らなかったのは、棚町を尾行したからかもしれない。その後もなお、彼は執拗に棚町の身辺を探った。眼鏡をかけたのは相手に人相を悟られないためだ。たまたま近くのJ団地付近で女が殺された。それが殺意を決定付けた。便乗する気になったのである。まず妻の加津子を血祭りに上げて保に嘆きを見せた上で、当の保を殺したのではないか。それほどまでに彼の憎悪は深かったのだろうか。到底常人の理解の及ぶところではなかったが、六年前の狂気じみた言動から見ると考えられぬ事でもないような気がした。だがあの男もそろそろ三十だ。妻もあれば息子もある。その上待望の持家を入手したばかりだ。六年前の青臭い怨恨から、敢て破滅に身を晒らすような真似をするだろうか。藤井はあの頃とは別人のような成長を見せる今野の物腰を思い描いた。しかしそれならば説明会の直後に起った三つの要素はどうなるのか。単なる偶然で片付けられるのだろうか。記憶に新しい棚町加津子が殺された日――土曜日の九時過ぎだった――今野がどこに居たのか彼は知らない。そして昨夜の今野の行動も彼の知識にはないのである。

藤井春彦は他人を陥し入れるような男ではなかったが、殺人鬼の跳梁は許せなかった。勿論こじつけめいた二三の要素で今野を犯人と決めつけた訳ではない。だが新聞でも指摘しているように棚町保に怨みを持つ、もしくは持った者の一人に今野三郎が加えられるべきだと思った。

客観的に見ても彼の動機は常軌を逸している。それを真逆……という否定に結びつけるのは容易であった。だが万一懸念した通りの事が行われていたら……藤井の危惧はむしろその常識の埒外という点にあった。

六年にわたって些細な怨恨を種に殺意を哺《はぐく》む事が、まともな精神状態の者に出来るはずはない。第三第四の犠牲者がこの社内から出るかもしれないと想像して、彼は慄然となった。一見普通人のような精神異常者を野放しにしておく危険が、藤井の決心を促した。

今野三郎は逮捕された。一旦疑われるとまずアリバイのない弱点が暴露した。だが逮捕のきっかけとなった致命的な証拠は血のついた外套だった。彼はそれを小さく切り刻み、残飯や野菜の屑に混ぜた上、ポリエチレンの袋に入れてごみ箱に放り込んだ。それで犯罪の痕跡を確実に消した積りでいた。ごみ集めの日に清掃人に混じっていた刑事がそれを発見した。

藤井春彦の証言を元に、ひそかに監視の網が張られていた事を彼は知らなかった。

知らないといえばもう一つ、棚町加津子が果して彼の顔を覚えていたかどうかという事だが、この方は永久に知るすべはない。

幽鬼

ゆらめく陽光を浴びて遊びに打ち興じる園児達の姿は、距離を置いて眺めると一幅の絵画を思わせた。所々に佇んでいる修道女の白衣が強烈な日射しに映えて美しい。昨日までの黒一色の装いから突然脱皮したように雪白の衣装に変わったので、一層新鮮なものに映った。相良《さがら》年子は廂の下に日光を避けて、鉄棒に群がる子供達の動作に目を注いだ。怪我をする危険があるのは遊具の中では一応鉄棒位のものである。現に一度だけだが年長組の女児が腕を骨折したことがあった。年長組の女の子が勇敢な姿勢で回転している真下には、やや緊張した面持ちの若い修道女が身動《みじろ》ぎもせずに見上げていた。

「先生、汗ふいて」

駆け寄るように男の子が言った。頭髪が洗われたように額にくっ付いている。年子はハンカチを出して言われるままに額の汗を拭ってやった。満で五歳になるその子は、何かというと保母の手を煩わせようとする。依頼心が強い訳ではなく構ってもらいたいのだ。そんな傾向は男児の方が強いようである。その様子を見付けて四、五人の園児が駆けつけて来た。担当の三年保育組が帰った後なので、この時とばかり年子に甘ったれる。彼女の前にちょっとした行列が出来た。

「相良先生」

背後で物静かな声がした。いつの間に来たのかシスター・エステルがほっそりした姿で彼女の横に立っている。年子は手を休めてその方へ顔を向けた。純白の被り物に包まれたエステルの細面が、物憂げな表情を刻んで彼女を見上げた。化粧気のない小作りな顔は非の打ち所がないほど端麗である。五十に手の届く年齢にも拘らず、陽焼けを受け付けない薄紅色の皮膚には小皺一つなかった。

「ちょっと……」

低い声で言ってエステルは年子の前に群がっている子供達に目を注いだ。案じ顔だが子供達への微笑は忘れない。「また後でね」と年子はシスターの思惑を察して言った。「さあ、遊んでらっしゃい」

　子供達は素直に立ち去った。傍らにエステルが居るので至って従順である。彼女が姿を見せるだけで園児達の規律が整うようだ。年子や他の保母たちではこうはいかない。修道女の特異な姿に最初の頃抱いた畏怖が、今もって尾を引いているのかもしれなかった。

「あの子の事ですが……」と子供達の姿が遠のくとエステルは用心深く顎で示した。「少し変だとは思いませんか」

　年子はエステルが示す方を見た。木陰のベンチに女の子が一人ぽつんと座っている。顔ははっきり見えないが年長組の子らしかった。気を付けてみると、絶えずせわしなく動き廻る子供達の中にあって、微動だにしないその小さな姿が目立った。

「さっき遊戯室の隅にたった一人残っていました。追い立てるようにして外へ出したらあの始末です」

　エステルは非難するような強い語調で言った。園児の指導に当たる際、シスターの殆んどが完璧を要求する傾向にあるのは否めない。特にエステルにはそれが強かった。最年少の三歳児に対してさえも例外ではなかった。自分で子を育てた事もなく、園児の他には幼い子に接する機会がないせいかもしれない。三、四歳の子供がどれほど道徳観や躾けに関して白紙であるかということにも、観念的な知識しか持ち合わせていなかった。

　修道院へ入る女性は一般に考えられているように、あらゆる苦労の末に信仰に救いを求めるといった例は少ない。むしろ良家の子女がひたすら信仰に励んだ結果、この道を選ぶ場合が多いのだ。修道女の物腰や言葉使いが典雅なのもそのためである。だから一面、潔癖さから冷酷な感じが頭を擡げてくるのも避け難い訳だ。

　年子はその子をよく見るために目を細めた。やや癖のある髪の毛がつばの広い帽子の下から覗いている。ぼんやりと腰をかけている姿は痛々しいほど細かった。

「美加ちゃんでございますね？」

　エステルは頷いた。

「気分でも悪いのかと訊ねてみたのですが、そうでもなさそうです。年長組なのにちゃんとした意示表示も出来ません。こうか、こうで済ませます」エステルは頭を縦横に振ってみせた。頭の動きにつれて白い被り物が優美に揺れる。

「少しも気がつきませんでした」年子は用心深く口を

挟んだ。「近頃ずっとそんな風でございますか」

シスター・エステルの激しい気性を抵抗なく受け入れ、処理出来るのは保母の中では彼女だけである。それを察してかエステル自身、いつも彼女を助手に望んだ。五年にわたるエステルとの接触が、年子を慎重にも大胆にもしてきた。

「私にしても気付いたのはこの頃です」エステルは答えて頬にかかる白布を静かに払った。その手が典雅な顔や華奢な体付きとは不似合いに節くれ立って、来し方の修業の厳しさを物語った。「でもこの二、三日殊に酷いようです。疲れているようでもありますね。明らかに寝不足と判る時があります。生気のない顔色をして、目が充血しているので私にも判ります。最初の頃はあんなではなかったですね」

年子が近藤美加を受け持ったのは最初の一年だけである。三年保育を試みた最初の年だった。三つの子が性格がどうであったか、即答を下すのは難しい。赤んぼうに毛の生えた程度である。勿論最初から快活に振る舞うのと内気なのとは居るが、半年も経てば大した区別はなくなってしまう。園の雰囲気に解けこむのが早いか遅いかの違いがあるだけだ。一流の幼稚園だけに粒は揃っていた。頭の悪いのは試験の時に振い落とすのである。

美加は内気な子だった。だが三歳の児童の一年間の行動を見ただけでは、こんな子供だと断定を下す事は出来ない。内気らしく見えても周囲に解け込めないせいかもしれないからだ。でも美加の場合は母親が病体で、殆んど他人の手で育てられた境遇が影響している事は確かであった。後日母親は死んだが、それを見て年子はそんな風に感じたのである。他の子に比べて活発な点でも劣っていたように記憶する。

「あまり元気な方ではございませんでしたが、それでもあんな風ではなかったと思います」

と彼女は答えた。幼稚園主任は同意顔で頷いた。エステルは保育の際に優れた子を基準とする。従って内気なうじうじした子は自然一歩ずつ遅れて行く。結果的には大した影響はないかもしれないが、遅れた子には何カ月かの期間、重荷を背負わせるのは否めなかった。戸外で活発に遊ぶ積極的な子を作ろうとするエステルの方針には、この幼稚園の子供が他に比べて弱いという世評に対する焦りが窺えた。そうした意味で、容易に園の雰囲気に馴染めなかった美加は、シスターのお気に入りから外されてきた。

「最後の学期には、普通の子と同じように飛び廻っておりましたのに……」

年子は付け加えた。

「時々注意しておいて下さい」とエステルは言った。「シスター・ルツもお一人で大変でしょうし、貴方にお願いしておきます」

切れ長い目を年子に注ぎ、助手が会釈するのを見届けると白衣の裾を翻して優雅な足取りで立ち去った。

年子は無帽のままで庭を横切った。背後の山を通り抜けてくる風が、熱した体に心持良い。彼女の姿を見付けた子供達が口々に話しかけてくるのに適当な相槌を打ちながら、年子は隅のベンチに近付いた。

美加はやはり先刻の姿勢のまま、ぼんやり遠くの方を眺めている。エステルが言ったほど顔色は悪くなかったが、目には幼児特有の輝きがなかった。年子が隣に腰をおろすと美加は無表情な顔を向けた。五歳の子とは信じられないほど気力のない顔だった。

「どうして皆と遊ばないの?」

と年子は言った。美加は黙っていた。年の割りには整いすぎた眉目形である。可愛いというよりは器量よしという表現がぴったりする。頰がぷっくりと丸みを帯びているが肥っているからではなく、形の良いふくらみを持った輪郭のせいらしかった。

「きついの?」

年子は重ねてきいた。美加は緩慢に頭《かぶり》を振った。

「誰かが意地悪をするの?」

美加は同じ動作を繰り返した。その機械的な首の動きと表情のない顔に、年子は不吉なものを感じた。

彼女がこうして美加を詳《つぶ》さに眺めたのは久し振りである。三つの年に入園して彼女が手塩にかけた頃も、美加は滅多に口をきかなかった。シスター・エステルと違って年子は遠慮なく要求を口に出す子よりも、こんな脆弱く人慣れない子に心を引かれた。それは今でも変らない。母親を求めて泣き叫んでいた子が次第に泣かなくなり、笑顔を見せ、話しかけ、活発に飛び廻わるようになる過程を目の前に見るのが楽しかった。弱い子が人並みに成長して行く度に、作品を完成するような満ち足りた思いを味わうのである。美加にも、同じ事が言えた。三年保育の終りには、他の子供の中に入っても、容易に見分けが付かないまでになっていた。だが二年保育の担当へ渡すと、すぐに再び、白紙の子供達の世話が待っている。三歳児の保育には特別の手腕が必要だった。従ってここでは主任のエステルが保育に当ったが、経営面で多忙なエステルよりも細々とした日常の世話は年子の肩にかかってきた。後輩が年長組の正保母を勤めているのに、ベテランの年子がエステルの助手で甘んじているのもそのためだ。三歳児の指導は気難しいエステルの助手と同様、未経験な者には勤まらない。上級へ進んだ子の様子に注目しているゆとりはなかった。彼女は絶えず危険の何たるかを知らぬ三歳の子の人数を数え、尿意を訴える子は居ないか、いじめられている子は居ないかに気を配っていなければならないのだ。正直なところ、美加の存在を意識したのは、彼女を手離して以来始めてといってよかった。

一年半振りに見る美加は驚くほど成長していた。顔付きも多少分別臭くなり、丈が延びて学童期を前にした子供らしくすらりとした体形に変わっている。だがこの生気のない顔は何のためだろう。園内の雰囲気に弾き出されたという程度ではなかった。エステルの言う疲れも見えないではないが、もっと深い所に根ざしたものがありそうに思えた。

彼女が横に腰掛けている間中、美加は一言も口を効かなかった。頑なに沈黙を続けている訳ではなく、喋る事自体が臆劫なようであった。それでも始業開始のベルが鳴ると相変わらず機械的な動作で立ち上がり、教室の方へ歩き出した。年子は久し振りに彼女の手を取った。心細いほど柔らかな小さい手を握りしめながら、年子は、次第に不安になった。

三歳児の保育時間は他の級より一時間短い。担当の子供達を迎えに来た母親の手に渡すと、年子はその足で美加のクラスへ顔を出した。年長組は三クラスあり、美加はシスター・ルツ担当の天使組である。教室の中ではルツを囲んで園児達がコの字形に並んでいた。最年長の組なのでルツの他に助手は居なかった。二年間の厳格な保育の成果が、行儀良く腰掛けた子供達の姿勢にも現われていた。年子は窓越しに美加を探した。右の端っこに居た。心持ち前屈みに座ってシスターの話にきき入っている。

シスター・ルツの話は訓話めいていた。厳しさの点では主任のエステルに劣らない。ルツの場合その厳しさは気持のせいというよりは、宗教家としての信念に根ざしていた。農婦のように頑強な肢体や角張った知的な容貌からも、その動かし難い信念が読み取れる。

「お父様やお母様のお言い付けに背く方はいらっしゃいませんか？」

とルツは太い声で言った。子供達は一斉に首を横に振る。これ位の年になると否定すべき場合を心得ているのだ。嘘をつくわけではなく、全員が歩調を揃えるまでである。年子は美加の首が縦にも横にも動かぬのを見た。

「それは結構です。あなたがたのお父様やお母様は天主様と同じに貴い方です。あなたがたの中にはお父様やお母様に叱られた方もいらっしゃるでしょう？　あなたがたがやりたいと思うことを、お止めになる事もあるでしょう？　まだ寝たくない、もっと起きてテレビを見ていたい。でもそんなにいつまでも起きていてはいけません。もうおやすみになさいって寝床へ入れられておしまいになる……。なぜでしょう？　それは貴方々が良い子になるように、丈夫に育つようにお躾けをして下さっているのです。あなたがたを叱ったり時には打ったりなさるのは、あなたがたが悪い道に入らないように注意して下さるためですね。決してあなたがたを憎くってなさるのではありません。お父様やお母様にとってあなたがたは宝物なのです。その宝物が立派に育つように躾けをして下さる親御さまこそ、本当に立派な方だとシスターは思います。天主様だって悪い人間には罰をお与えになりましたね？　それと同じ事ですよ。お父様やお母様に逆うのは天主様に逆うのと同じことです。そんな子を天主様はお好きでしょうか？」

「いいえ」

子供は、黄色い声を上げた。美加の口は依然として動かない。だが首だけはルツの口元に吸い寄せられたように熱っぽく輝いていた。無表情な顔に突然生き返ったように光る目が異様に見える。美加は以前から行儀の良い子だった。保母やシスターの話にはいつも熱心に耳を傾けた。一人子には珍しい長所である。取り分け彼女は宗教講話を好んだ。園児の殆んどがそうであるように、造物者の存在を信じキリストの罪の贖《あがな》いを感謝した。入園当初の子供の知識では、あらゆる気象現象は何びとかの手になるものと考えている。その心に造物主の存在を受け容れるのは容易であった。卒園までの二年もしくは三年間に、殆んどの子が熱心なクリスチャンに作り上げられる。形式はどうであれ、エホバやイエズス・キリストを敬愛する心が植え付けられるのだ。それが修道女の教育方針でもあった。

だが年子はシスター・ルツの訓話にきき入る彼女が、

単純にそれを受け容れていると見るのにある種の抵抗を感じた。目の光が鋭かった。それは美加のような大人しい幼児には不似合いでさえあった。

「いけない事はまだあります」とルツは眼鏡越しに一同を見渡した。「お名前は申し上げませんが、人の悪口をおっしゃる方がまだいらっしゃるようですね。それからあの方のお宅には、ピアノがないとか、アパートに住んでいらっしゃるとか、私のお父様は会社の社長だとか……おかしいですねえ……」

美加の異様な目の光が消えて、虚脱したような顔に戻った。

年子は窓辺を離れた。自らの不安をシスター・ルツに打ち明ける事は何となく憚られる。エステルと違った意味で気の強い彼女が、担当でもない保母の口出しを無抵抗に受け容れるとは思えなかった。エステルがルツを差しおいて年子に懸念を洩らした事も、感情的に面白くないに違いない。

仕事は例に依って山積していたが、いつものようにてきぱきと片付ける気にはなれなかった。彼女は人気のない事務室へ行き、近藤美加の調査表を拡げてみた。調査表は年度毎に新しく書き換えられる。


調査の目的は言うまでもなく、園児の家庭環境を知るためであった。

美加は特異な例に属する。父親は×電力の管財係長とあり、父親と継母和子（二十九歳）の三人暮らしだった。二百人の園児の中で継母の子は美加の他には二人しか居ない。実母が亡くなったのは最年少組の終り頃である。当時四歳になったばかりの美加には、まだ母親が死んだという意味がはっきり判らないようだった。一つには長いこと入院していてそのまま他界したせいかもしれない。

「ママは天国に行ったの」

と美加は事もなげに年子に言った。新しく母を迎えたのは天使組に上がる少し前だったようである。幼い美加のためを考えて比較的早い時期に後妻を迎え入れたらしい。だがそのような境遇の変化が六歳近い子供にどれほどの影響を及ぼすものか、年子にもはっきりした推定は下せなかった。年子が継母という事実に留意したのは、目下の所、他に材料がないからだった。

彼女は先刻詳さに眺めた美加の様子を思い返してみた。冷遇されているようには見えない。純白のブラウスにはアイロンが当てられ、スカートの襞はきちんと折り目が付いていた。万事女中任かせだった三歳児の頃には見られなかった身躾みである。

　肉体的な虐待が加えられた様子もなかった。外傷でもあれば一週間前に行われた夏季身体検査の折りに、園医やシスター達の目に止らぬはずはない。年子は継母という文字から反射的に引き起こした妄想を恥じた。

　だがルツの訓話に異様に光り輝いた目の色は何だったろう。釈然としない気分で事務室を出た時、椅子を抱えて遊戯室へ歩いて行く美加達に出会った。美加は行列の最後に居た。歩みがのろいので一人だけ間隔が出来ている。動作はひどく機械的だった。腑脱けという言葉が当てはまりそうな美加の後姿に、年子は暫く見入っていた。

　間もなく広い遊戯室から歌声が響いた。年長組らしくきれいに揃った斉唱に混じって、シスター・ルツの声量豊かなアルトが流れた。歌声を背後に、年子は天使組の教室へ入った。別段当てがある訳ではない。部屋の隅に据えられた戸棚にはシスター・ルツの厳格な指導を現わすように、子供達の道具箱やスケッチブックが一糸乱れず納まっていた。彼女は暫く躊躇《とまど》った後、美加のスケッチブックを取り出してみた。美加は絵が巧かった。最初の頃は錯画であったのが次第に形を成し、象徴画から写生らしいものに成長して行く過程を見てきている。スケッチブックは大方一ぱいになっていた。

　一枚一枚丹念に眺めている内に、年子は妙な事に気付いた。色彩がひどく淡白なのである。年の割りには上手に画かれているが、この年齢の子に共通した強烈な色調が影をひそめていた。枚数を追うにつれてその徴候はひどくなるようだった。彼女はすぐに気付いた。全体がぼやけたように感じられるのは赤が全く使われていないからだ。花畑にしても人形の服にしても赤い色は一つも見られなかった。年子はもう一度、初めの頁《ページ》を返して見た。鮮明な真紅の太陽が目に飛び込んだ。次の頁には赤いチューリップがあった。その真上に太陽がやはり赤で丸くかかれている。創造主の存在を象徴した積りなのかどの絵にも太陽が登場した。ところが四頁頃から急に赤い色が見られなくなっている。太陽は依然として存在したが、赤ではなく黄色に変っているではないか。年子は慌ただしくクレヨンを調べた。赤はちゃんと納っていた。明らかに赤を意識して避けているのが判る。それがあの虚脱した様相と関連があるのではなかろうか。

　スケッチブックとクレヨンを元の場所へ戻しながら、年子は常になく眉相を寄せた。美加が急に赤を避けるようになった理由を知りたかった。

美加の無気力な状態は依然として続いた。相変らず生気のないとろんとした目をしている。殆んど意示表示をしなくなった彼女は、以前よりも庭の隅でぼんやりと過ごす事が多くなった。泣きわめく訳でもなければシスターの言い付けに背く訳でもない。それだけに彼女の変化は四十人の園児を一人で受け持つ担当のルツにも、見過ごされているようであった。

年子は機会ある度に彼女の傍へ行った。その揚句、美加の口からこのように成り変った理由をきき出すのが、殆んど不可能だと知った。彼女は年子が話しかけるのを受け付けようとしない。頑なに拒むというのではなく、話しかけられる事自体に非常な負担を感じているらしかった。

年子は何とかして彼女の口を開かせようとしたが、この前まで辛じて意志を表わしていた首の動きさえも見られなくなっていた。

「何も話したくないのね?」

と彼女は根負けして言った。美加は相変らず虚ろな目をぼんやり宙に浮かせたまま、微かに頷いた。それが最初で最後の答えであった。三つの彼女を母親同然に慈しんだ保母に話しかけられるのが、それほど煩わしいのだろうか。精神錯乱、問題児、という言葉が同時に浮かんで年子は背筋が寒くなった。

年子が立ち上がると美加ものろのろと腰を上げた。他の園児達は笑いさんざめきあるいはこづき合いながら教室の方へ駆けて行く。二百人以上の子供達が駆け去った後には、砂煙が立つほどである。年子は傍らの美加を眺めた。歩くというよりは自分の体を運んでいるといった感じだった。年子は美加の手を取った。じっとりと汗ばんでいる。神経質な人の掌はいつも湿っているときいた記憶があった。

年子が彼女の手を取った直後、意外な事が起った。年子の手の中にすっぽりと包まれた小さな手が、弱々しくはあるが柔らかく握り返してきたのである。年子は驚いて幼女の顔を見た。しかし彼女は年子を見てはいなかった。自分でも気付かずに保母の逞しい手を握り返したもののようであった。

「美加ちゃん」それに力を得て年子は言った。反応はない。

「あなた、赤い色が嫌いなの?」

とたんに美加の肩がぴくりとした。人形のように無表情な顔が、一瞬怯えた色を浮かべたように見えた。それにつれて年子の手が強く握られた。始めて見せる反応らしいものだった。

「嫌いなのね？」

美加は答えなかった。湿った手が微かに震えた。

「なぜなの？　なぜ嫌いになったのか、先生に教えてちょうだい」

美加は今度は頭を振った。嫌いではないという意味なのか、質問を拒むためなのか判然としない。それから疲れ果てたように息を弾ませた。年子は彼女に残酷な事をしたような気になった。

それ以来、年子は面と向かって美加に不審をぶっ付ける事をやめた。自分の問いかけが美加に新たな負担を背負わせるだけで、何の救いにもならない事を知ったからである。魂の抜けたような外観とは裏腹に、異常に磨ぎすまされた神経が小さな体の中でぴりぴりと息付いているのが判った。憐愍《れんびん》の情が突き上げてくる。日頃冷静な彼女には珍しい事だった。

その翌日、園児が帰った後で今学期最後の母の会が開かれ、年子は美加の継母を目近かに見る機会を得た。二十九という年齢よりは幾分老けて見えるが、わざと地味に作っているのかもしれない。癖のない長い髪を無雑作に束ね、紺色のポーラのスーツに痩身を包んでつつましくエステルの話をきいていた。ファッションショウのように華やかな母親達の中では、みすぼらしくさえ見えた。さほど醜くもないのだが全体にぎすぎすした印象を与える。

エステルの話は一時間ほど続いた。よく通る澄んだ美声であった。聖処女という表現がぴったりの清楚な顔には柔和な微笑が絶えなかった。壇上の彼女を眺めていると好悪の感情が酷く激しい気性の持主だとは信じられないようである。年子は目立たぬ場所で近藤和子の横顔に目を注いだ。他の母親と同じく端然と腰掛けてエステルの顔を凝視している。教育ママの典型のような気さえした。

話が終り一同が席を立つと、年子は何気ない素振りで和子の傍へ行った。飾り一つない地味な装いが四角四面の人格を連想させる。三々五々連れ立って帰り仕度を始める母親達の中で、和子に話しかける者は居なかった。他人との交渉を好まない気質かもしれない。帰りかかる彼女をルツが呼び止めた。

「美加ちゃん、近頃何だか元気がないようですね」とルツは言った。

「お宅では疲れを訴えるような事はございませんか?」

「いいえ、別に……」と和子は答えた。少しかすれた細い声である。「瘦せている割りには丈夫なようです。食欲はないようですがこの暑さでございますので……」

「そうですわね」とルツは無雑作に、「お家でもあまり活発な方ではいらっしゃいませんのね?」

「はあ、元々あんな子なのでしょうか。私も充分に気を配っている積りですが、何と申しましてもまだ日が浅いことで……」

ルツは気の毒そうな顔をした。

「すぐにお馴れになりますよ。何と言ってもまだ子供です。私共でも充分に気を付けましょう」

「有難う存じます。よろしくお願い致します」

それで二人の話は終った。充分に気を付けると言ったルツの言葉には形式的なものが含まれている。母親の素振りに悪びれた所はなかった。やはり継母という先入観に煩わされているのかと年子は思った。

美加の事が気にかかりながら、修道院長の誕生祝い、管区長の視察という行事が重なって、年子は暫く彼女に注目する事なく過ぎた。こうした場合、古参の年子に負担がかかってくるのは仕方がない。再び美加の様子に注意が払えるようになったのは夏休みも間近い頃であった。

暑さが厳しくなると児童を戸外へ出すのは、始業時間までとなった。大半の園児が三十分ほど早く登園する。その間だけ戸外で遊べる訳だ。子供達の性質がはっきり判るのは、むしろ自由行動が許されるこの時間である。暫く振りで雑務から解放された年子は、ズックに履き換えて庭園へ降りた。例のベンチには美加と並んで白衣の女性が坐っていた。美加の顔を覗き込むようにして何事か熱心に話しかけている。細っそりした姿はシスター・エステルのようであった。年子はその方へ歩いて行った。彼女の姿を見付けて馳け寄って来る子供達を、年子は常になく無視した。

「幼稚園が嫌いなの。だったら好きになるまでお休みしたっていいのよ」

と言う、上ずった声が耳に達した。エステルの典雅な額に深い縦皺が刻まれている。美加はエステルの激しい言葉も耳に這入らぬように、ぼんやりとあらぬ方を眺めていた。

「どうして黙っているの? 口が効けない訳でもない

でしょう？」

　無理に怒りを押えた声だった。年子は二人の前に遠慮勝ちに足を止めた。エステルの焦立った語調から予想されるような雰囲気はなかった。美加は相手の焦立ちに対して何の関心も示さず、エステルだけがのれんに腕押しの状態を持て余している。年子に気付くと彼女は上気した顔を上げ、しかめっ面のままで処置なしといった風に頭を振った。気の置けない助手の前では、他の場合なら当然押し隠す感情を剝き出しにする。

「一言も口を効きません。まるで唖です」と彼女はたたみかけるように言った。

「私の顔さえ見ないのです。何をすねているのでしょう。母親を慕って泣きわめく子より始末が悪い。こんな子は始めてです、私の手には負えません」

　エステルが当人を前にしてこんな風に言うのは珍しかった。美加の頑な沈黙がよほど勘に触ったようである。年子は魂の抜けたような美加の顔に目を注いだ。

　酷い窶《やつ》れようである。夏だというのに顔色は蒼白く、円らな目の下には薄い隈さえ出来ている。完全に虚脱した顔は子供の物ではなかった。驚きの余り、年子はしばらく茫然とした。

「シスター・ルツにも御相談申し上げたのですが、却ってそっとしておく方がいいという御意見なのです。でもこんな横着な態度を放っておいたら、他の子供達にも示しが付きません」

「この子、普通ではございませんわ」ようやく我れに返って年子は言った。「横着で黙っているのではなくて、お言葉が耳に這入らないのではないでしょうか」

「耳でも悪いとおっしゃるの？」

「いえ、そうではなくて……」

「病気ではないのです。熱もありませんし脈も正常です。現にシスター・ルツが園長におみせになったばかりですよ」

「私にもよく判りませんが、何かありそうでございます」

　言いながら年子は美加の様子を窺った。とろんとした目も見えぬもののように宙に注ぎ、二人の会話には何の反応も示さなかった。五つの子供が自分の事を話題にされているのさえ問題にならぬほど、心を奪われているものは何だろう。

「それを私もきいてみたのですが」とエステルは再び美加を一瞥し、「この通りです。はい、もいいえもない。

まるで赤ん坊か死人も同然ではありませんか。これでは何か問題があるとしても、善処の仕様がありません」

「言えない訳でもあるのではございませんでしょうか」

「どんな？」エステルは神経質に眉を釣り上げた。何事によらず自分と違った意見を出されると機嫌が悪かった。「私はこの子に何か喋らせようとは考えておりません。最初はその積りでしたが、到底無駄だと判りました。ですから私がこの子に質問し、イエスかノーか答えさせるところまで譲歩したのです。それなのにこの子は眉一つ動かそうとしません」

「問題は家庭にあるのかもしれません」と思い切って年子は言った。「この子の母親に訊ねてみてはいかがでしょう」

「勿論、シスター・ルツと御一緒に話し合ってみました。でもあちらでも思い当たる節は全然ないという事です。驚いていられましたよ。まさか美加がそんなだとは知らなかったと言って……」

「でも美加ちゃんは感じやすい子ですから、母親に覚えがなくても知らず知らずの裡に……」

「相良さん」エステルは改った様子で年子の方に向き直った。鋭く潔癖な気質が剝き出しになる。「貴方が美加ちゃんを庇いたい気持は判ります。でもそれだからといって、継母に責任を転嫁するのはどんなものでしょうか？　この子の母親は私も存じています。行き届いた方です。年長組にはお弁当にパンを買えと言って現金を持たせる母親も居ますが、新しい母親が来てからこの子には一度もそんな事はないそうです。毎日の事に栄養に気を配ったお弁当を整えてあげる事は、実の親にもなかなか出来る事ではありません。シスター・ルツともお話しして感じているのですよ」

エステルの言葉には淀みがなかった。彼女は年子の意見を求めている訳ではない。単に助手である彼女に不満をぶちまけたに過ぎんのだ。かつて美加に気を付けてくれと言ったのも、元気良く遊びに加わるよう引っ張ってくれという積りだったに違いない。

年子は一礼してその場を離れた。ここで美加が赤を嫌っている事情を打ち明けたところで、取り上げてはもらえまい。長い修道院生活が彼女の心から邪悪な物の存在を締め出しているのだ。嫌悪すべき事柄を見ききすると、彼女等はただ瞠目し想像も及ばぬ怖ろしい事だと口走るだけである。嫌悪すべき事柄が起こったとしてもそれは外界の出来事であり、この聖域とは何の関わりもありはしない。従って彼女等には憎悪の感情もなく、単純に善と悪とに大別する。園児に接する時も例外ではなかった。自分なりの解釈で良い子の規格を設け、それからはみ出すのは悪い子だと単純に割り切るのだ。年子は改めてシスター・エステルとの断層を感じた。だが年子はこの時二つの事に気付いていた。母親が話題にされていた時、美加がある種の反応を示した事と、年子を相手に捲し立てていたエステルがそれに気付かなかった事である。

夏休みが近付くにつれて年子の不安は大きくなった。美加が幼稚園と隔絶される事に得体の知れぬ不安が湧いた。園に通って来ている間は、少くとも美加の安全は保証されるような気がした。だが四十日か五十日も園を離れると……。何となく年子はぞっとした。何のためか彼女自身にも判らない。ただエステルが母親の噂を始めた時に見せた美加の反応に、年子は疑惑の全てを集中せずにはいられなかった。そして赤い色を嫌う事実。赤が嫌いなのかと訊ねた時、無意識に縋り付いた濡れた小さな手……。考えてみれば美加のような内向性の子供に対して、それ等を全て説明しろと言うのは酷な話であった。六歳に満たぬ内気な子が、他人に向かって思いのたけを吐き出すのは不可能に近かった。現に九度以上の熱を出しながら、気分が悪いと言えなかった子が居たのを年子自身体験している。

担当の子供達が帰った後、年子には夏休みの準備が待っていた。夏休み中に子供達へ与える宿題を用意しなければならないし、母親へは細かい注意事項を託さねばならない。そろそろ堪え難くなった暑さに閉口しながら、年子は一人事務室で謄写版に向かった。時間は十二時を廻わっていた。昼食を謝す祈りの声が終ると周囲は静かになった。

エステルの下書きになる注意事項は詳細を極めていた。就寝は八時を過ぎぬように。休暇中といえども、テレビを見ながら食事をするのはやめるよう、戸外での遊びは直射日光を避けるよう……といった事柄が箇条書きにされている。五十枚ほど刷り終ったところで、年子は持参の弁当を拡げた。食欲はなかった。機械的に箸を取り上げた時、突然周囲の静寂を破って鋭い悲鳴が響いた。短いが血を吐くような叫び声だった。彼女は箸を取り落した。悲鳴は園児らしかった。続いてシスター・ルツの太い声がする。年子は弾かれたように天使組へ走った。廊下には時ならぬ絶叫に驚いて飛び出した子供達が、担当の保母やシスターに促されて未練らしく部屋へ戻る姿が見られた。子供達を叱ったシスター自身が、心配そうに天使組の方を窺っている。年子は悲鳴を上げたのが美加のように思われて不安になった。

彼女が天使組に馳け付けた時は、すでに騒ぎは治まっていた。まだ落着かぬ空気の中で食事を始めている園児に混って、一人の少女が両手で顔を覆い声もなく泣いている。案じた通り美加であった。顔を隠した両手が小刻みに震え、それにつれて細っそりした肩が上下した。果して泣いているのか、ショックの余り震えているのか判然としない。たった今の鋭い叫び声と、心細気な仕草とを結び付けるのが不自然なほどだった。美加の隣には男の子が居たが、弁当には箸を付けず今にも泣き出しそうな顔でシスターと美加とを見比べていた。

馳け付けたものの、年子は咄嗟にどうすべきかに迷った。何があったにせよ、担当でもない彼女の出る幕でない事は確かだ。だが室内のルツは彼女の姿を認めた。美加と自分とを密着すべき何の理由もない。美加を一瞥すると彼女は大股で年子の方へ歩み寄った。

「何かございましたか？」

と年子は遠慮勝ちに訊ねた。

「びっくりなさったでしょう？」とルツは磊落《らいらく》な口調で「何だか私にもよく判らないのです。何でも浩ちゃんがね、自分のお菜を美加ちゃんの方へ差し出して、蛇だぞう……と言ったんですって」

「それだけであんな声を？」

「そうなんです。近頃随分神経質になっているようですからね。精神状態が安定していないと、僅かな事で泣きわめく事があります。美加ちゃんがあんな声を出したのを始めてききました」

「そのおかずは何だったのでしょう？」

「しらたきですよ」とルツは頑丈な手で形を示めして言った。「ここらでは糸蒟蒻《こんにゃく》って申しますわね。浩ちゃんだって別に悪気があった訳でもないでしょうが、近頃子供達もだらけてしまって本当にお行儀が悪くなりました」

「そんなに美加ちゃん、蛇が嫌いなのでございましょうか」

「さあ」とルツは首を傾げた。眼鏡の奥の細い目が訝し気に年子を見詰めた。年子が異常な関心を示すのを不審に思ったようである。「そうかもしれませんね、蛇が嫌いなところへたまたまお食事時だったものですから、思わず悲鳴を上げたのでしょう。そして大した事でもないのにあんな声が出てしまったので、恥ずかしくなって泣き出したのです」

年子はもう一度美加の方を見た。顔は覆ったままだが震えてはいなかった。まだショックが醒めないのか、ルツが言うように恥ずかしくて顔が出せないのか、あるいは惰性でそのままの姿勢を続けているのか判らない。年子は窓越しに美加の弁当を覗いた。楕円形の弁当箱には彩りよく幾種類かの菜が並んでいる。卵の黄色や薄紅色のハムや、いんげん豆の鮮かな緑が海苔を巻いた小さい握り飯に美しく映えていた。

「食欲もないのですよ」とルツは言った。「元々食の細い子でしてね、宥《なだ》めたりすかしたりして食べさせようとするのですが、ほとんど残してしまいます」

年子は継母が弁当に気を配ると言ったエステルの言葉を思い出した。これで継母から何らかの形で虐待されているのではないかという考えは捨てなければなるまい。御馳走を並べた昼食に興味を示さないところを見ると、食事を充分に与えないのではないかという懸念もない訳だ。外傷もない点と考え併せても、美加の憂いの原因から継母を抹消しなければならなくなった。しかしそれは何となく、無理矢理抹消させられたといった感じがする。なぜか年子はそんな風に考えざるを得ないのだった。

彼女はこの時、よほどシスター・ルツに懸念を打ち明けようかと思った。ルツの磊落な態度が一応話だけでもきいてくれそうに思われたからだ。彼女がそうしなかったのは、やはり上司エステルに気を兼ねたためである。エステルが一言の許に否定した事実を、改めてルツに直訴したような形を取る事に躊躇《ためら》いを感じたのだ。それにルツとても美加の母親には同情的である。そして何よりも彼女の白衣が、神聖な園内での継子いじめの想像を拒絶するだろう。年子は日頃見慣れた僧形に、今ほど威圧を感じた事はなかった。

夏休みに入ると、年子達保母は完全に園から解放される。シスター達は夏休みと同時に教育者の立場を去り、本来の修道院の生活に没入するのだ。そして幾日間かの黙想の業に入る。彼女達の生活にはよほどの事がない限り、保母といえども介入する事は許されなかった。園児を送り出した保母達の中に、華やいだ空気が満ちていた。若い女達がやっと自分の体に戻れたのだ。だが年子には夏休みが怖ろしかった。あの美加の虚脱したような態度は、無意識の裡に必死で自分の苦境を訴えているように思えるのだ。虚ろな目差しと、湿った手で自分に縋ったた動作とが胸を締め付けるように生々しく蘇った。美加は全機能が麻痺した重病人である。苦痛や悩みを訴える力がないのだ。ただあのような態度の変化で苦悩を現わす事だけが、幼女の唯一の表現法ではなかったか。それを察し正しい判断を下すのが大人の義務である。年子は美加が衝撃を示した三つの具象である、赤・蛇・継母の関連について思いを巡らせた。それ等が個々別々の恐怖ではなく一連の繋がりを持っているように思えるからだ。しかし一見何らの共通性もない三つの部分からは何の解釈も下し得なかった。

休暇に入り一日中ぐたぐたと過している内に、年子の不安は堪え難いものになった。夏休み明けまで手をこまぬいていていいものだろうか。美加の身に変事が起こるとすれば、この休暇中ではなかろうか。九月の初旬に再び園のベンチの上に、細っそりした体を休める美加を見られる保証があるだろうか。

一週間の後、年子は美加の家へ行く事にした。考えあぐねた末である。外へ出た時はすでに夕刻であった。時刻を選んだ訳ではなく、決心が付いたのが夕方だったからだ。

美加の住居は閑静な住宅地にあった。和子の質素な装いとは不似合いな高級地である。彼女の園では家庭訪問をしない建前になっていた。個人面接日を決めて、父兄を園へ来させるのだ。遠方からの通園者が多いせいであった。従って年子も彼女の家を訪ねるのは初めてである。付近の家は総じて古びてはいるが、頑丈な門構えと高い塀とで近隣との交流を阻んでいるかに見えた。団地住いの年子には、付近の静寂が信じられぬ位である。

美加の家の見える辺りに来た時、ちょうど和子が門を出てくるところだった。夕食の買い物らしく籠を下げている。元より年子は彼女と顔を合わせる気はなかった。隣家の門の陰に身を寄せ、相手をやり過ごしてから後を付ける。そんな真似をして何になるのか、自分でも判らなかった。偶然和子を見て即座に尾行する気になっただけである。

和子は足早やに歩いた。近所との交渉もないらしく、折から行き会った同年輩の婦人とも形式的な会釈を交わしただけだった。住宅地を出外れた角に食料品店があった。和子はそこへ入った。店はかなり混んでいたが、店員は彼女を見ると愛想良く言葉をかけた。和子は要領良く買い物を整えて行く。贅沢な買い方だった。

「それからしらたき。百グラムね」

和子は低い声で言った。

「御主人、今日も出張ですか?」

と店員は愛想笑いを浮かべて言った。和子は答えなかった。そしてしらたきを受け取ると、来た時と同様足早やに店を出た。後を追おうとして、年子は急に考え付いて店へ入った。

「いらっしゃい」

と威勢良く声をかけるのへ、

「今の奥さんですが」と年子は囁くように、

「近藤さんでしょう?」

「ええ。そうですよ」

「よく、あのしらたきをお買いになりますか」

「え?」と店員は頓狂に言って「あ……しらたきね、ちょいちょいお求めになりますよ。御主人はお嫌いとかで、いらっしゃるときにはお買いになりませんがね」

「それじゃあ、御主人が出張なさっている時だけお買いになるのですか」

「そうのようですね、でも何でまた?」

「いいえ、別に……で、御主人はそんなに出張が多いのですか」

「そうらしいですね。お勤めの関係で出張がちだとか……」

年子は礼を述べて店を出た。和子の姿はすでに見えなかった。小走りに歩きながら、最初に美加を見た時に感じた得体の知れぬ不安が、急速に形を整え始めた。昼食時に美加が恐怖の叫び声を上げたのは、蛇ではなかったのだ。彼女があれほど怯えたのはしらたきそのものだった。

近藤家の門を彼女は盗人のように忍んで入った。夏のことで扉が開け放たれている。網戸はなく家の中はまる見えだった。台所は北向きで昔風にだだっ広い。窓が開いていてエプロン姿の和子の動きが手に取るように判った。彼女はガスコンロに向かって何か煮ていた。幾度も鍋を覗き込んでいる。やがて彼女は中の物を取り出した。しらたきだ。年子は叫び出しそうになるのを辛くも堪えた。和子が箸でつまみ上げたしらたきは血のように赤く染められていたのである。

訳もなく幼児に体罰を加えるのは実に残酷な事である。だが残酷な折檻も食べ物を与えない事に比べればまだ許せるかもしれない。食べる事が何よりも楽しみな子供を飢餓に追いやるほど、残忍な仕打ちはないと年子は考えていた。ところが子供を飢えさせる以上に残酷な仕打ちがある事を、始めて知らされた。その戦慄すべき虐待が今から行なわれようとしている。怒りにがくがく震える足を踏み締めて、年子は辛棒強く待った。辺りは次第に暗くなる。容赦ない藪蚊の襲撃も感じなかった。

　雨戸を締める音がした。もう九時位になるだろうか。中からは暗く物音一つしなかった。年子は居間と覚しい方へ移動し、雨戸に耳を押し付けた。

か細い悲鳴が起った。弱々しいが恐怖に満ちた絶叫が、年子の肺腑を刳った。悲鳴は永く尾を引き、一旦途絶えてはまた響いてくる。逃げ惑うような足音がそれに伴った。年子は裏口に廻り、硝子《ガラス》戸だけの窓口を見付けると躊躇なく硝子を打ち破った。敏捷な動作には自信があった。

　彼女が土足のままで部屋へ飛び込んだ時、やっと母親は変事に気付いた。叫び声を上げる形に唇が開いたが、声は出ず獣じみた息を吐いただけだった。彼女が口を開くと、咥えていた赤いしらたきが血の固りのようにどろりと落ちた。

年子の目の前に居るのは鬼だった。白っぽい浴衣の裾を引きずり、髪をおどろに振り乱して口は耳まで裂けていた。わざと蒼白く塗った顔が仰天の余り血の気を失い、しらたきの紅が滲んだ醜悪な口元が目立った。

　年子は洗礼を受けた熱心なカトリック教徒である。いかなる仕打ちに合っても怒りや憎悪を押さえ、相手を許す習練を積んできていた。見知らぬ極悪人に対してさえも、許容の余地を見出した。それがキリストの御心に叶う事だと信じたからである。だがこればかりは許せなかった。この卑劣極わまる継子いじめのどこに、許容の余地があろうか。炎のような憤激と憎悪が彼女を包んだ。

　成す術もなく突っ立っている和子に武者振り付くと、おどろな髪を引きずり、痛烈なびんたを喰らわした。彼女自身、自分のしている事が理解出来なかった。続けて二つ、三つ、我れを忘れて叩きまくった。継子いじめがしたいのなら、なぜ殴り、つねり、柔らかい皮膚に焼火箸を当てる、唾棄すべき悪業の痕跡を衆目に晒らさなかったのだ！　なぜ美術品のような弁当の代りに空の弁当箱を持たせ、継子の飢えを天下にしらしめなかったのだ！　シスター・ルツの訓話を神の声ときいた美加は、身の毛の弥立《よだ》つ虐待を愛の笞《しもと》と解したのではなかったか。

殴打を繰り返している裡に、掌の感覚がなくなってきた。幽鬼を打ち据えながら、年子は邪悪なものから目を外らし、きれい事の保育を強いたシスター・エステルを、信念に凝り固まって幼な心に頑迷な犠牲心を植え付けたシスター・ルツをも、同時に打擲していた。許されるならこのまま相手が息絶えるまで、殴り続けていたかった。

我れに返った時には、和子は畳の上に寝そべるように仆れていた。年子が手を離すと今度は畳に突っ伏して細い声で泣き出した。だが年子が案じたのは美加だった。信頼していた保母の狂態が、幼女にどれほどのショックを与えた事か。それだけで彼女は分別を失った行為を悔いた。弁明の言葉の数々が脳裡をよぎった。

——お化けは先生が退治してあげたわよ。大天使ミカエルも悪魔を退治なさったでしょう？——

しかしその必要はなかった。年子が彼女の方に許しを乞うべく手を延ばすと、美加は馳け寄りざま抱き付いてきた。豊満な胸に相手の震えが伝わって来る。その胴震いが極に達した時、「わっ」と叫び声が上がり凄じい泣き声が迸った。その号泣はこれまでの無気力を一挙に返上したようだった。美加は小さな生き物のように年子の胸に、腹に、顔をすり付けては泣きわめいた。右手で痩せた背中を撫でながら一方の手で美加の手を握り締めると、じっとりと汗ばんだ華奢な手が、信じられぬ力で握り返してきた。

舌禍

1

「素敵な御主人じゃない?」

庭へ降りた突端、加代子の甲高い声が耳に飛び込んだ。岡部敦子は「え?」というように隣家の台所へ顔を向けた。青い網戸を透して黒っぽい人の姿が不鮮明に窺われる。勢い良く水のはぜる音に混って、低い声が何か言った。

「小母さんには勿体ないみたいだわ」

加代子のキンキンした声が重ねて言った。それで敦子は、やっと彼女の話しかけた相手が自分でないのに気付いた。加代子が網戸越しに話しかけてくるのは珍しい事ではなかったからである。相手の返事はきこえず、相変らず水のはぜる音が続いた。

敦子は庭にしゃがみ込んで、植えて間もない薔薇の着き具合を調べ、次にすでに花をつけているのを点検した。薄紅色の花は五分ばかり開き、可憐な蕾も開花を待っている。葉の裏を返すと、案の定虫がついていた。米粒ほどの大きさもない。葉の色と見分けのつかぬ緑色である。彼女は棒の先で丹念に一匹ずつ落していった。大小不揃いの薔薇の木が並んでいるのは、少しずつ買い足しているからだ。六十坪余りの庭には、家族の愛着を反映して様々の草花や未成熟な木が、雑多ともいえる並び方をしている。薔薇が多いがちょっと目を離すとすぐに虫がつく。無精者に薔薇は向かないと言った実家の母の言葉を思い出した。

「二つに切っときましょうか?」

小母さんの声がした。よく透る声だが加代子の金属的な響きとは違う。遠くの相手に呼びかける戸外で鍛えた野太い底力を持っている。敦子は再び隣家へ目を向け、境いのブロックをもう少し高くすべきだったと後悔した。隣りの物音が筒抜けにきこえるのはいいとしても、相手が清水加代子だけに庭続きのような低い垣では煩わしかった。だが今頃になってブロックを積み上げたら、加代子の事だ。何を言い出すか判ったものではない。最初、僅かの費用を惜しんでブロックを倹約した事が悔まれた。

「当節魚も高うなりましたけんね、お客さんに気の毒ですよ」小母さんは弁解がましく付け加える。「奥さんとこ、庭ばいじくられるとかおっしゃっていましたろう?」

「ええ、それがねえ……」

電話が鳴った。加代子はそのまま隣りの居間へ引っ込んで、相変らず甲高い声で応じ始めた。

「今日いいの？　明日だって話だったからその積りにしてたんだけど……、いいえ、別に差し障えはないわ。二時？　貴方も一緒に行ってくれるんでしょ？　私、方向音痴だから一度行ったくらいでは判らないのよ。どんな風に行ったらいいの？」

加代子は自信のなさそうな調子で、相手の示す道順を復唱しているようだった。小母さんは魚を作り終ったらしく、水の音が止った。

「じゃあ、二時にね。そちらのお宅の前で待ってるわ」

加代子のよく透る声が響いた。きき耳を立てている訳でもないのに、居間の声まではっきりときこえて来るのがやり切れなかった。相手の声がきこえる以上、こっちの声だって同じくらい相手にきこえるはずだ。双方が扉を閉め切っている時にはよほど大きな物音でもたてない限りその心配はないのだが、開け抜しにすると文字通り筒抜けである。間もなく夏を迎える事を思うと敦子は憂鬱になった。

「どこかへお出かけになるとですか?」

小母さんが訊ねている。

「ええ、さっきの庭の事よ」弾んだ声で加代子は答えた。「あの日にね、Kの近くで素敵な庭を見かけたのよ。それでね、うちも同じようにしたいと思って植木屋に話したら、そこのお庭も自分が手がけたっていうじゃない。だったらもう一度中から見せてもらおうと思って、そちらへ頼んでもらったのよ」

「そんな立派なお庭なら、大分かかるでしょう」

「二、三十万ってとこかしら。でも自分の庭ですもの。みみっちい事はしたくないわ。素人がいじくり廻したって、庭なんて言えるものにはならないわよ。それで気が済むんだったらいいけどね。私は何でも本式にやらないと気が済まないから……」

花を眺めながら敦子はむかむかした。自分が庭に出ているのが見えないはずはないのに、何と無神経な事を口走るのだろう。今に始った事ではないが、何度きいてもいい気持はしなかった。

——貴女には判らないでしょう。やっと手に入れた自分の庭に、種を蒔いて芽が出た、花が咲いたと家族が皆で喜び合う楽しみなんか——。

胸の中で毒づくと、彼女は早々に家へ引っ込んだ。この分譲地へ越してきて二年になる。家を建てたのは敦子の方が先だった。宅地を購入して一年以内に建築に着手するというのが規定であった。それを馬鹿正直に守ったために、建てた家はささやかな木造である。入居した当時は見渡す限りの空地で、申し訳のように所々に家が建っている有様だった。新興地の事で何かと不便でもあれば、何よりも淋しく心細かった。早く隣りの空地に家が建って、適度な近所付き合いが出来ればいいと望んだものである。だから境いのブロック塀にしても、無理をせずに低くしたのだ。

清水加代子が家を建てたのはそれから半年後だった。プレハブの平家で岡部家と大差ない作りである。気楽に付き合える相手だと思った。同じ分譲宅地でも隣りにとてつもなく豪勢な邸宅でも建てば、圧倒されそうな気がしたに違いない。越してきたのが自分と同年輩の女だった事も一層親近感をそそった。良い隣人になってくれるだろうと思った。

引っ越してから二、三日経って、清水加代子が一人で挨拶に来た。来た早々から夫の安男が一流の大学を出ていて会社で重要な地位にある事や、町中からの道のりが遠いためにタクシー代がかさむ事、辺鄙な地でろくな品物もなく、何よりも良い美容院やレストランがないなど繰り言を得々と弁じ立てて行った。

「東京暮らしが永うございましたのでねえ。町中でさえ田舎のような気がしますのに、よりにもよってこんな所に……島流しにされたようで情ないったらございませんわ」

彼女は甲高い耳触りな声を張り上げてまくしたてた。その時から敦子は度し難い相手だと感じた。よりにもよって困った人が隣りに越してきたものだと思ったが、今更悔んでみても仕方がない。どんな隣人に巡り合うかは賭けみたいなものである。こんな相手には逃げの一手あるのみだ。永年のアパート暮らしで教えられた処置として、彼女は可能な限り没交渉を決め込む事にした。

加代子の家にはこの辺では珍しく電話がある。以前から持っていたのを取り付けたのだ。敦子の所を始め、近頃になって続々と建ち始めた周辺の家では、いつになったら付くものか見通しも立たない。それが加代子には自慢の種だった。いつでも使ってくれと繰り返し言ってくれるのだが、敦子は敬遠して公衆電話で用を足している。

最初の頃は加代子の家に絶えず来客があった。大抵は近所の主婦達で、人好きな加代子に招かれたものである。彼女はなかなかの社交家で、ひと月と経たぬ裡に団地の誰彼と交渉を持った。客人なら誰に依らず歓迎して、気前良く茶菓をふるまった。分譲地のサロンといった状態が一年近く続いたが、近頃では上がり込んで話して行く相手はなくなっている。加代子の愚にもつかぬ自慢話をきき飽きたのも確かだが、彼女が近所の噂をあることないこと吹聴するのが原因だった。自慢の種を出し尽してしまうと、彼女は親しくなった人々の噂を始める。噂話にはあまり良い事は出ないものだ。普通の人間なら慎しんでいる事柄を、腹に納めておけない口の軽さが人々の不安を呼んだようであった。こういう放送屋の類いがどこの町内にも必らず一人か二人は居るもので、たまたまそんな者が隣りに居られるとたまったものではない。敦子が完全な目隠し塀を作らなかった事を後悔するのもそんな訳だった。

加代子のお喋りでまず槍玉に揚げられたのは、隣り組組長をしている小玉雪子である。お互いに子供のない身軽さから、暫くの間は行き来があった。

「いつも縫いぐるみの動物を作ってるでしょう。人にあげるのだなんて体裁の良い事を言ってるけど、本当は内職なのよ。別に私、内職してるって事を軽蔑しやしないわ。でもそれならそれと堂々と言えばいいじゃないの。ただ変に見栄を張って嘘をつくからおかしいのよ」

雪子は三十前の美しい女で、手先の器用なところから手芸をやっていた。とりわけ縫いぐるみが得意で、出来上がったものはそのまま店頭に並べてもおかしくない出来ばえだった。親しく交際していても、加代子は何かと競争意識を持っていたらしい。内職云々を取り沙汰したのは、雪子の家がまだ珍しい温水器を取り付けたからである。近所で温水器があるのは雪子の所だけだった。それが著しく加代子の自尊心を傷つけた。たまたま誰かが羨望混りにそれを加代子の前で喋ったので、我慢しきれずに内職の事を持ち出したのだろう。きいた相手が黙っていればいいものを、それを雪子に話してしまった。

雪子は気性の激しい女である。その時は鼻の先で嘲笑って済ませたが、密告者が帰ると早々に血相変えて敦子にぶちまけに来た。格別親しい仲でもなかったが温厚で節度を保っている敦子を信頼したようである。

「怒鳴り込んでやりたいわ。あなただから言うんだけど、あっちだって何よ。ばらしてやる材料は五万と摑んでいるんだから」

かなり興奮して彼女はまくし立てた。彼女の口振りでは、内職をしていると言われた事より、むしろそれを隠している見栄っ張りだと決めつけられた方が頭に来たようである。

「およしなさいよ」と敦子はなだめた。「怒鳴り込んだりしたら、あなたもあの人と同じに成り下がってしまうじゃないの。馬鹿だと思っていらっしゃい。馬鹿が相手では腹も立たないでしょう」

敦子が常になく辛辣な言葉を吐いたのは、加代子が憎いからではない。雪子の憤懣を押えるためだった。彼女がここへ来た事を加代子は見ているに違いない。その直後に怒鳴り込みでもしたら、自分が焚き付けたと思われかねない。嫌な相手でも隣人を敵に廻わすのはやり切れなかった。

「馬鹿だって事ぐらい、始めっから判ってるわよ」雪子はなおも突っかかるように言った。「私が言いたいのはね、嘘八百を他人に告げ口されたって事なのよ。内職をしてるってのは嘘よ。内職しているのが恥しいなんて思ってやしないわ。でも嘘は嘘でしょう？　勝手な臆測で嘘の噂を立てられるのが、どんなに怖ろしい事か判って？　これが内職ぐらいだからまだいいけど、万引きしたとか男を引っ張り込んだとか、そんな出鱈目を並べられて御覧なさい」

「まさかそんな事……」

「実際にあったのよ」勢い込んで雪子は遮った。「私、ここへ来る前は社宅にいたのよ。貴女も御存知かもしれないけど、社宅ってのはうるさくてね。何しろ同じような生活の者が集まってるでしょう？　だからお互いに分相応に暮らしていればよさそうなものなのに、それが反対なのよ。見栄の張り合い。一人が赤ちゃんのおむつをおむつ会社へ出すとするわね。すると他の母親も同じように、それこそ食費を切りつめてでも出す訳よ。それが出来ない人は部屋に干すの。外へ干してるとあそこはおむつ会社へ出さずに自分の所で洗ってると思われるからよ。うっかり夕食にさんまも焼けないわ。そんな風だから一度こじれると気違い沙汰よ。うちのすぐ側に敵同士が住んでいた……、ある時片方の奥さんが近くのマーケットで玉子を買ってうっかりお金を払うのを忘れて帰っちゃったの。店の者が後で気付いてお金を貰わなかったとか話しているのを、たまたまもう一方の奥さんが買物に来て、きいてしまったわけ。その人、どうしたと思う？　あの奥さんは玉子を万引きしたとふれ廻ったのよ」

「まあ……」

「ひどいと思うでしょう？　ところが皆はその馬鹿馬鹿しい噂を信じたのよ。本気で信じたかどうかは判らないけど、面白がった事は確かだわ。濡衣だって弁明してやる人はいなかった。弁明してやるよりは、一緒になってあの人万引きしたそうよ……と話し合うほうが面白いものね。世間ってそんなものなのよ」

「それで？　その人どうなったの？」

「結局どうにも出来なかったわ。誰かが面と向かって訊ねてでもくれれば説明のしようもあったでしょうけどね、まさかきかれもしないのに一軒一軒釈明して歩く訳にも行かないでしょう。そこが噂の怖いとこ。それに噂の出所が例の女だって証拠はないからね。自分じゃないと言われればそれまでだし……。制裁を加える事も出来なかった。むしろその奥さんが白い目で見られた。常識で考えたって万引きなんてするはずはないと判っても、一度立てられた噂は何かの形で残る訳ね。私の言った意味が判るでしょう？」

敦子は頷いた。彼女もアパート暮らしは体験したが、それほどの事件を見ききした事はなかった。近所付き合いを避けないまでも一定の距離を保ってきたせいか、悪辣な噂に巻き込まれた事もなければ、敵を作った事もない。それだけに他人を陥し入れるような事を平然と口にする女の気が知れなかった。

「私だって社宅に住んでれば……」雪子は、蒼ざめた顔で続けた。話している間に改めて憤りが蘇ったようである。「僅か千円かそこらの家賃でのうのうと暮らせたのよ。千円ぐらいなら家を建てるより遥かに得だものね。でもその事があってから、つくづくいつまでも居る所じゃないと思ってね。無理を承知でここを買ったの。家の頭金にしたって勿論借金よ。でもお金じゃない。少々生活が苦しくたって、あんな思いをするくらいなら大した事じゃないと思ったのよ。そしてやっとここへ移って来て、ほっとする間もなく……、清水さんを見てるとあの女のことを思い出すわ。ものの言い方から何からそっくりなのよ。あの人なら他人を陥し入れるためにはどんな事だって言いかねないわよ。その上、私が腹を立てるのはね、社宅と違ってもう逃げ出せないでしょう？　一生ここで暮らす覚悟で家を建てたんですもの」

「ええ、よく判るけど……」敦子は取りなすように言った。「それだけに他の人だって考えるわよ。あんな人は今に皆に敬遠されるわ。腰掛けとは違うんだから、お付き合いにはお互いに慎重にならざるを得ないでしょう？」

雪子は幾分機嫌を直したようだった。敦子にぶちまけただけで気が済んだのかもしれない。その後、雪子は余勢をかって加代子が本どころか新聞さえも読まない事、虎の子のように吹聴する東京暮らしが永かったというのが、その実、二年足らず東京に住んでいたに過ぎなかった事、会社で重要な地位にあるという夫の安男が暖房器のセールスマンで、各家を個別訪問して廻わっている事などを並べて行った。悪口雑言をきかされながら、敦子は不思議に浅ましい感じはしなかった。他人の悪口を始める際に、誘導訊問よろしく相手に匂わせてきっかけを引き出す者が多いのだが、雪子はそんな手ぬるい手段は取らない。歯に衣を着せずに言いたい放題を並べて、すました顔で帰って行くのが妙に爽快な感じさえした。内職の事から万引きにまで発展して深刻がるところなど、何か子供の告げ口をきいているような気になる。他人の陰口を好まぬ敦子にしては珍しい事だった。

それから半年経った。今では誰も加代子の家へあがり込む者はいなくなっている。おそらく敦子の言ったと同じ理由から、自然に足が遠のいたものだろう。たまに訪ねる者があっても新規に越してきた者だ。その他は日々の菜を売りにくる行商人や、ときにはセールスマンが自慢話のきき役になっているようだった。新興地のせいもあって、この辺りには行商人がよく通う。割り高なので敦子はめったに買わなかったが、加代子は声をかけられる度になにがしか買っているようである。

彼女がK町へ行くと洩れきいて、敦子は憂鬱になった。彼女も今日の午後からK町に住んでいる友人を訪ねる約束があったのだ。途中彼女と同じバスに乗る事になるかもしれないと思うとうんざりした。加代子の事だからおそらく得意顔で庭造りの件を吹聴するだろう。そこは女の事だ。景気の良い話をきかされて楽しかろうはずはない。敦子はすでに相手にぶつかったような渋い顔になった。

辺りが次第に蒸し暑く湿気をはらんできた。敦子はいったん干した蒲団を取り込むために庭へ出た。隣りではまだ話し声が続いている。

「朝から頭痛がするのよ」加代子の声だった。

「生理の前っていうと、いつもこうなんだから」

「それはいかんですね」

「きっと明日から始まるんだわ。五日も早いのに……。私の生理痛って酷いのよ。下腹と腰、痛くて痛くて。とても外へは出られない。小母さん、そんな事ないでしょう」

「何ともない事もありませんがね。生理病で休むわけにも行かんもんですけん」

「私のは我がまま病ってとこかしら?」

「恵まれ過ぎてござるとですたい」

加代子は満足気な笑い声を立てた。行商人を相手に生理の話をする神経が敦子には許れない。

蒲団を抱えて家に這入った時、「また寄って頂戴」という加代子の声がきこえた。

掃除を終えると、敦子は最近買い入れたばかりの洋間のソファーに腰を下ろして朝刊を拡げた。新しい家具が充足感をもたらす。

一面二面はざっと見出しにだけ目を注ぎ、三面になると丹念に読む。目下彼女の興味をひいているのは、Y町で男が刺殺された事件である。午後から出かける予定のK町から近いY町で起った事件だけに、一応目を通しておきたかった。まだ犯人が挙がらない事が好奇心をそそる。殺されたのは三十二歳の土工で動機もはっきりしないようだった。捜査は難行している様子だが、もはや二、三行をさいているに過ぎない。喧嘩でもして刺し殺されたものなら、相手はおそらく同類だろう。また何かやって逮捕され、そんな事から口を割るのではないか。そう考えてみると、大して興味ある事件ともいえなかった。

新聞を畳み、早目の昼食を済ますと敦子は早々に家を出た。約束の時間には早いが、加代子と同じバスに乗るのを避けるためである。幸いバス停に加代子の姿はなかった。

2

K町は彼女の宅地と同じく新興地である。ただこの方が早く拓けたために交通の便は遥かによかった。すでに活気のある一つの町に仕上がった感じである。二、三年の後には自分等の団地もこのようになるに違いないと、敦子は頼もしい気分で店舗の列や、バスの標式を眺めた。

始めて行く友人宅を探し当てるのは難儀だった。敦子が家を建てた時に、わざわざ訪ねてくれて祝いの品を貰った。今日はその返礼である。五月だというのに暑さが堪え難かった。

雨もよいの湿気が午前よりも酷くなったようである。かなり大きなブロック塀の前を歩いていると、通りすがりの女が会釈して行き過ぎた。中年の女だった。いきなりぴょこんと頭を下げたので彼女も慌てて、会釈を返したが、相手が誰だか判らないままだった。家を探すのに気がせいていて、向うから来る人に気付かなかったようである。気付かないといえば相手の方も側に寄るまで、彼女だとは知らなかったようだ。ぎこちない唐突な会釈がそんな感じを与えた。すれ違ってから始めて、敦子は誰だったのか考える気になった。相手はかなりの早足で、振り返った時にはすでに十メートルも離れていた。後姿から記憶を辿るのは困難だった。大分くたびれたグレーのツーピースに、流行を無視した長いスカートが脛の半ばを隠している。親しい相手でないのは確かだった。言葉もかけずに行き過ぎたところを見ると、これまでにも目礼をかわすだけの知人だったようである。最近同じ分譲地に家を建てて越してきた人かもしれない。それっきり敦子は相手に関心を失った。


その日、夜半に帰宅した夫のために茶漬を用意しながら、敦子は昼間訪ねた友人の家の事などを話した。

「新しい家に移ってから、御主人のお帰りが早くなったそうですよ」若干の皮肉をこめて彼女は言った。「でもせいぜい半年かそこらね。二年も経ったら、感激もなくなるらしいわ」

「二年ならいい方だ」苦笑混りに夫は言い返した。「隣りを見ろよ。まだ二年にならないじゃないか」

「あちらは御出張ですよ」

敦子はやんわりと反駁した。K町でも帰りのバスでも顔を合わせずに済んだ加代子と、帰宅の途中でばったり出会った時、彼女が例の調子で主人が出張で今夜戻らないと話したのを思い出したのだ。陽光を照り返すような薔薇色のサマースーツを着て、こってりと化粧を塗りたくっていた。

「一人分の夕食を作るのも面倒なので、お寿司でも食べに行こうと思って……。この辺には私たちの口に合うようなお寿司はありませんでしょ？　やはり町まで出向きませんとねえ」

きかれもしないのに彼女は言った。唇を動かすたびに濃い化粧に覆われた顔が露わになった。華やかに装っていないと主人の機嫌が悪いのだと口癖のように言っているが、少々浅ましい気がする。

「冗談でしょう」言って、夫は酒気をはらんだ顔を上げた。「現に俺、今夜町中で見かけたぞ」

敦子は意味もなく、夫をまじまじと見詰めた。

「町内って、じゃあ御主人、市内にいらっしゃったんですか」

「当り前じゃないか。現に今夜会ったもの」

「お話でもなさったんですか」

「いや、向うは気付かなかったし、女連れだったからな」

敦子は他人事ながらぎくりとした。

「女連れ？　奥さんじゃなかったの？」

「あんな婆あであるもんか」嘲けるように夫は答えた。

「若いぴちぴちした女だったよ。なかなかやるね、あの人も」

日頃は口の堅い男だが、酔いに任せて口走ったようだった。あの人と心安く呼んでいるが、別段親しい仲ではない。互いに出会っても無言で会釈を交わす程度である。

清水安男は三十半ばの身ぎれいな男で気の効いた感じの良い風貌をしていた。愛敬のある顔立ちだが、滅多に笑顔を見せた事がない。加代子とは反対に近所の者には怖ろしく無愛想だった。もっともセールスマンの笑顔は営業用だというから、家での仏頂面はその反動かもしれない。隣りにいながら敦子は大して関心も持たなかったのだが、夫の話をきくとさすがに呆然とした。夫を喜ばせると称して気恥しくなるような形《な》りをしている加代子が、ひどくみじめに思われた。反面、とくとくとして外食の事などを吹聴した事を考えると、何となく小気味良くもあった。もしもこの話を誰かに洩らしたら、どれほどの波紋が拡がるだろうか……。一瞬そんな空想が浮かんで、自分がこれほど嫌な女になってしまったのかと、わびしい気がした。

3

翌日は朝から雨が降り続いた。昨日辛うじてもった天気が今朝になって崩れたようだ。小やみになったかと思うと、再び思い出したように激しい雨音を立てて降りしきった、梅雨の前触れとも思えない激しい降りである。完全に造庭していない赤土の家は、篠突く雨に泥を弾ね上げる。大方の家が雨戸を閉ざして、ひっそりと家の中に閉じ籠った。こんな状態ではさすがに隣家のキイキイ声もきこえてこなかった。

居間のソファーに腰を沈めて、敦子は読みかけの雑誌を拡げた。二、三頁《ページ》も読むうちに眠気が襲ってくる。雨だれの音が子守歌のように、遠く近く意識の周辺を素通りした。

突然、チャイムの音で眠気が吹き飛んだ。彼女はのろのろと身を起こして玄関へ出た。客は雪子だった。外はかなりの降りらしく、濃紺のレインコートがぐっしょり濡れている。

「おあがりにならない?」

敦子は言った。だが雪子は気ぜわしく頭を振った。

「貴女をわざわざ呼び出すのもどうかと思ったんだけど」ためらいがちに彼女は言った。

「清水さんのとこ、何だか変なのよ」

「変って?」

「よく判らないけど、玄関の鍵があいてるのに、ブザーを押しても返事がないの」

「どこかその辺まで出かけたのじゃなくて?」

言って敦子は相手がひどく思い詰めた顔をしているのに気付いた。

「ええ。そう思って大分待ってみたんだけど……」

「おかしいわね。鍵もかけずに遠くへ行くはずはないし……」

「テレビもつけっ放しなのよ」

「お隣りにでもあがり込んでるんじゃないかしら」

「だって、お隣りは留守のはずよ。パートタイマーで出てるんですもの」

敦子は仕方なく一緒に外に出た。雨は大分小降りになっていた。玄関先からでも加代子の家が雨戸を閉ざしているのが見える。

「税金の組合の事でね」雪子は弁解するように言った。

「この前の常会の時に清水さん、来なかったでしょう？まえもって一応声をかけとかないと、あちらの事だから後でうるさいと思って。この雨だから今日はいると思ったのよ」

雪子が話した通り、玄関の鍵はかかっていなかった。この辺では在宅中でも内側から錠を下ろすのが普通である。扉を開くと雪子が言った通り中からテレビの歌声がきこえた。チャイムを鳴らし、大声で呼んでみたが返事はなかった。

「ねえ……ガス中毒か何かで……」

雪子が震え声で呟いた。

「まさか、匂いもしないでしょう」

テレビの音に混って、風を切るような爽快な音がきこえる。

「換気扇が廻っているようね」

雪子が耳ざとくきき付けて言った。耳を澄ますと確かに換気扇の廻る音だった。敦子は上り口の際から乗り出して内部を覗き込んだ。玄関横の風呂場の扉が半開きになっていて、湯殿が見えた。水道の蛇口から水滴が滴っている。水色のタイルには薄紅い色が滲んだように拡がっていた。それを認めたとたん、敦子は我知らず低い叫び声を上げた。

「血！」

二人は駆け上がった。

加代子は奥の六畳にいた。しかしこれでは声をかけても出てこれなかった訳だ。小抽出の開いた整理箪笥を前にして俯せに倒れている。微動だもしないその五体は、素人目にも呼吸が止っているのが判った。だが敦子は畳の上に血が滲んでいるのを認めた時、すでに目の前がくらくらした。傍で雪子がヒステリックな悲鳴を上げたのを意識の片隅できいた。

4

清水加代子が殺されたのは、その日の午前十時から十二時までの間と推定された。背後から襲われて刺し殺されていたのだ。刺し傷は三カ所あって、その一つが急所を突いていた。惨忍な殺し方だが、殆んど抵抗した様子はなかった。背後からいきなり襲われ、比較的易々と殺されたようである。顔見知りの者の犯行らしいと刑事は匂わせていた。動機は判らないが物盗りでない事はほぼ確かだった。家の中が全然荒らされていない上に、半開きの整理箪笥の抽出に納ってあった金にも手を付けた様子はなかった。小抽出の中にはすぐに目に触れるところに財布があり、五千円余り入ったままである。

犯人にとって幸運だったのは、その日は雨降りで各家が雨戸を閉ざし物音が外部へ洩れなかったこと、六畳の和室に面している隣家がパートタイムで出勤していて無人だった事であった。それにしてもあれだけの凶行が行われながら、隣りにいて何も気付いてはいない。お互いに雨戸を閉ざしてしまえば、ほぼ完全に物音は遮断されるのだ。建って間もない家で隙間がない上に、たまたま凶行が演じられた六畳の間は敦子の家から最も離れた場所にあった。更に雨の音が聴覚を乱した。もっとも加代子が大声で救いを求めでもしたら、隣りの事だからきこえたかもしれない。抵抗らしい抵抗もせずに殺されたのでは、惨事に気付かなかったとしても不思議はなかった。もとより犯行時刻に隣家を訪れた者も見ききしてはいない。

考えてみれば怖ろしい話である。目と鼻の先で行われた殺人に気付かなかった以上、反対の立場でも条件は同じ事だ。敦子は自分が何一つ気付かなかったという事実に慄然とした。以前のように団地の誰かが加代子の家に顔を出し、雑談に興じていたらおそらくこの惨事は救えたに違いない。軒を接する長屋であれば誰なりと凶行に気付かずにおくはずはない。だがここでは扉を閉ざしてしまえば、家全体が完全な密室になる。二百軒になんなんとする団地の中で、各々が孤島にいると同じ事だ。プライバシーの確保が、危険な孤立と背中を合わせている。敦子は隣家との没交渉に良心の苛責に似たものを感じた。何事も見ききしなかったという事実が、利巧心を反映しているような気がした。

彼女は刑事との応答を反芻した。局外者とはいえ、二度と味わいたくない体験だった。知らぬ存ぜぬを繰り返すたびに利巧心を抉られるようだった。

まず惨事を発見した直後に、雪子と二人で、刑事の訊問を受けた。てきぱきした雪子の受け答えに反して、彼女は堪え難いショックで惑乱気味だった。彼女は妙に物珍しい気分で、雪子と刑事の問答を傍観していたように記憶する。

「最初は様子が変だと気付いたのはあなたですね?」

と刑事は言った。雪子は頷いた。

「何か変な事でもあったのですか?」

「別に何かを見た訳ではありませんが、玄関の鍵がかかっていないのに、いくら呼んでも返事がなかったのです」雪子は冷静な口調で答えた。顔色は悪かったが、殆んどショックを見せてはいなかった。「私、税金の納入組合を作る事であちらを訪ねました。今までにも二、三度伺ったのですが、その都度お留守でして……今日の雨では家にいらっしゃるだろうと思いましてね。ブザーを押しても返事がないのでまたお留守かしらと思いながら、何気なくドアを押したら開いたのです」

「なるほど?」

「私もそうですけど、大抵のお宅は家にいる時でも玄関の鍵はかけるようにしています。ですから家を空けるのに鍵をかけないのはおかしいと思いました。中にいらっしゃってもブザーの音がきこえなかったのかしらと思って、大きな声で呼んでみたんですが返事がありません。それにテレビもついているようでしたし……」

「それで何かあったと思った訳ですか?」

「それだけではありませんけど……」雪子はやや曖昧に答えた。それからためらいがちに、「自分でもうまく言えませんけど、胸騒ぎというか虫の報せというか……まさかこんな事になってると思いませんでしたけど、もしかしたら何かの事故でも……ガス中毒とか急病とか。それで岡部さんに一緒に来て頂いたのです」

「そうしたら風呂場のタイルに血がついているのが見えた?」

「そうです。それで二人して飛び込んだのです」

「その時、台所の換気扇が廻っていたのですね?」

「ええ。確かめた訳じゃありませんけど、玄関から換気扇の廻る音がきこえましたから……」

以上は敦子も見ききした通りである。

二度目の訊問を受けた時は、隣家の住人の立場であった。

「犯人は玄関から入って、また玄関から出て行ったようです」と刑事は言った。

「玄関から……つまり被害者が自分で鍵をあけて、犯人を入れたらしいんですがね。普通あなたがたは知らない者を簡単に家へ上げたりはしないでしょう」

「ええ」

「殺される際に大して抵抗もしていないところを見ても、かなり親しい間柄ではなかったかという訳ですが……」

「でも、そんな親しい人が殺したりするでしょうか」

敦子は咄嗟に言った。親しい者が殺したという仮定に、本能的な嫌悪が湧いた。

「そりゃ判りませんよ」刑事は言って苦笑した。「表面は親しくしていても、内心では憎んでいる者もいるかもしれませんからね。そこで、誰か仏を怨んでいたという者の心当りはありませんか」

「さあ……お隣りとはいっても、私、あまり行き来がなかったものですから……」

「近所の評判はあまり芳しくなかったようですな」

「そうですか?」

敦子は曖昧に答えた。

「情報屋とか呼ばれていたそうじゃないですか」

「交際の広い方でしたからね。いろんな噂もあの方の耳にはいったかもしれません。でもうちとは殆んど……、顔を合わせれば挨拶ぐらいはしましたけど……」

「あまり好ましくない隣人だった?」

皮肉にきこえた。敦子は何故ともなくぎくりとした。

「いえ、そんな訳では……、ただ私があまり他人様とうまく付き合えないたちなものですから……」

「他人の陰口をふれ歩いたそうですが……」

「私はきいた事はありません」

「ときに」口調が改まった。「御主人との間は円満でしたか?」

「円満な御様子でした」即答しながら、酔いに任せて口走った夫の言葉を思い出していた。「御主人がお喜びになるようにと、あの方はいつも身ぎれいにしていらっしゃいました」

「御主人の方はいかがでした?」

「それは、滅多にお目にかかりませんし……」

「女があるという風な噂をききませんでしたか」

顔から血の気が引いて行くのが自分でも判った。一足飛びに事件が接近したようだった。

「きいた事はございません」

彼女は反射的に否定した。緊張すると丁重な言葉遣いになる。

「夫婦喧嘩があったような事は?」

「さあ……存じませんけど」

事実、彼女は隣りの夫婦喧嘩を耳にした事は一度もない。発見者の立場だけでも堪え難い重荷である。それ以上の何者にもなりたくなかった。彼女は消極的に局外者の立場に逃げ込んだ。

5

この事件にはいくつかの特徴があると敦子は思った。それが事件の手がかりにどの程度に結び付くものかは判らない。偶然の事情も含まれているかもしれない。

まず犯人は加代子と顔見知りで、それもかなり親しい間柄であった。もっとも加代子が茶菓をふるまった様子はない。湯呑や菓子皿の類いが見当らなかったからだ。改って茶菓をふるまう必要もないほどの仲なのか、用意する暇もなく凶行が行われたのかは判らない。彼女がお茶を出さなかった事が一つの意味を持つものか、別段取り立てるほどの事ではないのか、もとより敦子には計れなかった。

犯行に使われたのは出刃包丁と思しい刃物だが、加代子の家のものではなかった。台所には同じような包丁があったが、それには手をつけていないようである。犯人は最初から彼女を殺す目的で、予め凶器を準備して行ったものらしかった。従って咄嗟の逆上から相手を刺したのではない。だがそれほどまでにしてなぜ加代子を殺さなければならなかったのだろうか。仏の上っ面を窺った限りでは、思い当る理由はなかった。あるいはここへ来る以前に、動機がさかのぼるのかもしれない。現に彼女は二年と経たぬこの団地でも、ごたごたを起しかけた女だった……。

加代子が殺されたのは六畳の和室であった。ここは普段、夫婦の寝室に当てられていたようで、客を通した様子はなかった。客人との応待は台所の隣りにある洋風の居間で済ませていたのだ。応接の途中、何かの用事で六畳へ行ったところを後から追ってきた犯人に襲われたと見るのが妥当であった。そこには現金や印鑑等を入れた整理箪笥があって、しかもその小抽出が開いていた。加代子は犯人に渡すべく、そこから何かを取り出そうとしたのではなかったか。そこを犯人が襲ったのだ。現場は敦子の家から最も遠い部屋で、反対側の隣家に接していた。

しかも隣家は留守であった。犯人がそれを計算に入れて故意に加代子を六畳へやったのか、たまたま背中を向けたところを襲ったものかは判然としない。それが判れば容疑者の範囲もいくばくか縮まるはずであった。それにしても、加代子は一体何を取り出そうとしたのか。金や印鑑ではなさそうだった。金を支払ったり、印鑑を求める相手なら何も家に上げる必要はないはずである。そこに問題がありそうに思えた。犯人は加代子を殺した後で風呂場へ入り、返り血を洗い落してゆうゆうと立ち去っている。敦子達が風呂場を覗いた時に見たのがそれである。不逞な神経が窺えた。

それに今一つ、テレビの件があった。失踪する直前に犯人がつけたと解さぬ限り、(その必然性は絶無に近い)加代子が自分でつけたとしか思えない。つまり加代子は犯人との応待の間中、テレビをつけっ放しにしていた訳だ。一見何でもない事のようだが、考えてみれば変な話である。どんなに親しい仲とはいえ部屋の中に招じ入れた以上、一応テレビを消して応待するのが常識ではないだろうか。もっとも犯人が物音をカモフラージュするために、加代子にテレビをつけてくれと頼んだとしたら、格別の意味はなくなる。しかしながら敦子はなぜかこの点が引っかかった。はっきりした実体は摑めないが、何かがありそうに思えてならなかった。

つけっ放しといえば換気扇もそうである。換気扇が廻っていたところから、殺人は昼食の準備中に行われたのではないかと見る向きもあったが、台所には物を煮たきした痕跡はなかった。だが敦子にはこの方はテレビほどには重要な意味はないように思われる。雨のために閉め切った室内の空気を入れ換えるために換気扇を廻したのだとしても、不思議はないのだ。少なくとも客を迎えながらテレビをつけっ放しにしていた事に比べれば、異とするに足らない。

表面に現われたいくつかの事実を考えている裡に、敦子はこの事件にひどく荒削りなものを感じた。加代子を殺すのに犯人はわざわざ凶器を準備し、犯行後には返り血を洗い落している。しかも指紋を消す事も抜かりなくやっていた。そうした周到さにもかかわらず、敦子が感じたのは無造作ともいえる犯人の処置であった。ひたすら加代子を殺す事だけを念じ、殺害を終えると何の作為もせずに立ち去っている。もっとも指紋を入念に消してはいるが、指紋から足が付く事は今ではどんな者でも心得ているに違いない。湯殿で返り血を洗い落した事も、慎重さと解するよりは大胆なやり口だという気がした。加代子を惨殺した後、塵でも払うように無造作に着衣の血潮を洗い流している情景が浮かんで、敦子はぞっとした。テレビや換気扇のスイッチを切る事もせず、整理箪笥の抽出も閉めなかった。それは下手な小細工を弄する危惧のためであったか？　敦子はむしろ犯人の無造作なやり口を解したかった。それがこの事件にどのような意味を持つものか。なぜそんな気がしたのかは自分でも判らない。

6

事件から五日経った。隣家では簡素な葬儀が行われ、敦子も焼香にだけ顔を出した。実際に加代子の死骸を目撃していながら、今もって彼女が死んだという実感が湧かなかった。隣りから例のキンキン声がきこえてこないのを、今日はやけに静かだな、と一瞬訝しんでみたりして、その都度あの声を二度ときく事はないのだと認識した。彼女は喪主を眺めた。ひどく憔悴しているだけで、嘆きがどの程度のものかは判然としなかった。安男にしてもまた妻の死が、実感として迫らないのかもしれない。突発的な惨劇では無理もなかった。

一緒に危険に遭遇したり、怖ろしい物を目撃した同士が奇妙な連帯意識で結び付く事がある。雪子と彼女の間がそうだった。このところ、二人は頻繁に行き来している。近所付き合いには慎重な敦子にしては珍しい事だったが、不思議に煩わしいとは思わなかった。二人の話題は専ら事件の事だった。もっとも意見を述べるのは雪子の方で、敦子は常にきき役に廻る。同じ条件にありながら、雪子は彼女より遥かに内情に通じていた。見方によっては、この事件を自分なりに推理する事を楽しんでいるようでさえあった。彼女が幾度かの推理の空転に終止符を打ったのは、半月ほど経ってからだった。

「私、問題は二つあると思うの」前触れもなく彼女は言った。変事を予知した時のように、ひどく思い詰めた顔をしている。「テレビがつけっ放しだったことと包丁のこと」

言って雪子は反応を確かめるように、敦子の顔に目を据えた。

「まずテレビのことだけど、警察では格闘の騒ぎを誤魔化すために犯人がつけさせたのではないかと考えているようだけどね、それは少し変だと思わない？　今時、他の家を訪ねてテレビを見せてくれなんていう人がいるかしら。それもあの雨降りによ、そんな事を言ったら清水さんが変に思わなかったかしら。でも私、念のためにあの日の番組を調べてみたの。大したものはやっていなかったわ。お喋りを中断してまで見たくなるようなのはね。だから私はやっぱり犯人はテレビを消す必要もないほど、親しい人だったのじゃないかと思うのよ」

敦子は心にひっかかっていた事柄を思い出した。

「お茶の用意がしていなかった事にしたって」と雪子は続けた。「気のおけない間柄だったから……というよりそんな必要がなかったからじゃないかしら。あの人のことだからどんなに気のおけないお客でも、お茶くらいは出したはずよ。それに今のテレビにしたって、あの人がつけっ放しにしていたか、犯人が勝手に自分でつけたのかもしれない」

「だってあなたは今……」

「まあ、終りまできいて頂戴」雪子は決めつけるように遮った。「私、ずっとこの事を考えてきたのよ。確信が持てなかったから今まで黙っていたんだけど。この事件には奇妙なことがいっぱいあるわ。テレビにしろお茶の用意がなかったことにしろ……。でも何といっても一番問題なのは今も言ったように凶器のこと」

「犯人がわざわざ準備して行ったってこと?」

「ええ、それもあるけどね、警察でも凶器は出刃包丁らしいと見ているでしょう? どんなに親しい人でも出刃包丁を持って訪ねてきたとすれば、いくらあの人でもあやしいと思うわよ。何といったって物騒な物だからね。犯人にしてみれば、相手の隙を見て一突にしなきゃならなかった訳でしょう? 包丁だか何だか判らないように包み込んで行ったんじゃあ、咄嗟の場合に取り出せやしない。それに今、あなたが言った、あそこの家のを使わずにわざわざ自分のを持ち込んだってこと。これはただ計画的な殺人だということだけでなく、あそこの家のを使うのが都合が悪かったからなのよ」雪子の口調は次第に断定的になった。「強盗に襲われた家でも、自分の台所の包丁で脅された例はいくらもあるけどね。その方が犯人にとっては安全かもしれない。指紋さえ消してしまえば少なくとも凶器から足が付く怖れはない訳よ。でも別の見方をすれば、犯人が以前から計画していて、出刃包丁を買ったのがずっと前だとしたら足が付く心配があるかしら。包丁を売っている店はいくらもあるし、何カ月も前に買って行った客のことまでいちいち覚えてはいないわ。犯人にとって、あそこの家の物を使うよりその方がずっと安全だったとは考えられないかしら」

雪子は蒼ざめた顔で言葉を切った。二人の間にこれまでとは違った緊迫した空気が流れた。

「それであなた……」敦子は上ずった声で訊ねた。「犯人の見当がついてるの?」

「家へ上がり込んでもお茶を出す必要のない者……」

それには答えず、雪子は呟くように言葉を継いだ。「テレビを消す必要もなければ、自分で勝手につけたとしても不自然でない者……。あの人の目の前で出刃包丁を握っていても疑われない者。そしてあの家の出刃包丁を使っては都合の悪い者。まだあるわ。××さんの所がパートタイマーで留守だって事を知ってる者。あの人を簡単に六畳へ追いやれた者……」ちょっと言葉を切った。ためらうというより、効果を上げるために間をおいたように感じられた。

「御主人よ」

敦子は息を呑んだ。彼女がはっきりと犯人の名を挙げたことは意表を突いていた。敦子は暫く怖ろしいものを見るように相手を見詰めた。

「御主人よ」雪子は繰り返した。「御主人ならテレビを消す必要もなかった。お茶の用意も要らなかった。犯行の物音を消すために自分でつけたとしても、御主人ならおかしくはないわ。そして奥さんに金が要るとか印鑑が要るとか口実をつけて、現場へ追いやったのよ。××さんが留守だってことは奥さんからきいて知ってたでしょうからね。お宅から一番遠いあの部屋を選んだわけ。御主人はずっと前から奥さんを殺そうと思っていたのよ。だから包丁も前々から準備していた。自分の家のを使ったんでは疑われると思ったのね。凶器を外から持ち込めば、一応外部の者の犯行だと見られるでしょう。しかも御主人ならば、奥さんの目の前で包丁を持っていても変に思われなかった……一丁では不自由だろうからもう一丁買ってきたとでも、人に貰ったとでも言い訳は立つわ。もしかしたら奥さんが前からもう一つ欲しいと言ってたかもしれないしね。それに湯殿で血を洗い落したことにしても、やはり外部の者の犯行に見せかけるためじゃないかしら。あの家の御主人がまさか自分の湯殿で血を洗って行くとは、誰も思わないものね」

雪子は淀みなく弁じ立てた。幾度も胸の中で反覆した事柄を、口に出しているといった感じだった。

「でも、何のために?」敦子は訊ねた。「何のためにそうまでして奥さんを殺さなきゃならなかったのかしら?」

「女がいるって噂があるわ」雪子は冷やかに言った。

「あなた、警察できかれなかった?」

「きかれたわ。でも、他に女が出来たからって、それで奥さんを殺すかしら。自分の命も賭ける訳でしょう?」

「勿論、女だけが原因じゃないでしょうね」確信あり気に雪子は続けた。蒼白かった頬に血の気がさし、蠱《こ》惑《わく》的な美しさに輝いた。「私には御主人の気持が判るような気がするの。奥さんの話が本当だとすれば、あの人は一流の大学を出ているのよ。それがしがないセールスマンよ。三十いくつかになりながら、一軒一軒家を廻って、ぺこぺこ頭を下げて……。変だと思わない? もしかしたらあの人、前は一流の会社に勤めていたんじゃないかと思うの。ところが奥さんのせいで会社にいられなくなるような事が起った。あんな女が社宅にでも住んでいたら、それこそ御主人の馘に影響するわ。それであの人、会社をやめてセールスマンになったのよ。そして社宅を出てここへ引っ越した……でも奥さんのお喋りは一向に直らない。まったくあんな女房を持ったが百年目だわ。この女がくっついている限り、自分は一生うだつが上がらないとしても当然よ。でも家まで建てて蒸発するのも馬鹿馬鹿しい話だし、離婚ったって簡単には出来ないでしょう? 結局殺すよりなかったんだわ」

敦子は茫然として、相手の言葉にきき入った。不思議に驚きはしなかった。漠然とした疑惑が核心を晒け出したという気がした。自分もまた、無意識の裡に安男を疑っていたのかもしれない。だが反面、微妙なひっかかりが、ある種の抵抗とも言えるものが脳裡を掠めて行くのを感じた。それが何なのか咄嗟には摑めなかった。ただ彼女は雪子の意見に同意はしたが、自発的に共鳴するというより強引に説得されているといったふうなこだわりがあった。雪子が口外を禁じる言葉とともに帰った後も、敦子は同じ姿勢でもの思いに耽った。

確かに彼女の話は一応の辻褄は合っている。その推理力は讃美すべきかもしれなかった。だが時間が経つうちに、先刻のこだわりが徐々に形を整えてきた。その時すぐには思い到らず、後になってから考えが纏まるのが彼女の癖である。

雪子はいくつかの事柄をあげた上、それらの示す唯一の方角として安男を犯人と断定した。事実、彼女の話した限りでは犯人は安男でしかあり得なかった。だがそれは飽くまでも彼女の一方的な見解に基いた限りでの結論ではないか。むしろ安男が犯人だという前提のもとに、さまざまな事柄に解釈を加えているように思われた。証拠から犯人を割り出したのではなく、容疑者を犯人と断定するために証拠を作ったようである。自分が抵抗を感じたのはその点ではなかったか。

安男は妻に殺意を持っていたかもしれない。情婦があったかもしれない。しかしそれだからといって、なぜあの日に殺さなければならなかったのだろうか。雨降りとはいえ、白昼自分の家の中ではっきり他殺と判る方法で抹殺しなければならなかったのだろうか。雪子が話している間に感じた茫漠とした疑問が、具体的な形で蘇った。安男が犯人ならば、なぜあのような危険な手段を取る必要があったろう？　ガス洩れによる事故、近隣の人々から疎外されたための自殺。もっと安全な方法がいくらもあったはずではないか。夫婦であれば機会はある。それに第一、彼が犯人なら今もって警察が放っておくはずはない。事件の直後、警察では一応彼をマークしているのだ。情婦がいることも嗅ぎ付けている。彼が逮捕されないのは、確実なアリバイがあるからだろう。敦子は再び安男を犯人だと方向づけた事柄に思考を集めた。テレビがつけっ放しになっていたこと……茶菓の準備がなかったこと……。これらが犯人の仮装だとしたら……。

突然、今まで思ってもみなかった怖ろしい考えが浮かんだ。加代子が殺された時には、テレビはついていなかったのではないか。茶菓の用意もしてあったのではないか。加代子を殺した後で犯人がテレビをつけ、茶道具を片づけたのだとしたら……。そして始めからその状態のままだったと見せかけようとした……。

加代子が六畳の間へ何を取りに入ったのか、今もって判っていない。だが、敦子は今、それが何だったのかを悟った。印鑑だ。犯人は印鑑を求めたのだ。加代子の家へ上がり込み、しかも印鑑を求めても不自然でない相手。それは隣り組組長の雪子でしかあり得ない。胴震いが襲ってきた。飛んでもない妄想だと、敦子は胸の裡で呟いた。だが、意志とは関わりなく、思考だけが我武者羅《がむしゃら》に突き進む。

彼女は口実を見つけて加代子の家へ上がり込んだ。気まずくなったとはいえ、以前は親しくしていた仲だ。加代子はむしろ嬉々として招じ入れたに違いない。その時、テレビがついていたとしても加代子は消しただろう。そして茶菓をふるまったのだった。折りを見て雪子は訪問の目的は印を貰いにきたのだという。バス誘致のための署名運動、書類の受領、口実は何とでもつく。

「忘れないうちに印鑑だけでも押して頂くわ」

加代子は疑いもせずに和室へ入る。隣接している家が留守だと知った雪子の作為なのである。間髪を入れずに彼女は後を追う。彼女は包丁の一件をこと細かに述べ立てたが、隠そうと思えば手提げの中にでも入れておけば済むことだ。手提げから取り出すのに時間は食わない。加代子が抽出に手をかけたところを背後から襲った。その後でテレビをつけ、茶道具を洗って片付けた。それから湯殿で例の返り血を洗い落したのだ。その方が自宅で洗うよりも安全だと思ったのか、安男に罪を着せるためだったかは、はっきりしない。そうしておいて彼女はいったん家へ帰り、服を着換えたり凶器の始末を済ました上で改めて清水家を訪ねたのだ。そう思ってみると、あの日の雪子の行動には不審なところがあった。普通、二、三度ブザーを押してみて相手が出て来なければ、留守だと諦めて帰るものである。それなのに彼女は、扉を押してみたという。そして鍵がかかっていないのに出て来ないというだけの理由で、変事を予測したと言った。自分を呼び出した時、彼女がまず口にしたのはテレビがつけっ放しだということではなかったか。

犯人はもう一度現場へ戻るという言葉がある。俗説だとも言われるが、真理の一端は穿っていよう。事実、雪子は現場へ戻った。なぜ自分を誘ったのかは判らない。一緒に発見者となることで、証人を得たような気になったのかもしれない。

果して彼女が加代子を殺さなければならぬ必然性があったかどうか、その点は敦子の理解を越えていた。だが彼女が加代子を憎んでいたのは確かであった。単に出鱈目の中傷をされただけで殺意を燃やしたのではあるまい。あの時、彼女は血相を変えて社宅での出来事を語った。万引きの噂を立てられた女の話である。他人事として話していたが、もしかするとあれは自分のことだったのではないか。他人の葛藤を目の辺りにしただけで社宅を出るというのも、あまりに気の弱い話である。

根も葉もない無責任な噂が彼女に汚点を付けた。噂の立て主は判っていても、証拠がない以上とっちめることも出来なかった。事が事だけに面と向かって問い直す者もなく、そのためにかえって彼女の弁明の機会を逸してしまった。結局、白とも黒とも判然としないままに世間の無言の顰蹙《ひんしゅく》を買った揚句、敗北せざるを得なかったのだ。勝気な雪子にとっては、文字通り腸が煮え返る思いだったに違いない。敗北感を噛みしめて彼女はこの新興地で再出発するつもりだった。ところが、ここには加代子がいた。加代子が内職の噂を流した時、彼女はそこにかつてのライバルを見たのではないか。その時彼女が感じたのは、再びあのような目に遭わされるかもしれぬ不安よりも、昔の怨みの再燃であった。現に加代子があの女に似ていると彼女は言った。似ていると思ったのは、おそらく内職の噂を立てられた後だったろう。最初から似ていると感じたのなら、深く付き合うはずがないからだ。内職の噂を立てられたことで、彼女は半ば強引に旧敵との類似点を見出そうとしたのかもしれない。昔の敵への怨みをもかねて、彼女は加代子を憎んだのだ。その憎悪が惨らしい殺人となった。万引き呼ばわりしながら罪に問われもせず、反対に彼女を敗北へ追いやったあの女と、苦労の揚句に手に入れた家庭の平和を乱そうとする加代子とに報復したのである。

気違い沙汰だと敦子は思った。殺人者の雪子はもとより、彼女を陥し入れるために万引きの噂を流した女も、温水器のことを根に持って内職云々を口にした加代子も正気の沙汰とは思えない。これが十年前に起った事件だったら、彼女も雪子を犯人だなどと考えたりはしなかったに違いない。昔は犯罪者は特異な境遇の者に限定されていたと言える。万引きをやるのは貧乏人だった。食えないからやったのだ。人殺しをするのは、失意の深淵を彷徨《さまよ》っていて、心のねじけた者であった。だが今では真っ当な家庭人が、怖ろしい犯罪を犯している事例をいくらも見ききすることが出来る。

敦子が物心ついた頃は戦争の最中にあった。戦いが終った後も、飢えやインフレに悩まされた。人々は永い期間にわたって、有形無形の共同の敵と戦ってきた。そして共同の敵を失った時、人々は消費を敵として隣人に向かって戦いを挑んだ……。このような状態では誰もが殺人者になる可能性を持っているのではなかろうか。

「ハルマゲドンの戦い……」

敦子は声に出して呟いた。学生時代にクリスチャンだった友人から、この世の終りが襲来するという話をきいた事がある。永い間忘れていたその言葉が、ふいに蘇ったのだ。

しかし敦子は自分の考えを誰にも話さなかった。雪子が安男を犯人と断定したのと同じように、彼女の推理には何んら確証はなかった。だが彼女は努めて雪子を避けるようにした。犯人かも知れぬ女と平気な顔で接する度胸はない。自然雪子の足も遠のいた。彼女の方では、自分なりに非常識な放言をした事が敦子の気持を傷付けたと思い込んだようであった。

隣家の安男は里へでも帰ったのか、終日雨戸が閉ざされたままになった。

六月に入ると本格的な梅雨が来た。連日の雨で家の中まで湿っぽかった。鬱陶しい雨の中を熱心にセールスマンが通って来る。花を抱えた農婦がチャイムを鳴らした時には、さすがに買ってやる気になった。中年の農婦はビニール製と見える紺の上衣を着て、頭には同じフードを被っていた。

「なるほど、それじゃ傘は要らない訳ね?」敦子は感心したように言った。「でも下の方が濡れるでしょう」

「いや、下もほら、同じズボンですたい」

完全武装という訳だ。彼女はここへ来るまで、農家の働き着を見た事がなかった。昔ながらの紺絣に菅笠を被った姿を想像していただけに、近代的な雨着が珍しく映った。少々時期遅れのカーネーションを買い、居間に活けると幾分鬱陶しさが薄らぐようだった。考えてみるとあの事件以来、花を飾る事も忘れていたのである。ソファーに腰を下ろして新聞を拡げた。丁度あの日のようだった。朝の仕事を終えて、こんな風に居間にくつろいだのだ。雪子がチャイムを鳴らすまでは、眠気を催す泰平の中に没入していた。

例に依って一面二面は素通りして、三面記事に目を落した。大きな活字……。

〝Y刺殺事件の犯人挙る〟

敦子は目を凝らした。

〝福岡市Y町で起った山浦三郎さん刺殺事件を捜査中のK署は十日午後、市内M町三番地に住む魚行商人、仁上道代(三十五歳)を重要参考人として取り調べた結果、道代は山浦さん殺しを自供した。道代は半年ほど前から山浦さんから金品を脅し取られていたため、山浦さん殺しを計画し、去る五月十五日、Y町へ誘い出して刺し殺したと語っている……〟

敦子は犯人の顔写真に目を移した。三十五歳といえば自分と同じ年である。写真の女は同年輩とは思えぬほど老けて見えた。だがその顔には見覚えがあった。紺絣の仕事着にひっつめ髪の浅黒い顔が目に浮かんだ。一、二カ月前まで、この辺に通って来ていた魚屋の小母さんではないか。そういえばこのところ、永い間彼女の姿を見かけないようである。最後に見たのはいつだったろう。

「あっ!」次の瞬間、彼女は自分でも驚くほどの大声で叫んだ。最後に見たのはあの日だった。自分がKの友人を訪ねた日の午前中、事件の前の日ではなかったか。加代子がよく透る声で庭の事などを得々と話していたあの日だ。

暫くの間、敦子は実体の摑めぬ奇妙な焦立ちを覚えた。何かがある。何かしら決定的な事実が……、あの日、加代子は何をしたか、何を喋ったか。

敦子は思い出した。昨日の出来事のようにはっきりした記憶が蘇った。そして全てを理解した。あの日の午後、Kで出会ったあの女、流行遅れの野暮ったい形《な》りでぎこちなく会釈して行き過ぎた中年の女は、魚屋の小母さんだったのだ。絣の仕事着姿しか見た事がなかったし、その時は大して関心も持たず忘れるともなく忘れていたが、今は確信が持てる。

なぜ小母さんは身形《みな》りを変えてあそこへ行ったのか。もちろん偶然ではない。加代子がKへ行く事を知ったからだ。あの日、加代子は植木屋の電話に答えて、詳しい道順を復唱していた。敦子の庭まではっきりときこえた位だから、家の中に居た小母さんにも当然きこえたはずである。行商人だけに方向勘はしっかりしている。彼女は早目にKへ行き、人気のない所で加代子を殺すために待ち伏せしようとしたのではなかったか。それを通り合わせた敦子と、偶然顔を合わせてしまった。敦子は気付かなかったが、相手はそれが加代子の隣人だと知った。加代子と違ってたまにしか買う事もなかったが、それでも小母さんは覚えていた。おそらく彼女は愕然とした事だろう。顔見知りの者に姿を見られた以上、Kで加代子を殺す事は断念しなければならない。事実、彼女は殺人を一日延期したのである。

敦子はこの事件にひどく無造作な感じを受けた事を思い出した。犯人の荒削りな性格を暗示するような事柄、それが男のような言動の朴訥な小母さんの印象と重なった。なぜ加代子は他人を家に上げながらお茶一つ出さず、テレビもつけたままにしていたのか。なぜ犯人は被害者宅の出刃包丁を用いなかったのか。なぜ加代子の前で出刃包丁を持っていても怪しまれなかったのか。なぜ換気扇は回っていたのか。

今こそすべてがはっきりした。加代子がお茶も出さずテレビも消さなかったのは、招じ入れた相手が客人ではなかったからだ。小母さんは魚を買った家では必要に応じて魚の腹出しをして行く。その際、客の台所を使用した。敦子の記憶に誤りがないならば、事件当日加代子は生理痛に苦しんでいたはずである。だからいつものように台所へ出向いて小母さんを相手に喋る気にもなれず、居間にこもって気散じにテレビを見ていたに違いない。その間、小母さんは魚を作るかもしくは作る振りをした。警察の捜査でも台所から魚を作った痕跡が発見された様子はないから、あらかじめ腹出しを済ませた魚を洗っただけかもしれない。そして頃合いを見て金を要求する。彼女が果して隣家が留守だと知って現場を選んだかどうかは判らない。ともかく、加代子は六畳へ行って、財布を出すために整理箪笥の抽出を開けた。そこを商売用の出刃包丁で刺し殺したのだ。この点に関する限り、雪子の見解は正しかった。なぜ犯人は加代子の目の前で出刃包丁を持っていても怪しまれなかったのか。それは犯人が魚屋だったからである。加代子を殺した後、小母さんは魚を片付けて自分が来た証拠を抹消した。その時に指紋の処置もしたに違いない。だが建って間もない建て付けの良い家の中に魚の臭気がこもっていてはぶち壊しだ。そこで臭気を払うために換気扇を回したのだ。

　あの日は雨降りだった。小母さんも花売りと同じように、ビニール製の上下を着ていたのだろう。上がり込む際に上衣は脱いだにしても、ズボンはそのままだった。紺絣の上衣に浴びた血はビニールの雨着で隠せても、ズボンの方はどうにもならなかった。そこで風呂場で洗い落したのである。ビニール製なら簡単に水で洗い流せるからだ。そうしておいて玄関の覗き窓から外を窺い、人気のないのを見済まして外へ出た。途中で誰かに会ったかもしれないが、定期的に通って来る行商人は嫌疑の死角にある。単なる物盗でない犯跡が、一層彼女を安全な死角へ追いやったと言えよう。

　今度こそ、敦子は動かし難い確信を持った。安男にしろ雪子にしろ、あの日に加代子を殺さねばならぬ必然性はなかった。その必然性があるのは小母さんだけである。一日を争うほど、素早く加代子を抹殺しなければならぬ必要が彼女にだけはあったのだ。現に前日の午後、彼女は加代子を殺すべくKへ赴いたではないか。小母さんにとって、加代子は危険な存在だった。文字通り死命を決するほどの危険性を持っていたのである。

「素敵な旦那様じゃない？　小母さんには勿体ない……」

「あの日にね、Kの近くで素敵な庭を……」

　Y町はKの隣りである。二つの台詞は山浦殺しの当日、加代子がYかKへ出かけて偶然小母さんの姿を見かけた事を暗示する。小母さんと連れ立っていた山浦を、加代子は夫だと思ったのだ。新聞も読まない彼女は、その男がYで殺された山浦とは知らなかったようである。

一方小母さんは自分が山浦と一緒に犯行現場近くに居るのを、加代子に見られた事に気付かなかった。加代子の事だから、みすぼらしい女に戸外で声をかけるのは自尊心が許さなかったに違いない。だから加代子の言葉で小母さんは仰天した。自分が山浦と一緒の所を知人に見られたばかりか、その相手がよりにもよってお喋りの加代子ときては……。咄嗟に小母さんは彼女の抹殺を考えた。他人に喋り散らさぬ裡に抹殺しなければならない。たまたま電話の応待で加代子がKへ行く事を知り、好機を摑んだと思ったのが、予想外の邪魔が入って断念せざるを得なくなった。この上は明日に持ち越す他はない。その時、小母さんは生理痛のために明日は外へ出られないだろうと言った、加代子の話を思い出したかもしれない。しかも当日の雨が犯行を容易にしたのである。加代子が殺されたのは災難という他はなかった。高い魚に文句もつけずに買ってくれた上得意を、小母さんだって殺したくはなかっただろう。狭量な心から他人を中傷してきた加代子が、悪意のない不用意なお喋りで墓穴を掘ったというのも皮肉な話であった。不思議に小母さんに対する嫌悪は湧かなかった。目に触れる場所にあった財布にも手をふれなかったところに、商人の矜持《きょうじ》を見たような気がした。

小母さんはほどなく加代子殺しを自白した。殆んどが敦子の推測通りだったが、もとより彼女が密告したのではない。自ら白状したのである。

事件の波紋が静まった頃、敦子はへそくりを吐き出して鮮やかな水色のサマースウェーターを買った。いつか雪子が自分の衣類にまでは手が廻らないとこぼしていたのを思い出したからだ。美しい水色は色白の雪子によく映った。

「どうしてこんな物を下さるの？　何だか気味が悪いわ」

喜びを隠し得ぬ顔で雪子は言った。

「時にはこんな気持になる事があるでしょう。何かしら、ぱあっとお金を使いたくなるような……」それから敦子は小さい声で付け加えた。「本当は私、縫いぐるみを教えて頂きたいと思って。あまり暇があり過ぎると、つまらない事ばかり考えるから……」

ガス——怖ろしい隣人達——

1

鎌田安志は、自分の前にしょんぼりと腰かけている女に、穏かな目ざしを注いだ。ここを訪れる女性の例に洩れず、彼女もひどく憔悴しているように見えた。年の頃は三十二、三といったところか。派手なメークアップをした、なかなかの美人である。だが丹念な化粧も、目の下のたるみや荒れた肌は隠せなかった。

「こんな問題は、警察へ届けるべきかもしれませんけれど……」

と女は躊躇《ためら》いがちに切り出した。

「でもあまりささいな、みみっちい話なので取りあげてもらえないんじゃないかと思って、それでこちらへ伺った訳です。問題というのは、実はガスのコックなんです。ガスといっても家の外についているお風呂の焚き口の事ですけどね。前の晩確かに閉めたはずなのに朝起きてみると、開いているんです。この二週間ってもの、毎日のように……。開いているのは種火のコックだけですし、今も申しましたように元栓自体が戸外についているものですから、命に拘わるわけではありませんけど、半月近くもこんな事が続きますと、本当に気味が悪くて……」

云って彼女はうそ寒そうに肩をすくめた。

「なるほど、一日や二日ならともかく、そう長い期間ではコックの閉め忘れって事ではなさそうですね」

「決して！」

上ずった声で女は云った。

「一度この事があってからは、特に気をつけて寝る前には必らず調べるようにしていますもの。それに忘れたのなら、当然種火が残っているはずでしょう。ところが最初の日を除いては、火がついていた事は一度もありません。ですから私、もしかすると近所の誰かがいやがらせをやってるんじゃないかと思いましてね。何とかその犯人を、突きとめて頂きたいんです。このままでは、私ノイローゼになってしまいますわ」

2

「あなた、悪いけどお風呂に火をつけて下さらない？」

洗濯物にアイロンをかけながら、松藤久美は夫に声をかけた。彼女が現在のX団地に、建売住宅を買ってから半年になる。八十坪の敷地に3ＬＤＫのこじんまりとした家屋は、夫婦二人きりの住居としては充分過ぎるほどだった。ただ少々不便なのは、ガス風呂の焚き口が戸外についている点である。近頃頻繁に起こっている入浴中のガス中毒を防ぐためだろうが、火をつけたり消したりする度に、一々外へ出なければならない。もっとも大元の種火さえつけければ、浴室からリモコンコックを操作して、メインバーナーに点火出来る仕組みになっている。従って多少の無駄を承知で、家族が入浴を終るまで種火をつけっ放しにしていれば、さほど煩雑というわけでもなかった。

「おい！」

突然裏口から夫のとがった声がした。

「何て事だ。種火がついたままじゃないか」

彼女は慌てて立ちあがった。風呂の焚き口は、勝手口のすぐ側にある。彼女が出て行くと、夫の広行はしゃがんだままでガスのコックを大仰に顎で示した。元栓は全開し、パイロットバーナーから種火が細い音を立てながら、青い炎を吐いているのが見える。

「昨夜からずっとつけっ放しだったんだ」

と広行はなじるように云った。

「でも私……、確かに消した積りだけど」

「消したんなら、今までついてるはずがないじゃないか」

と彼は鋭く畳み込んだ。

「金の生る木があるわけじゃなし、勿体ない事をするね、君は」

元々彼は、金銭に細かい男である。久美は夫のしみったれた繰り言を、隣りの細君にきかれはしないかとはらはらした。ここに来て半年経つが、まだ親しい近所付き合いはない。彼女にとって近隣の人々は、いわゆる得体の知れぬ存在だった。

それにしても、自分が種火を消し忘れるなんて事があるだろうか。夫にこれ以上みっともない口を叩かれないために、自分の失敗を認めたものの、何か釈然としないものが残った。

「判りました。詳しいお話を承りましょう」

窶《やつ》れた頰を高潮させてまくし立てる女に、鎌田は優しく促した。

翌朝の目覚めは不快だった。寝不足の状態に似て体がだるく、頭もはっきりしなかった。充分な睡眠をとったはずなのに、眠りが浅かったのだろうか。そういえば一晩中、訳の判らぬ夢を見続けたような気がする。

夫を送り出した後で、彼女は裏口へ廻った。その時、ガス風呂を調べたのに大した意味はない。昨夜の事があっただけに、何となく気にかかったのだ。

ところが焚き口を覗き込んだ瞬間、彼女は思わず息をのんだ。元栓は全開し、パイロットバーナーのコックが開いている。全てが昨日と同じだった。昨日と違うのは、種火がついていない点だけである。シューシューと微かな音を立ててガスを吹き出す細い管に、呆けたような目を注ぎながら、彼女は自分の体が小刻みに震えているのを感じた。

交替で寝ずの番をしようと夫が云い出したのは、同じ事が四、五日繰り返された後だった。前夜確かに閉めたはずのコックが、連日にわたって開かれるのは、尋常な事ではない。単なるいたずらか、変質者の仕業か、いずれにしても突きとめる必要があった。

彼等はそれぞれの持ち時間、焚き口と扉一つ隔てた台所の隅に陣取って、戸外の物音に耳をすませた。だがその夜に限って、けしからぬ侵入者は姿を見せなかった。不寝番は三日間続けられたが、結果は同じであった。犯人は現われず、従ってガスのコックも無事だった。

「やっぱり君の思い違いじゃないのか?」

と広行は窶れの目立つ顔で云った。

「我々が一晩中見張っている事は、誰も知らないんだ。犯人がいるとしたら、その晩に限ってやって来ないはずがないよ。それにこんな事を続けていたら、こっちの体が参ってしまう」

確かに堅気の夫婦にとって、この変則的な生活は無理だった。犯人がいないという夫の意見には頷けないものがあったが、不寝番を中断せざるを得なかった。

ところが彼等が見張りをやめたのを待ちかねたように、犯人はまたしても次の夜から活動を開始した。姿も見せず、何の手がかりも残さず、パイロットバーナーのコックを開いて行く。

こうなると彼等が見張りを続けた三日間だけ、相手が鳴りをひそめていたのが却って無気味であった。広行が言ったように、彼等が寝ずの番をしている事を、犯人が知っているはずはないのである。その不可解が、久美の恐怖心に拍車をかけた。

3

「思い余った末に、私、興信所にお願いしてみようという気になったんですの」

語り終ると、久美は疲れ切ったように息を弾ませた。

暫くの間、鎌田は無言で思考を整えにかかった。けち臭く、陰険で、執念深い。それは明らかに女の犯行を暗示した。虚栄と嫉妬が渦巻く新興団地……。だが、それにしても……。

「近所の人で、あなたを恨んでいるような相手に、心当りはありませんか?」

さして気乗りのせぬ口調で彼は訊ねた。

「恨まれるような覚えはございません」

と彼女は断言するように云った。

「御近所とは、殆ど交渉も持っていないんですもの。元々人間嫌いの方ですし、近頃は怖ろしい人が大勢いますからね。つまらない事で焼き餅をやいて、よその子供を殺したり、放火をしたり……。正直云って、私、他人が怖いんです。現に隣りの奥さんだって、私共が自分の所の庭造りを真似したとか、きこえよがしの悪口を云った事がありますし、一軒隣りの奥さんなんか、前を通る度に家の中を、嫌な目つきで、じろじろ覗《のぞ》き込んで行くんです」

鎌田は、もっともらしく頷いた。

「ところであなたがここへ来られた事は、御主人、御承知なんですか?」

「いいえ、まだ申しておりません。犯人を見付けて頂いた上で、報告する積りですけど……」

「結構です。今夜はちょっと無理ですが、二三日うちにお伺い出来ると思います」

「今夜すぐには、お願い出来ませんの?」

やや気色ばんで久美は云った。

「お気の毒ですが、今夜は……」

女を帰した後、鎌田は頬杖をついて、あらぬ方に視線を投げた。彼の鋭い目は、微かにかげりを帯びていた。

久美の話をきいている間に、彼の内部で頭をもたげてきた疑惑が当っているとすれば、あれほど神経を苛まれている彼女を、更に痛めつける事になろう。

　彼はこの事件を、近所の主婦の嫌がらせとは信じなかった。二週間もの間、深夜わざわざ起き出して、ガスのコックを開くべく他家に侵入するなんて、あまりに常軌を逸している。もしも本当にそんな人間がいるとすれば完全な気違いだ。それに彼女の一家に損害を与えるのが目的なら、何故消費量の少ないパイロットバーナーだけでなく、メインバーナーのコックを開かないのか。何故、夫婦が見張った夜に限って姿を現わさなかったのか。答えは明らかである。犯人が内部にいるからだ。

　最初、種火がついていたのは、あるいは久美が消し忘れたのかもしれない。妻に代って風呂を焚きに行った広行がそれを見付けたのも、おそらく偶然であったろう。だがその後、彼の頭にある計画がひらめいたのだ。彼はまず必要以上に妻の失策を難詰し、彼女の心に殊更強くガスの一件を植えつけた。それから毎晩、彼は妻が眠っている隙にコックを操作したのである。もしかしたら、久美に睡眠薬を飲ませていたのかもしれない。翌朝の寝起きが不快だったという彼女の話には、どうも睡眠薬の臭いがする。

　彼は妻の神経を痛めつけて、本物の気違いにしようと計っているに違いなかった。理由は判らないが、多分他に女でも出来たのだろう。窶れ果てた久美の姿を思い浮かべて、鎌田はまだ見ぬ広行に激しい憤りを覚えた。

4

　その夜、彼は松藤家から少し離れた場所に車を停めて待機した。万全を期して、今夜から見張りを始める事は、久美にも内緒にしている。

　広行が帰宅したのは、七時頃だった。象牙色の普通車から降り立った彼は、遠目にもスマートに見えた。歩き方や動作の端々に、洗練された様子が窺える。典型的な遊冶郎タイプと鎌田は見た。

　蒸し暑い夜の事とて、室々の灯りが消えた時は、すでに零時を廻っていた。事件が起こるとすれば、一時過ぎだろう。車をその場に停めたまま、彼はひそかに松藤家の庭に入った。裏側は隣家との境まで二米《メートル》足らず。焚き口はコンクリートでコの字型に囲われていた。そのすぐ脇にはクリーム色の扉があり、台所へ続いているらしかった。

彼は焚き口から間近い植え込みに身をひそめた。藪蚊の襲撃が凄じい。珍しく焦躁を感じながら、彼はみみっちい事件といった久美の言葉を反芻した。夜光時計の針が、一時半を廻った頃である。突然彼は身を乗り出した。

勝手口の扉が開いたのだ。次の瞬間、何やらふんわりしたほの白いものが、闇の中に漂った。滑るような足取りで、人影は焚き口に近付きその場にしゃがみ込んだ。鎌田は足音をしのばせて、相手の背後に廻った。気付かれた様子はなかった。相手は憑かれたもののように、コックをまさぐっている。あるかなしかの物音――ガスの吹き出す音がした。一部始終を眺めている鎌田の顔に、驚愕の色が浮かんだ。

相手は立ちあがった。ぎこちない機械的な動作であった。まだ驚きの覚めやらぬまま、鎌田は懐中電灯の光を相手の顔に当てた。反応はなかった。目は開けているものの、何も見てはいないのだ。

「奥さん……」

彼は相手の肩に手をかけて揺すぶった。久美は大きくまばたきし、まぶしそうに顔をしかめた。それからきょとんとした表情で云った。

「あら、私、どうしてこんな処にいるのかしら?」

鎌田は無言で、懐中電灯の灯りを焚き口に向けた。元栓が開き、パイロットバーナーから細いガスが吹き出していた。

「たった今、判りましたよ」

と彼はまだぼんやりした面持ちの久美に向かって云った。

「もともと犯人なんか、いやしなかったんです。二週間前、あなたはたまたま種火を消し忘れた。それだけの話です。ところがあなたの意識の底に、自分が消し忘れるはずはない。近所の誰かが嫌がらせをやったんだという、疑いが湧いた。いわゆる潜在意識って奴ですよ。だから次の夜、また誰かがコックを開いたに違いない。閉めなければ……と潜在意識があなたに命じたのです。あなたは夢遊病のような状態で、元栓と種火のコックをひねる。絶対に誰かの手で開かれているという前提で、あなたは夢うつつの裡にコックを反対側に操作する。ところがコックは元々閉っているんですから、逆にひねれば当然開くわけです。お判りですか？　これが真相ですよ」

久美は大きく見開いた目で、コックと自分の手を交互に眺めた。

「それにしても奥さん、何という世の中でしょうねえ」

と鎌田は溜息混じりに云った。

「これが昔だったら、消し忘れたかと笑って済ませたところでしょうに、こんな殺伐な時代ではまず他人を疑う。意識の底に泌み込んだ人間不信、そいつが夢遊病まで誘発するとはね。でも、もう大丈夫です。安心しておやすみ下さい。この二週間、芯から熟睡なさった日は、一日もないのですからね」

まだ呆然と立ち尽す久美を後に、彼は車へ戻った。寝静まった団地の中を車を走らせながら、彼は画一的な小住宅の内部で息づく、隣人へのいわれのない敵意を思いやって、身の毛のよだつのを感じた。

狂気の系譜

放課後の教室は、無気味なほど静まり返っていた。きちんと並んだ机と椅子。床の上にも塵一つ落ちていない。さすがは六年生だ。満足気に室内を見廻した日吉恵子は、教卓の上に部厚いノートが乗っているのに気付いた。少女の持ちものらしい小ぎれいなノートだが、記名はなかった。誰かが落として行ったのを当番の生徒が帰りしなに見付けて教卓に置いたのだろう。

表紙をめくると上質の紙面には、印刷のように美しい文字がびっしりと書きこまれていた。どうやら日記のようである。多少後ろめたい気分で読み進んで行く裡に彼女の目は思わず文字に釘付けになった。

×月×日

昨夜起こった奇妙な出来事を、どう解釈したらいいのだろうか。母は私が夢を見たのだというが、私にはどうしてもそうは思えない。もしかしたら私の目が、どうかしているのではないだろうか。

パパは今朝の飛行機で、東京へ出張した。珍しいことではないが、やっぱり淋しい。そのせいか、私はふと夜中に目を覚ました。すると青白く光るものが、宙に浮かんで見えたのだ。よく見ると、それは人形の顔だった。赤ん坊のころから持っている大きなフランス人形で、タンスの上に飾ってある。その顔が、闇の中で光っているではないか。

私は部屋の中を真っ暗にしないと、眠れないたちである。だからあたりは明り一つない暗闇だ。それなのに人形の顔だけが、蛍のように光って見えるなんて。

気味が悪くて、私は自分でも気付かずに悲鳴をあげてしまった。その声で母が駆け付けてくれた。私が電気をつけてみると、人形の顔は普段のままなのだ。闇の中でも光る位だから、明りが当たると輝きを増すはずなのに、そんな様子はまるでなかった。母はしばらく人形を弄《いじ》っていたが、異常な点は見付からなかったらしい。

「きっと夢を見たのよ」

と母は優しく言って、明りを消した。

「ほら、何も見えないでしょ?」

確かに母の言う通り、人形の顔は他のものと同じく闇の中にのみ込まれた。でも、あの人形は怖い。処分しなければ……。

×月×日

昨夜は、また夜中に目を覚ました。誰かに呼び起こされたような感じだった。しばらくすると、

「絹ちゃん――」

と何処からか、私を呼ぶ声がした。この世のものとは思えない、陰にこもった声だった。

「絹ちゃん、ママよ、貴方のママよ」

土の底から響いてくるようなその声は妙にリズミカルな調子を帯びていた。

「助けて絹ちゃん、ここは暗いの。ここは寒いの。それに淋しい……」

私はママの声を覚えていない。でもその時、私はそれが亡くなったママの声だという事を、疑わなかった。私はぞっとした。ただ無性に怖かった。懐かしい気分になど、なれる訳はない。ママの事は何一つ覚えていないし、二年前にはまだ生きていたという事さえ、母にきくまで知らなかったのだ。

私は震えながら部屋を飛び出し、大声で母を呼んだ。母はまだ起きていて、どうしたのと訊ねた。その訝《いぶか》し気な顔は、母があの声をきかなかった事を物語った。事実、母は目覚めていたにも拘らず何もきこえなかったと答えた。やはり思った通りだ。あの声は、私にだけしかきこえないのだ。

×月×日

とうとう恐れていた事が起こった。あれから一週間になる。声だけでなく、ママが姿を現わし始めたのだ。ママの幽霊は、毎晩のように、私の部屋に現われる。出て来ないのは、パパが家にいる夜だけだ。ママは自分を、精神病院に入れたパパを恨んでいると言った。だから死んだ後でも、パパが嫌いなのだろう。

ママはいつも裾の長い純白の衣裳を着て、腰の辺りまで髪をたらしている。それにあの顔……あんなに恐ろしい顔を私は見た事がない。真っ白くて無表情で、あの夜の人形と同じように闇の中で光るのだ。そして動かない口で私の名を呼び、幅の広いスリーブに包まれた手で私をさし招く。私が大声を出すか、気を失うまで部屋を出

て行かない。母が何と言おうと、絶対に夢ではないのだ。毎晩のように起こされるので、母は機嫌を悪くしてしまった。

「絹子さん、こんな事が度々続くようなら精神科の先生に診てもらわなければなりませんね」

或る晩、母はいらいらしたように言った。

「幽霊なんて、この世にいる訳がないじゃないの。もしも本当に幽霊が見えるとすれば、貴方の頭がおかしいのよ」

頭がおかしい……私はぎょっとした。今まで思ってもみなかった事、遺伝の恐怖が私を襲ったのだ。同時に頭の中には、それに関する様々な思い出が蘇った。

あれは半年ほど前、母が私達の家に来て間もない頃である。その日学校で配られた文集の中に、私の作文が入っていた。文集に選ばれたのは初めてではなかったが、その時は特に嬉しかった。新しい母に、自分が優秀な娘だと知ってもらいたかったからだ。母は熱心に読んでくれた。だがよみ終わった後は一言、「凄いわね」と言っただけだった。

その夜お手洗いに起きた私は、パパと母が文集を前にして、何か話し合っているのをきいた。

「大した出来じゃないか。抜群だよ」

と誇らし気に言うパパに対して、母は沈んだ声で言った。

「ええ。でもあまり達者すぎて、怖いようですわ。これが子供の作文でしょうか」

さらに「天才と何とかは紙一重……」という母の言葉と、叱り付けるような父の声が断片的に耳を素通りした。

次の記憶はまだ新しい。六年生になって、日吉先生ともすっかり馴染んだ頃だ。別に訳はないのに、その日は学校が終わった後、何故か真っ直ぐ家に帰りたくなかった。で私は天満宮の境内で、一、二時間を過ごした。当然の事に、母は私に遅くなった理由を訊ねたが、私は何となく言いそびれて先生のお手伝いをしていたのだと答えてしまった。母はしつこく手伝いの内容を追及した。従って嘘は、巧妙で具体的なものにならざるを得なかった。

「絹子さん、随分嘘がお上手ね」

一通りの応答を済ませた後で、母はことさらに優しい声で言った。

「貴方が四時ごろ天神様にいたのを、××の奥様が御覧になってるのよ。子供らしい嘘なら許せます。でも貴方の今の嘘と来たら、大人顔負けね。お母様を騙して楽しんでいたんでしょ。何て怖ろしい。貴方の亡くなった母親にそっくりだわ」

私がママの事をきいたのは、その時である。ママは精神に異常をきたしていた。そのうえ嘘つきで誰もが騙されるほど巧妙な作り話を捏造するのが得意だったという。母は以前、精神病院の看護婦だったので、よく知っているのだろう。

「あの人のように、貴方も精神病院に入りたいの？　それが嫌なら、二度と嘘はつかない事ね」

と母は冷たく言い捨てた。普段は優しい人なのに、時々人が変わったように意地悪くなる。もっとも、嘘をついた私の方が悪いのだ。

母の話はショックだったが、その時まで私はまだ、自分と精神病とを関連づけはしなかった。でも幽霊を見た今、私の心にはそれらの思い出が、これまでとは違った形で蘇って来る。校内随一の秀才、作文の天才、それは狂気と背中合わせの素質なのだろうか。母は幽霊なんかいないと言った。誰だって、そう言うだろう。だとすると母が言うように、私の頭が狂い始めた証拠ではないだろうか。


パパが出張から帰った時、私は一度だけ幽霊の事を話した。その時のパパの顔を、私は忘れない。顔が真っ青になり、私を何かから守るように抱きしめながら、「馬鹿な、気のせいだ。信じちゃ駄目だよ」と口走ったパパを。

私は幽霊の話を、誰にも打ち明けない決心をした。これ以上誰かに話したら、私は精神病院に入れられてしまうだろう。ママを殺したあの病院に。だから夜中に幽霊が現われても叫び声を立てないようにじっと我慢している。昨夜の幽霊は、ベッドのすぐ側までやって来た。怖くてたまらない。でも、精神病院へ送られるのは絶対に嫌だ。

×　　×

日記はそこで終わっていた。ノートを閉じながら恵子は教室の中が蒸し暑いにも拘らず、鳥肌立つような、うすら寒さを感じた。

これは間違いなく担当の生徒の一人、茅野絹子のものである。見事な筆跡はもとより、これほどの文章が書けるのは彼女をおいて他にはいない。だが今は、その巧緻な文体に瞠目している、いとまはなかった。僅か十二歳の少女が、容易ならぬ事態に直面しているのだ。

　恵子は校宝とも称すべき女生徒の、妖精めいた風貌を思い浮かべた。受け持ってまだ一学期にも満たないが、彼女の印象は強烈だった。彼女の持つ計り知れぬ知能は成績ばかりでなく思慮深い言動や物静かな態度にも反映していた。しかも彼女は美しかった。一抹の翳《かげり》を帯びた典雅な美貌は、開花を待つ蕾の控え目な魅惑を湛えていた。こんな生徒に、心をひかれぬ教師はあるまい。恵子とても例外ではなかった。

　彼女の実母が精神異常者だという噂は、恵子も耳にした事がある。絹子の身辺に付き纏う微妙な翳《かげ》は、そうした宿命が刻んだものかもしれなかった。だが家庭訪問の時、継母に会った限りでは、別段心配な感じは受けなかった。継母の安子は彼女の母親にふさわしく、上品で知的な女性だった。彼女は自分が後妻である事、日が浅いせいか絹子がまだ自分と打ち解け合えるには至っていない事を、率直に打ち明けた。

「頭の良い子ですから、それだけに時間がかかると思います。あまり押しつけがましい事はしないで、そっと見守って行く積りです」

　と彼女が別れ際に言った言葉を、覚えている。恵子は腹立たし気に眉根を寄せた。僅かな嘘を検事のように糾明し、感じ易い年頃の少女に実母の秘密を暴露して罵るのが、そっと見守ってやる事なのか。

　突然教室の扉が開いて、当の絹子が姿を現わした。この炎天下を駆けて来たものと見えて額に汗を浮かべ、ほっそりした肩が激しく上下している。改めて見る生徒の顔には、窶れが見えた。

「忘れ物？」

　意表をつかれた思いで恵子は訊ねた。

「ええ」

　答えるより早く、少女の目は教師の手元にあるノートを見た。形の良い唇が「あっ」という形に開き、狼狽の色が拡がった。

「悪いと思ったけど、詠ませてもらったわ」

　恵子は優しく言った。

「可哀そうに。何故先生に打ち明けてくれなかったの？」

　化石したような相手の表情が、俄かに崩れた。

「先生、お願いです。誰にも言わないで！　私、病院にやられてしまう。いや、いや」

　顔をくしゃくしゃにして、彼女は恵子の胸に倒れ込んだ。堪りかねたような嗚咽が、若い女教師の肺腑を抉《えぐ》った。

「大丈夫よ。そんな事はさせないわ」

か細い体を抱き締めながら、恵子は同情とも憤りともつかぬ熱の固まりが、身内に漲るのを感じた。

× ×

例の日記を読んだ日から中一日おいた日曜日に、恵子は茅野の家へ行ってみる事にした。その日は継母の安子が、小唄の発表会か何かで外出する予定だと、絹子にきいたからだ。父親の方は出張で、明日の夜にしか帰らないという。目下の処、頼みは父親だけである。だが彼に会う前に、何等かの物証を見付けておきたかった。

茅野の家はT町の高台にある。父親が商事会社の部長というだけあって、堂々たる構えだった。

恵子は初めて、生徒の私室へ入った。絹子の部屋は二階にあって、十畳程の広さがある。冷房のせいで、部屋の中は快適だった。南側に机と並んで豪華な書棚が置かれ、北の隅には洋ダンスとベッド。モデルルームを思わせる素敵な部屋だ。だが若干の羨望を持って書棚に整然と並んだ本を眺めていた恵子は、反射的に眉をひそめた。

吸血鬼ドラキュラ、オトラント城、邪悪な祈り、ビアス選集、ブラックウッド集。

ほとんどが、怪奇物で占められているではないか。それも大人向きの……。

「こんな本を読んでるの？」

思わず非難めいた口調で彼女は問うた。

「ええ、母が買ってくれるんです。父には私が自分で選んだって、そう言ってますけど。初めは怖くて嫌でした。でも、読み出すと面白くなって……」

無理もない。高度な思考力を持った少女が、怪奇小説の味を覚えれば、その魅力にとり憑かれるのは当然だろう。

「それで、幽霊は何処から入って来るの？」

書籍から目をそらして、彼女は訊ねた。

「そこの扉です」

絹子は唯一の戸口を差した。

「出て行くのも同じです」

どうやらその幽霊は超人力を備えてはいないようである。恵子は階段を降りてすぐの所にある、安子の部屋を覗《のぞ》いてみた。何の変哲もない、中産階級の主婦の居間であった。潔癖なたちと見えて、一糸乱れず整理されているのが却って殺伐な感じを与えないでもない。

足を踏み入れようとして彼女はさすがにためらった。自分には他人の部屋を探る権限はない。しかも側には感受性の鋭い生徒がいる。何のためにここへ来たのかと自嘲しながらも彼女は引き下がらざるを得なかった。

ふと窓越しに外を見ると、庭の隅に小屋のようなものが建っているのが目についた。木造のかなり古ぼけた小屋だった。

「あれは？」

「物置ですけど、今は使っていません」

大人びた口調で絹子は答えた。

「それにあそこ、鼠がいるんですって。母が言ってました。私、鼠って大嫌い！」

彼女は大仰に身震いした。少女をその場に残して恵子は物置へ入ってみた。中はむっとしてかび臭いが、鼠のいる気配はなかった。古い家具や空箱が雑多に積みあげられた中を、彼女は当てもなく探し廻った。

がやがて奥まった所にある空箱の一つを覗き込んだ彼女は、はっと目を見張った。中には嵩高《かさだか》なビニールの包みと、時代物のレコードの部品らしいラッパ形の鉄製品、それに小さな瓶が入っていたのだ。瓶には蛍光染料のラベルがあった。

胸の悪くなりそうな緊張感と戦いながら、彼女は袋の中のものを引きずり出した。ベンベルグに似た手触りの白衣であった。たっぷりの身幅の上に、やたらと丈が長い。くせのない長髪の黒いかつらに目と口の部分をくりぬいたゴムの仮面……。名状し難い怒りで全身が震えた。人でなしだ。サディストだ。すぐにも焼き捨てたい衝動を押えて、彼女はそれらを元に戻した。今はまだ、相手に気付かれてはならない。身の毛のよだつ残虐行為の現場を押えるまでは……。

惑乱した思考をもて余しながら、彼女は物置を出た。これ以上は、もはや自分だけで解決できる問題ではなかった。ともかく、一刻も早く父親に真相を話さなければならない。前途ある優秀な少女が、異常者に仕立てあげられようとしているのだ。今絹子を保護するのはた易いが、そんな事をすれば相手はすぐに感付くだろう。そして次にはもっと巧妙な手を使って、少女の神経をずたずたにするのは目に見えている。この上はのっぴきならぬ現場を押えて、司直の手に引き渡す他はないのだ。それには、父親の助けがいる。

「よくきいて、茅野さん」

部屋へ戻ると彼女は言った。

「お父様、明日お帰りになると言ったわね。帰られたら、すぐに先生に電話して下さるように伝えて頂戴。急を要する大事なお話があるって、夜中でも何でも構わないわ。それから訳は今言えないけど、この事はお母様には内証にしておくのよ」

絹子は、けげんな面持で頷いた。妖精のように清らかな顔、痛々しいほど細い体、その小さな肩に何という怖ろしい不幸を背負わされている事か。今夜一晩の辛棒よ、と言いたい言葉をのみ込んで、恵子は茅野家を辞した。

×　×

時計は午前一時を廻っていた。読みかけのサキ選集を書棚へもどすと、絹子は机の引き出しから鋭利なナイフを取り出した。その手をそっと後ろに廻す。次の瞬間、もの凄い悲鳴が小さな唇からほとばしった。

「助けて！　お母様！　お母様！」

階段を駆け登って来る足音がした。ほどなく扉が開いて、安子が腫れぼったい顔で入って来た。

「どうしたっていうの？　絹子さん」

驚いたように言いながら、彼女は娘に近付いた。悲鳴は止まらない。看護婦のもの慣れた仕草で、彼女は相手の体に手をかけた。だが絹子が右手を前に出したのが、一瞬早かった。

ナイフを摑んだままで、少女は自分の体ごと継母にぶっつけたのだ。素早く離れて、再度突き刺す。継母の五体は、奇妙なほど緩慢に横に倒れた。事態を認識するのは元より、悲鳴をあげる暇さえなかった。

ナイフを引き抜くと絹子は継母の側にしゃがみ込んで死骸をあらためた。冷静な観察者の目であった。やがて彼女はベッドの下から、一式を引き出した。子供にしては器用な手つきで死体に白衣を着せ、まだ驚愕の色を残しているその顔に、夜光染料をぬった仮面を宛てがった。

間もなく階下に降り立った彼女は、受話器を外してダイヤルを廻し始めた。

母性本能をやたら発揮したくって、うずうずしている優しい先生。お気に入りの生徒の手記を露ほども疑わず信じてくれたおめでたい先生。もっともそれは先生の罪じゃない。私の作り話がうま過ぎただけ……。

新しいママなんかいらないの。だから大っぴらに殺してやったわ。

「もしもし」

日吉先生の声がした。

「ああ、先生！　私、茅野です。大変な事を……私、幽霊を殺してしまいました。あまり怖かったので……だって、私につかみかかろうとしたんですもの。ええ、ここに倒れたままです。いいえ、まだ顔は見ていません。怖くて見れません。お願い先生、すぐ来て下さい。ああ、幽霊が血を流して死ぬなんて、そんな事が……」

受話器に向かってきれぎれに叫びながら、殺人狂であった実母の血をそっくり受け継いだ天才少女は、自分の演技に酔って本当に涙をこぼしていた。

盲点

1

「会社から直接熊本へ行くからね。帰りは明日の昼頃になるよ」

靴をはき終えると、晃は云った。

「土曜日の出張とは、割りの合わない話だけどさ。先方の都合で仕方がないんだ」

弁解がましくつけ加えて、彼は媚びるように微笑んだ。彫りの深い整った顔に、すらりとした若者のような体つき。見てくれだけはちょっとしたものだけど。虚ろな目を夫に注ぎながら、悠子は思った。

彼の男っぷりに惚れ込んで結婚したのは、十二年前である。だが今では、夫の容姿ごときに関心はない。三流所の私大を出た男の将来は知れたものであり、夫に夢を託すことはとっくに諦めていた。

そして今彼女の心を占めているのは、何カ月にわたって暖めてきた怖ろしい計画を実行に移すことであった。今夜こそ高慢ちきなあの女に、一矢報いてやるのだ。男の教師達が、もの欲し気に盗み見るあの美貌も、評論家気取りの弁舌も、そっくり奪い取ってやるのだ。今夜を最後にあの女は、人交わりも出来ないほどみじめなていたらくになり果ててしまう……。夫が出張で一晩家を明けるのも、彼女にとっては所詮計画を遂行する恰好な機会でしかなかった。

夫を送り出した後、型通りに掃除を済ますと、彼女は押し入れからポータブルのテープレコーダーを持ち出した。二年前、娘の弓子がピアノ教室へ入った際に購入したものである。テープを所定の場所に巻き戻してから、彼女は受話器を外しダイヤルを廻した。

「殿村でございます」

歯切れの良い声が応じた。反射的に湧き起こる嫌悪感をこらえて、素早くレコーダーのスイッチを入れる。

「奥さん、あんたきれいだ。それにぞくっとするほどセクシーだよなあ……」

みだらな男のだみ声が、流れ始めた。

「ねえ、今何着てる？　え？　肌に何着けてる？　それとも裸かい？」

「たちの悪いいたずらは、やめて頂戴！」

相手の声音が一オクターブ高くなった。

「淋しいだろ？　え？　何なら俺が慰めに行ってやろうか？　抱かれたいの？」

「貴方一体誰？　いい加減にしないと、警察へ訴えるわよ」

ヒステリックなわめき声を尻目に、悠子は殊更ゆっくりと受話器を置いた。受話器を通してこのテープを殿村絹子にきかせたのは、これで三度目である。ひと月以上も前に外国のテレビ映画に出てきた変質者《ブリーザー》の声を、録音しておいたのだ。相手がそれと気付くはずはない。今夜例の事件が起こった後、彼女は刑事の訊問に対して三度もみだらな電話をかけてきた変質者の件を、まず持ち出すことだろう。

「そういえば、今日の昼前にもかかって来ました。ええ、確かに同じ声でしたわ」

当然警察ではその男をマークする。吹きかえの声優、架空の犯人を。何と適切な隠れみのではないか。

冷たい微笑みを浮かべて、彼女は居間へ入って行った。そしておもむろに整理だんすの引き出しを開き、奥の方から褐色の瓶を取り出した。それを目の高さに掲げて、ほんの二三秒確認するように透かし見る。厚い硝子《ガラス》を通して、濃度の高い液体がどろりと淀んで見えた。一種の儀式か何ぞのようにこのひと月近くもの間、彼女は幾度となく同じ行動を繰り返してきた。だがそれも全て、今日で終るのだ。

ほどなく台所へ入った彼女は、使いふるしのふきんを洗《なが》しの上に置いた。それから注意深く瓶を傾け、中の液を古ぶきんに注いだ。突端に少量の煙を伴ったむっとする刺戟臭が辺りに漂う。無気味な快感をもって見守る彼女の目の前で、ふきんは強力な腐蝕力で燃焼して行った。見るかげもない残骸と化して繊維の上に、化け物さながらに焼け爛《ただ》れた殿村絹子の顔が、二重写しの映像のように浮かびあがった……

2

別段殺す理由がある訳ではないが、殺してもあき足りぬほど憎い相手があるものだ。悠子にとって、殿村絹子がそうだった。彼女が自分より美しいことが、頭の良いことが、弁舌が立つことが、たまらなく憎いのである。もっとも彼女がそうした美点をつつましく自分の中にだけ納めてさえいれば、悠子にしてもこれほど思いつめはしなかっただろう。何としても許せないのは彼女がそれ等の条件を武器にして、クラスにおけるＰＴＡの主導権を掌中にしてしまったことである。

彼女の娘が転校して来たのは一学期の半ばであったが、それまでは悠子がクラスの母親達の中でボス的な存在だった。夫に絶望した女の常で、彼女は生甲斐をひたすら外部に求めた。そして弓子が小学校に入学して間もなくＰＴＡの幹事を引き受けて以来、この組織の中で自己を主張する妙味を覚えたのである。この四年間毎年幹事を勤めてきた彼女にとって、ＰＴＡは唯一の生甲斐といえた。脱主婦の条件を、これほど安易に満たしてくれる場所はない。彼女は貪ぼるように本を読み、テレビに映る評論家の話に耳を傾けては、喋り方からポーズまで入念に研究した。如何な凡人でも四年間、同じ仕事を続ければ一応のベテランにはなれる。会の度毎に彼女は本やテレビで仕入れた知識をとうとうと捲くし立てては、一座を思うように操った。うだつのあがらぬ夫との沈滞した家庭とは異質の、意欲に満ちた世界がそこにはあった。自慢の容姿をバーゲンで買った見てくれのいい服に包み、丹念に化粧して彼女は喜々として足繁く学校へ通ったものだ。

そこへ絹子が割り込んできたのである。初めて彼女に会った時のことを、悠子は今もはっきりと覚えている。一学期の半ば、懇談会の席であった。近頃我々の周囲に氾濫している扇情的な事物に、母親としてはどのように対処すべきかがその時のテーマだった。

悠子は例の調子で、その種のものは母親の愛情と権限で極力純粋な子供の目から覆い隠すべきだと弁じ立てた。それが果して可能かどうかは、この際問題ではなかった。要は自分の主張が正論らしく、完璧に表現されればよいのである。討論の場とはいえ、他の母親は彼女にとって素直で無知な聴衆でしかなかった。

ところが彼女が話し終った直後、思いがけなく横槍が入ったのだ。静まり返った一座の中で敏捷に口を切ったのは、新参者の殿村絹子であった。彼女はもの慣れた口調で、そんなことはどだい不可能ではないかと反駁した。かりに可能な限り子供の目を覆ったとしても、この頽廃した時代に子供を滅菌状態におくことは却って危険である。むしろ好ましからぬ事柄を子供が見ききした時こそ、善悪の判別を教える絶好の機会ではないか……。そういった内容を、彼女は具体的な例をあげて整然と物語った。陳腐な常套論をカッコいい話術でくるんだ借り物とは違って、彼女の主張には個性があった。それ以上に、相手を傾聴させる要素があった。事実ユーモアを混じえた彼女の発言は、開闢《かいびゃく》以来の面白い談話といえた。

目のくらみそうなショックの中で、悠子は人々の讃嘆と共鳴を感じ取った。嫉妬よりも恐怖にかられた。トップの座を奪われるのではないかという恐怖である。

いやな予感は適中した。それ以来、絹子は完全に懇談会をリードしている。教師を含めて、誰もが彼女の意見をききたがった。様々なテーマに対するユニークな発言は、彼女の並みならぬ頭の良さを示していた。悠子が四年の歳月をかけて確保した地位を、彼女は横合いから一挙に奪い取ったのだ。

たえ難かった。五年前に建売住宅を買った彼女は、この校区に永住する覚悟である。一方絹子も、同じ校区に家を新築している。ということは娘が中学高校へ進んでも、ずっと腐れ縁が続くわけだ。この分では、絹子が次期の幹事に推されるのは間違いなかった。こっちが幹事を辞任しない限り、クラスが別れても役員会で顔を合わせることになる。考えただけでも、身の毛がよだった。

しかも絹子は美しかった。ある時母親達が廊下に立っていると、たまたま通り合わせた若い教師が驚いたように彼女の顔を一瞥したことがある。悠子が彼女に対する憎悪をはっきりと認識したのは、その瞬間だったかもしれない。

あの顔に、硫酸でもぶっかけてやりたいわ。衝動的に胸の中で口走った呪いの言葉が、そのまま彼女の内部で定着した。それは素早い速度で心の芯に喰い込み、陰湿な過熱にまで高めていった。

この処、彼女はクラス会の都度仮病を使って、晃を身代りに出席させている。云うまでもなく自分と絹子との関連を、より薄くするためである。女房に頭のあがらぬ晃は、あっさりと休暇を取った。

片田舎の薬店で硫酸を買い、悠子は冷静に潮時を待った。機会は意外に早く来た。十月の初旬から、絹子の夫が二ケ月ほどアメリカへ出張するというのである。殿村家は三人家族だから、後には彼女と十歳の娘が残るだけだ。人が寝静まった深夜に殿村の家を訪問し、相手が扉を開けた瞬間に硫酸を浴びせて逃げる……

この計画が正気の沙汰でないことは、彼女自身も弁《わきま》えていた。それだけに常軌を逸したこの犯罪を、PTAでの対立を根に持った一母親の仕業だと疑う者がいるだろうか。よほど確実な証拠でも残さない限り、まず疑われる気遣いはない。彼女は絶対の自信を持った。

3

弓子の部屋の襖を開くと、彼女は枕元に膝をついていとおしむように我が子の寝顔を覗き込んだ。あど気ない表情で、娘は深く眠っていた。眠りにつくと、朝まで一気に熟睡するたちである。

時計が十二時を打つ。それが合図のように悠子は娘の枕元を離れ、慌しく身仕度を始めた。スカートを紺のスラックスにはきかえ、晃のレインコートを羽織る。更にレインハットをま深に被って、マスクをかけた。逃亡を容易にするために、靴はズック。万一の用心に軍手をはめると、ポケットの中で瓶を握ったまま彼女は家を出た。

戸外では少し前から降り始めた雨が、激しさを加えていた。二キロの道のりを傘なしで歩くのは苦痛だが、犯跡を晦ますには却って好都合である。

横なぐりの雨の中を、彼女は夢中で歩いた。もはや相手に対する憎悪は影をひそめ、犯罪を遂行する情熱だけがほとばしった。

殿村家はD町の高台にある。山を切り拓いた新興の分譲宅地だが、分譲地としては高級な部類に属していた。幾度か下見に来たことがあるので、道順はすぐに判った。三十分の後、悠子はいかにも取りすました感じの二階家の門をくぐった。オレンジ色の門灯が、うっとうしい戸外にほの暗い光を投げている。

玄関先で、彼女は一旦立ち止まって呼吸を整えた。五体は冷え切っているにも拘らず、体の芯が無性に熱っぽかった。呼鈴を鳴らし誰何《すいか》された時には、下見の折りに表札で確かめた隣家の姓を名乗る積りである。

だがいざ呼鈴に手をかけようとして、彼女は急に躊躇《ためら》った。虫の知らせという奴だったかもしれない。大した意味もなく、彼女は家の周囲を廻ってみた。絹子はすでに寝ているとみえて、どの窓からも明りは洩れていなかった。大方一廻りを終えた時、彼女はふと歩みを止めた。玄関の脇にある天窓が、僅かに開いているのに気付いたからだ。便所の窓らしい。ゴミ箱を踏み台にして内側へ押すと、難なく開いた。その時彼女は咄嗟に、相手の前に自分の姿を晒すよりも、寝込みを襲った方が遥かに有利だと判断した。

レインコートを脱いで注意深く内部に下ろし、続いて弾むように身を躍り込ませた。再びコートを羽織った彼女は、玄関へ出て手探りで錠を外した。ついでに扉も開いておく。逃走の経路を確保するためだ。

暫く闇の中で目を慣らしてから、彼女はしのびやかに足を踏み出した。大体の間取りを、二度ほど遊びに行ったことのある弓子からきき噛っていたのが幸いした。寝室は二階にあり、北側が夫婦のものである。

他家の寝室のノブに手をかけた時、彼女は自分の人生が一旦ここで終りを告げることを感じた。感傷を打ち消すように、開き直った沈着さで扉を開く。中が意外に明るいと感じたのは、ベッドの側に点っている豆電球のせいだった。

次の瞬間、彼女は思わず目を見張った。絹子のかたわらに顔を枕に埋めるようにして、誰かが寝ているではないか。おそらくは、彼女の夫であろう。アメリカへ行ったというのは嘘だったのか？　それを知らずに、あの時呼鈴を押していたら……。ぞっとすると同時に、今更のように僥倖を感謝せずにはいられなかった。

御主人には気の毒だけど。目くるめく速さで彼女は思った。一緒に焼け爛《ただ》れてもらわなければならない。相手の苦痛が、逃走を容易にするのだから……。瓶を握りしめて、彼女はまず絹子の枕辺へ歩み寄った……。

4

立て続けに鳴るチャイムの音で、悠子は浅いまどろみから覚めた。悪夢のような光景、人間のものとも思えぬ絶叫が、まだ耳元にこびりついている。だが体力の疲労が、否応なしに彼女を眠りに引きずり込んだようである。混濁した気分のままで、彼女は扉を開いた。間髪を入れずに二人の男が、威嚇的な動作で押し入って来た。中の一人が、素早く玄関に脱ぎ捨てていたコートを手に取った。手帳を示される前から、彼女は二人連れが刑事だと直感した。

「ずぶ濡れだ」

と彼は呟いた。

「雨が降り出したのは、確か十二時近くだった。そんな夜更けにどこへ行った？　え？　殿村絹子の家、そうだね？」

顔から血の気がひくのが自分でも判った。何故発覚したのか？　こんなに早く……

「変質者の仕業かもしれんと絹子さんは云うとったが、こっちとしてはまずあんたに当ってみる必要があったんでね」

妙に穏かな口調で刑事は笑った。

「自分の亭主が娘の同級生の母親と浮気していると知ったら、二人が寝ている現場に踏み込んで行って硫酸をぶっかけても不思議はないからね。全く近頃の女ときたら。夫の外遊中に娘は実家に泊りにやって、ＰＴＡで知り合った男を引っ張り込むんだからなあ」

帰館

1

バカでかい外車が、滑るように目の前を通りすぎる。後ろの座席には深野邦人が、相も変らぬ苦虫を噛み潰したような顔で、ふんぞり返っているのが見えた。全く以て可哀気のない爺さんだ。あの仏頂面が不肖の甥と向い合った時ときたら、不愉快なんてものではない。だが計画通りにことが運べば、奴の機嫌をとるのも今日で終るのだ。

電柱の陰から車の行方を目で追いながら、光は狡猾な笑みを浮かべた。もはや金を無心する度に、罵詈讒謗《ばりざんぼう》を浴びなくても済む。何億とも知れぬ奴の資産が、そっくり手元に転がり込むのも遠いことではないのだから。スーツケースをぶら下げて、彼は目と鼻の先にある伯父の屋敷へ足を向けた。

広々とした前庭の薄茶色に変色した芝生が、十二月の弱い陽の下でそそけ立って見える。一糸乱れぬばかりに刈り込まれた植木。庭の手入れだけでも大した金をかけているに違いない。たった一人の甥を安アパートに住まわせておいて、御大層な暮らしではないか。

玄関に取り付けられた古風なノッカーを鳴らすとほどなく扉が開かれ、執事の近藤が姿を現わした。伯父に仕えて二十年は経っていよう。折り目正しい物腰といい、仮面のように無表情な顔といい、執事以外の何ものにも見えなかった。

「いらっしゃいませ」

皮肉とも取れるほど慇懃《いんぎん》に頭を下げて、彼は云った。

「しかし生憎ですが、旦那様はたった今お出かけになりました」

「そいつは残念だな」

と光はスーツケースに目を落して、

「実は今日旅に出るんで、ちょっと挨拶に寄ったんだ。二ケ月ばかりヨーロッパを廻わって来る予定でね。だが留守じゃ仕方がないな。せめて置き手紙でもして行きたい。書斎を借りるよ」

　相手の顔に一瞬困惑気な色が浮かんだが、元より拒む権利がある訳はない。何をいうにも彼はこの家の主にとって、唯一の血縁者である。

　書斎へ通ると、彼は真っ直ぐ書きもの机に近付いた。机上のペンや紙類には目もくれず、隅に置かれた栄養剤の瓶を取りあげる。中には黄色いカプセルが、三分の二以上残っていた。これを飲み終えるには、ひと月かそこらはかかるだろう。手袋をはめたままで、彼は薬を残らず机の上にぶちまけた。続いてせわしなくポケットをまさぐり、一ケのカプセルを取り出して空瓶の底にぽとりと落とす。同じ栄養剤のカプセルに封じ込めた青酸性の毒物だが、ちょっと見ただけでは他のものと見分けがつかなかった。ぶちまけたカプセルを元通り瓶に戻すと、彼は机の前に腰を下ろしてメモ用紙を引き寄せた。

　形通りの別離の感傷。歯の浮きそうな世辞の羅列。これを読んだ時の、伯父貴の渋っ面が見えるようだった。

　ペンを走らせながら、光の目は時折り薬瓶に注がれた。例の毒薬は他のカプセルと入り混じって、所在も知れなくなっている。伯父貴があれを飲む頃には、自分はパリかローマでのうのうと遊び暮らしていることだろう。

　薬瓶に混入された毒物はただの一個。伯父貴が飲み込んでしまえば、後に証拠は残らない。そしてこっちは海の彼方で、完璧なアリバイを確保するという次第である。彼は満足気にほくそ笑んだ。

2

　ぱりっとしたダークスーツに黒無地のダスターコートを羽織り、ヨーロッパみやげの包みを抱えて、光は深野邸の玄関に立った。夕闇に覆われた二月の空気は、凍てつくような寒気を齎《もた》らした。身震いしながら彼は暫くその場に佇んで、周囲の様子に気を配った。庭の中ほどに立てられた水銀灯の淡い光が、ぼんやりと辺りを照らし、取り澄ました感じの庭園に幻想的な風情を添えていた。見渡した限りでは、別段二ケ月前と変った処はないようだ。

　意外な気がしないでもなかった。彼は漠然と、主を失った邸の荒廃といったものを予期していたのである。すると突然、今まで思ってもみなかった胸騒ぎに襲われた。果して伯父貴は、あれを飲んだだろうか。主治医のすすめで、別の薬と切りかえはしなかったか。あるいは万一それと気付いて……。生きている伯父と顔を合わせた時の狼狽を思いやって、彼は事前に電話ででも生死を確かめておかなかったことを後悔した。だがここまで来た以上、今更引き返す訳にも行かない。緊迫した面持で、彼はノッカーを摑んだ。

扉が開いて執事が姿を現わすまでが、ひどく永いものに思われた。光は相手の様子から、何らかの変化を読み取ろうとしたが無駄だった。依然として執事は何の表情も浮かべず、叮重に小腰をかがめると、客を招じ入れるべく二三歩退いた。

「お帰りをお待ちしておりました」

客間へ入るなり、彼は沈んだ声で言った。

「実は大変辛いことを、お耳に入れなければなりません。御外遊中に、とんでもないことが起りまして……。旦那様が、急にお亡くなりになったのです」

光の手から仰々しいみやげ物が滑り落ちた。暫くの間、彼は何も言わずまじまじと相手を見詰めた。二ケ月も前から予知していたにも拘らず、現実にその言葉をきいた今、それはむしろ仰天すべきことに思われた。彼は自分が何の作為もなしに、驚愕とショックを演じているのを知った。

「真逆……」

と彼は呟くように言った。

「私も、未だに信じられない気持でございます」

近藤はもの静かに言葉を継いだ。

「亡くなられましたのは、一月の五日。それも夜遅くでした。その日旦那様は早目にお夕食を済まされ、石村様のお邸へ碁を打ちに参られたのです。石村様というのはこの御近所にいらっしゃる大学の先生でして、旦那様もその方とだけは親しく付き合っておられました。石村様と碁をなさる時はいつも長くなるのですが、あの日もお帰りになったのが十一時頃でしたろうか。あの夜の御様子を、今もはっきり覚えております。薄茶のズボンに大柄なチェックの上衣をお召しになり、首には臙脂《えんじ》色のマフラーをぐるぐる巻きつけられて……。例の片足をひきずるような足取りで、そこの階段を登って行かれたお姿が、昨日のことのように思われます。あの、旦那様だとすぐに判るくせのある足音までが、今も耳について離れません。お二階へあがられて間もなく、突然叫び声がきこえました。驚いて馳せ付けました処、旦那様はお書斎の机の前で、胸を押さえてうずくまっておられたのです。それはもう、正視に耐えないほどのお苦しみ方でした。胸の辺りを掻き毟《むし》るようにして転げ廻わられ、私としても施すすべはございません。と、俄かに旦那様はかっと目を見開かれまして、見るも怖ろし気なお顔で、光！　光！　と叫ばれました。それが最期でした。おそらくいまわの際まで、たった一人の甥御様のことがお気にかかられたものでございましょう」

「それで死因は何だったの？」

さすがに鳥肌立つ思いで光は訊ねた。

「主治医のお計らいで、一応心不全ということにして頂きました」

と執事は伏目勝ちに答えた。

「ですが実際は、服毒自殺ではなかったかと思われます。原因は判りません。人それぞれに何がしかの悩みはあるもので……。二十年以上もお仕えしながら、旦那様のお心の中はついに判らず終いだったと申せましょう。しかし御身分ある方の世間体もございまして、先生の御配慮でこの件は伏せて頂いた次第です。それにしましても、貴方様には何とお悔み申しあげてよいやら……。お報らせしようにも、ヨーロッパ各地を御旅行中とあってはそれも叶いませず、本当に申し訳ないことと存じております」

きいている裡に、光は平静を取り戻した。この場合、自分がどうすべきかは心得ている。顔さえ見れば罵声を浴びせた伯父の死に、大仰な愁嘆は却って不自然であろう。彼は労わりを込めて執事の肩に手を置くと、放心したように階段を登って行った。

書斎の中は以前と同様、きちんと整頓されていた。床にも調度にも、埃は積んでいなかった。実直な執事が主人の死後も手をぬかず、拭き清めているものとみえる。書棚の中に整然と並んだ蔵書。机上のインクスタンドから電話機に至るまで、全てが伯父の生前と同じだった。隅の方には僅かばかり中身の残った栄養剤の瓶が、あの日のままに置かれている。彼は思わず目をそらした。

嫌な記憶を払い落すように昂然と胸を張り、彼は厳めしい皮張りの椅子に腰を下ろした。今ではここが、彼の位置すべき正当な場所であった。幾度も夢見た日が、ついに来たのである。それにしても、何と順調に万事が運んだことか。無気味なまでの正確さで筋書が実行され、完全犯罪は成功したのだ。喜びよりは安堵の色が、頽廃的な顔に拡がった。

ノックの音に続いて、近藤が入ってきた。手には白布に包んだものを、大事そうに持っている。ひどく慎重な動作で、彼はそれを光の前に置いた。

「何だね、これは？」

「旦那様が御所持なさっていたものです。お亡くなりになりました後、万一人目にふれてはと思い、私が保管しておりました」

白布を拡げて、光は思わず息をのんだ。

「これは……ピストルじゃないか」

「気紛れに、どこぞでお求めになられたものでしょう。しかしその筋に知れますと、うるさいそうでございますね」

光は拳銃を手に取った。掌らに感じる重みは、気味悪くもあれば、奇妙な心強さを齎らしもした。

3

どれ位書斎にいたものか、彼は覚えていない。旅の疲れもあって、椅子にもたれたまま眠り込んでいたようである。時計は十一時十分前をさしていた。近藤が整えてくれた隣りの寝室へ行こうと立ちあがって、彼はふと耳をそば立てた。階段のきしる音をきいたように思ったからだ。近藤がまだ起きているのだろうか。真逆、こんな時間まで……

物音は次第にはっきりきこえ始めた。緩慢な、だが一種のリズムを持った足音であった。明らかに、誰かが階段を登って来る。彼はぎょっとして立ちすくんだ。あの片足をひきずるような足音には、確かにきき覚えがある。

そんなバカな！　と彼は呟いた。だがその音は、いやが上にも明確に、闇のしじまに響き渡った。

一瞬頭の中が空白になり、続いてめまぐるしい速やさで執事が物語った状景が、無声映画の一コマのように脳裡に浮かんだ。片足をひきずるようにしてゆっくりと階段を登る伯父……書斎に入り薬瓶からカプセルを飲む。そして身の毛の弥《よ》立つ断末魔に至るまで……。

足音は威嚇するように大きさを増し、部屋の前でぴたりと停った。化石したようにその場に突っ立ったまま、光はとび出んばかりに見開いた目で、扉の方を凝視した。

ゆっくりと扉が開く。そこには、紛《まご》う方ない伯父の姿があった。チェックの上衣を着て、首には臙脂の襟巻を無様に巻きつけている。彼はその老いさらばえた顔を、甥に向けた。

光が記憶しているのは、そこまでだった。二本の足で立ってはいたが、感覚は凍結した。意志とは関わりなく手だけが機械的に動いて、目の前のピストルを掴んでいた。銃口を亡霊に向けて引き金をひいた時も、彼の意識は麻痺したままだった。

時間が停止したようなしじまの中で、彼はしばし微動だにしなかった。がやがて虚ろな目で右手の拳銃と、目前の伯父とを交互に眺めた。うつ伏せに仆れた得体の知れぬ物体を通して、朱色のしみが毛足の長い絨氈に徐々に拡がって行く様を、彼はぼんやりと目で追った。

黒衣の男が入って来た。些かの驚愕も示さず近藤は主人の死骸を一瞥し、沈着な足取りで部屋を横切ると、机上の受話器を取りあげた。

4

「旦那様は石村様のお宅へ碁を打ちにいらっしゃって、お帰りになったばかりでした」

刑事を前に、執事は淡々とした口調で証言する。

「二階へおあがりになるとほどもなく、お二人が激しく云い争っておられる声がきこえました。突然ダーンという凄い音がしましたので、驚いて馳けつけましたところ、戸口に旦那様が仆れていらっしゃって、机の前には甥御様がピストルを持って立っておられました。旦那様はこの度、甥御様が無断で海外旅行をなさったことを、とても怒っておいででした。今後奴にはびた一文渡さん。奴が帰ってきたら、はっきりそう宣言するつもりだと」

「嘘をつけ!」

歯軋《はぎし》りしながら光は叫んだ。

「貴様、伯父貴は一月五日に死んだと云ったじゃないか。毒を飲んで自殺したと、貴様はっきりそう云ったじゃないか!」

執事は、水のように平静な顔を彼に向けた。

「めっそうもございません。何で私奴が、そんな出鱈目を申しましょう」

「拳銃はあんたから渡されたと、犯人は云っておるが本当かね?」

形式上と云わんばかりに、刑事は訊ねた。

「とんでもない話です。そんな物騒な代物、見たのは今夜が初めてでございますよ」

錯乱気味の光がひっ立てられて行った後、彼は机の前の皮張り椅子に悠然とふんぞり返った。

二ケ月前、戸の隙間から光の所業を盗み見た時、彼は余生の岐路に立ったといえよう。このまま執事でおわるか、執事を使う身分になるかの。

あの時すり換えた薬瓶は、今でも大事に保管している。光が帰国するのを待って、奴の犯行と誰の目にも判るやり方で使用するのが目的だった。だがもはやその必要はない。あの小悪党奴、よりにもよって伯父貴が石村家へ出かけた留守に、のこのこ姿を現わしおった。その刹那、この老いぼれた脳髄に天啓の如く、奇想天外な計略がひらめいたのだ。

故人にとって唯一の肉親が相続権を失えば、遺言に従って遺産は全てこっちに廻って来る。仮面のような執事の顔に、初めて晴れやかな微笑が浮かんだ。

籠の鳥

1

「やっと一緒に行く気になってくれたか」

食後のお茶をすすりながら、孝は半ばからかうように云った。

「そりゃ慣れない外国での暮らしが、何かと大変な事は判ってるがね。君のような引っ込み思案な女には、却っていい経験になると思うよ。言葉にしたって、必要に迫られれば何とかなるものさ。こんな機会は滅多にない事だし、孝一のためにも外国生活を体験させるのは悪い事じゃない」

絹子は黙って頷いた。夫の意見は、いつも正しいと信じている。

X大の講師である孝に、ミシガン大学へ留学する話が持ちあがったのは半年前からである。絹子にとってもそれは喜ばしい事には違いなかったが、自分も一緒に行くという段になるとやはり躊躇《ためら》いがあった。元来が内気なたちで、世事にたけている方でもない。現にこの団地に移り住んで四年も経つというのに、まだ親しい隣人を作れないでいるほどだ。英会話も満足に出来ない身で二年間、アメリカで暮らすのはいかにも気が重かった。さりとて永い年月夫と別れて暮らす気にもなれないし、未知の外国への憧れもあった。そして出発を二カ月後にひかえた今、やっと同行する決心がついたのである。

「そうと決ったら、まず家の方を何とかしなけりゃならんな」

と孝は意味もなく、殺風景な部屋を見渡した。粗末な食卓セットにスチール製の戸棚。結婚当初に買った冷蔵庫も、相当古ぼけている。夫の書斎を飾る豊富な書籍を除けば、およそ金目のものとは無縁であった。

「家具付きとはいってもこんなしけた物ばかりでは、住み込んでくれるのは正男君ぐらいのものだろうがね。話してみたかい！」

「ええ、一応は。前から一人でアパートにでも住みたいって云ってたし、喜んで来てくれるらしいわ」

絹子は云って、ちょっと声を落した。

「でも、近所の人にはまだ話してないの。出発の間際まで黙ってた方がいいと思って」

「それはそうだ。土壇場になってひっくり返らないとも限らないからな」

新興団地の雰囲気は、付き合いの浅い彼等にも察しがついていた。国内ならともかく、アメリカへ行くなどと洩らしたが最後、たちまち近所中に噂が拡がるだろう。その揚句に万一取りやめにでもなったら、いいもの笑いの種である。

皿洗いをすますと、絹子は野菜くずを入れたバケツを持って外へ出た。三十坪の庭には、ありふれた植木や草花が申し訳程度に植わっている。暫く手入れを怠っている間に、雑草が一面に蔓延《はびこ》っていた。

辺りの屋根には軒並みにカラーテレビのアンテナが立っているが、彼女の所は未だに白黒である。だがそんな事は、彼女の念頭にはなかった。虚栄心の強い女では、地味な学者の妻は勤まらない。四年前に無理をしてこのささやかな建売住宅を買ったのも、夫のためにのびのびと勉強出来る書斎が欲しかったからだ。

ゴミ箱のある裏手へ廻わると、隣家の首藤加奈子が庭に出ていて、ホースの水を植木に注いでいるのが見えた。つい先頃三十万をかけて造園し直したという自慢の庭である。隣り同志で年頃も同じくらいだが、深い付き合いはない。自己顕示慾が強く、常に一座の女王に納まっていなければ気のすまない加奈子とは、所詮肌が合わなかった。

視線が合うと二人の女は、儀礼的な笑顔を作って黙礼を交わした。

2

けたたましい電話のベルで、吉川俊二は読みさしの夕刊から目をあげた。妻は今し方、娘のバレエの発表会へ出かけたばかりである。彼はのろのろ立ちあがり、受話器を取りあげた。

「吉川さんの御主人ですね?」

妙に押し殺した女の声だった。

「お宅の奥さんの事で、ちょっとお耳に入れときたいと思いまして。御存知ですか? あなたのお留守の間に、真っ昼間から男を引っ張り込んでいらっしゃるのを？」

彼は思わず息をのんだ。全く想像だにしなかった事である。彼等は近所でも評判の、睦まじい夫婦のはずであった。

「相手は化粧品のセールスマンです。一度や二度じゃありませんでね。せいぜい御用心なさいませ」

相変らず押し殺した声で、相手はつけ加えた。辺りを憚って声をひそめているのか、音声を誤魔化すためにわざとそうしているのかは判らない。囁くような調子にも拘らず言葉がはっきり聞き取れるところをみると、至近距離からかけているもののようである。この団地内の、おそらくは同じ隣組であろう。

「真逆そんな……」

と彼は震え声で云った。

「一体あなたはどなたですか？　もしもし」

答えはなかった。電話は切れていた。


月形聖子は、向うから歩いて来る永田久美の姿を認めて足を速めた。親し気な微笑が、自然に浮かんでくる。

だが相手は彼女に気付いても、にこりともしなかった。

それどころか凄い形相で一瞥し、つんと顔を背向けて行き過ぎたものだ。

「ねえ、一体どうしたのよ？」

訳が判らぬままに、彼女は久美の後を追った。同じ隣組の中でも、特に仲の良い二人である。

「何を怒ってるの？　ねえ……」

「自分の胸に聞いてみたら？」

久美は冷やかに云い捨てた。

「方々で私の悪口を云って廻わってるそうじゃない？　親切に教えてくれた人があるのよ」

「誰なの？　そんな出鱈目をあなたに吹き込んだのは」

「知らないわ」

聖子の声が緊張した。

「もしかしたらそれ、電話じゃないの？　しわがれた女の声の。実はさっき、吉川さんの奥さんに会ってきいたんだけどね。この団地の中に、電話魔がいるらしいのよ……」

3

隣組長の家で臨時の集会が催されたのは、それから一週間ほど経った頃である。緊急の用件で話し合いたい旨の呼び出しを受けて、隣組の人々は残らず顔を見せていた。電話の一件は、すでに殆んどの人が知っている。彼等にとっても、放っておけぬ問題であった。

「今日お集まり願ったのは、他でもありません。近頃この辺の家に頻繁にかかっている、悪質ないたずら電話の事で相談したいと思いましてね」

と組長は沈痛な面持で切り出した。

「実は昨日その電話のおかげで、首藤さんがとんだ迷惑を受けられたそうでして……。私としても、これは何とかしなければなるまいとうろたえ出した次第です」

組長に名指されて、首藤加奈子は緊張したように居住いを正した。髪を紅く染めてこってり化粧した彼女は、一座の中で異様に浮きあがって見えた。

「ここ半月ほど前から、近所のお宅に変な電話がかかっているという噂は、私もきいております」

PTA仕込みのもの慣れた口調で、彼女は話し始めた。

「誰が誰の悪口を云ったとか、奥さんが浮気したとか、いずれもたちが悪いには違いありませんけど、それは飽くまでもこの団地の中に限られた事でした。ところが今度の私共の場合は、あろう事か主人の会社に電話がかかったのです。主人の上司に私共の暮らしぶりを、嘘八百並べて密告したんです！」

握り締めた両の拳が、彼女の膝の上で小刻みに震えていた。彼女の怒りはたちまち一座に伝播し、あちこちで非難の声があがった。

「私共の生活があまりに派手だというんです。普通のサラリーマンに、あんな暮らしが出来るはずはない。不正な事でもしてるんじゃないかって。そんな事まで云ったそうです。幸い電話を受けた方がすぐに悪質な中傷だと気付いて、こんな電話がかかって来たから用心するようにと、わざわざ報らせて下さった訳です。それを聞いて私、例の電話魔の仕業だとぴんと来ましたわ。いたずらにしても、あんまりひど過ぎるとはお思いになりませんか？」

話の効果を確かめるように彼女は一旦言葉を切って、鋭いまなざしを人々に注いだ。

「唯今主人は関西に出張していて、二週間ほど向うに居る予定です。犯人はそれを知っていて、わざと主人の留守を狙ったに違いありません。ですからこれは出来心なんかじゃなく、計画的にやった事ですわ」

と彼女は更に語を継いだ。

「ところが今度の場合、電話の相手が団地の方ではなく会った事もない会社の方だったもので、おそらく犯人も油断したのでしょう。他の時のように声を作ったりせずに、自分の生の声で喋ったらしいのです。それもかなり長い間……。そこで私、課長さんにその時の様子を詳しく説明して頂きました。密告の内容は勿論、声の質から言葉遣い、アクセントに至るまで……。その結果、十中八九この人に間違いないという相手を探り当てたのです」

一瞬人々の間にざわめきが起こったがすぐに静まり、重苦しい沈黙がとって替った。彼等は時折り上目遣いに加奈子を眺める他は、申し合わせたように自分の膝に視線を落していた。組長を始め二三の男を除いては、誰もが犯人であり得るのだ。自分の家も同じく電話の被害にあったと云ったところで、確かな証明にはならない。

「私を目星をつけた犯人に、間違いはないと思います」

と加奈子は繰り返した。

「ただはっきりした証拠がないので、今のところはそれが誰かは申しあげられません。ですが私、この機会に犯人にお願いします。出来るだけ早く、この団地から出て行って頂きたいのです。おそらくその人は自分の欲求不満をもて余して、幸せに暮らしている人達を妬んでやった事でしょう。でもそのためにどれだけ罪もない隣人が傷つけられたか……。団地の中だけならまだしも、主人の会社へまで出鱈目な密告をするに至っては、完全な気違い沙汰ですよ。そんな危険な人物が近所にいては、私共は安心して暮らす事も出来ません。今すぐにと云っても無理でしょうから、一二カ月の猶予をあげましょう。もしも二カ月経って、まだここに居座っておられるようなら私、警察の手を借りてでも断固とした処置を取る積りですわ」

話し終った加奈子の目は、誰も見てはいなかった。だが彼女の言葉が齎《もたら》した効果はてき面だった。部屋のあちこちで一斉に私語が交わされ、被害を被った者は殊更声高に吹聴し始めた。

一種恐慌に似た空気の中で、中川絹子は自分が犯人ででもあるかのような当惑にかられていた。電話の一件は、固より彼女の与り知《あずか》らぬところである。電話魔の噂さえ、彼女の耳には届いていなかった。しかしながら、実際にその事は起っているのだ。人々の疑惑と憎悪が、この狭い部屋に充満している。遠からずこの団地を出て行くであろう犯人に投ずる礫は、すでに各人の手に握られている。

彼女は出発までの日数を数えた。一カ月半。ぴったりの時期ではないか。かりに真犯人がこの中にいたとしても、早々に引っ越すとは思えなかった。犯人に心当りがあるという加奈子の言葉は、おそらくはったりであろう。間接にきいた電話の声から、それほど確実に相手が割り出せるはずがない。真犯人にしても、そんなちゃちな脅しに、みすみす乗っかる訳はあるまい……

この一二カ月の間に、ここを出て行く者が犯人なのだ。絹子は慄然とした。一カ月半の後に自分達一家が出発したら、どれほどの騒動が、噂が、悪意がこの団地中に拡がる事か。それは彼女の一家が日本を留守にする二年間に、打ち消し難い観念となって隣人達の脳裡に植え込まれる。そして二年後に再びここへ戻った時、完全に誤解を払うどんなすべがあるというのか。

悪い条件が揃い過ぎていた。彼女は渡米の件を、近所の誰にも話していなかった。経済的に恵まれていない事は、はた目にも明らかだった。親しい近所付き合いもない。それを人々は偏執的な孤立と取るだろう。更に首藤家の華やかな生活を、最もよく知る立場にあるのは隣り合っている彼女である。

濡れ衣にしては、あまりに卑しむべき事だった。絹子のような女性にとって、最も堪え難い恥辱であった。

「私、やっぱり一緒に行けないわ」

彼女はそっと胸の中で呟いた。

4

珍しく中川家の前に、タクシーが横付けされた。玄関から絹子によく似たハンサムな青年と孝とが、それぞれ大型のスーツケースをさげて姿を現わし、続いていたずら盛りの孝一の手を取った絹子が出てきた。夫の出発を、空港まで見送るのであろう。淡いピンクの外出着を着て薄化粧した彼女は、日頃とは別人のように美しかった。

リビングルームの窓越しに隣りの様子を窺いながら、首藤加奈子は毒々しい薄笑いを浮かべた。アメリカへなんか、やって堪るものか。彼女の笑顔はそう語っている。

カラーテレビも買えない癖に、妙に悟り切ったような顔をしたあの女に、アメリカ帰りの箔をつけさせるなんて、この私が許しはしない。貧乏学者が一人で行けばいいんだ。それだってこっちは面白くない。その上にあの上品ぶった女が亭主にくっついて行って、外国生活を体験する。帰って来たあかつきには隣近所の羨望と尊敬を集め、あのチビが英語をぺらぺら喋るなんて……、そんな事をむざむざ見過ごしておけるものか。

二カ月前に偶然隣りの夫婦の会話を洩れきいて、彼女の心に絹子をこの団地に釘付けにする計略が湧いたのだ。以来半月余り、彼女は小まめに電話魔の役を演じてきた……

遠ざかって行くタクシーを目で追いながら、彼女はこれまで頭に重くのしかかっていた煩悩が跡もなく消えて行くのを感じた。

だが加奈子は知らないのだ。自分でも気付かぬ裡に密告の快感が、麻薬のように心の芯に浸透し、遠からず自らの墓穴を掘る結果になる事を。そして一年後には、絹子がミシガンの夫の許へ行く事を。

魔　女

1

山道を登りつめると、果てしない深緑の森が視野いっぱいに拡がった。木立ちの間を吹きぬける風が快い葉ずれの音を響かせ、姦しい蟬の声がそれに和した。崩れるように大樹の根方にしゃがみ込んで、武史は荒い呼吸を整えにかかった。どうやら奴等の追跡を、一応は振り切ったようである。

どれ位走り続けたものか、自分でも見当がつかなかった。悪魔共の執拗な監視の目をどうやって逃れたのか、その辺の記憶もさだかでなかった。彼はひたすら走り、奴等から少しでも遠くへ逃れる事だけを念じてきた。

今度奴等に摑まったら、命はない。あの地獄の邏卒共は墓から蘇った伯母に彼を引き渡し、人でなしの饗宴の生贄《いけにえ》として心臓を貪り喰らう積りなのだ。その怖ろしい光景を思い描いて、彼は今更のように慄然とした。

全てはお前の妄想だと、奴等は云う。気違いの乳母に吹き込まれた妄想だと。

――今どき魔女や悪魔の饗宴なんか、あるはずがないじゃないか。十八にもなって、まだそんなお伽噺を信じているのかね。それにお前の伯母さんは、二カ月前に死んだんだ。お前だって、その目で死骸を見ただろうが――

だが彼は連中が猫撫で声を出しながら、お互いに嘲りをこめた邪悪な目配せを交わしているのを知っていた。あのゆらめくような目の光り方は、明らかに人間のものではない。伯母と同類の兇眼と呼ばれる魔性の目である。その証拠に奴等の目に射すくめられて、身動きも出来なくなった事が再々あったではないか。

それはともかくとして、死んだはずの伯母が毎夜彼の寝室に姿を現わす事実を、どう解釈したらいいのだろうか。黒衣を纏った伯母は、バカビ、ラカビ、バカベに始まる怪異な呪文を唱えながら、ベッドの周りを歩き廻るのだ。そして不気味な薄笑いを浮かべて囁く。

——お前はリシュファーの生贄になるんだよ。遠からずね——

だのに奴等はしらじらしく、伯母は成仏したと云い張った。死骸は法律通り火葬に付された。灰になったものが、どうして生き返えられるかね？

誰がそんな出まかせを信じるものか。確かに伯母は一旦は死んだかもしれない。だが火葬したというのは嘘である。現に唯一の遺族である彼は火葬場へも行かされず、葬儀にさえ出してもらえなかった。そもそも伯母が死んだ時の状態にしても、彼の記憶に関する限りひどく曖昧なものだった。

「おあがり、武史」

湯気の立つシチューの皿をつき付けて、伯母は云った。

「無理にでも食べなきゃ、体に毒だよ」

しかし彼はその中に、人知れず殺されたペケの肉が入っているのを知っていた。伯母の目を盗んで部屋の隅でひそかに飼っていた、マルチーズ種の子犬である。

「そこに置いといて。後で食べるから」

云って彼は嫌悪感を相手に悟られないように、顔を背向けた。

「そんな事云って、こっそり捨てる気だね。何故食べないの？　この中に毒でも入っていると思うのかい？」

怖ろしい顔で伯母はつめ寄った。

突然彼女の手から皿が落ち、シチューが辺りに飛び散った。次の瞬間伯母はかっと目を見開き、凄じい悲鳴をあげて悶絶した。何が起ったのか、何故そんな事になったのか彼は知らない。彼はただ呆然として、胸にナイフを突き立てた伯母の死骸を見下ろしていた……

覚えているのはそこまでである。次に意識を取り戻した時は、すでに奴等の手で監禁された後だった。そこには何日間かの空白の期間があった。伯母の死骸を見たショックで気を失っていたのだと、奴等はまことしやかに説明した。だから火葬や葬儀に立ち合えなかったのだと。それにしても普通の人間が、それほど長い期間気を失ったままでいられるものだろうか。おそらくは連中にとってはお手のものの魔薬の力で、眠らされていたに違いない。その間に奴等は伯母の死骸を持ち去り、神の許さぬ秘法を用いてひそかに蘇らせたのである。そして蘇った死者を司祭とするサバトの宴で、彼は魔王の生贄に供されるのだ。奴等が何と云いくるめようと、それが真実なのである。

2

武史が初めて伯母に会ったのは、父の葬儀の日であった。父親には十以上年上の姉があって永年ドイツに住んでいるという話は、以前にもきいた事がある。だが現実に見る伯母は、武史が想像していたのとは似ても似つかぬ風貌をしていた。病的なほど痩せさらばえて顔色は青黒くくすんでおり、目鼻立ちも醜かった。彼女は初対面の甥に向かって鄭重に悔みを述べて、今後は自分が後見人として彼の面倒を見る事になった旨を説明した。言葉遣いは優しく物腰にも粗野な処がなかったので、その時までは武史も彼女に別段嫌悪は感じなかった。

だが日が経つにつれて、彼は次第に伯母を疎ましく思い始めた。新しい生活に慣れると、彼女はこの家のだらけた雰囲気や武史が過保護に育てられた点を非難して、事ある毎に口うるさく干渉した。異様な外観にふさわしく彼女はおよそ情感に欠けていて、意地の悪い修道女を連想させた。幼い頃に母を亡くして以来、慈しみ深い乳母の溢れるような愛情に包まれてきた武史にとって、殺伐な後見人の存在は、不消化な異質物でしかなかった。

彼がしばしばあの夢を見るようになったのは、その頃からである。場所はどこだか判らないが、彼の家と同じような古い館の一室らしかった。

部屋の中ほどに伯母が、黒い蠟燭を手にして立っている。彼女の足下には不思議な文字をちりばめた円が床いっぱいに描かれている。やがて伯母は蠟燭を下に置いて、籠の中から若いメンドリを取り出した。メンドリの羽根は、夜の闇のように黒い。暴れる生贄の足を両手で摑むと、彼女は声高に叫んだ。

「エロイム、エッサム、われは求め、訴えたり！」

次の瞬間、メンドリは真っ二つに引き裂かれた。老婆とは思えぬ凄い力であった。鮮血が飛び、床を染める……

それを最後に全てが朦朧となり、闇に覆われた。何どきかの空白を経て目覚めた時には、彼はいつもベッドの上にいた。その後彼は自分が夢を見たのだと解釈したが、夢にしてはひどく鮮明だった。

あの凄惨な光景が何を意味するのかは判っている。何度か乳母にきいた事のある悪魔呼びの儀式なのだ。彼は自分の見た悪夢を乳母に打ち明けた。

おお、ぼっちゃま、夢でなんぞあるもんですか。と乳母は云った。魔法の力で意識を曇らされておいでなのです。現にばあやも伯母様が黒ミサの秘儀を行っておられる場面を、確かにこの目で見ましたもの。

それから彼女は例に依って、魔女や悪魔の不気味な話を物語った。たまたまその場を通りかかった伯母は、彼等の話を小耳に挟むと顔色を変えた。阿修羅《あしゅら》さながらの形相で彼女は乳母を罵り、今すぐ出て行けと怒鳴ったが素より武史は反対した。彼等の争いは二三日続いた。乳母が急死したのは、そのさなかであった。一見脳溢血に依る自然死ではあったが、果してその通りだったろうか。

その後の記憶は、薄物を透して見るように鮮明さを欠いている。乳母に死なれた哀しみで、頭がいっぱいだったからかもしれない。

窓から薄陽が射し込んでいる。朝のようだ。武史は鳥籠を覗《のぞ》き込んで、手乗りのせきせいインコが隅っこに転がっているのを見ている。昨夜の裡に死んだらしいが、何故あのように首が不自然にねじ曲っているのだろうか。頭の芯がにぶく痛んだ。

「これは一体……。武史お前、小鳥の首を締めたのかい?」

耳元で鋭い声が云った。気が付くと伯母がすぐ側に立っていて、名状し難いぞっとするような表情を浮かべている。彼は緩慢にかぶりを振った。伯母は何やら口の中で呟きながら、鳥の死骸を持ち去った。

その夜夕食にシチューが出たが、何となく味が変だった。

兎が死んでいた。

リスが死んでいた。

猫が死んでいた。

可愛い武史のペット達。厳重に鍵をかけたはずの寝室で、不自然に首をねじ曲げて死んだ。その夜の食事は、何故か舌に異和感を齎《もたら》した。

そしてあの日……、彼が部屋の隅でひそかに飼っていたマルチーズの子犬を見付けると、伯母は怯えたような顔をして叫んだ。

「いけない! この家で生きものを飼ってはいけないんだよ!」

「何故いけないの?」

と彼は弱々しく反問した。

「何故って……。みんな惨い死に方をしたじゃないか。悪い事は云わないから、誰かにくれておやり!」

思えばあの時、ペケを逃すべきだったのだ。そうすれば殺されずに済んだだろうし、伯母さんだって……

俄かに頭痛が襲ってきた。それに体も無闇とだるい。彼は灌木の茂みに分け入ると、無造作に身を横たえた。そしてものの五分と経たぬ裡に、深い眠りにおちた。最前までの恐怖が嘘のように、安らかな寝顔であった。

3

唐突に彼は目覚めた。辺りはすでに薄暗く、夜更けも間近いと思われた。危険なのは、むしろ奴等が跳梁する夜である。連中の中には昼盲症の者もいて、真昼よりも明確に彼を見出すに違いない。

密生した木立ちの間をすり抜けながら、彼は当てもなく森の奥へ分け入った。風が和いで森の中は物音一つしなかった。彼はあまりの静寂に気をのまれたように、ちょっとの間足をとめて意味もなく周囲を見廻わした。雑多な巨木が様々な形に枝を伸ばしているのが、墨絵のように浮き出て見える。突然風が起って木の葉をそよがせた。木の葉のざわめきは信じ難い響きを持って、森中に伝播した。その時になって彼は自分のいる場所が、得体の知れぬ神秘に包まれているのに気付いた。

葉ずれの音は次第に規則正しいリズムを整え、一種荘厳な音響に変化した。それは合唱のようでもあれば、お経のようでもあった。

アグロン、テタグラム、ヴァイケオン、スティムラトン……、今や葉鳴りははっきりとした悪魔呼びの呪文を伝えた。呪文の間を縫って嘲るような哄笑が湧き、やがてそれは物凄い轟きとなって耳朶を打った。始めて彼はこの森が、奴等の管轄下にある事を認識した。奴等が開くサバトの拠点は、実にここだったのである。

彼は夢中で馳け出した。途端に木々は移動を開始し、巨人の腕にも似た枝が猿臂《えんぴ》をのばして行手を阻んだ。彼は枝の下をかいくぐり、迫り来る幹を押しのけて闇雲に走った。

どのようにして魔性の森をぬけ出したのか、覚えていない。気が付くと、彼は壮大な建物の前にいた。彼はそれが教会であり、魔の手の及ばぬ神聖な場所である事を悟った。

中には僧衣の人がいて、訝し気な面持で彼を迎えた。三十前と見える若い神父である。

「助けて下さい。追われているんです！」

息を弾ませながら、武史は云った。暫くの間、相手は黙って彼を見つめた。細面の優し気な顔付きは、絵の中の聖者のようであった。

「奴等は……悪魔の手下共は、すぐ近くまで来ているんです。僕はたった今、サバトの森をぬけ出して来たばかりで……、危く生贄になるところでした」

神父はぎょっとしたように目を見開いたが、すぐに温和な微笑を浮かべた。

「心配しないでいい。ここにいる限り、君は安全だ」

もの慣れた口調で彼は云った。

「暫くここで待っていなさい。何か食べるものを持ってきてあげよう。ところで、名前は？」

「菅田武史です」

神父は頷いた。その刹那、武史は相手の目にゆらめくような輝きを見た。それに今の、妙に落着き払った猫撫で声……、顔から血の気がひいて行くのが、自分でも判った。だが相手はそれと気付いた様子もなく、足早やに立ち去った。

足音が遠のくのを待って、彼は神父が去った覚しい方へ歩を運んだ。控え室の扉が半開きになっていて、奴が電話をかけているのが見える。素早く背後にしのび寄ると、彼は渾身の力で魔物の首を締めにかかった。

機敏な動作を続けながら、彼の脳裡には目くるめく早やさで、種々の場面が浮かんだ。せきせいインコが、猫が、ペケが、首を締められている。彼等の細い首にかけられているのは老婆の干からびた手ではなく、しなやかな若者の手であった。その同じ手がナイフを擱んで、伯母の胸に突き立てている……

僕だ、僕の手だ！　声にならぬ絶叫が頭の中にガンガン響く。続いて頭蓋骨を締めつけるような激痛が、頭全体に拡がった。部屋がぐるぐる廻り始め、視覚が混濁した。どこかでサイレンに似た音がする……、そのまま彼は気を失った。

4

「危い処でしたな」

のどを押さえて咳き込んでいる神父に向かって、警官の一人が云った。

「貴方もお気付きの通り、この子は今日の昼過ぎに精神病院を脱走したんです。危険な患者でしてね。自分の後見人を魔女だと信じ込んで刺し殺したんですが、当人は自分が殺した事をまるで覚えていないんですから。その前にも小鳥や犬を、無意識の裡に殺していたようですがね。永年可愛いがってくれた乳母が死んでから頭が可笑しくなったと云われていますが、元々その素質はあったんでしょう。何でもその乳母というのが変人でしてね。当人が小さい頃から悪魔だの魔女だの、くだらん迷信を吹き込んだ。それがそもそもいけなかったのかもしれませんな。入院してからも伯母の幻覚を見たり、医者や看手を魔女の仲間と思い込んだり、果ては自分が悪魔の生贄にされるんだとか奇妙な事を口走ったりしたそうですが、真逆今どき魔女なんて……」

「魔女は本当にいたんですよ。少くともあの少年にとってはね」

と神父は痛まし気に口を挾んだ。

「その乳母がそうです」

歪んだ殺意

1

九時きっかりに玄関のチャイムが鳴った。

「ほら、冴子さんよ」

着替えに手間取っている夫を促して、律子は玄関の三和土《たたき》に降りた。予想通り木次冴子だった。淡紅色の派手なニットスーツを着て、入念に化粧している。髪もセットし立てのようだ。律子はちょっと目を見張った。なりふり構わず窶《やつ》れ果てた彼女を見慣れた目には、別人のように華やかに映ったからだ。

「今度の事では度々御主人様に御迷惑かけて、本当にごめんなさいね」

顔を合わすなり冴子は言った。

「でも私、今日でやっと自由になれるわ」

「そう、大分手こずりましたがね」

後からやって来た隆が言い、続いて妻に視線を移した。

「何も心配なことはないいんだよ。今日はもう、離婚届に印を押すだけだからね。その保証人として、僕がお二人の離婚を見届ける訳だ。これで冴子さん、却って幸せになれるよ」

男っぽい隆が妻に向かうと、子供をあやすような態度になる。過保護な両親の手元から抱き取るようにして迎え入れて以来、彼は風にも当てぬほど大事に妻を扱ってきた。両親が亡くなり十歳の娘の母親になった今でも、彼女は世間知らずな箱入娘の延長でしかなかった。

「それじゃ、行きますか」

車のキーを取り出しながら、隆は促した。彼が冴子に付き添って家庭裁判所へ足を運ぶのも、今日で四度目になる。多忙な中を嫌な顔もせず、妻の友人のために尽力してくれる優しい夫だった。

家裁の調停は、九時半に始まる予定である。調停といっても、今回は協議離婚を成立させるにすぎない。過去三回にわたって家裁の手を煩わせた揚句、冴子の夫卓郎もやっと離婚に同意したのだ。家裁で埒があかないようなら、裁判に持ち込むという冴子の強硬な態度がそうし向けたのだろう。非は一方的に卓郎の方にあり、裁判になれば勝目がないのは判っていた。

居間へ戻って律子は掃除を始めたが、何となく落着かなかった。硝子《ガラス》細工のように繊細な神経は、ちょっとした事にも敏感に反応する。この度の出来事にしても旧友の不幸を嘆くというより、家裁や離婚などのショッキングな事柄が身近かに起ったために、心をかき乱されたという方が当っていた。

木次冴子とは、中学高校を通じて一緒だった。彼女はいわゆるガリ勉型の優等生で成績はトップクラスだったが、家庭的には恵まれないように見えた。父親が女を作って出奔したとの噂もあった。そのせいか妙にしぶとく芯の強い処があり、大方の学友には敬遠されていたようである。そんな彼女だが成績も悪く幼稚な感じの律子とは、不思議に気が合った。定期考査の度に彼女は律子の家に来ては、勉強をみてくれたりした。

卒業後律子は短大へ進み、一方冴子は優秀な成績だったにも拘らず、あまりぱっとしない小会社に就職した。複雑な家庭の事情が、一流企業への道を阻んだのだ。短大在学中に見合いをした律子は、相手の隆に滅法気に入られ卒業早々に結婚したが、その頃から二人の間は疎遠になったようである。

冴子との旧交が復活したのは一年ほど前、偶然町中で彼女と出会ってからだった。その時の彼女は五歳位の女の子を連れて、ひどくみすぼらしい形《な》りをしていた。律子は胸をいためた。十年以上の空白があったとはいえ彼女の変り方が余りにも著しかったからだ。

商店街の角に足をとめると冴子は堰を切ったように、夫のひどい仕打ちを訴えた。二耕商事という個人会社に勤める夫の卓郎は、給料の大半を酒や賭け事に費やし、家計の苦しさをこぼすと殴る蹴るの乱暴を働くというのである。元々隠湿な性格の上に学歴のない僻みもあって異常なほど嫉妬深く、逆上すると何をするか判らない。しかも同じ職場の女と関係を持っていた事まで、最近になって知ったという。

「我慢出来なくて、主人の処を飛び出したの。今この子とアパートで暮らしてるわ」

涙ながらに彼女は云った。その尾羽打ち枯らした姿には、かつての秀才ぶりを窺うべくもなかった。旧友の不幸は律子の想像を絶した。彼女は夫に事情を打ちあけた上、出来る限りの援助を惜しまなかった。そしていつの頃からか、冴子は彼等夫婦を頼りにして、何かと相談事を持ちかけるようになったのだ。

ある時彼女は、卓郎と正式に別れたいと語った。話し合いに応ずるような男ではないので、家裁に離婚調停を申し立てる積りだとも云った。ついては調停に際して、御主人に立ち合ってもらえないかしら。一人では心細くて……。縋《すが》りつくような目をして、彼女は遠慮勝ちに切り出した。事実その時の彼女は、付き添いが必要な位憔悴していた。そうした次第で、隆は調停の都度彼女に同行した。とげとげしい雰囲気が脆《もろ》弱い神経に及ぼす影響を案じて、律子を家に残したのは夫の配慮である。

電話が鳴った。習慣通り、素早く受話器を取りあげる。

「河野さんのお宅ですね！」

いきなり野太い声が、耳に飛び込んだ。

「こちら警察ですが、御主人が重傷を負われましてね。至急××病院へおいで下さい」

名状し難い幾秒かがすぎた。不思議に間違いではないかとの、疑問は湧かなかった。

「交通事故ですか！」

咄嗟に叫んだ。

「いえ。詳しい事情は会ってからお話ししますが、木次卓郎という男に家裁の廊下で刺されたんです」

何故かその時、彼女は夫がすでに死んでしまったのだと直感した。

2

虚脱したような幾日かが経過した。通夜から火葬、豪華な葬儀、形通りの悔みの言葉。それ等の状景の一コマ一コマが鮮明に記憶に残ってはいるものの、頭の芯は靄がかかったように朦朧としていた。夫が殺された経緯にしても、ありふれた三面記事でも読むような他人事に感じられた。

調停の間中、卓郎は取り乱した様子は見せなかった。離婚届にも素直に捺印した。本来は小心な男なのだろう。発言を求められると口ごもるように断片的な言葉を並べ、終始伏目であったという。取り乱したのは、むしろ離婚を切り出した冴子の方だった。両者の捺印が終った直後、張りつめていた気分が緩んだものか、彼女は保証人である隆の胸に泣き崩れたという事だ。いきなり縋りつかれた隆は困惑気な面持ちで、宥めるように彼女の背中を撫でた。その時、卓郎が始めてかっきり目をあげて、二人の様子を直視したという……

彼が兇行に及んだのは、一同が調停室を出て廊下にさしかかった時である。冴子を抱きかかえるようにして彼の前を歩いて行く隆の背後から、隠し持っていた短刀で滅多突きにしたのだ。傷は全部で五カ所あり、中の一つがとどめを刺した……

「奴が冴子をそそのかしたんだ！　奴は冴子の情夫《いろ》なんだ！」

取り押さえられた後も、彼は大声でわめき続けたそうである。その話をしてくれたのが、誰だったかは覚えていない。それと前後して同窓生の一人は、次のように語った。

「貴方、御主人と冴子さんとの事、全然気にならなかったの？」

呆れたような声音が、今も耳に残っている。

「勿論私だって、こんなきれいな奥さんがあるのに、お宅の御主人があんな人に手を出したなんて信じないわ。でも冴子さんったら、まるで自分が御主人と関係があるように云いふらしてたそうよ。二耕商事に知人が勤めてるんだけどね。冴子さん二耕のすぐ側の喫茶店で、何度か御主人と会ってたっていうじゃない？　会うに事欠いて卓郎の勤め先の近くを選ぶなんて、無神経にもほどがあるわよ。それにあの人、家裁に離婚を申し立てるのは、お宅の御主人にすすめられたからだって、そんな事も喋ってたらしいわ。そういういろんな事が耳に入ったものだから、卓郎も血迷ったんじゃないかしら」

彼女の話を、律子は無感覚にきいた。驚きもしなければ、ショックも受けなかった。ただ虚ろに目を見開いていただけである。

日が経つにつれ徐々に虚脱状態から覚めると、改めて夫を失った哀しみが実感された。彼女にとって隆は夫であるとともに父親であり、オールマイティーの保護者であった。夫の遺した財産で当座の暮らしには事欠かない事が、一層哀しみを深くした。だがその頃になると底知れぬ悲嘆の合間に、微妙な疑惑が脳裡を掠め始めた。思考力を失った状態でぼんやりときき流していた情報の数々が、ある種の意味を持って蘇って来る。

何故冴子は、夫と関係があるように吹聴したのだろうか。律子には、全く信じられない話だった。世事には疎い女だが、十年余の結婚生活で夫の気質は知りぬいている。隆とても男である以上、絶対に浮気をしないとは云い切れないが、逆境にある妻の友人を誘惑するような真似はするはずがなかった。その点に関しては確信が持てる。再三にわたって冴子の付添人を引き受けたのも、彼女が愛妻の親友だったからである。

確かに彼等は打ち合わせや何かで、幾度か話し合う必要もあったろう。嫌な話を妻の耳に入れないために、喫茶店で落ち合ったとしても不思議はない。だが例の友人も指摘したように、何故二耕商事の側の喫茶店を選んだのか。二耕があるK町は、隆の勤務先から大分離れている。地理的にも不自然であった。

律子の胸に芽生えた疑惑は、次第に確たる方向へ凝結し始めた。

何故冴子は隆が離婚をすすめたなどと、嘘をついたのか。何故あの日に限って美々しく装ったのか。何故離婚届に捺印した直後、彼女にも似合わぬ女々しい仕草で隆の胸に縋ったのか。それ等の疑点が暗示する処は一つである。

律子は一年前、商店街の角で涙ながらに語った冴子の言葉を反芻した。異常なほど嫉妬深く、劣等感の固まりのような卓郎。逆上すると何をするか判らない……、あの時彼女は、はっきりとそう云ったではないか。

未練が残る妻の側に、一度ならず教養あり気な紳士が付き添っているのを見たら……。しかもその紳士を妻の愛人だと信じ込んだら……、そして離婚の当日別人のように若返った妻が、男の胸に顔を埋めるのを目前にしたら……。二重の嫉妬に狂った卓郎が常軌を逸した振る舞いに及ぶだろう事は、充分考えられるではないか。そうした卓郎の性格を計算に入れた上で、冴子は故意に隆を彼の凶刃に晒らしたのである。

彼女は勿論、隆が憎い訳ではなかった。彼の庇護の元でぬくぬくと至福を満喫している、同窓生が憎かったのだ。彼女の夫を殺して、自分と同じ境遇に引き落したかったのだ。

童女のような律子の顔が、生れて始めてとも云える凄い形相にひき歪んだ。

3

夕食のキャベツを刻む音が、リズミカルに響いた。一間きりの四畳半では、五才になる久美が大人しく人形で遊んでいる。苦労しただけあって、手のかからぬ子供だった。

突然入口の扉が叩かれた。包丁を置くと、濡れた手もそのままに扉を開く。

「まあ、律子さん！」

我れ知らず声が上ずった。ほの暗い入口に、思いがけなく律子の蒼白な顔があったのだ。地味なグレイの服を着て、右手がすっぽり隠れる具合に合コートをかかえている。

「大事なお話があるの。子供にはきかせたくないわ。久美ちゃんを外に出して」

いきなり部屋に踏み込んで律子は言った。母親に促されるまでもなく久美は彼女の見幕に怯えて戸外へ馳け出した。普段とは様子が違うと冴子は悟った。だが真逆この薄ぼんやりが真相を突きとめるはずはない。巧妙に練りあげたプロバビリティーの犯罪を。

「やっと判ったのよ」

前ぶれもなく律子は云った。

「今度の事件のお膳立てをしたのが誰か。誰が本当の犯人だったかって事がね」

「それ、どういう意味？」

顔色が変るのが自分でも判った。


「直接主人を殺したのは卓郎だけど、あの男にそれをやらせたのは貴方だって意味よ」

「気でも違ったの？　ばかばかしい」

「一体私が何をしたって云うの？」

相手の言葉を無視して律子は続けた。

「貴方には随分尽してあげたのに……鬼よ！　恩を仇で返したのね！」

「尽した？　子供のお古を恵んでくれて」

常に気弱わな友人の豹変ぶりが、冴子の闘志をかき立てた。

「食べもののお余りを恵んでくれたわ。溢れんばかりの御亭主の愛情と、天国のような生活を見せつけてくれたわ。昔の劣等生がお育ちと器量がいいというだけで、頼もしい御亭主に溺愛されておっとりこんと暮らしているのを、私がどんな気持で見ていたと思うの？　学生時代を忘れた訳じゃないでしょう。私がいくら教えてもテストの度に欠点取って、しくしく泣いたっけ。そんな女の僅かばかりの施しを受けて、恩も仇もないもんだわ。でも貴方の運もこれまでよ。御亭主の遺産だって、このインフレではいつまでもつかしら。ホホ、何て顔するのさ。私は御亭主を殺しゃしないわ。第一証拠がないじゃないの」

律子は答えず、すっくと立ちあがった。右腕には依然として外套をかけたままである。

「冴子さん、そこの包丁を持つのよ。そしてこちら向きに立って頂戴」

「おや、決闘でもしようっていう……」

云いかけて冴子の顔が硬張った。相手の様子に尋常でないものを感じたのだ。

「コートの下に何があると思って? ピストルよ。云う通りにしないと、本当に撃つわよ。私が刑務所に入っても子供は兄夫婦が育ててくれるけど、貴方が死んだら久美ちゃんはどうなるの?」

冴子は震える手で包丁を摑んだ。ショックの余り思考を失った彼女の耳に、旧友の声が遠く近くゆらめくようにきこえる。

「罪の償いをしてもらうわ。貴方は正当に裁かれるべきよ。卑劣にも他人の手を借りて行った犯罪を、今度は自分で遂行するのよ。誰も貴方の弁明を信じはしない。人殺し!」

次の瞬間、信じ難い速力で律子の五体が突進して来た。コートが飛んだ。その下には何もなかった。包丁の刃は正確に律子の心臓を貫き、二人の女が同時に発した絶叫が、アパート中に響き渡った。

赤い靴

1

彩りにそえたパセリを払いのけると、信子は貪るようにハムサンドにかぶりついた。ろくに嚙みもせずにのみ下す。文字通りがつがつした食慾は、旺盛というより凄まじさを感じさせた。毎週土曜日、この家の昼食に招かれるようになって二カ月経つが、信子の様子は最初の頃と少しも変らなかった。

千草は痛まし気に彼女を眺め、向い側に腰かけている一人娘の明子に目を移した。例によって自分のサンドイッチには殆んど手をつけず、不機嫌に黙りこくっている。クラスの爪弾き者を招いて食事までさせる母親に、腹を立てているのだ。

「どうしてあんな人を来させるのよ！」

大分前に彼女が云った事がある。

「お母様、下川さんがどんな子だか知ってるでしょ。学校をさぼって町中をうろついたり、万引きして摑まった事だってあるんだから。お父さんは仕事もしないでお酒ばかり飲んでるから、お母さん蒸発したんだって。テストはいつも零点だし、先生もあの人の事諦めてらっしゃるのよ。だからクラスのお友達が云ってるわ。あなたのお母さん、随分もの好きねえって」

その時千草は気色ばんで、人間の平等性をこんこんと悟したものだった。だが我が儘いっぱいに育った小学三年の娘に、どの程度理解出来たかは疑問である。以来明子は面と向かって母親に苦情を云う事はなくなったが、下川信子に対する冷やかな態度は変っていない。

注がれたジュースを一口飲むと彼女はそうそうに立ちあがり、「××さんちへ宿題やりに行くわ」と仏頂面で云った。そして母親の返事もきかずに飛び出して行く。土曜日となるといつもこうだった。

引きとめても無駄な事は判っていた。トップクラスの優等生に、信子と遊べという方が無理かもしれない。自分がもの好きだと云われている事も、知らない訳ではなかった。現に何日か前、担当の女教師から婉曲に忠告されたばかりである。あの子に深入りしてはいけない。あなたの手に負える子ではないと。

　ひどい話だと千草は思った。元より教師の忠告を受け入れる気はなかった。確かに信子は不良かもしれない。万引きをしたというのも嘘ではあるまい。だが悲惨な境遇にある少女が貧しさ故に物を盗んだからといって、誰が彼女を責められようか、信子に必要なのは懲罰ではなく、暖かい思いやりなのだ。優しく扱ってやれば決して悪い子ではない事は、一カ月の経験で千草が一番よく知っていた。

　事実この二カ月の間、彼女がここで盗みをした事は一度もない。行儀の悪い点を除けば、彼女は至って真っ当だった。千草の云う事は素直にきくし、かといってうるさく付き纏う訳でもない。自分の方から口を開く事はないが、千草の問いには律儀に応じた。そして彼女の存在が重荷になり出す前に、あっさりと引きあげて行く。極めて始末の良い客だった。意味もなく彼女を白眼視して悪い子だときめつける教師に、千草は義憤を感じていた。

　下川信子がどんな境遇にいるのか、明子や教師にきくまでもない。母親が蒸発した後、生活力のない酒びたりの父親と二人きりの暮しがどんなものかは、想像に余りあった。現に千草は一度だけ、下川の家へ行った事がある。信子に与えた娘の古着が嵩張《かさ》ったので、一緒に家まで運んでやったのだ。

　予想以上にひどい住まいだった。彼女はさすがに足を踏み入れる勇気がなく玄関前で別れたが、その時挨拶に出てきた父親と対面した。彼を一目見た刹那、千草はおぞましさに思わず身震いしたのを覚えている。

　酒焼けした平面的な顔には、どん底に蠢《うごめ》く者の救い難い荒廃が泌み込んでいた。赤貧と懶惰をむき出しにした、脱落者の姿がそこにあった。彼女は反射的にホワイトカラーの典型のような夫を思い浮かべ、平等という言葉の空しさを痛感した。

　彼は千草の顔をまぶし気にちらちら見ながら、卑屈な態度で礼を述べた。彼のような男が、わざわざ門口まで挨拶に出て来たのは意外だった。根は気の弱い正直な男なのかもしれない。どんな相手にでも、善意は必ず通じるものだと千草は信じたかった。

「御馳走さまでした……」

　食べ終った信子が、不明瞭な口調で云った。千草は満足気に頷き返す。彼女にこの種の挨拶を躾《しっ》けたのは千草である。躾けるといっても二三度注意しただけだが、信子は従順に云いつけを守った。何が愚かなものか、不良なものか。汚れた皿を洗《なが》しに運んで洗い始めた少女を見ながら、千草は支離滅裂ともいえる女教師の言葉を反芻した。

——父親は問題外として、下川信子には何かしら底知れないものがあります。ただ環境が悪いとか知能が低いというだけでなく、あの子の素質自体に……、はっきりとは云えないんですけど、何か……悪い要素といったものが感じられましてねえ……——

悪い要素は自分じゃないの、と千草は胸の中で反論した。明子に冷たくあしらわれても、彼女は毎週ここへやって来る。級友の母親の優しい心遣いの前には、そんな事など問題ではないのだ。人の情けに飢えた少女にとって、ここが唯一の心の拠り所なのだから。

「お皿、ここに置いとくよ」

もの慣れた手つきで食器を洗い終ると信子は云った。醜い赤ら顔には、例に依って何の表情も浮かんでいない。それは愚鈍なようでもあれば、妙に大人びた感じでもあった。

2

どしゃ降りの中を雨具を抱えて学校に着くと、休み時間とみえて教室の中は騒然としていた。大半の生徒は席についていたが、後ろの方に数人の子供達がたむろして何やら口々にはやし立てている。何気なく千草はその光景に目を向けた。

学童の輪の中に一人の少女が立っていた。せわしく動き廻わる周りの子等とは対照的に、その少女は微動だにしなかった。

「カバが立たされてる」

甲走った声が耳に飛び込んだ。

「立たされカバ、立たされカバ」

子供達は一斉にはやし立てた。やがて一人の男がわざとらしい仕草で彼女にふれた。

「わあ、きたない。カバに触ったぞ！」

一座の間に奇声が湧いた。当の男生徒がその手を連中の方にひらひらさせながら、「くっつけるぞう」と叫ぶと、彼等は仰々しい悲鳴をあげて逃げ廻わった。

暫く呆気にとられて傍観していた千草は、我れに返ると足早やにその方へ歩み寄った。

憤ろしさで五体が震えた。少女をいたぶる学童の中に女の子が混じっていた事も、怒りに拍車をかけた。

「何てひどい事をするの！」

件《くだん》の男子を摑まえて彼女は怒鳴った。

「この方も、あなた達と同じ人間ですよ。あなた達の心ない振る舞いがどんなにお友達の心を傷つけてるか、考えてみた事はないの？　自分達が同じめにあったら、どんな気持がしますか！」

連中は俄かにしーんとなった。反省したとは思えない。思いがけない伏兵の登場に、毒気をぬかれたようである。

千草はいたわり深く少女の肩に手を置いた。確かにひどい身形《な》りであった。身に着けているフェルト化した赤いセーターもよれよれのスカートも、垢じみたという程度を越えていた。滅多に着替えもしないとみえて、腐った魚介類に似た異臭を放っている。

渋茶色の無骨に角張った顔は、気の毒なほど醜かった。輪郭は逞しく、完成された大人の醜さを感じさせた。子供達がカバと称したのは、けだし容貌から来たものである。

肩に手を置かれても、少女は何ら反応を示めさなかった。そればかりか今まで自分に加えられた侮辱にさえ全く関心を持たぬように、異様に離れた細い目をあらぬ方へ注いでぼんやり佇んでいるだけだった。知能が低いのでもあろうか。何の咎で制裁を受けたかは知らないが、このような生徒を晒し物にした教師のやり方が納得出来なかった。

折りよく姿を現わした女教師に、千草は生徒達の理不尽な振る舞いを訴えた。それは同時に彼女への非難でもあった。

教師の顔に一瞬困惑気な色が浮かんだ。彼女は生徒を窘《たしな》めはしたが、具体性を欠いた叱責の言葉には何となく熱意がないように思われた。明らかに少女が、日頃級友達からどんな扱いを受けているかを知っているのだ。

釈然としない気分で、千草は教室を出た。廊下の傘立てに傘を置き、雨靴と入れかえるべく靴箱を物色していると、傍らに人の気配がした。例の少女である。

「柳さんの靴……」

呟くように云いながら、彼女は意外なほど敏捷に明子の靴を取り出した。今日だけの約束ではかせた買い立ての赤い革靴である。靴を手にした刹那、愚鈍ともみえる彼女の顔にうっとりした表情が浮かんだ。だがすぐに醜い仮面のような顔に戻ると、無言で千草に差し出した。

「まあ……有難う」

胸がじーんとした。やはりこの子には判ったのだ。情深い自分の行為が。稚拙なりに精いっぱいの感謝を示めそうとする、少女の心情がいじらしかった。

これが千草と下川信子との出会いであった。彼女を何とかしてやりたいという気持は、この瞬間に芽生えたといえる。

彼女の境遇は、後で明子にきいて知った。毎土曜日に彼女を昼食に招ねく事に、大した意味はない。遊びにいらっしゃいと云った千草の言葉を真に受けて、彼女が始めて訪ねて来たのがたまたま土曜日であり、以来習慣になったまでである。もっとも信子に対する心遣いの裏には、教師を始め周りの人々への面当ての意味もないではなかった。

3

昼食の片付けを済ませてテレビを見ていると、玄関のチャイムが鳴った。

「あら、下川さん……」

扉を開いて、彼女は頓狂な声をあげた。これまで土曜以外に信子が遊びに来た事はない。それに今はまだ学校にいる時間ではないか。

「学校はどうしたの？」

千草の問いに信子は黙って頭《かぶり》を振った。相変らず無表情だが額に汗を浮かべ、肩が激しく波打っている。家からここまで一キロ余りの道を、馳け通したものだろう。

「助けて、小母さん、とうちゃんが……」

切れぎれに彼女は云った。

「動かない。朝方酔っ払って暴れたから突き飛ばしたら、ひっくり返って……じーっとそのまま、ぴくっともしない……」

「何ですって！」

「一緒に来て、小母さん、私、怖い……」

一瞬怖るべきあばら家が脳裡をかすめた。続いて「深入りするな」と云った教師の言葉が。だが目の前にはまだ荒い呼吸を整えかねて、息を弾ませている少女がいた。非常な事態に直面した彼女が救いを求めているのは、近所の人でも教師でもなくこの自分なのだという事実が、千草の胸を締めつけた。

折りよく通りかかったタクシーを止めると、彼女は信子とともに乗り込んだ。

家の中は無気味に静まり返っていた。部屋は二つあり、台所の境いは薄いカーテンで仕切られている。意外にこざっぱりして見えるのは、家具らしい物が殆んどないせいだろう。父親は奥の間に転がっていた。大の字に寝そべり、信子が云った通り微動だにしていない。千草は初めて事の重大さを認識した。

戦慄を押えて、彼女は男に近寄った。胸の悪くなるような体臭はあるが、酒の匂いはしなかった。死んでる？真逆……

だがほどなく、凍りついた面持で男を見つめる千草の表情が緩んだ。汚れた丹前に包まれた胸が、僅かに上下しているのを認めたからだ。嫌悪をこらえて彼女は男の側に膝をついた。正常な呼吸が規則正しく耳に伝わる。

「大丈夫よ下川さん、生きているわ！」

振り返りざま彼女は云った。しかし信子は父親を一瞥だにせずのっそりと部屋を横切ると、カーテンを開けて台所へ入って行った。続いて水の迸る音と皿の触れ合う音……。食器を洗い始めたのだろうか。一体あの子は何の積りで……

突然むんずと手首を摑まれた。たった今まで死骸のように横たわっていた男が、俄かに起きあがったのだ。野卑な顔は信子に似て無表情だが、目だけは鋭く輝いている。酔眼朦朧といった風情ではなかった。溢れんばかりの精気、純粋な慾望に凝縮された、原始的な男の姿を千草は見た。

「何をするんです、けがらわしい！」

金切声をあげて、彼女は手をふりほどこうとした。だが男は体力的なゆとりを持って、てもなく彼女をねじ伏せ、機敏に衣服をはぎ取って行く。千草の思考は停止した。怒りさえ感じなかった。名状し難い嫌悪感と恐怖だけが、彼女を空しい抵抗にかり立てた。

「助けてえ、下川さん！」

反射的に彼女は叫んだ。

「お願い、助けて……信子さん！」

男の手が立て続けに彼女の頬を打った。その猛々しい行為が完全に千草を圧伏した。半ば気を失った状態で彼女は男の体重と、むかつくような息の臭《にお》いを感じた。目と鼻の先の台所では、依然として皿を洗う音が続いた……

4

チャイムの音で玄関へ出た千草は、思わず息をのんだ。そこには信子の姿があった。普段と同様無表情で、だがその目は常になく臆せず千草を正視していた。もはや彼女は慈悲を受ける弱者ではなかった。対等、否、それ以上の立場にある事を千草は悟った。

「とうちゃんが、これ読んで下さいって」

封書が差し出された。

――前略、二万円ほど用立てて下さい。今すぐ信子に持たせて下さるよう――

顔から血の気がひくのが自分でも判った。身の毛のよだつ思いで、彼女は下川の機敏な動作を思い浮かべた。あの男にとってあれは欲望の発散ではなく、純然たるビジネスだったのだ。もし断わればどうなるか、考えるまでもなかった。

二万円入りの封筒を受け取った時、信子の顔に晴れやかな微笑が浮かんだ。千草が見た始めての笑顔であった。

「靴買ってもらうんだあ」

玄関にある明子の革靴に目を落して、彼女は歌うような口調で云った。

「こんな、赤いのを……」

慈善の牙

1

T氏が指定した教会に着いた時にはすでにミサが始まっていて、広い礼拝堂の中は満席に近かった。遅参した後めたさもあり空席を物色するのが憚られて、戸口近くに佇んでいる私を、年輩の婦人が中ほどの座席に案内してくれた。

かねてから無信心な私がこの年になって初めて教会の門をくぐったからといっても、今更キリスト教に宗旨がえした訳ではない。三十年来の親友であるT氏の長男の婚約式に、列席するためである。私は来月早々デュッセルドルフへ発つ事になっており、かの地には二年間滞在する予定だったので、彼の結婚式には到底出られそうもなかった。かつて自分の膝の上であやした若者の晴れ姿を臨めぬ代りにと、せめても今日の婚約式に連らなる仕儀になったのである。

ミサは滞りなく進行し、信徒のための聖餐式を残すのみとなった。十字架にかけられたキリストの体をパンに、流した血潮を葡萄酒になぞらえて、それ等を食する儀式である。座席の間の通路には、聖餐にあずかる信徒達が列を作った。彼等は祭壇の前に跪《ひざまず》いて、壇上の司祭からそれぞれパンと葡萄酒を供される。

「ほら、あれが例の従姉妹さん達ですよ」

近くで囁くような声がした。いち早く聖餐を受けて戻ってきた隣席の女が、通路の後方を顎で示しながら連れらしい若い男に話しかけている。私もつられてその方を見た。一列に並んだ人々に混じって、二人の女が腕を組んでのろのろと歩いて来るところだった。彼女等の前には大分間隔が出来ていたが、当の二人連れも後に続く人達も別段せかす様子はなかった。

「グレイの服が節子さん、赤いのが悠子さん。でもあまりじろじろ見ないでね」

と彼女は小声でたしなめている。幸いその通路は席のすぐ脇にあったので、私には二人の様子がつぶさに眺められた。

一口に二人の女といっても、外観は著しく異っていた。節子と呼ばれた女が見るからに骨太のずんぐりした体形なのに比して、一方はすらりと背が高く、たおやかともいえる風情であった。長身の女は節子に支えられながら、不自然なほど緩慢に足を運んでいる。目の覚めるような緋色のワンピースが、相手の地味な装いと並んで一際映えた。一見病弱な良家の婦人と、その看護人といった感じである。

だが彼女等が近付くにつれてその容貌までが明らかになると、私は思わず息をのんだ。華やかに装った女性の顔に、ぎょっとするような裂傷を認めたからだ。傷は右の顳顬《こめかみ》から左頬へかけて斜めに走っている。凄じいばかりの損傷であった。右の目は完全に潰れており、鼻も本来の形を失っていた。顔面をものの見事に横切った亀裂のために造作はバランスを欠き、顔全体がひき歪んで見える。僅かに損傷を免れた左側のくっきりした眉やつぶらな眼さえ、妙にちぐはぐなものに思われた。透き通るような肌の白さや瓜実型の輪郭から推すと、かつては並みならぬ美貌の持主だったに違いない。それだけに一層凄惨だった。しかも左腕は肘の辺りから切断されているらしく、空らっぽの長袖が無気味に揺れていた。

一方の節子も、気の毒なほど醜かった。エラの張ったいかつい輪郭といい、釣りあがった細い目や低い鼻といい、およそ女らしい色香とは縁遠いものだった。しかしながら悠子の怖ろしい顔に比べれば、ものの数ではないという気がする。

「大変な事故だったんだなあ……」

二人が通りすぎると、青年が感嘆するように呟いた。

「それに頭も可笑しいようですね」

「ええ、ガスを吸い込んだための後遺症ですって。あの時節子さんがたまたま訪ねて行かなかったら、あの人は今頃ああして生きてはいられないところだったのよ」

「でもきっと治りましてよ」

後ろの席から年取った婦人が口を挟んだ。

「節子さんがあれだけ親切に、お世話してらっしゃるんですもの。毎週欠かさず病院にも連れて行って……。必らず悠子さん、正気を取り戻しますとも。それにしても節子さんは、本当におえらいですねえ……」

それを皮切りに、あちこちで私語が起った。それ等の話をきき嚙っている裡に、私にも大方の事情がのみこめてきた。

2

悠子が不幸な事故に遇うまでは、二人は単に仲の良い従姉妹同志にすぎなかった。もっとも双方とも幼い頃に両親に死に別れて、祖父の元で一緒に育ったというから、普通の従姉妹よりは親密な間柄だったかもしれない。祖父にとって悠子は内孫に当っていたが、敬虔なクリスチャンであった彼は、二人の孫を分け隔てなく扱った。事実彼の死後、遺言状によってささやかな遺産の大半が、節子に贈られた事でもしれる。年頃になると早々に良縁を得た美貌の悠子よりも、醜い外孫の方に不愍《ふびん》を感じていたものだろう。

悠子が嫁いだ相手は、同じくこの教会の信者であった。家柄もよく、一流の企業に勤める有望な社員でもあったので、年頃の娘を持つ母親は一様に彼をマークしていたという。彼が悠子との結婚を望んだ時、男の両親は難色を示した。彼等にしてみれば、もっと格式の高い家から嫁を迎えたかったのであろう。だが当の息子が悠子以外の女には目もくれないほどの打ち込み方だったので、やむなく押し切られた形になった。いわば彼女は玉の輿に乗った訳である。

祖父が亡くなった当時、彼女は最初の子を出産したばかりであった。幸福の絶頂にある若い母親は、遺産の多くが節子に贈られた事を当然の事として受け取った。それが二人の絆を一層固めたのだともいわれている。

悠子の一家が突然の不幸に見舞われたのは、二年ほど前である。家族でドライブ中に、対向車と衝突したのだ。夫は即死し、三歳の娘は病院へ運ばれる途中で息を引き取った。悠子一人が生き残ったが、彼女の顔面と左腕の損傷はその時のものである。

三ケ月余りの入院の後、彼女は一旦夫の実家に身を寄せた。当然の事ながらその頃の彼女は錯乱状態で一切の見舞客を拒み、節子にさえも会おうとしなかった。そんな彼女が家人の留守中ガス自殺を図ったのは、充分に予想さるべき事だったともいえる。

運よくその場に行き合わせた節子によって、自殺は未然に防がれた。幾度拒まれても、彼女は辛棒強く従妹を見舞い続けていたのだ。

命は取りとめたものの、ガスの毒は悠子の脳を冒していた。食事と排泄だけは何とかやれるが、思考力は殆んどない。いわば全くの廃人である。そんな彼女を節子が引き取った当初は、単なる感傷的な気紛れにすぎないのだと噂されたものだった。

以来一年半、節子の献身的ともいえる態度は、最初の頃と少しも変っていない。彼女の従妹に対する懇切な看護は、義務や同情の域を遥かに越えていた。目下のところ彼女の望みは、気の毒な従妹に正気を取り戻させる事である。遺産で買った小規模なアパートの家賃と、洋裁の下請で得る収入では決して豊かな家計とはいえないが、従妹を精神医にかける費用だけは彼女は少しも惜しまなかった。そして日曜日毎に悠子を身ぎれいに装わせて、教会へ通っているという……。

聖餐式を終えて戻ってくる二人連れを、私は新たな感慨を持って眺めやった。永年にわたって培われた信仰心の結実が、明瞭すぎるほど確たる形で証しされている目の前の光景は、一種の凄絶ささえ感じさせた。

二人が行きすぎた後、何気なく前方に目を移した私は、通路を挟んだ斜め前の男の存在に気付いた。彼は不自然に首をねじ曲げて、通路の方をまじまじと見つめている。今の二人を執拗に目で追っている事は、間違いなかった。それにしても、何と奇妙な男だろう。

彼は明らかに礼拝に連らなる敬虔な信徒達とは、異質なものであった。それは強ち《あなが》風貌のせいばかりではなかったが、実に奇体な顔つきをしていた。頭が異様に大きく、間のびのした造作は妙に子供じみた感じである。だが禿げあがった額やたるんだ皮膚から見て、中年はすぎているのだろう。表情は呆けたようでいながら、二人の背中に注ぐ目差しは鋭かった。それが僅かに彼を、精薄者の印象から救っているといえた。

奇怪な容貌を別にしても、その男には見る人をぞっとさせるようなところがあった。邪悪という表現は、こんな場合に使われるのではあるまいか……。

我々の視線がぶっつかった。途端に私は鳥肌立つ思いがした。いきなり彼が、にやりと笑いかけたからだ。

3

礼拝の後で行われた婚約式は、呆気ないほどすぐに終った。婚約の男女は結婚の日まで互いに純潔を保つ事を誓い、花嫁の指に婚約指環がはめられると、若い二人は群集の方へ上気した顔を見せた。白いタフタのドレスを着た未来の花嫁は申し分なく美しく、かつての腕白小僧は将軍のようにりりしかった。何と素敵な似合いのカップル……という周囲の讃美を、私は誇らしい気持できいた。

礼拝堂を出た処で、T氏夫妻に呼びとめられた。彼等はいやに改まった鄭重さで出席の礼を述べ、未来の嫁を紹介した。だがゆっくり話している暇はない。我々の周りには若い二人を祝福すべく待ちかまえている信徒達が、犇《ひしめ》いていたからだ。そこで私は形通りに婚約者の美しさを讃え、照れ臭そうな子息を果報者だとひやかしてその場を離れた。

玄関前のホールには、幾組もの人達が立ち話を交わしていた。隅の方に例の二人が、中年の司祭とともに佇んでいるのが見える。私は訳もなく足をとめた。司祭と節子とが何やら熱心に話し合っている側で、悠子は痴呆の状態そのままにぼんやり突っ立ったままだった。彼女の艶やかな長い髪はきれいに撫でつけられ、幅広の黒いリボンで束ねてあった。不具の女に昔日の華やかさを再現しようとの、こまやかな配慮がうかがわれる……

「性悪な女さ」

突然耳元で誰かが呟いた。さっきの男である。いつの間に来たのか私のすぐ側に立っていて、顔にはいやらしい薄笑いを浮べている。そして彼の目は、真っ直ぐ二人の女に注がれていた。

「俺はこの年になるまで、あんなたちの悪い女は見た事がないよ」

不明瞭な口調で彼は云った。

「昔西洋にゃ若い女の生血を絞って、風呂を浴びた貴族の奥方がいたっていうが、俺に云わせりゃあの女はもっと残酷だよ」

「一体誰の事を云ってるんだね?」

思わず私は問い返した。

「皆は騙されてる。ククク、あの女を聖女だなんて。ククク、聖女だとよ」

彼はくぐもった笑い声をあげた。

「知ってるなあ俺だけさ。あの女にゃ敵わんが、俺もやっぱり性悪だから判るのさ」

彼が云う悪い女とは、どうやら節子の事らしかった。

「それでは皆の話は嘘なのかね?」

何故か無視する気になれず、私は訊ねた。

「頭の可笑しくなった従妹を引き取って、親切に面倒を見てるという……」

「うにゃ、嘘なもんか」

初めて相手は真っ当に答えた。

「あの女は、至れり尽せりに世話しているよ。おかげであの化物は、風邪一つひきやせん。赤児みたいに大事に扱われるからな」

「だったら何も悪い事はないじゃないか」

「あの二人は、同じ家で育ったんだ」

かまわず男は続けた。

「京人形と今戸焼の狸。小さい時から、皆は二人を陰でそう呼んだもんさ。一方はさんざん男共にちやほやされた揚句に、立派な男に見染められてよ。実際あの男はここに来る娘達皆が狙っていたもんな。やがて子供は生れる、亭主は出世する。そいつをあんた、男に甘い言葉一つかけられた事もないあの女が、どんな気持で見ていたと思うね？　そこへあの事故だ。あの女にしてみりゃあ、小おどりしたくもなったろうじゃないか」

「では何故従妹の命を助けたんだ？」

私の反駁に、男は嘲けるように唇を歪めた。

「神様が人間に下さった中で、一番有難いものは、自殺する智恵だと俺は思うよ」

俄かに巍然《ぎぜん》となって男は云った。

「死ぬ事が一番怖ろしいと考えるのは人間より下の動物だけで、人間はもっと怖ろしいものを知っている。そいつはみじめに生きるって事さ。子供の時から別嬪で通ってきた女がよ。化物みたいな面になっちまった。これ位みじめな生きざまがあるかい？　だから悠子は神様に貰った、一番有難い特権ちゅう奴を使おうとしたのさ。ところがあの女は、そいつを従妹から奪い取ったんだ。あの女があの場に来合わせたのが、偶然なんかであるもんか。かねてから従妹が自殺しやせんかと怖れて、見張ってた事は間違いないね。あの女が従妹を引き取った魂胆だって、俺にゃちゃんと判っている。従妹がひょっくり正気に戻って、またぞろ自殺をせんように見張るためさ。それにあんな気違いは体も脆《もろ》いっていうからね。病気にかからんように大事に世話をしてるのさ。人にほめられたいなんて気持は、これっぽちもありゃせん。あの女が日曜毎にここへ来るのはね、別嬪だとほめそやした連中の前に、化物みたいになっちまった従妹を連れて来て、晒し物にしてるだけなんだ。醜いのが目立つようにわざと着飾らせてよ」

私は反射的に二人の方へ目をやった。その時になって、鮮かな赤いドレスが悠子の引き裂かれた顔を一層毒々しく見せているのに、私は気付いた。

「憎い相手を殺す奴は五万といる」

囁くように男は言葉を継いだ。

「世間じゃそいつらを悪者と呼ぶが、だったら相手を死ぬより辛らい目にあわせるために、無理矢理生かしとく奴は一体何だね？　気のふれた者を、手前のみじめさを思いしらせるために、正気に戻そうと躍起になる者は一体何だね？　聖女かい？　大悪党かい」

それなり男は口をつぐんだ。司祭との話を終えた当の節子が、こちらへ歩いて来たからだ。彼女の逞しい腕はいたわり深く従妹を支え、三和土《たたき》に降りると靴をはくのを手伝った。続いて自分の靴をはき終えた節子は、唐突に我々の方を振り返った。男がにやりとした。その刹那、私は節子の醜い顔に狼狽の色が浮かんだのを、見たような気がした。

五年目の報復

1

　終点間近かになっても、バスは相変らず混んでいた。始発からずっと立ちづめだったので、ハイヒールの爪先がしくしく痛む。二本立の映画を見た後、デパートをうろついている裡にラッシュアワーにぶっつかり、こんな苦行を強いられる羽目になったのだ。

　ここZ市は一年前から市電を廃止し、市民の足は専らバスと地下鉄で賄われている。交通機関は全て市の直営であった。そのせいか多分に官僚的で、サービスの悪さがしばしば市民の口の端に登っている。

　終点のHに着くと、人々は悠然と前方へ足を運んだ。始発のバス停で他人を突きのけながら乗り口へ殺到したのとは、別人のようにおっとりした態度である。

「何だこれは？　乗り越しじゃないか！」

　突然運転手の努鳴り声がした。若い女の定期券を見咎めたもののようである。

「一つ前で降りるはずだったんですけど……混んでて降りられなくて……それで……」

　おどおどと女は答えた。細っそりした体をベージュのスーツに包んで、手には黒い学生鞄をさげている。彼女が着ているのは、良家の子女が通う私立女子高校の制服だった。

「ブザーは何のためにあるんだ？」

　運転手が乱暴に畳みかけるのに、少女は消え入るような声で何か云いながら頭を下げた。

「すみませんですむと思うか。こんなインチキをして。とにかく料金を払ってもらおう。でなきゃあ、今から営業所へ来てもらうんだな」

　その間にも乗客は、滞りなく降車を続けている。申し合わせたように露骨な好奇の目で少女を一瞥するだけで、彼女のために弁明してやろうとする者はいなかった。

　蒼白な凍りついた面持で、少女はなすすべもなく突っ立っていた。懸命に涙をこらえているらしく、唇が痙攣《けいれん》するように震えている。細面の端麗な顔は見るからに上品で、育ちの良さが窺われた。実の親にもこんな罵倒を浴びせられた事は、かつてなかったに違いない。

「どこの学校だ？　云ってみろ！」

運転手は一際語気を強めた。営業所へ連行する気なら、何もここでそんな事まできく必要はないはずだ。美しく裕福な少女を、嗜虐的にいたぶる意図が見えすいていた。

人をかき分けて前へ進んだ智子は、料金箱の処で足を止めた。勿論少女のために料金を払う積りではあるが、運転手に対して一言云ってやらなくては治まらぬ気分だった。

気配を察したのか、当の運転手がこちらへ顔を向けた。不健康に黄ばんだ顔色をした、馬面の男だった。目の下のたるみが、無気力な顔を一層退廃的に見せている。

「はっ……」

声にならぬ悲鳴を発して、智子は相手の顔に目をすえた。この顔には見覚えがあった。見覚えがあるどころではない。五年前の記憶――

今思い出しても体が震えるほどの屈辱の記憶を、否応なしに蘇らせる顔であった。彼女は反射的に名札を見あげた。

中尾伸、H営業所勤務
間違いなかった。彼女は自分が少女と同様、顔面蒼白になり変っているのを感じた。

「このお嬢さんの料金は、私が払うわ」

上ずった声で彼女は云った。たった今まで咽元に犇《ひしめ》いていた抗議の言葉の数々が雲散し、収拾のつかぬ激情だけが五体に漲《みなぎ》った。

貨幣を投げ入れながら、彼女は運転手の顔を執拗に見すえて、相手の表情から何らかの反応を読み取ろうとした。だが彼の無愛想な顔には、別段何の表情も浮かんではいなかった。

覚えていないのだ。あるいはそれが当然かもしれない。所詮この男にとっては、記憶にも残らぬほどの細事であったろう。そして今日の出来事にしても、明日になればきれいさっぱり忘れてしまうのだ。許せない！　胸の奥から突きあげるように、智子は思った。

2

　五月にしては肌寒く、煙るような霧雨が降り始めた。セットしたばかりの髪をかばって、智子は傘を開いた。明日の見合いにそなえて美容院へ行ったものの、内心は華やいだ気分とはほど遠かった。今度の相手は東大出でもなかったし、写真で見た限り好みのタイプでもない。だが両親を始め周りの者には、二十五を過ぎたという焦りがあった。もはや選り好みをしている年ではない。少しばかりの器量を鼻にかけて売れ残らねばいいが……といった声が、彼女の耳にも入ってきていた。

　腹立しさと、今度断われば二度と世話してくれる者がなくなるかもしれないという不安が、頭をかすめる……

　突然右手に強いショックを覚えた。次の瞬間傘が吹き飛び、彼女自身もバランスを失ってたたらを踏んだ。後ろから来たバスの脇腹を傘がかすったのだと悟るより早く、彼女は思わず悲鳴をあげた。明日の事を思い煩っている裡に、道路の中央に寄り過ぎたのだ。

　ものの十米《メートル》ほど走った処でバスが停まり、運転手が降りて来た。ひょろ長い顔の、三十前後と覚しい男だった。当然の事に安否を訊ねられるものと予期した彼女は、傘を拾いあげると照れたような笑顔をそちらへ向けた。だが相手はにこりともせず、凄い形相で近付いて来た。

「何をぼやっとしとるんだ！　間ぬけ！」

　立ち止るや彼は怒鳴った。

「聾か、貴様！　貴様のような奴がおるから、事故が絶えんのだ。このお多福が！」

　智子は仰天した。いきなりこんな乱暴な言葉を浴びせられようとは、思いもしなかったからだ。

「お客さんだって、えらい迷惑だぞ」

　憎々し気に彼は云った。黄ばんだ顔に漂う荒廃の色が、一層彼女を怯えさせた。

「さあ、行ってお客さんに謝まって来い」

　とどめを刺すように彼は命じた。その剣幕に押されて云われるままに乗客に詫びながら、智子は何故か他人事のような距離を感じていた。

　憤りの屈辱を認識したのは、大分時間が経ってからだった。不思議に涙は出ず、おこりのように全身が震えた。あの時は悪夢のように朦朧とした気分でいたにも拘らず、後で思い起こすと状景の一つ一つが冷酷に蘇った。

自分はあの時、奴に向かって微笑んだではなかったか。その笑顔を、奴は完全に黙殺したのだ。女の媚びの黙殺であり、セックスアピールの否定であった。奴はこの私をお多福と罵り、あまつさえ乗客に謝罪を――

奥歯がキリキリ鳴った。彼女にとって運転手の行為は、単に無礼や理不尽で片付けられる問題ではなかった。美貌を自負する女の誇りが、完膚なきまでに踏み躪《にじ》られたのだ。

その夜、彼女は九度近い熱を出した。

三日後に延期された見合いで、彼女は躊躇なく相手を受け入れた。彼に魅力を感じた訳ではない。彼の賞讃の目ざしが、優しく献身的な言動が、蹂躪された自尊心を的確に慰撫したためでめる。その時の彼女には、自分を愛してくれる男の保護に身を委ねる以外に、心の平安を取り戻すすべはないように思われた。

その後、彼女は二度例の運転手のバスに乗り合わせた。その折り確かめた中尾伸の名は今も記憶にとどめている。婚約者の優しさが煮え返る怒りを宥《なだ》めなかったら、彼女は中尾に一矢報いずにはいなかっただろう。

あれから五年経つ。そして今、久しく念頭から離れていた彼とめぐり会ったのである。

現在の生活が幸せであったら、彼女にしても五年前の私怨如きに拘泥する事はなかったかもしれない。かつて彼女の美貌に他愛なく参ったはずの夫との仲は、完全に冷え切っていた。夫の帰宅は連日深夜に及んだが、近頃では弁解一つしようとはしない。他に女がいるのか？しかしそれに触れるのは怖ろしかった。夫に開き直られれば、傷付くのはこちらである。それに未だに子供に恵まれない負目もあった。経済力のない女の哀しさで、全てに目をつぶって妻の座にしがみついているしかないのだ。そんな男を夫に選んだのも、元はといえば中尾のせいではなかったか。

沈滞しきった心の奥に、猛々しい熱気が湧いた。あの男がこの路線で乗務する間中、奴に付き纏ってやる。奴を恐怖のどん底に陥れてやるのだ。絶対に抗議出来ない方法で。

衝動的な思い付きは、信じ難いまでの情熱をもって枯渇した女の感情をゆすぶった。

3

Eのバス停で智子はすでに五時間近く立ち続けた。今までに何台バスを見送っただろう。

足先が切れるように痛んだ。頬は冷たさを通り越して感覚をなくしている。元より苦労は覚悟の上だった。HからYへの路線を受け持つ何十人ともしれぬ乗務員の日程を、部外者が事前にキャッチするのは不可能である。偶然ともいえる一つの可能性を摑むには、百の徒労を重ねなければなるまい。しかもこの場合、相手に自分の存在を認識させる前に乗客の少い時間を選ばなければならなかった。相手に与える心理的な効果を考慮して、乗り込む場所も随時移動させている。

バスが臙脂《えんじ》色の巨体を現わした。運転席に注がれる彼女の目が光った。寒空の下で五時間、待った甲斐があったというものだ。乗り込むと真っ直ぐ運転席のすぐ後ろに座り、鏡に写る男の顔に刺すような視線を注ぐ。片時も目を離さずまじまじと。終点までの四十分間、じっとこの凝視は続くのだ。問題のバスを摑える度に、繰り返される儀式であった。

中尾はすでに彼女に気付いていた。鏡の中の顔がひきつり、急速に血の気がひいて行くさまを、智子は冷やかに見守った。心なしか貧相な頰が更にこけて、目の下のたるみもひどくなったようである。彼女の存在がこの粗暴な男を、震えあがらせているのは明らだった。無理もない。この二週間に四度この男のバスに乗り込んでは、同じ仕草を続けてきたのだから。

そしてこの前、始めて彼女は降りぎわに言ってやった。殊更低い囁き声で一言だけ。

「五年前の事。忘れたとは云わせないわ」

彼はその言葉をどう受け取ったろうか。

バスの中には、彼女の他に三人の乗客がいた。ふと彼女は、あの人達が途中で降りればいいと思った。一人になったら今日こそ彼に積年の怨みをぶちまけてやるのだ。

運転手が特定の路線で乗務する期間は、二週間から三週間程度ときいている。そして中尾はすでに二週間以上、この路線を運転しているのだ。明日にも配置がえになるかもしれない。そうなるとH営業所の管轄下にある五つの路線のいずれへ廻されるか、探り当てるのは困難であろう。せめてこの男に会える裡に、怒りにまかせた心ない仕打ちがどれほどの怨恨を人の心に植え付けるものか、思い知らせてやりたかった。

思いがけなくTのバス停で、三人の客が揃って降りた。人々が降り口に集まった時、鏡の中の男の顔にありありと恐怖の色が浮かぶのを智子は認めた。

この周辺は近年急速に開け始めた新興地である。以前は山だったとみえて、辺りの景色は旧来の名残りをとどめていた。この先暫くは、切り立った禿山が続く。

「五年前よ」

相変らず鏡に目を釘付けにしたまま、智子は前ぶれもなく口をきった。

「雨降りでね、私は傘をさして歩いていた。お見合いをする前の日だったの」

これまで強いて彼女から目をそらしていた中尾が、驚いてこちらを見ている。得体のしれぬ恐怖に直面した時のように、窶《やつ》れた顔から不安と不可解の色が読み取れた。

「私、気もそぞろだった。だからバスが来たのに気付かなかったのね。さしてた傘が車体に当るまで……。そしたら運転手が降りてきてね。ぞっとするような汚ない言葉で私を罵った上、乗客に謝罪までさせたのよ。結婚前の若い女がそんな仕打ちをされたら、どんな気がすると思って？　その時私、決心したのよ。その運転手を、ただじゃおかないって」

突然バスが停まった。続いて彼がとった態度は、完全に意表をついたものだった。エンジンをふかしたままで席を立ち、彼女の目の前に立ちはだかったのだ。

「降りてくれ！　あんたは気違いだ……」

喘ぐように云った。

「私に謝まるのよ。土下座して」

「降りろというんだ！」

「私のことをお多福と云ったわ。殺してやる！　何年かかっても呪い殺してやるわ！」

いきなり男の手が、彼女の首にかかった。次の瞬間、彼女は強烈な衝撃を感じた。それは到底人間一人の力とは信じられぬほどの、重圧感を齎《もた》らした。だがその不合理に気付く前に、彼女の意識は遠のいて行った。

4

夢とうつつとのもの憂い過程を経て、智子は目ざめた。ひどく不快な気分であった。この呻き声は、自分のものなのだろうか？

「どうした？　苦しいのかい？」

耳元できき慣れた声がした。朦朧とした視野が定まると、夫の顔が目の前にあった。

「気がついたんだね。本当によく生きててくれた。有難う……」

夫は壊れ物でも扱うように、そっと彼女の手を取って頬に押し当てた。無精ひげの延びた顔がげっそり窶れ、目の周りには隈が出来ている。

「君をないがしろにして悪かった。今度の事があって、やっと判ったよ。君に死なれたらと思っただけで、生きてるそらはなかったんだ」

憑かれたように夫は喋った。

「先生の話では後遺症の心配もないようだ。だがもしもあの時運転手さんが守ってくれなかったら、間違いなく君は死んでたよ」

「運転手……、一体何が……」

彼女はぼんやり呟いた。

「落石さ。君が乗ってたバスがTの山道にさしかかった時に、たまたま山から大きな石が降ってきたんだ。それが運悪くバスに当ってね。しかも君が座ってた座席の辺りに命中したらしいんだ。その時運転手さんが咄嗟に君の上にかぶさって、かばってくれたんだよ。文字通り命をかけてね。それにしてもどうしてあの人は、落石が君に当るって事が咄嗟の場合に判ったんだろう？　皆も不思議がってるがね。時には人間の勘も怖ろしいほど働くっていうから、それかもしれない。いずれにしろ有難いじゃないか。自分の命を犠牲にしてまで乗客を守る人が、今時いたなんて……。新聞に大きく載ってるよ。見るかい？」

呆然と目を開いたままで、彼女は頷いた。夫が開いてくれた新聞の一面には、中尾の写真とともに大きな見出しがあった。

――運転手の模範、命を捨てて落石から乗客を守る――

随筆篇

受賞の言葉（「枕頭の青春」）

最初に応募したのが三十五年、今年で三度目の応募である。正直なところ私の場合大手を振って物書きの出来る立場ではなかった。人目を忍ぶようにして一日に一枚二枚と書き続ける状態で、二十五人集に選ばれた事さえ身に余る光栄だと思っていた。思いがけない受賞の報に、最初は何かの間違いではないかと疑ったほどである。嬉しさも一入《ひとしお》だが、それだけに不安も大きい。まだ自分の書く物に信用が置けないからだ。書いた物を読み返す度に、この迷文が額に皺を寄せての汗の結晶かと激しい自己嫌悪に陥る。今後続けて書いて行けるかどうか自信はないが、私なりに抵抗なく読めるだけの最低限度の筆力を身に着けたいと願っている。そのためには数多く書いて、物書きに慣れるのが一番いい方法だと思う。その意味で今回の受賞は何よりの心の支えとなるだろう。実力に比してあまりに重過ぎる賞ではあるが。

会員消息欄（1）

ここ一週間もてばいいだろうといわれて半年経つがまだ姑は生きている。脳血栓に依る麻痺は、顔面にまで来ていて言葉も出なければものの味もしない。看護婦を呼ぶためのベルさえ押せない。羽根をもがれた蝶である。その上因果な事に意識だけははっきりしているので、床ずれや間断なく襲う頭痛には正視に堪えぬ苦痛を示す。そんな有様が半年だ。一年前に入院した時すでに手遅れだといわれた。それが未だに長らえているのは金の力である。一ケ月四万円の入院料は小会社を営む長男が出している。社長といっても暮らし向きは大会社の課長程度だ。一種の美談に属するかもしれない。だが大金を払ってあがなっているのは命なのか苦痛なのか？　姑を見舞うたびに私は思う。

枕頭に佇んだ私の目の前で看護婦が馬鹿でかい注射を始めた。「これ一本、二千円です。これで何とかもっているんです。」次に床ずれを手当てするために体を横に向けると、人一倍辛棒強い姑が拷問を受けるような悲鳴を上げた。私は夢中で病室を飛び出した。無性に腹が立って来た。廊下に待っていた連れを見るなり吐き出すように叫んだ。「全く医者って奴は！　大金をふんだくって苦痛を永びかせるなんてゲシュタポ以上だよ。」インターンと思しい白衣の男が怖ろしい形相で睨み付けて行き過ぎた。それで当分病院へは顔出しが出来ない。

庶民的で善良な人々の集まりである事を、愛すべき隣人たちの名誉のために付け加える次第です。

受賞のことば（「死の配達夫」）

各戸の相違が号数だけというような団地住いをしていると、間違って他人様の手紙が投げ込まれる事はしょっちゅうだ。時には現金書き留めを受け取る光栄に浴する事もある。自分宛てに金が来るはずはないと判っていても、一応は胸をときめかせながら手に取ってみるのだから浅ましいものだ。この作品も実際に体験した誤配と己れの浅ましさとにヒントを得て、架空の物語に仕上げたものである。それが受賞の対象になったのだから、何が幸いするか判らない。欲が深いのも悪とばかりは言えないようである。

架空と述べている通り、舞台となった昭代町や公団住宅は実在するが、担当の郵便屋さんを始め団地の住民は決してこれに出てくるような嫌な人種ではなく、至って

会員消息欄（2）

　東の果ての土井団地に移って一年経ちました。ここは、少し前まで粕屋郡に属していたのが、団地が出来てから、大字《おおあざ》付きで辛じて福岡市に入れてもらったもののようです。バス停のある八田まで徒歩で二十分、その間田圃と森の他は何もありません。狐の出そうな山道を登り詰めると忽然として千戸余りの団地が現れます。その様は何となく奇異な感じが致します。入居当初は、狐こそ出ませんでしたが、ふくろうの声などきこえてそぞろ心細く、悪い事をした覚えもないのに島流しの悲哀を味合わなければならないのは、何の因業だろうかと歎いたものでした。一年経った今、たまに「内地」へ出かけても車の洪水に怖れをなして、早々に土井村へ引き揚げてしまいます。住めば都と申しますが、今では土着の土井人よりも、土井人らしくなったように思います。

推理小説との出合い

……あなたが推理小説に興味をお持ちになられた動機は何ですか。その頃の思い出をお聞かせ下さい……

小雨降る五月の昼下がり、傘をさして線路沿いに歩いていたら、突然右腕に衝撃を感じて飛び上がった。進行中の電車が傘をかすったのだ。気付かずに線路すれすれの所を歩いていたらしい。電車が停まって車掌が降りて来た。そして悪名高き私鉄の作業員はきくに堪えない罵詈誹謗を浴びせた挙句、乗客に謝罪する事を命じた。十八才の時である。猛烈に腹が立った。腹が立つのは当然だとしても怒り心頭に発して、遂にはその車掌を殺してやろうと本気で考えたのだから、当時からあまり利口な方ではなかったようだ。

殺人を行なうには、まず殺しのテクニックを学ばねばならない。そこで手っ取り早く推理小説を読み始めたのが病みつきとなり、車掌を殺すのはやめにした。四、五年前までは、その車掌の電車に乗り合わせた事があったが、今はどうしているやら。その車掌、中尾何とかいう男だが、彼が変死を遂げたとしても、それは私のせいではない。念のため。

子供の目

子供の直感は怖いほど鋭い、という人がある。だが、子供は決して勘にばかり頼っている訳ではない。むしろ彼等が物事を判断する際に、最も重視するのは統計である。

子供はロマンチストだ、という人がある。だが、子供は決してロマンの世界でたゆとうてばかりいる訳ではない。それどころか、現実を直視する彼等の目は冷静そのものだ。

子供は詩人だ、という人がいる。幸か不幸か私は自分の子供が詩的な言葉を口走るのをきいたことがないので、果して詩人かどうかは判らない。だが、優秀なコント作家であることは確かである。

五年ほど前のこと。子供を送って幼稚園へ行った。登園の時刻とて、辺りには三々五々園児が歩いている。突然誰かが頓狂な声で言った。

「あっ、O・Kちゃんが来た！」

園児達は一斉に振り返り、「あっ、ホントだ！」と叫ぶが早いか、血相変えて走り出した。十人余りの園児が姿を見ただけで逃げ出すくらいだから、どんなに強そうな子かと思うとさに非ず。当のO・Kちゃんは、色白の小柄な女児である。

「どうして逃げるの？　O・Kちゃんって、そんなに意地悪なの？」

私は不審に思って訊ねた。

「だって」と子供は息を切らしながら、「O・Kちゃんが来たから、もう遅いもの」

　けだしＯ・Ｋちゃんは、遅刻の常習犯であった。急用で出かけるという友人に頼まれて、五才になる娘をあずかった。ちなみに、その友人は今時珍しい折り目正しくしとやかな女性である。

あまり帰りが遅いので、私は娘をつれて表まで迎えに出てみた。暫くすると、向うからそれらしい女が歩いて来る。背恰好から服の色まで彼女によく似ているが、まだはっきり顔が見える距離ではない。娘はママのようでもあるし、違うようでもあるという。

突然その女性が立ち止まり、ぺっと唾を吐いた。それを見た途端に、娘は嫌悪を露わにして言った。

「やっぱりママじゃないわ。」

今様修身の題材に使えそうな話である。

これはその反対の場合。うちの主人は慢性の蓄膿症と気管支炎だ。汚い話で恐縮だが、そのせいかどうかしょっ中痰を吐く。我が家に帰り着くと、まず前の下水溝でグワッと痰を吐き出してから、おもむろに玄関に入るのである。犬のオシッコと同様、これは本能的な習性らしい。

その昔、一才になったばかりの娘は「グワッ」という音をきくと、ベビーサークルの中で飛びはねしながら、「パパ、パパ」と喜んだものである。

小学校の授業参観に行くと、大抵教室の後ろに子供の絵や作文集が陳列してある。その中の一つ。

——昨日、学校から帰ってみると、家の中がきれいに掃除してありました。流しの上にも、汚れたお皿が一枚もありませんでした。私はうれしくなって、「ああ、お母さん、今日はお掃除ばしたとね?」といいました。……——

福岡では、ろくろく掃除もしないおひきずりのことを、ビッタリという。だがこの子は母親のビッタリを些かも責めてはいない。それどころか、たまさかの家事労働に感嘆し、その感激を大々的に発表しているのだ。

子供は天使だ、という人がいる。確かにそうである。

新年葉書随想

どこかどう狂ったのか、昨年一年間は、かぜに始まってヴィルス性扁桃腺炎からメヌエル氏病と、病気の総元締めのように患ってばかりいた。今年はせめて息災でありたい。それにしても人間病いを得たとき、何と無欲になることか。年頭に当っては、人並みに抱負も抱き、血腥い煩悩と戦えるような年であれと、祈っている次第である。

戊午《ぼご》随想

大抵の生きものは嫌いだが、馬は好きでも嫌いでもない。全く関心がないと云っていい。ところが三年ほど前に強度の不眠症にかかった時、何故かは知らねど散々馬に悩まされた。まどろみとも云えぬ束の間の意識が混濁し始めたなと感じた瞬間、決って馬の大群がドドッと駆けぬけて行くのである。どうしてここに馬が？　そんなバカな……という訳で現実に引き戻された揚句、この世の苦悩を一身に背負ったようなしょぼくれた顔で神経科医を訪れ、「贅沢は申しません、せめて二時間眠らせて下さい。」と泣きついた次第であった。おかげで間もなく不眠症は治ったが、一晩に最低四回は見る夢の中に、これまた何故かは知らねど、一匹の馬さえ姿を現わさなくなった。この不可思議をどう解釈したらいいのか？

自己分析などやらぬ方がいいとの医師の厳命により、これ以上は考えない事にしている。

九州男ふたり

私は自分が良識の見本だなどと、云うつもりはない。だが遥かな昔、先輩の作家との交渉があった当時の事を思い出すと、自分があまりに常識的で正常で、真面目過ぎるが故に、人間的な魅力に欠けているのではないかとの不安にかられる事がある。

亡くなった新羽精之さんから貰った手紙の事を、私は今でも覚えている。生前、彼は九州沖縄文化連盟の幹事をしていた。その会議に出席するため五月四日に来福の予定だが、差し支えなければお目にかかれないだろうか、折り返し返事を待っている、という内容だった。ところがその手紙が私の元に届いたのは、五月の六日であった。返事を待つという以上かなり余裕をもって投函されたはずなのに、どうしてこんなに遅れたのか。腹立しい思いで消印を見ると、五日になっている。さっぱり訳が判らぬままに事情を記し、(何となく自分が悪いような気がしたので)お詫びの文句を添えた返事を送った。それに対して新羽さんから懇切な説明の手紙が返って来た。

実はあの手紙、書くには書いたが投函するのを忘れていた。だからといって折角書いたものを放置するのもどうかと思い、福岡まで持参した上帰り際に市内のポストに投げ込んだのだという。なるほどそれで辻褄が合った。だがそれが判るまで、こちらはさなきだに自信のない精神状態に危惧を覚え、自分が信じ込んでいる今日の日付けに間違いはないかとどれほど心配したかを述べ、結局可笑しいのはこちらではなく御自分の方だという事を認識していられるだろうかという抗議文を送り付けたものだった。後できいた話によると、彼は友達の間でトンチンカン新羽と呼ばれていた由である。この人が四十八才の若さで他界されたとは、今でも信じ難い。

石沢英太郎氏は、トンチンカンではない。至ってまっすぐな人である。常に前向きの姿勢で、ひたすら歩き続ける人である。どれ位前だったか忘れたが、まだ私に他人の失敗を見て喜ぶだけの血の気が残っていた頃の事だ。当時私達は或るプロダクションを通して、地元の新聞の仕事をしていた。待ったなしの仕事だった。その日も夕方までに原稿を書きあげて、事務所へ持って行かなければならなかった。書いている最中に石沢氏から電話がかかり、自分も今日原稿を届けに行くので天神で落ち合って一緒に行かないかと云われた。断っておくが、これは飽くまでも石沢氏の方から云い出されたのである。

氏はヒッチハイクに出かけるような、カジュアルな装いで待っておられた。事務所は天神から歩いて行ける所にあった。最初は二人で歩き出した。ところが石沢さんの足の速い事、しかも見あげるような長身である。あの年頃の人にしては、規格外にコンパスが長い。それが競歩並みの速度で歩かれるのだから、背が低く脚も短いこちらとしては息を切らしながら小走りで付いて行かなければならない。次第に馬鹿馬鹿しくなった。そもそも一緒に行こうと云い出したのは、あちら様ではないか。狭い日本、そんなに急ぎたければ御自由に……。みるみる二人の距離が開いて行く。なのに氏は私が自分の側にくっついている事を些かも疑わず昂然と顔をあげ、競馬場の競走馬さながらに前方を直視したまま何事かしきりに話しておられる。それが又甲高い大声なのである。一方私は氏の影も踏まぬほど後ろを歩いているので、連れだと見る人はまずあるまい。私はその時の情景を、ありありと思い起こす事が出来る。福岡の繁華街を大声で一人言をわめき散らしながら、突風のように突き進んで行くいい年をしたおっさんの姿を。道行く人は目を見張り、気味悪気に振り返る。三人連れのＯＬが、すれ違いざまくすくす笑った。私はといえば、あの奇てれつな通行人は自分の連れなどではさらさらなく、知り合いでさえないのだという顔で、笑いの仲間に加わったような気がする。

繁華街を通り過ぎた所で、氏はやっと私が大分遅れているのに気付いて足を止められた。しかしながら御自分が天神の真ん中で狂態を演じた事に、ついぞ気付かれた様子はなかった。

こんな男性の妻の役が、並みの女に勤まる訳はない。私が石沢氏のお宅を訪ね、奥様と一緒に出かけた時の事である。外出前に奥様は鍵をかける代りに、縁側の戸をがらりと開け放された。石沢氏はお留守で、家には誰も残っていなかった。

「物騒じゃありませんか。泥棒が入ったらどうします?」

と私は極めて当り前の忠告をした。事実、その辺りは軒並み空巣にやられているのだ。

「泥棒が入ってくれるように開けとくのよ」

奥様は云われた。

「入ってみれば泥棒も納得するのよ。盗る物が何もないって。この前うっかり鍵をかけて行ったら、ガラスを割って侵入したの。ガラス代、損したわ。こうやって開けておくのは、ガラスを割られない用心のためよ」

アンケート

何のために書くか

> つい先日亡くなった「〇〇七号」の作者イアン・フレミングは金のために書くといっていましたが、それは社会正義のためでも人生の真実を究めるためでも、あるいは愛する妻のためでも借金を返すためでも、そして名声をうるためでもいいと思います。しかし、貴方の場合は如何でしょうか。気軽に回答をお寄せ下さい。

文が巧くなるため

（『日本推理作家協会会報』一九六四年一一月号）

解題

横井司

1

　一九五五（昭和三〇）年に創設された江戸川乱歩賞は、当初、探偵小説の諸分野において顕著な業績を示した人に贈与される賞であったが、第三回から方針を変え、未発表の書下し長編を公募して、集まった作品の中で最も優れたものに贈賞することになり、その最初の受賞作が仁木悦子の『猫は知っていた』（一九五七）であった。翌一九五八年に松本清張が、後に社会派推理小説と呼ばれる作風の先蹤となった『点と線』と『眼の壁』を上梓し、仁木・松本の著書がベストセラーとなったことで、江戸川乱歩が「探偵小説第四の山」（『探偵小説四十年』桃源社、六一）と名づけることになるミステリ・ブームが到来した。

　仁木悦子の登場はまた、女性作家の進出を促し、第五回江戸川乱歩賞で新章文子がデビュー。受賞には至らなかったものの、第四回の最終候補の中には志保田泰子、第五回には松尾糸子、第六回には五十嵐静子（後の夏樹静子）の名が見られる。また『宝石』主宰の探偵小説募集でも女性作家の進出著しく、一九六〇年度の第一回宝石賞の選評座談会では、江戸川乱歩が今回の傾向のひとつとして女性作家の応募が多かったことを上げており、城昌幸が「乱歩賞の影響だ」と応じて笑いを誘っている。この第一回宝石賞で一席入選を果たしたのが藤木靖子で、佳作入選に甘んじたのが、ここに初めて作品集が編まれることとなった藤井礼子であった。藤井は第六回江戸川乱歩賞に『ハイムダールの誘惑』という長編を投じており、まさに女性作家進出の時代に登場してきた女性作家の一人であった。

藤井の経歴に関する資料は、これまで鮎川哲也による実娘へのインタビューをまとめた「『宝石』新人賞大貫《おおぬき》進《しん》の正体――藤井礼子」（『EQ』九一・三。後に『こんな探偵小説が読みたい』晶文社、九二・九に収録。以下、引用は同書から）くらいしかなかったが、二〇一五年に入って、近親者へのインタビューを基に詳細な伝記をまとめた二沓ようこによる評論「幻の探偵作家、大貫進の時代――一、大貫進（藤井礼子）の生涯とその作品」（『叙説Ⅲ』12号、花書院、二〇一五・二）が発表された。以下の記述は、右にあげた鮎川のインタビューと二沓の評論を大いに参考にさせていただいたことを記しておく。

藤井礼子は本名を禮子（旧姓・岡部）といい、一九三五（昭和一〇）年二月一二日、三人兄妹の末っ子として、福岡県に生まれた。生まれた家には「読書家の母が子供たちのために買い求めた『小学生全集』が揃っており」、長姉によれば「母も兄も読書家だったから礼子もその影響を受けたかもしれない」という（二沓、前掲）。警固《けご》国民学校、警固中学校から県立福岡中央高等学校に進学。中学時代の同級生の話によれば「中学生の礼子は、諳んじたバイロンの詩を下校の道すがら同級生に聞かせることもあり、『自分でもいつも詩をしたためて』いた」そうで、「文芸部に所属し、中学三年の文化祭では新歌舞伎『修善寺物語』の娘役かえでを好演した」という（二沓、前掲）。幼い頃から母、姉と一緒に歌舞伎に親しみ、「高校生で歌舞伎役者、特に中村扇雀に夢中になったり、海外文学についての『高尚な話』をしたり、学校にファンデーションをして来て担任に咎められるなど、どこか大人びた印象のお洒落な生徒だった」（二沓、前掲）。また高校生のころは「海外の怪奇小説を愛読し、幽霊の絵を描いて」幼い姪を脅かし、からかう側面もあったようだ（二沓、前掲）。このように、自由な文学少女時代を過ごしていたかのように見える一方で、母親が厳しく、「女が小説を書くなんて絶対ゆるされないような環境」であったという実娘の証言も伝わっている（鮎川、前掲）。

一九五三年に高校を卒業した藤井礼子は、五七年に見合結婚をするが、その間、花嫁修業に勤しみ、職に就いたりすることはなかったようである。結婚相手の家は、代々続くクリスチャンで、挙式にあたり洗礼を受けている。「お洒落の手本はアメリカ映画」だった藤井は、教会で結婚式を挙げたあと「アメリカ映画のワンシーンさながらに白いウエディングドレス姿のまま車に乗り込み、後部バンパーにくくり付けた空き缶をガラガラ鳴らしながら新婚旅行に出掛けた」という姪の談話が伝わっている（二沓、前掲）。結婚後は、夫の実家が営む福三商工株式会社の熊本出張所を夫が取り仕切ることになり、結婚生活も出張所に付帯する住居で営まれた。「夫と助手一人しかいない出張所では、礼子も事務手伝いや電話番、来客があればお茶出しもした」そうで「新婚の夫は営業接待等で忙しく留守がちだった」という（二沓、前掲）。また、教会も移籍したが、教会関係者の証言によれば「積極的に教会活動に参加するような感じではなかった」そうだ（二沓、前掲）。

この熊本時代に書き上げたのが「初釜」で、二沓は前掲論文で「ミステリーブームの最中にあって、礼子は、結婚後すぐに移り住んだ見知らぬ土地でひとり時間を持て余して」おり「知人もいない、近所は官公庁ばかりで人家はなく、従って隣近所付き合いをするような隣人もない、新婚の夫も営業接待で深夜遅くまで帰って来ない、そんな事務所兼自宅で」好きな読書を勤しむうちに『宝石』の懸賞募集を目に留め「突き動かされるように執筆活動を開始したものと思われる」と考察している。

「初釜」が宝石賞の候補に残ったことで奮起したのか、六〇年四月末が締切だった第六回江戸川乱歩賞に「北欧の神ハイムダールをモチーフにした長編」（二沓、前掲）『ハイムダールの誘惑』を書き下ろして応募する。五十嵐静子（後の夏樹静子）や黒川俊介（後の西村京太郎）とともに最終候補に残ったものの、結局、この年は入選作なし。藤井の長編は真っ先に選から漏れたようだ。『宝石』一九六〇年十月号に載った乱歩賞の選評で乱歩が「藤井礼子さんは今年の『宝石』賞佳作第一席に推された『初釜』というキメのこまかい作品を書いた人だが、この『ハイムダール』はまるで真実味のないキメの荒い作で、同じ作者のものとは考えられないほどであった」（「経過報告と私の感想」）という言葉を残している。荒正人はさらに手厳しく「愚作である。失敗作よりまだひどい。なまじっかヨーロッパ文学をかじったりしているだけに、余計始末がわるい。女性特有のひとりよがりが目につく。この人は、小説を書く資格がないように思う。馬鹿力で長篇を書いてはいけない」（『すれ違った死』の作者の将来性を」）と評している。

三年後の一九六〇年、夫が出張所の経費を使いこんだことが原因で本社に呼び戻されることになり、返済のための借金を抱えていたことから、妻である礼子の実家に夫婦ともに身を寄せることになる。同年十二月には長女を出産。二沓は前掲論文で「育児に専念したためか、乱歩賞で酷評されたのが堪えたのか、しばらく執筆活動が途絶えている」と考察している。

一九六二年、「二枚の納品書」を第二回宝石短篇賞に投じたが、残念ながら入選を逸してしまう（いわゆる「宝石賞」という名称は第二回までで、同賞の第三回から短篇賞と中編賞が設置され、名称も「宝石短篇賞」「宝石中篇賞」と改められた）。この「二枚の納品書」から「大貫進《しん》」という男性名義で作品を発表するようになる。この筆名については、鮎川哲也が実娘にインタビューした際、「母はインドが好きでたびたび行っているんです。これはシーク教徒に多いシンという名前をとったのだと聞いています」という証言を得ている（鮎川、前掲）。なぜ男性名義の筆名にしたのかという点について、二沓ようこは前掲論文において、「二枚の納品書」が「明らかに作者の夫が実際に起こした不祥事や夫の同族会社の実態がモチーフ」であり「読む人が読めばすぐに分かる、そういうことを考慮に入れて、およそ自分とは結びつけられそうもない男の筆名を予め用意したと考えるのが妥当だろう」と考察している。なお、後年『フクニチスポーツ』に「ガス ―怖ろしい隣人達―」（七二）が掲載された際の「作者紹介」には「先年、某評論家が『女には推理小説は書けない』と言っていたのを知って発奮、男のペンネームを使っている」と書かれていることを付け加えておこう。乱歩賞の選評で荒正人が「女性特有のひとりよがりが目につく」と書いていたことも思い出すなら、推理文壇における男性中心主義に対するプロテストという意味も込められていたのかもしれない。

一九六四年には「枕頭の青春」で第三回宝石短篇賞に一席入選を果たし、作家デビューを果たす。ところが同じ年、経営が傾いていた宝石社は累積赤字を抱えて倒産。受賞第一作となる「暁の討伐隊」が掲載された同年五月号は、雑誌『宝石』の終刊号でもあった。同号は「創刊二五〇号記念特集号」と題されており、編集後記等にも終刊をうかがわせる記述はどこにもなかった。デビューしたと同時に活動の中心となる発表誌を失った藤井礼子は、同じ年の七月に日本推理作家協会に正会員・大貫進として入会したものの、しばらくは沈黙を余儀なくされた。二年後の一九六六年、双葉社から発行されていた『推理ストーリー』が主宰する双葉推理賞の第一回に「揺籃の歌」を投じるが、残念ながら入選を逸した。それでも諦めず翌年の第二回双葉推理賞に「死の郵便屋」を投じ、これによって入選を果たす。同作は「死の配達夫」と改題されて『推理ストーリー』一九六七年八月号に掲載された。

その後、年に一、二編のペースで『推理ストーリー』に中短編を発表。『推理ストーリー』は一九六九年九月号から誌名を『推理』と改めたが、その『推理』一九七一年五月号に藤井禮子名義で「舌禍《ぜっか》」を発表したのを最後に、中央の雑誌に創作が載ることはなかった。二沓ようこは、当時、ミステリの風俗小説化が進んでいる中、「殺人はあっても不倫や性描写はなく、男性に媚びるところは一切ない礼子の作品は、『推理ストーリー』の方向性や雰囲気にはそぐわなかったと見られる」といい、「頑なまでに自分の作風や題材、テーマを変えなかったこと」が活躍の場を狭めていったことと「無関係ではないだろう」と推察している。あるいはそういうこともあろうが、それに加え、多作がきかないように思われる点や長編書き下ろしがなかった点なども、中央文壇に容れられなかった原因ではなかったかと思われる。

鮎川哲也の前掲インタビューでは、実娘が藤井の創作姿勢について次のように語っている。

「とにかくものすごい完璧主義の人間でしたから、いい加減の取材では満足できないのです。一部でも間違いがあってはいけないといった考え方ですので。そういうことで、しまいにはゆき詰まって、作品の量が減ったのじゃないかと思っています」

だが、創作が途絶えたわけではなく、一九七二年から七四年にかけて、『フクニチスポーツ』や『スポーツニッポン』西部版など、福岡のスポーツ新聞には精力的に短編を発表していた。藤井礼子自身の言葉によれば「或るプロダクションを通して」地元の新聞に小説を書くという仕事を引き受けていたようだ（「九州男ふたり」）。鮎川の前掲インタビューでは、実娘が「母は『スポーツ・ニッポン』という新聞にもたくさん書きました。急な依頼が多くて徹夜作業になったのだろうと思います」と話している。執筆は家族が寝た後だったそうだ。ちなみに、今回は確認できなかったが、石沢英太郎の追悼文によれば「一緒に西日本新聞にコントを載せた」こともあるという（「大貫進さんを偲んで」『日本推理作家協会会報』八七・一）。

石沢はまた「ご主人と娘さんとの、幸福な家庭をきずくために、筆を断ったらしい」（同）とも伝えている。だからといってミステリへの関心が衰えたわけではなかった。藤井礼子とは「枕頭の青春」の授賞式で知り合って以来、二十二年にわたる親交を持った藤木靖子は、その追悼文「さらばいとしき友よ——大貫進さんに」（『日本推理作家協会会報』八七・一）で、「サティ（妻の殉死）がトリックになっている」「藩王とロンドンに留学した侍医が主人公」の「十九世紀のインドを舞台にした本格長篇の構想」があったことや、「亡くなる数ヵ月前、背《ママ》ずい炎で入院していたとき、病院を舞台にしたいくつかのトリックを考えついたといっていた」こと、また「彼女は福岡で、御主人と愛娘に囲まれた、りっぱな家庭をつくり、孫のできる日を楽しみにして」おり「娘が結婚して巣立ったら、またミステリを書くのだといっていた」と、その晩年の様子を伝えている。

実娘の証言によれば、「四十歳の年から英語の勉強をはじめ」、「ほとんど独学で、不自由なく英語を話せるようになり」（鮎川、前掲）旅行好きでインドにもたびたび行ったそうだが、脊髄炎で二度ほど入院し、リハビリの効果もあって半月ぐらいで歩けるようになったものの、夫と娘に負担をかけたという思いから、退院して後は家事に張り切りすぎただけでなく、少し肥っただけでも無理なダイエットを重ね、そうしたことが積み重なったことが原因にもなって、退院して三ケ月ほどで亡くなったという。一九八六年十一月二十六日のことだった。享年五十一歳。

藤井礼子はその探偵小説観を披瀝するような文章を残してはいない。それだけに、藤木靖子が先に引いた追悼文において「若い頃はチェスタートン一本槍だった」ことや、シャーリー・ジャクソン Shirley Jackson（一九一九～六五、米）を「ぼろぼろになるまで愛読した」こと、「面白いから」といってルース・レンデル Ruth Rendell（一九三〇～二〇一五、英）の『ロウフィールド館の惨劇』*A Judgement in Stone*（七七）が送られてきたことなどを伝えているのは興味深い。

シャーリー・ジャクソンは早川書房から『異色作

家短篇集』の一冊として『くじ』*The Lottery; Or the Adventures of James Harris*（四九）が一九六四年に翻訳されており（七六年に再刊）、フィーリング小説集と題した日本オリジナル作品集として『こちらへいらっしゃい』が一九七三年にまとめられた他、長編『山荘綺談』*The Haunting of Hill House*（五九）が七二年に、長編ユーモア・エッセイ『野蛮人との生活』*Life Among the Savages*（五二）が七四年に刊行されている。「ぼろぼろになるまで愛読した」のは、このうちの『くじ』だろうか。また、ルース・レンデルの『ロウフィールド館の惨劇』の翻訳が刊行されたのは一九八四年のことであり、晩年まで海外ミステリを愛読していたことがよく分かる。

「誤殺」（六八）ではアガサ・クリスティー Agatha Christie（一八九〇～一九七六、英）の『ＡＢＣ殺人事件』*The ABC Murders*（三六）の趣向に言及され、「狂気の系譜」（七二）では、継母のいじめに遭っていると目される少女の部屋の書棚に収められた本として、ブラム・ストーカー Bram Stoker（一八四七～一九一二、英）『吸血鬼ドラキュラ』*Dracula*（一八九七）、ホレス・ウォルポール Horace Walpole（一七一七～九七、英）『オトラント城』*The Castle of Otranto*（一七六四）、アルジャーノン・ブラックウッド Algernon Blackwood（一八六九～一九五一、英）『邪悪な祈り』、アンブローズ・ビアス Ambrose Bierce（一八四二～?、米）『ビアス選集』、『ブラックウッド集』、サキ Saki（一八七〇～一九一六、英）『サキ選集』などの書名があがっている。最後の三冊は日本オリジナル編集だが、「邪悪な祈り」というのは、アルジャーノン・ブラックウッドの『妖怪博士ジョン・サイレンス』*John Silence: Physician Extraordinary*（一九〇八）に収められた短編の題名だから、同書をあげたと見るべきだろうか。これらは当然、藤井礼子の書棚にも収められていたに違いない。高校時代に「海外の怪奇小説を愛読し」ていた藤井から、幼い頃「幽霊の絵を描いて」脅かされていた姪は「礼子が亡くなった後、礼子の家の書棚に怪奇小説が並んでいるのを感慨深く眺めた」という（二沓、前掲）。

二沓ようこは前掲論文において「狂気の系譜」にあげられた書名にふれ「こうした欧米怪奇小説や『奇妙な味』への嗜好が、大貫進という作家の、人生や人間に対するシニカルで虚無的な視線を形成していったに違いない」と述べているが、藤木靖子が藤井からもらった手紙を評して「機智にあふれ、闊達自在で、独特のおかしみがあった」し「鋭い観察眼に裏うちされた、辛辣な暗色ユーモアも無類だった」と伝えていることも忘れるわけにはいかない。

二沓はまた「『枕頭の青春』やそれ以降の作品に特徴的な、サディスティックな筆致で主人公を破滅へ導く作風や容赦ない結末、心理重視のサスペンス、といった傾向は、カトリーヌ・アルレーを髣髴とさせるものがある」と述べている。一九五八年にアルレー Catherine Arley（一九二四〜、仏）の『わらの女』*La Femme de paille*（五六）が邦訳され、六四年には文庫化されるとともに映画が公開、さらに六六年にはアルレーが来日していることなどから、「礼子がアルレーの作風の影響を受けた可能性も考えられなくもない」という。直接的に影響を受けたかどうかの判断は難しいところだが、藤井の作風が海外の女性作家とシンクロしていたことは、たとえば「破戒」（六七）がパトリシア・ハイスミス Patricia Highsmith（一九二一〜九五、米）の作品を連想させるところからも、感じられる。もっとも『枕頭の青春』が書かれた頃にはまだハイスミスの長編作品は訳されてはおらず、本邦初訳長編の『慈悲の猶予』*The Story-Teller*（六五）が刊行されたのは六六年のことだった。だが、二沓のいう「サディスティックな筆致で主人公を破滅へ導く作風や容赦ない結末、心理重視のサスペンス」という特徴は、ハイスミスの作品にもよく当てはまる。

『猫は知っていた』（五七）によって清新な風を推理文壇に吹きこんだ仁木悦子から、社会派の洗礼を受けたあとに謎解きとロマンティシズムの融合を目ざした夏樹静子が『蒸発』（七二）でその作風を確立するまでの十五年の間には、様々な作風を持つ女性作家が登場し、推理文壇に華を添えた。しかし、戸川昌子など一部の作家を除き、そのほとんどが今日忘れられた作家になってしまっているといっても過言ではない。そのため、夏樹静子が登場するまでは、『猫は知っていた』に象徴されるような清新な作風のみが、戦後女性ミステリの中心であったかのような錯覚に陥る。それがあくまでも錯覚に過ぎないことが見えにくくなってしまっている。

藤井礼子の作家活動が、仁木悦子から夏樹静子までの十五年間にほぼ収まることを鑑みれば、『藤井礼子探偵小説選』は右に述べたような仁木―夏樹ラインで整理されがちな戦後女性ミステリ史の問い直しを読者に迫るきっかけともなるだろう。地方在住のまま男性名義で発表したことや著書が刊行されなかったこともあり、今日、幻の作家と化しているわけだが、改めて読み直してみるなら、藤井ミステリは今日的な視点から見ても面白いことが分かるだろう。昨今の、読後にイヤな後味を残す作品が「イヤミス」と呼ばれ、読者の支持を得ている状況を鑑みるなら、今こそ藤井ミステリが読みごろになっているといっても過言ではない。藤井礼子が初めての創作「初釜」を発表してから五十五年目にあたる本年、藤井の初の著書が刊行されるのは、まことに時宜を得たことだと思うと同時に、多くの愛読者に恵まれることを期待したい。

以下、本書に収録した各編について解題を付しておく。宝石賞・宝石短篇賞および双葉推理賞投稿作品の「初釜」・「二枚の納品書」・「枕頭の青春」・「死の配達夫」については、選評を引用しているが、そこでは犯人やトリックに言及されている。それ以外の作品についても、内容に踏み込んでいる場合があるので、未読の方は注意されたい。

2

〈創作篇〉

「初釜」は、『宝石』一九六〇年二月二〇日発行の『宝石』臨時増刊号（一五巻三号）「新人二十五人集」に、藤井礼子名義で掲載された。後に鮎川哲也『こんな探偵小説が読みたい』（晶文社、九二）に藤井名義で採録された。昭和三十五年度から従来の探偵小説募集が「宝石賞」と改められた。本作品はその第一回宝石賞に応募されたもので、結果は佳作受賞だった。

『宝石』一九六〇年四月号に掲載された、江戸川乱歩・水谷準・城昌幸・中島河太郎による「昭和35年度宝石賞 選評座談会」では、本作品について以下のように評されている。

江戸川　これは茶碗のにせものがつくつてあつて、本物の売却を隠すという話。お茶の礼式は非常にくわしく書いてあつて、一種のペダントリだが、これはなかなか面白いと思う。しかしトリックはちよつとおかしいと思うんだ。きている客がみんなれつきとした人物だし、誰かが盗つたといつたつてそんな嘘はすぐわかつてしまうと思う。
　こういつた練達の人が、こんな見えすいたたくらみをすることがおかしいと思う。効果も甚だ不確かだし、この主人公は恐らくこんなことはやらないだろうね（笑）しかし、お茶の席の作法その他が甚だくわしく書いてあつて、よく知つている人だと思う。それは一種の魅力だね。これも前半がよくて後半がだめな一つの例です。しかし僕はそう悪い点ではない。お茶の方を買つて七十五点です。［註・乱歩は八十点を最高得点として臨んでいる］

水谷　僕も別に時代趣味じゃないが、お茶の会の作法、順序は正しいものであるという前提で感心した。非常に文章もいいし、作法の雰囲気の出し方もいい。それでお茶のことに関しては感心しました。縁起の悪い花でサスペンスを盛りあげ、最後に茶碗の紛失をつないだのは一応小説作法に適つていると思う。ただこういう話は外国の昔の短篇にはたくさんあるんですね。名人カタギというのか、骨董品を愛している人がニセモノだとわかつて、そのニセモノを指摘されるのがいやで盗ませたりする話もあるし。お茶の話をテーマにしたこと、古典的で目新しくはないが話全体がうまくまとまつていて、これは捕物帳にでももつていけばね。（笑）このまま使えてわりにいい点がついたと思うんだ。最高の八十点つけておきました。

城　たしかにお茶席の順序作法をほかの専門書を読むよりもこの方がよくわかつた。結局そういつた世界を探偵小説へ導入してきたこの作者には感心するんだが、筋はたいへんつまらないのが惜しいと思う。ただしんとんとろりと書いているものだから、登場人物の性格が出ていて面白かつたので、わりといいもんです。

中島　私は、ただ単に茶の湯の講釈をダラダラ聞かされただけで、茶の湯とこの犯罪のトリックとの必然的な結びつきというものがないと思うのです。ただこの二つをとり合わせて書いてみようという思いつきにすぎないのであつて、トリックはちつとも生かされていません。作品としてのまとまりはないような感じがして、探偵小説としてはダメだと思います。

　本作品について二沓ようこは前掲「幻の探偵作家、大貫進の時代――一、大貫進（藤井礼子）の生涯と作品」

において「人工的とも言える様式美で貫かれた古典的な本格推理」で、「小説として上手くまとまってはいるものの題材からしても古めかしさは拭えず、トリックもプロットも使い古された感があった」と述べている。

「二枚の納品書」は、一九六三年一月一五日発行の『宝石』臨時増刊号（一八巻二号）「昭和三十八年度新人25人集」に、大貫進名義で掲載された。

本作品は第二回宝石短篇賞に応募されたもので、今回は受賞を逸している。『宝石』一九六三年四月号に掲載された、水谷準・中島河太郎・城昌幸による「座談会　昭和38年度宝石短篇賞選考委員《ママ》会」では、次のように評されている。

中島　これは会社の金を横領しようという男、それから見積りを水増しさせた男がいて、その会社の金を横領した男の愛人が、夫と別れましたので、そのときの書類を利用して脅迫する。まあ、すりかえて犯行にする、そのネクタイでバレるというトリックがあります。これまで本格めいたものがなかっただけにその点は本格としては整っていると思います。ただやはりこういう本格ものの短篇の通有性で、味気ないんですね。一応まとまっているが、味が出ていませんし、形だけということで五十五点。

水谷　いま本格ものが出てきたと云われたが、その感じを、僕ももったんです。地道な刑事ものとして、一応ソツなくまとめ上げられている。事件から推理、刑事の足どりなども穴はないようだ。

応接間の二時間がアリバイとなっているが、そこから裏へ抜けでて殺人を犯し、また戻ってきた際、いつもはずしていたネクタイをしていたというトリックは、なかなかの思いつき。あまりにもまともな書き方というのはいま中島氏がいわれた通りの意味なんです――と古風な描写には少々退屈館がある。しかしまあ欠点が少ないという意味で僕は七十五から八十まで。

城　今号の中の唯一の本格探偵小説で、その意味で僕はひいきしたわけです。本格探偵小説にとっかかるということは、たいへん難しいことになってしまったときに、あえてぶつかっているところを買う気がおきた。それだからやっぱり地味で、これは仕様がないだろうと思いますなあ。それから靴の底に入れておいたというのは、それをめっける方の刑事の着眼、同時に作者の着眼として、おもしろいと思いました。それから、あとで使いこみをしているんだぞといわれて怒り、とんでもないことだ、たのまれて殺人をしにいって、アリバイの時間のためだったという、このすりかえのところ、これはちょっとうまいなと思って、これは私は八十点をいれました。

水谷　最高だね。（笑）

二沓ようこの前掲論文によれば、冒頭の水害についての記述は、一九五七年七月二十六日に「実際に遭遇した坪井川水系の氾濫の生々しい記憶をもとに書かれたものと見てよい」という。二沓は続けて「自分らしい作風やテーマが定まっていなかった時代の作品」としながらも「作者はこの作品で初めて自身の体験を重ね合わせた虚実入り乱れた物語というスタイルをとっている」ことから、「大貫進の作品を読み解く上で重要な作品」であるといい、伝記的事項と作品内の記述とを精緻に対照している。本解題では紙幅の都合でそのすべてを紹介することはできないので、関心のある向きは二沓の論文にあたってみてほしい。

「**枕頭の青春**」は、一九六四年一月一〇発行の『宝石』臨時増刊号（一九巻二号）「昭和三十九年度新人25人集」に、大貫進名義で掲載された。

本作品は第五回宝石短篇賞に応募したもので、今回で第一席入選を果たした。

『宝石』一九六四年四月号に掲載された、城昌幸・中島河太郎・笹沢左保による「第五回宝石短篇賞選考座談会」では、以下のように評されている。

中島　これも僕としてはいいんです。いやがらせの年令的な老婆、それに黙々と服従している姉娘と勝気な妹と、この二人の性格は一応出ていると思うんです。そしてとうとうしびれを切らした姉娘の計画が、母親の性格を呑みこんでの上だということが納得はできますし、おまけに皮肉な結果に終わったという、これは短篇として起承転結がキチンとしているというわけで、八十点です。

笹沢　この二十五人集の中にあまりたくさんありませんけれども、いわゆるサスペンスものとしては、これがたしかに一番おもしろかったと思います。この人は男なのかしら？

中島　男なんでしょうね。

笹沢　文章は男の文章ですね。しかし、やっぱり最後はものたりないなア。僕は六十八点です。

城　これも前に一つあったけど、いわゆる悪婆物語ですね。それからこの作者がたいへん考えたというこ とがわかるのは、名前を姉さんと妹を逆につけた、三代と一代という……。

中島　ええ、そうですね。それは考えてありますね。

城　これは、ちゃんと計算された小説ですよ。探偵小説というのは計算された小説であることがまず第一なんだ。僕はそういうたいへん専門的な意味でもこれはうまいと思うんです。

それから家も骨董も焼けちまって、殺すはずのお袋だけは助かったというこのオチも、たいへん皮肉で、探偵小説はたいがいこのところがある意味での醍醐味なんでね。だからこれは探偵小説としては上手にできてますよ。ただしね、いかにも気分が暗いんでねエ（笑）どっかで救えなかったかと思っているんだが……。

中島　救いがないね。しかし救おうとしたらだめだった。

城　七十五点というところです。

二沓ようこは前掲論文において、本作品についても、伝記的事実を根拠にあげながら、作中の「ヒロインの日常は、おそらく作者自身の体験をもとにしたものだろう」と指摘している。続けて藤井礼子の作品系譜の中に本作品を位置づけながら以下のように評している。

母親の呪縛からの解放をテーマにしたサスペンス『枕頭の青春』において、礼子は初めてヒロインの造形に自己を投影し真情を吐露させる。それが受賞という形で評価されたことによって手ごたえも得ただろう、この作品をきっかけに、自身の体験や真情をもとに肉付けした人物像は生き生きと現実味を帯びるようになる。特に、己の欲望に忠実な冷酷な悪女の描写は際立っている。

また、手紙を利用したトリックの単純さに比べて、ヒロインの心理の複雑さを評価し、「家庭内に閉じ込められ外の世界に羽ばたけない、家以外に居場所がない、鬱屈した女性心理」が「経済的、社会的に自立することができにくかった当時の女性の閉鎖的状況を反映している」だけでなく「状況に抗おうとすれば皮肉な運命が待ち受ける、という容赦ない結末は、当時の女性たちの出口のない閉塞感、虚無感を鮮明に描き出している」と評し、作中のプロバビリティの犯罪を「ある意味、女性的な、ドメスティックな、陰湿な犯罪」と解釈し、そうした犯罪の性質が「やり場のない弱者の心理的ストレスやフラストレーション、立場を反映しているように見えなくもない」と述べている。

「暁の討伐隊」は、『宝石』一九六四年五月号（一九巻七号）に、大貫進名義で発表された。

二沓ようこは前掲論文において、本作品における私小説的要素を指摘した上で、以下のように評している。

この作品は主人公である夫の心情や立ち位置が不明瞭で、必ずしもミステリ小説として成功しているとはいえない。しかしながら、家や夫に精神的にも隷属しないヒロイン像の出現は、封建的な家制度に支配された時代のミステリには見られなかったことであり、戦後民主主義教育を受け、個人の尊厳を重んじ対等な夫婦関係を築こうとする世代が生み出した新しいヒロイン像と言えるだろう。

ちなみに二沓は、「枕頭の青春」同様、「女が仕掛けるプロバビリティの犯罪を描く」作品と見ているようだが、義兄が死ぬとはヒロインには予想外の出来事であり、プロバビリティの犯罪を描いた小説と見ることには、疑問を覚える。むしろ夫が、妻の行為は犯罪ではなかったと気づくところに、本作品の眼目があるように思われる。

『暁の討伐隊』*The Real Glory*（三九）は一九五一年十一月に日本で公開されたアメリカ映画で、監督はヘンリー・ハサウェイ。

「死の配達夫」は、『推理ストーリー』一九六七年八月号（七巻一〇号）に、大貫進名義で掲載された。後に『博多ミステリー傑作選』（河出文庫、八六）に採録された。

第二回双葉推理賞に「死の郵便屋」という題名で応募し、入選を果たした作品。雑誌掲載にあたって「死の配達夫」と改題された。

本作品と同時に掲載された、角田喜久雄・南条範夫・黒岩重吾・中島河太郎による「座談会／第二回　双葉推理賞選考会」では、次のように評された。

中島　じゃ「死の郵便屋」からはじめさせていただ

きます。これは、同姓同名でしかも番地が似通っていたために誤って配達されました書留のお金ほしさに、貯金通帳の本人を呼び出して殺害するという犯罪の側から描かれている小説なんですが、角田先生からご批評いただきたいと思います。

角田　総体からいくと去年のように飛び抜けたものはなかったけれども、僕はこの作品の着想はわりあいにおもしろいと思うのですが、ただいろいろ弱点はある。だけれどもね。ちょっとうっかりしたけれども、郵便局でお金をおろすでしょう。それを友だちの番地のところへ手紙を受け取ってもらって、回送された手紙を証拠に郵便局へいってもらうわけね。身分証明のかわりに……。その時には自分がその住所へ移転していなければならないわけね。移転通知を出していなければ……。そういうことが書いてあったかな。

編集部　移転通知は出してないですね。

中島　移転通知のことは出てなかったですね。

角田　だけど郵便通帳にはどこの何番地って書いてあるんだ。だからそこへ住んでいるという証明書がなければならないわけじゃないかな。

中島　移転してまもないから、その手紙を持ってきて移転の証明にする、だから本人は福岡にいるわけですね。で、おとなりの熊本県にきて……。

角田　ああ、そのいいわけで通っているわけだな。

中島　ええ、だから郵便通帳はまだ福岡の通帳になっているはずですね、あれでは……。

南条　そうそう、移転してまもないからということでね。

角田　それで渡すものかな。

中島　一回目はいいにしましてもね。二回目がありましょう。一回に十万円しかおろせないのですから……。

角田　ただその点がちょっと疑問があった。

中島　二回目まで成功するものかという……。それから三回目、残りの問題がありますね。

角田　しかしこれは移転したって簡単にできるはずだね。判行《ハンコ》をもっているんだから。そこへ移転したってかまわないわけだ。ただそれを書き落としたのかな。

中島　そうするとやはり居住証明とか身分証明がいるんじゃないでしょうか。簡単に通帳の住所だけ書き込むというわけにはいかない……。

黒岩　これではなにかそういうあれで、簡単に実際に使えるように書いてありますね。説明がね。

角田　習慣上ね。

黒岩　説明はそんなふうに書いてありますけれども……。

角田　僕はこの中ではおもしろい着想だとは思った。

中島　じゃ南条先生いかがですか。

南条　私もこれはわりあいおもしろいと思いましたがね。読んでみてすぐ疑問に思ったのはね。最初に郵便配達夫がそれを届けにきますね。その時に非常に強く印象に残っていると思うのですよ。バラバラな髪で出てきて変な奴だということでね。非常におぼえていると思うんだ。だからその名前の人と同じ人の奥さんが死んだということになればね、すぐにこの郵便配達夫がおかしいなと感じやしないかと思うんですね。

中島　もし新聞読んでいればね。

南条　当然それをおかしく思うはずだが、この郵便配達夫の疑問が全然出てないでしょう。僕はあの郵便配達夫がなにかをみつけると思ったんだ。必ず変だと思いますよ。そこがちょっと疑問なんですがね。

それから全体としてサスペンスがもうすこし弱いような気がするなあ。もっとドキドキさすところがあっていいと思いますがね。それがなんにもないね。一番大きな疑問はその郵便配達夫が無言のままに看過したということ。

角田　最後にまた誤配されてきた手紙を符箋つけて送ったということが、これが発覚の端緒になるんだけれども、ふつう黙ってポストに放り込むかあるいは焼き捨てたり破いちゃったって、それでもいいんじゃないか。知らないっていやあそれまでなんだから……。あれは黙って、ポストに放り込んでおけばそっちへ持っていくからね。

中島　黒岩さん、いかがですか。

黒岩　僕はこの作品はなにかこの中では一番いいと思いましたね。この女のね、亭主が出勤したあと、寝てね。ボソッとしている感じがね。なんともいえんいやらしい感じだけれども、すごくこれがリアリティがあって、そういう女が家を建てたいという気持ちもじつにわかるし、普通では、二十万円ポッチでなにか殺人するなんていうのはおかしいんだけれども、そういうような一種の異常な生活をやっているとそういうことも考えられますし、日常にそういうこと実際にあり得ると思うんですよ。とくに一番感心したのはこの主人公の尾崎静子が、ものすごくよく書けているんでね。これだけでひとつなにかムードが出ていると思うのです。ただ僕はこの最後に手帳をね、落として気がつかなかったというふうなところが、なにかえらい簡単に書いてあるんで、ここらあたりのなにかひとつえらい不自然な感じと、さっき南条さんのいわれた郵便屋の問題と、これがうまく書けていたら、僕は入選してもいいと思いますけれどもね。

角田　枚数がたりなくなっちゃったんじゃないの。（笑）

黒岩　これはすごく書ける人ですよ。

角田　ええ、達者ですよ。

南条　この女はよく書けてますね。気味の悪い女は、よく書けてます。

黒岩　ええ。

角田　それに着想がおもしろいね。小味《こあじ》だけれども非常におもしろい。

黒岩　これは前、なにか京都の女の人で、女の心理を書いた、あの人かと思ったんですが、あの人よりももっとうまいような感じしますね。［註・「京都の女の人」とは、第一回双葉推理賞で佳作に選ばれた志保田泰子のこと］

南条　女がよく書けているから、この女の人の旦那さんが不在になっちゃってね。旦那がもうすこし出てきてもいいと思うんだ。顔出してもいいんだ。ゼロなんだもん。

黒岩　旦那がなにかプレゼントするところがありますね。ああいうところなんか小味のきいた、なにか私小説的な味わいがありますね。

南条　人間は一番よく書けてますね。この四つのうちでは一番……。

黒岩　そういう意味でこれは非常にいいと思うんですがね。ただそういうようなときどき欠陥はあるが……。

中島　犯罪者の側から書いてはあるんですが、犯行計画を練るところなんかがやっぱり非常にくだくだしいという、ああでもないか、こうでもないかということが、ていねいに書き込んであることは、ちょっとくだくだしいなあという気がしたんですが。結末は利いているんでけれども、そういう印象があって、全体としてもうすこしかえって縮めたほうがいいんじゃないかという気がしました。まあ、あの間の抜けた熊本の友人を利用するところなんかも、よく考えてあるんですが、あの手紙などもなにも全文出す必要はなかろうという気もしますし、それからその手帳にしましても、手帳をやったということで、あとで落としたことにも結びつくんですが、その手帳を生かそうとした小道具はいいんですけれども、ただお金を受け取る時に、落としてしまったというだけに使うんでしたら、これはずいぶんもったいないという……。

黒岩　それを長い間、気が付かなかったんでしょう。こんなだいじなもの気付かなかったのは、ちょっとおかしいですね。

中島　ずいぶんみみっちい小説だなという……。

角田　みみっちいところがおもしろいんだ。

黒岩　みみっちくていやらしいけれども、それがおもしろさじゃないですか。

南条　そこが魅力だよ。

黒岩　それがなかったらなんにもないですよ。（笑）

角田　こういう人がいるよ、場末のアパートなんかに。こんなことを考えているのがいるんじゃないかというような……。

南条　そうですね。はじめの女の書きだしはうまかった。

黒岩　そうそう。あの女の人……。

角田　四本のうちで一番腕の立つ人ですね。

南条　はじめの一枚が一番よくできているな。

角田　おしまいにきてだんだん枚数がたりなくなってきちゃって、いそいだんじゃないんか。

編集部　これは八十枚ですから、まだ余裕はあるんですよ。（あ、そう……笑）

中島　ただここでおしまいにしようという気があったのですね。

角田　ここで切ったほうがいいんじゃない？　あんまりしつこくして書いたらね。（笑）

南条　まあしかしこの四つのうちではいいほうですよ。

最終的には、最終候補に残ったのは四編のうち、大貫進「死の郵便屋」と中町信「空白の近景」で入選が争われたが、中町作品が第一回に応募したものの書き直しだったことが問題となり、小説としての「ツヤ」がある点、人間が書けている点、昨年の応募作「揺籃の歌」よりも文章的に優れており成長の跡が見られる点などが評価され、将来への期待も含めて、入選と決定された。

なお、座談会は都合により欠席した松本清張が「印象に残った作品」という書面による選評を寄せており、そこでも「死の郵便屋」が評価され、詳しく論じられているので、以下に引いておく。


結論から言うと、四篇の中では『死の郵便屋』が強く印象に残った。

（略）


さて、『死の郵便屋』だが、着想が仲々面白かった。誤配というありふれた素材をよく活かし、巧みにこなしている。それもさることながら、主人公の性格設定がうまい。周囲から疎外された女の心に潜む、いやらしさとか自尊心とかが非常によく描かれている。それによってこの小説は生きたものになった。この主人公の性格設定が出来た時、既にこの作品の成功が約束されたともいえよう。

ただ、細かいことを言えば二、三の欠点がないわけでもない。座談会においても指摘された通り、配達夫が不審に思わなかったか、また、たまたま雨によって足跡が消されてしまったことになっているが、主人公が、犯行後に足跡に対する工作を全くしなかったことなどにひっかかりを感じた。それに最後の部分もいささか不自然な感は免れない。

犯罪の発覚が、単なる偶然の積み重ねからであり、その内の一つが欠けても、これは完全犯罪になり得たと思われる。何か必然的なものが欲しかった。

しかし、この作者は並ならぬ筆力と力倆を兼ね具えている人だと思う。以後一層の精進をせられ、良い作品を生み出してくれることを期待している。


なお、本作品は『死の郵便配達』のタイトルでドラマ化され、テレビ東京の『月曜女のサスペンス　傑作推理受賞作シリーズ』の一本として、一九八九年九月十八日にオンエアされた。監督・山口秀夫、脚本・藤岡琢也、出演は烏丸せつ子、ビートきよし、赤座美代子ほか。二沓もいうように、その意味では藤井礼子の代表作と目せるかもしれない。

「破戒」は、『推理ストーリー』一九六七年一〇月号（七巻一三号）に、大貫進名義で発表された。

目次では、左右田謙「咳」、加納一朗「密告者」と共に、「本格推理」という惹句が付されている。

本作品について二沓ようこは前掲「幻の探偵作家、大貫進の時代」において以下のように評している。

見えていた世界が最後の数行で鮮やかに反転する、ひねりのきいた作品である。熱心なクリスチャン一族の出である夫と結婚し自分も洗礼を受けたこと、夫の社費使い込みによって新婚当初から借金を背負ったこと、キリスト教への不信感が募り教会活動から遠のいたこと等、作者自身の境遇を投影させたヒロインは、まさに作者の分身的存在と言える。

「姑殺し」は、『推理ストーリー』一九六八年二月号（八巻二号）に、大貫進名義で発表された。目次では、石沢英太郎「血・その系譜」と共に「双葉推理賞受賞者競作」という惹句が付されていた。

本作品について二沓ようこは前掲「幻の探偵作家、大貫進の時代」において以下のように評している。

当時、世間で話題になっていた「蒸発人間」がモチーフ。蒸発したとみられていた人間が実は殺されていたという、ミステリとしてはオーソドックスな展開ではあるが、ヒロインを含むアパートの住人たちがアリバイトリックの証人に仕立てられるところや、女の顔は化粧等で隠せても手は生活感が表れるので隠せない、という女性ならではの視点が面白い。

この頃、人間がある日、突然、行方不明となることを「蒸発」ということが流行した。米川明彦編著『明治・大正・昭和の新語・流行語辞典』（三省堂、二〇〇二）の「一九六七年」の項目に採られており、それによれば、作家・藤井重夫の命名だそうで、六七年七月十五日付の『朝日新聞』には「警視庁は、長期にわたる家出人や身元のわからない死体など〝蒸発人間〟が、全国で八万六千二百五十四人もいることがわかった」という記事が掲載されたようだ。同じ六七年には、蒸発した恋人を捜す女性を描いた映画『人間蒸発』（監督・今村昌平）が公開されており、安部公房の『燃えつきた地図』も上梓されているが、同じく失踪がテーマとなる安部の『砂の女』はさらに早く、六二年に刊行されている。もっとも、『蒸発』という邦題で六九年に刊行されたデヴィッド・イーリイ David Ely（一九二七〜八一、米）の *Second* は、本国では一九六三年に刊行されており、六〇年代に入った頃から「蒸発」に相当する失踪が文学のモチーフになっていたことがうかがえよう。

　本作品は「顔のない死体」テーマの作品でもあり、「本格推理」と目次で謳われた「破戒」に比べると、「姑殺し」の方がいわゆる本格度は高い。

　「誤殺」は、『推理ストーリー』一九六八年九月号（八巻一一号）に、大貫進名義で発表された。

　目次では、土屋隆夫「芥川龍之介の推理」、土井稔「目撃者」、和久一（後の和久峻三）「湊に雨の降る如く」と共に、「本格中編力作」という惹句が付されていた。

　本作品について二沓ようこは前掲「幻の探偵作家、大貫進の時代」において以下のように評している。

> 前半のマイホームを入手するまでの非常にリアルな描写と、後半の『ＡＢＣ殺人事件』を本歌取りする形でパロディ風に仕立てた非現実的世界が、うまく噛み合っておらず全体としてちぐはぐな作品になってしまったのが惜しまれる。

「パロディ風に仕立てた非現実的世界」という解釈には違和感を覚える。また前半と後半とが「うまく噛み合っておらず全体としてちぐはぐな作品になってしまった」という評価には頷けない。本作品では一貫して、今野三郎という奇妙なキャラクターを描くことが中心となっており、かつて誤った対象を殺してしまった男が、数年後に、その際の目撃者を殺すことで、かつての目的を偶然にも果たすことになるという運命の喜劇がプロットのポイントであるように思われる。いわば、取り違え殺人のプロットをひねっているわけで、そのひねり具合を評価したいところだ。取り違えが回り回って正されるという展開は、喜劇的とはいえても、「パロディ風に仕立てた非現実的世界」とまではいえないように思う。後半に難があるとすれば、それまで普通の意味で読書人とも思えなかった今野三郎が、いきなりクリスティーの『ＡＢＣ殺人事件』に思い至るという点ではないだろうか。

　なお、今野三郎がすれ違った電車に傘を跳ね飛ばされ、車掌に怒鳴られ、乗客に謝るように言われる体験は、藤井礼子が十八歳の時に実際に経験したことであった。その際、車掌に対して殺意を覚え、殺しのテクニックを学ぶためにミステリを読み始めたのが、病膏肓に入るきっかけとなったようだ（「推理小説との出合い」、本書収録）。その意味では本作品の今野三郎は分身的なキャラクターだといえなくもない。

「幽鬼」は、『推理ストーリー』一九六九年一月号（九巻一号）に、大貫進名義で発表された。

目次では、多岐川恭「スリラーの女」、仁木悦子「死の花の咲く家」、石沢英太郎「接点」、和久一「飢えた魂」と共に、「破滅への憎悪」という惹句が付されていた。

本作品について二沓ようこは前掲「幻の探偵作家、大貫進の時代」において以下のように評している。

カトリック系の幼稚園児の継子いじめを題材に、キリスト教の偽善をテーマにしたサスペンス。作者自身のキリスト教に対する疑念、不信感が伺われる作品である。

「舌禍《ぜっか》」は、『推理』一九七一年五月号（一一巻五号）に、藤井禮子名義で発表された。

目次では、草野唯雄「まぼろしの凶器」、加納一朗「花園心中」と共に、「本格・異色推理」という惹句が付せられていたが、本文タイトルには「異色推理」とある。

「ガス―怖ろしい隣人達―」は、『フクニチスポーツ』一九七二年七月六日付に、大貫進名義で発表された。

本作品も含め、以下『フクニチスポーツ』初出の作品はすべて「フクスポ・ロマネスク」と題した「読み切り小説」欄に掲載されたものである。

「狂気の系譜」は、『スポーツニッポン』一九七二年七月二三日付に、大貫進名義で発表された。その後、日本推理作家協会編『ショート・ミステリー傑作選』（講談社、七八）に大貫名義で、さらにその文庫化である『ミステリー傑作選・特別編4／57人の見知らぬ乗客』（講談社文庫、九二）に藤井礼子名義で採録された。

なお、初出年月日はアンソロジーに採録された際の情報によるが、同日付の東京版と大阪版には掲載されていない。初出紙の『スポーツニッポン』は、当時、大阪本社と東京本社、西部本社（現・西部総局）の三本社体制で発行されていたことから、西部本社版のみの掲載だったと思われる。ただし、西部版の初出紙を入手できなかったため、ここでは講談社文庫版を底本として使用したことをお断りしておく。

鮎川哲也の「『宝石』新人賞大貫進の正体――藤井礼子」（前掲）には、「母は『スポーツ・ニッポン』という新聞にもたくさん書きました」という実娘の言葉が紹介されているが、残念ながら西部版をあたることができず、実際に何編の作品が掲載されたのかは不詳である。今後の調査が待たれるところだ。

「盲点」は、『フクニチスポーツ』一九七二年一一月二日付に、大貫進名義で発表された。

「帰館」は、『フクニチスポーツ』一九七三年二月一五日付に、大貫進名義で発表された。

「籠の鳥」は、『フクニチスポーツ』一九七三年五月一七日付に、大貫進名義で発表された。

「魔女」は、『フクニチスポーツ』一九七三年八月二日付に、大貫進名義で発表された。

藤井の持つ怪奇小説嗜好が色濃く現れた一編。

藤木靖子は、前掲の追悼文「さらばいとしき友よ――大貫進さんに」において、次のように書いている。

彼女はまたおどろくべき読書家であり、博識だった。ことに、常人の知らない異端の世界についてよく知っていた。怪奇・暗黒・残酷・拷問については、私も一膝乗りだすほうだから、おたがい「臨月の妊婦のごとく腹ふくらませたる（彼女の表現）」ぶあつい手紙を、やつぎ早やにやりとりしあったものである。

「歪んだ殺意」は、『フクニチスポーツ』一九七三年一一月一日付に、大貫進名義で発表された。

「赤い靴」は、『フクニチスポーツ』一九七四年五月二日付に、大貫進名義で発表された。

藤井礼子作品の中でも、イヤミス度では一、二を争う作品といえそうだ。スポーツ新聞に掲載する作品だからというわけでもないだろうが、レイプをモチーフとしている点でも異色である。

「慈善の牙」は、『フクニチスポーツ』一九七四年一〇月一七日付に、大貫進名義で発表された。

「五年目の報復」は、『フクニチスポーツ』一九七四年一二月二六日付に、大貫進名義で発表された。

「誤殺」でも描かれた、公共交通機関の車掌の横暴をモチーフとする一編。

〈随筆篇〉

以下に収める随筆類はすべて単行本に収められるのは今回が初めてである。

「受賞の言葉（「枕頭の青春」）」は、『宝石』一九六四年四月号（一九巻五号）に、大貫進名義で掲載された。

「**会員消息欄（1）**」は、『日本推理作家協会会報』一九六七年七月号（通巻二三五号）に、大貫進名義で発表された。初出時は無題であったため、本書では特集欄のタイトルを題名とした。

「**受賞のことば（「死の配達夫」）**」は、『推理ストーリー』一九六七年八月号（七巻一〇号）に、大貫進名義で掲載された。

「**会員消息欄（2）**」は、『日本推理作家協会会報』一九六八年一二月号（通巻二五二号）に、大貫進名義で発表された。初出時は無題であったため、本書では特集欄のタイトルを題名とした。

「**推理小説との出合い**」は、『日本推理作家協会会報』一九六九年五月号（通巻二五七号）の「特集・葉書随想」欄に、大貫進名義で発表された。

「誤殺」、「五年目の報復」に描かれている公共交通機関の職員についての記述が実体験を踏まえたものであることを示したエッセイとして貴重。

「**子供の目**」は、『日本推理作家協会会報』一九七〇年一〇月号（通巻二七四号）に、大貫進名義で発表された。

「**新年葉書随想**」は『日本推理作家協会会報』一九七二年一月号（通巻二八九号）に、大貫進名義で発表された。初出時は無題であったため、本書では特集欄のタイトルを題名とした。

「**戊午**《ぼご》**随想**」は、『日本推理作家協会会報』一九七八年一一月号（通巻三六〇号）に、大貫進名義で発表された。初出時は無題であったため、本書では特集欄のタイトルを題名とした。

なお、ここでは「ぼご」と振り仮名をつけたが、あるいは「つちのえうま」と読ませるのかもしれないことを付け加えておく。

「**九州男ふたり**」は、『日本推理作家協会会報』一九八〇年七月号（通巻三七九号）に、大貫進名義で発表された。

石沢英太郎、新羽《にわ》精之《せいし》という、九州在住の二作家について、その風貌を伝える好エッセイ。実娘によれば「いまのように有名作家になる前の夏樹静子さん、石沢英太郎さんとはよく集まっていたようです。社交的ではありませんでしたから、自分から積極的に出かけていってコンタクトをとったりとか、そうしたことは考えなかったと思います」（鮎川、前掲）とのことだから、その意味でも貴重な文章である。藤木靖子が追悼文「さらばいとしき友よ」で、藤井から受け取った手紙は「機智にあふれ、闊達自在で、独特のおかしみがあった」と書いていることは先にも引いた通りだが、その手紙の内容を彷彿させるところがある。

石沢英太郎（一九一六〜八八）は、第二回宝石短篇賞に「つるばあ」（六三）を投じ、佳作入選してデビュー。このとき藤井は「二枚の納品書」を投じているが、入選を逃している。石沢はまた「羊歯行」で第一回双葉推理賞に入選しており、この際も藤井は「揺籃の歌」を投じて、最終選考で石沢と選を争っている。「揺籃の歌」は佳作にも入らず、掲載されなかったので、その内容は選考座談会から推し量るしかないのだが、いずれにせよ、デビューをめぐって二度も選を争ったという意味では、石沢と藤井は一種のライバル的関係にあったと目せよう。石沢は「羊歯行」で入選して後、『推理ストーリー』を中心に精力的に短編を発表していき、『カーラリー殺人事件』（七三）、『唐三彩の謎』（同）、『21の視点』（七八）他の長編も上梓。七六年発表の短編「視線」で日本推理作家協会賞を受賞。『牟田刑事官事件簿』（七八）を始めとする牟田刑事官シリーズは小林桂樹主演でドラマ化され、ロング・シリーズとなった。

石沢の追悼文「大貫進さんを偲んで」（前掲）によれば、「死の配達夫」が第二回双葉推理賞を受賞した頃から交際が始まったそうだ。石沢夫人との交際は、藤井が「創作の筆を断った」後だと述べており、「主に映画を見にいって、お喋りをして楽しむという交際だった。／そして、長い電話の交際でもあった」そうである。

新羽精之（一九一九〜七七）の経歴については、先に論創ミステリ叢書において『新羽精之探偵小説選』二巻を刊行したので、そちらの解題を参照していただけると幸いである。

アンケートとして収めた「何のために書くか」は、『日本推理作家協会会報』一九六四年一一月号（通巻二〇五号）に、大貫進名義で掲載された。

論創ミステリ叢書

①平林初之輔Ⅰ
②平林初之輔Ⅱ
③甲賀三郎
④松本泰Ⅰ
⑤松本泰Ⅱ
⑥浜尾四郎
⑦松本恵子
⑧小酒井不木
⑨久山秀子Ⅰ
⑩久山秀子Ⅱ
⑪橋本五郎Ⅰ
⑫橋本五郎Ⅱ
⑬徳冨蘆花
⑭山本禾太郎Ⅰ
⑮山本禾太郎Ⅱ
⑯久山秀子Ⅲ
⑰久山秀子Ⅳ
⑱黒岩涙香Ⅰ
⑲黒岩涙香Ⅱ
⑳中村美与子
㉑大庭武年Ⅰ
㉒大庭武年Ⅱ
㉓西尾正Ⅰ
㉔西尾正Ⅱ
㉕戸田巽Ⅰ
㉖戸田巽Ⅱ
㉗山下利三郎Ⅰ
㉘山下利三郎Ⅱ
㉙林不忘
㉚牧逸馬
㉛風間光枝探偵日記
㉜延原謙
㉝森下雨村
㉞酒井嘉七
㉟横溝正史Ⅰ
㊱横溝正史Ⅱ
㊲横溝正史Ⅲ
㊳宮野村子Ⅰ
㊴宮野村子Ⅱ
㊵三遊亭円朝
㊶角田喜久雄
㊷瀬下耽
㊸高木彬光
㊹狩久
㊺大阪圭吉
㊻木々高太郎
㊼水谷準
㊽宮原龍雄
㊾大倉燁子
㊿戦前探偵小説四人集
(別)怪盗対名探偵初期翻案集
(51)守友恒
(52)大下宇陀児Ⅰ
(53)大下宇陀児Ⅱ
(54)蒼井雄
(55)妹尾アキ夫
(56)正木不如丘Ⅰ
(57)正木不如丘Ⅱ
(58)葛山二郎
(59)蘭郁二郎Ⅰ
(60)蘭郁二郎Ⅱ
(61)岡村雄輔Ⅰ
(62)岡村雄輔Ⅱ
(63)菊池幽芳
(64)水上幻一郎
(65)吉野賛十
(66)北洋
(67)光石介太郎
(68)坪田宏
(69)丘美丈二郎Ⅰ
(70)丘美丈二郎Ⅱ
(71)新羽精之Ⅰ
(72)新羽精之Ⅱ
(73)本田緒生Ⅰ
(74)本田緒生Ⅱ
(75)桜田十九郎
(76)金来成
(77)岡田鯱彦Ⅰ
(78)岡田鯱彦Ⅱ
(79)北町一郎Ⅰ
(80)北町一郎Ⅱ
(81)藤村正太Ⅰ
(82)藤村正太Ⅱ
(83)千葉淳平
(84)千代有三Ⅰ
(85)千代有三Ⅱ
(86)藤雪夫Ⅰ
(87)藤雪夫Ⅱ
(88)竹村直伸Ⅰ
(89)竹村直伸Ⅱ
(90)藤井礼子

論創社

［解題］横井 司（よこい つかさ）
1962年、石川県金沢市に生まれる。大東文化大学文学部日本文学科卒業。専修大学大学院文学研究科博士後期課程修了。95年、戦前の探偵小説に関する論考で、博士（文学）学位取得。共著に『本格ミステリ・ベスト100』（東京創元社、1997）、『日本ミステリー事典』（新潮社、2000）、『本格ミステリ・フラッシュバック』（東京創元社、2008）、『本格ミステリ・ディケイド300』（原書房、2012）など。現在、専修大学人文科学研究所特別研究員。日本推理作家協会・本格ミステリ作家クラブ会員。

藤井礼子氏の著作権継承者と連絡がとれませんでした。ご存じの方はお知らせ下さい。

藤井礼子探偵小説選《ふじいれいこたんていしょうせつせん》　〔論創ミステリ叢書90〕

2015年8月30日　初版第1刷印刷
2015年9月10日　初版第1刷発行

著　者　藤井礼子
監　修　横井　司
装　訂　栗原裕孝
発行人　森下紀夫
発行所　論創社
〒101-0051 東京都千代田区神田神保町2-23 北井ビル
電話 03-3264-5254　振替口座 00160-1-155266
http://www.ronso.co.jp/

印刷・製本　中央精版印刷

Printed in Japan　ISBN978-4-8460-1452-0